DAS JAHR DER REIFE

Die beliebten Allgäu-Schwaben Bücher

ARTHUR MAXIMILIAN MILLER

Das Jahr der Reife

ROMAN

ALLGÄUER ZEITUNGSVERLAG KEMPTEN

Umschlaggestaltung und Illustrationen von Heinz Schubert

4. neugestaltete Auflage 28.–31. Tausend
 ISBN 3 88006 0983
Gesamtherstellung: Allgäuer Zeitungsverlag, Kempten

So sah es bei uns aus, als dieser Roman entstand: Der Erste Weltkrieg mit all seinen Folgen war kaum fünf Jahre vorüber, die Inflation in vollem Gange. Not an allen Ecken und Enden. Ein junger angehender Lehrer konnte auf keine äußere Hilfe Anspruch erheben. Er besaß nur das Notdürftigste und den Glauben an seine Berufung. Mit dieser „Mitgift" bestritt er sein Dasein. Die Zumutung, unter solchen Umständen seinen Beruf auszuüben, würde heute jeder Lehramtsanwärter zurückweisen.

Kornau, im Juli 1984

INHALTSVERZEICHNIS

Erster Teil

Zweiter Teil

Dritter Teil

ERSTER TEIL

An der Schwelle

Die Sonne war schon untergegangen, als das Postauto auf dem Markte W. hielt. Ich wankte mit dem letzten Rucke empor, alles war auf und drängte sich der Türe zu. Auch ich stieg taumelnd hinaus, gab meinen Fahrschein hin und sah mich um.

Ein ländliches Postgebäude. Der Postmeister, ein stattlicher Mann in graudurchschossenem Barte, stand unter der Tür und grüßte lächelnd befreundete Reisende. Zwei Kinder drückten sich heran und richteten die schwarzen Augenpaare auf mich her, sie funkelten in ihrem stummen Glanze.

„Wo ist der Pfarrhof?" redete ich sie an; da hob das ältere Mädchen langsam, wie im Traume, seinen Finger gegen Westen auf und sagte: „Sell drent!"

Ich sah über breite Kastanienmassen einen hübschen Barockturm aufsteigen und weich und klar im lichten Himmel stehen. Aus den Gassen wimmelte schon die Dämmerung empor. Die Reisenden verloren sich, manche allein, manche mit ihren Angehörigen, mit denen sie in freudiger Bewegung weiterschritten. Ich aber wandte mich dem Pfarrhof zu.

Er stand, ein altes, dunkles Bauwerk, dicht an die Friedhofmauer gedrückt. Die Nachbarhennen hatten sich auf seinen Stufen gesammelt, sie stoben auf und rannten flügelschlagend auseinander, als ich nähertrat.

Neben der Klinke fand ich einen Messingknopf und zog daran.

Eine Weile blieb es still. Dann kam ein ungewisses Geräusch von innen heran, zaghaft lüftete sich der Riegel und die Türe knarrte eine Handbreit auf. Und aus der dunklen Spalte schimmerte eine ängstliche Nase und darüber zwei ängstliche Augen hervor. Ich kannte sie wohl, sie gehörten Fräulein Rosa Hölzle, der Schwester des Pfarrherrn.

Ein paar Augenblicke forschten die Augen der Pfarrschwe-

ster auf meinem schon ziemlich umdämmerten Gesicht, dann wurden sie größer und größer, ihr Staunen war schon nahe dem Erschrecken.
„Herr Lehrer!“ rief sie halblaut und drückte die Türe um ein Stücklein weiter auf. „Herr Lehrer – sind Sie's?“
Es gelang mir, sie zu überzeugen, daß ich es wahrhaftig sei und nicht mein Geist sie narre, da tat sie die Tür vollends auf und ließ mich eintreten.
„Aber um Gottes willen“, fragte sie, als ich im Dunkeln vor ihr stand, „was wollen Sie hier? Zehn Jahre hat uns hier niemand besucht. Wie kommen Sie hierher?“
„Auf dem Wege des Schicksals“, sprach ich rätselhaft. „Sie sollen es sogleich erfahren.“
Einen Augenblick regte sie sich nicht und gab auch keinen Laut von sich, dann griff das schmächtige Wesen wie ein Schatten tastend nach der Seite. Da zeigte sich ein lichterfüllter Ritz, das schwarze Viereck einer Türe wich, und Lichtschein strömte aus der Schwelle. Ich sah in einen kleinen Raum. Auf einem Tische stand ein ärmliches Mahl, beleuchtet und beschattet von einer altmodischen Petroleumlampe, die an geschwärzter Kette von der Decke hing. Hinter dem Tische aber zeigte sich das graue Antlitz meines alten Freundes. Die Augen hatten sich vom Teller aufgehoben und blickten unwillkürlich finster in den Gang heraus. Die falben Büschel auf der Stirne glänzten.
„Magnus!“ rief die dünne Fistelstimme Fräulein Rosas hinter meinem Rücken, „sieh, wer da kommt!“
Ein warmes Leuchten überflog des Pfarrherrn Züge. Schon war er auf vom Tisch, die Kante rückwärtsdrängend, und streckte mir die hagere Hand entgegen.
„Ist's möglich, ist es wirklich menschenmöglich!“
Er faßte meine Rechte mit beiden Händen und war so ungestüm erregt und fast bestürzt, daß ich mich nicht genug verwundern konnte.
„Niemand“, rief er, „niemand kommt zu mir, mich zu besuchen, niemand von allen, die ich kannte, habe ich seit meinem Wegzug aus Ihrer Heimat mehr gesehen, und jetzt,

nach mehr als einem Jahrzehnte –! Daß Sie meiner noch gedenken!“
„Wohl habe ich Ihrer oft und oft gedacht“, entgegnete ich beschämt, „aber mein Hiersein hat ganz andere Gründe, als Sie denken. Lesen Sie dieses Blatt!“
Ich hatte während meiner Worte aus meiner Brusttasche einen Zettel herausgezogen und reichte ihn ihm hin.
Er faltete ihn auf und griff nach seiner Brille. Murmelnd las er den Text, der mein Schicksal enthielt, und jetzt erweiterten sich auch seine Augen. Mit einem Male hob er das Haupt.
„Nach Abenberg?“ rief seine Lippe halblaut. Und nachdem er mich eine Weile schrägen Blickes angesehen, wiederholte er: „Nach Abenberg!“
Der Klang seiner Stimme, ja sein ganzes Wesen hatte etwas Trostloses, wenn nicht Verzweifeltes an sich, das niedergesenkte Auge stieg mit einem heißen Sehnsuchtsstrahl empor, und seufzend rief er: „Auch Sie, mein junger Freund, auch Sie!“ Und als hätte ich ihm das Urteil meiner Verbannung überreicht, so legte er es nieder auf den Tisch, kam auf mich zu, ergriff mich am Arm und drängte mich nach einem Stuhl.
„Setzen Sie sich nieder, stärken Sie sich!“ Und mit einem Blick bedeutete er die Schwester, welche lautlos aus der Stube eilte.
Nun war das Erschrecken auch in mein Herz gefahren, das ohnedies nicht mutig schlug.
Ich hob den Blick nach dem vergrämten Angesicht des Pfarrherrn auf.
„Was ist mit Abenberg? Sie müssen mich nicht schonen.“
Der Alte wollte nicht reden, ich aber forschte und drängte immerfort in ihn. Da seufzte er endlich und sprach:
„Ich kenne dieses Land, ich kenne diese Menschen. Und ich sage Ihnen, ich sehne mich alle Stunden nach Schwaben zurück.“
„Erzählen Sie, erzählen Sie!“ mahnte ich weiter. Aber er erzählte nicht.

„Einmal werde ich dahin zurückkehren, von wo Sie kommen“, sprach er, „im Sarge als ein toter Mann. Aber lassen wir dies trübe Thema! – – Abenberg? Ihr Vorgänger ist dort im besten Alter gestorben. Ich kannte ihn wohl, er kam des Jahres dreimal zu mir, wenn er immer wieder an die Regierung reiste, um seine Versetzung zu bewirken. Ein Jahr aber kam er nicht, das andere war er gestorben.“
„Kennen Sie das Dorf?“ fragte ich kleinlaut. „Waren Sie schon dort?“
Die Tür ging auf, und Fräulein Rosa brachte Teller und Besteck für mich. Der Pfarrherr lud mich ein, allein ich mochte nicht essen.
„Sie waren dort?“ nahm ich die Frage wieder auf.
Der Pfarrherr nickte.
„Es geht durch lauter Wälder fort, keine Seele begegnet Ihnen da. Schläge und Schläge und immer neue Schläge! Ich ging einmal die Pfade fort, da hörten sie nach einer Weile auf, es wurde wild, so kam ich immer weiter. Und als ich hinaustrat, war es Abend und unten war das Dorf. Zwei Tümpel lagen im Feld und spiegelten herauf. Die Wälder waren schwarz, die Abendröte ging in Streifen drüber hin, das Dorf lag grau und elend unten, und rundum eine Öde und Verlassenheit – ich werde abends nie mehr in die wilden Wälder gehen.“
Seine Rede verstummte, und zehrend stand das Licht in seinen Augen.
Vor meiner Seele stand das Dorf, die Stätte meiner Zukunft, und die Schauer der nächtlichen Forste umringten mich wie schwarze Wellenkämme. Ich war herangereist, das Dorf zu sehen, in das mich der amtliche Zettel unverhofft befohlen hatte. Man schrieb die Mitte des August, und im September sollte ich mein Leben dort beginnen.
Nachdem ich ein wenig von den dargereichten Speisen genossen, begann ich den Pfarrherrn nach den Verhältnissen der Abenberger Schule zu fragen, er wußte nichts davon. Besonders aber bedrückte es mich, daß ich den Kirchendienst versehen sollte. Denn wenn ich auch auf dem Seminar

in allen Fächern wohl bestanden hatte, im Orgelspiele hatte ich nicht einmal den geringsten Anforderungen entsprochen, die meine Lehrer an mich stellten.
Mit Schrecken dachte ich an die Orgelbank, an die Schar der Sänger, die sie umgab, zwischen deren Schultern man ins Kirchenschiff hinab und nach dem Hochaltar spähte – o Gott, ich hatte ja so viel wie keine Kenntnis von dem Gang der Liturgie!
Als ich dem Pfarrherrn meine Sorgen mit zögernden Worten vortrug, da zog ein trübes Lächeln über seine Lippen.
„Es wird sich alles geben“, sagte er. „Wir trinken noch ein Gläschen Apfelmost zusammen.“
Die Teller wurden abgetragen, der Most stand trüb in den Gläsern, Fräulein Rosa kam und rückte mit dem Strickwerk an die Lampe. Indem wir wechselweise mit Bedacht die Gläser hoben, sprach der Alte:
„Ja, ja, als ich das Taufwasser über Ihr kleines Haupt ausgoß und als ich viele Jahre später Ihren Vater eingrub, indes Sie krank zu Bette lagen – wer hätte es gedacht, daß es so kommen würde! Mich hat dies öde und verlassene Land behalten, so sehr ich mich zu lösen strebte; Philipp Merz, Ihren Vorgänger, hat es behalten, obgleich er immer an den Strängen riß, die ihn gefesselt hielten, und Sie – Sie werden diesem Banne gleichfalls nicht entgehen.“
Ich sagte nichts auf diese dunkle Prophezeiung. Die Gläser hatten sich geleert. Wir schwiegen. Nach einer Weile stand der Pfarrer auf, ging nach dem Schreibtisch hin und griff nach dem Brevier. Ich zog aus der Mappe mein Schreibzeug hervor und machte mich zu einem Brief bereit. Und während der Schritt des Pfarrherrn eintönig in der Stube auf- und niederging und sich die Lippen des Betenden mit leisem Murmeln regten, und während das Ticken und Schnarren der Uhr sich deutlicher aus der belebten Stille drängte und manchmal das Klirren und Klingeln der Nadeln dazwischenklang, begann ich meine Zeilen an Therese.
Emsig lief meine Feder über das Papier, die Stube sank um mich hinweg, ich war bei dem so wunderbar entfernten,

fremden und geliebten Mädchen. Die Zeit verging, ich merkte nicht, wie der stumme Beter längst sein Buch geschlossen hatte und nun wartend hin und her ging.
Doch als ich endlich schloß, da fand ich Bruder und Schwester schon zum Schlafengehen bereit, der Alte sprengte die geweihten Tropfen über uns, dann sagten wir uns gute Nacht.
Als aber Fräulein Rosa schon mit dem Kerzenlichte oben an der Stiege stand und ich mich sputete, ihr nachzukommen, da faßte mich der Pfarrherr noch einmal am Arm.
„Es ist nicht gut“, sprach er mit dumpfer Stimme, ließ mich los und ging in sein Gemach. –
In einer der oberen Kammern fand ich mein Lager bereitet. Am offenen Fenster wallte der Vorhang. Ich trat heran und sah hinaus. Der Himmel dämmerte von Sternenlicht. Mir lag Theresens Name in der Seele.
Da löste ich die Kleider ab und streckte mich zur Ruhe nieder. Die Glieder waren wunderbar erregt, sie flossen wie im Wogen fort, das Wogen ward zum Wallen schwarzgedehnter Wälder. Unendlich wälzten sie sich hin, es wurden ihrer immer mehr und mehr, die einen sanken weg, die andern stiegen, es rollte fort und fort bis an den fernsten Horizont. So weit die Seele reichte, waren nichts als Wälder. Und wie gelockt von diesem Meer von Schwärze, entsank mir das Bewußtsein, und ich schlief.

Abenberg

Höhen und Täler lagen hinter mir. Der Morgen hatte mich begleitet und das stumme Licht der Sonne, das durch den Dunst der Lüfte gelb und feierlich herniederrann. Ich hatte die Wälder und ihre Irrwege gemieden und war der Straße gefolgt, die mich auf einem Umwege sicherer zum Ziele führte.
Nach einer Weile Wanderns hatte sich ein Tal geöffnet. Ein rauhes, armes Sträßlein wand sich hinein, Höhen wogten

heran und trugen den samtenen Schmuck der Wälder. Langhin dehnte sich das Tal und wurde immer einsamer und wilder. Die Sonne stieg, die Blumen dufteten am Weg, der starke Ruch betäubte meine Sinne.
Ich kam durch ein Dorf, an dessen Eingang ich den Namen Gandorf las, wo aus niederen Häusern alte Frauen krochen und mit teilnahmslosen Blicken nach mir sahen, versträhnte Kinder mürrisch mit den Augen meinen Schritt verfolgten, da wand das Tal sich um und ließ mich ganz in seine Tiefe schauen.
An dieser Stelle schien das Licht der Sonne dunkler, melancholischer zu werden und ging wie eine goldene Last herab. Der Zug der Höhen wurde einfacher und öder, die blauen Mauern der Tannenwälder standen feiernder und wilder. Statt ihrer fing das Sträßlein an sich zu bewegen, kroch zwischen Ackerbuckeln auf und ab, dem Rand der Wälder immer näher, wand sich an einem einsamen Gehöft vorbei, das still und gleichsam augenlos auf einer Höhe lag – und da mit einem Male sah ich vor mir in der Mulde die zwei Sümpfe. Sie lagen da, zwei kleine dunkelblaue Spiegel, durch die die Straße wie ein dünnes gelbes Band hindurchschlich, sich in den Hang des nächsten Hügels grabend. Die Ufer waren wüst, sonderliche Blumen blühten da.
Ich wanderte hinab, Libellen blitzten auf dem schwärzlichen Metall der Wasserspiegel. Den Kragen lüftend stieg ich einen hohlen Weg hinan, und als ich seinen höchsten Punkt erreichte, lag vor mir das Dorf.
Es lag mit seinen niedern, dumpfen Hütten die fallende Straße hinab, es duckte sich mit schiefen, grauen, aufgeworfenen Dächern in das Laubwerk alter Obst- und Nußbäume, es rückte jenseits wieder hügelauf und drängte sich um die Kirche zusammen, die trotzig und gedrungen ihr altes, abgewittertes Antlitz über die Schutzwehr einer breiten Friedhofmauer erhob.
Aber hinter dem Dorfe dämmerten die Wälder, zur Linken rollten sie vom Hügelrand herab bis in die Nachbarschaft der letzten Häuser, zur Rechten überm Tale standen sie wie

eine grüne, schattenblaue Mauer, der Umkreis war von Wäldern gänzlich eingeschlossen. Wie viele Stunden hinter jenen Wipfelsäumen stieg der Rauch der Städte, klang das Rollen der Wagen auf den eisernen Geleisen?
In der Mitte des Dorfes begegnete mir ein kleiner blonder Bauer, den ich anhielt und nach dem Schulhaus fragte. Er gab mir keine Auskunft, sondern musterte mich eine Weile mit zusammengekniffenen Augen.
„Sie gengan net auf so Versicherungen?" meinte er endlich.
„Nein", sagte ich.
„Sie hom au gor koa Koffer oder so was!"
„Wozu auch?" fragte ich.
„Der Deifl!" rief der Mann und zog das Hütlein von dem dünnen Scheitel. „Bitt um Entschuldigung, bold Sie der neie Lörrer san!"
„Der bin ich", sprach ich unwillkürlich lächelnd.
„Sell is das Schulhaus, hinterm Birnbaum do."
Er hob den Geißelstecken auf und wies nach einem stattlichen Gebäude, das, wenn auch etwas alt und angewettert, doch freundlich von der Höhe niedersah.
„Un bold S' zum Bürgermoaster wolln", fuhr mein Gewährsmann fort, indem er seinen Geißelstecken drehte, „dös is net weit von do, sell nebendra'."
Das Haus, auf das er wies, war eher eine Hütte und lag bergaufwärts an dem hohen Straßenrand, von wo aus es den geschwärzten Giebel gegen uns herunterwandte. Ich wollte es nicht glauben, so verkommen sah es aus, und wiederholte meine Frage mehrmals. Allein das Geißelende zeigte steif in einer Richtung, so daß ich meinen Zweifel sinken ließ, dem Bauer dankte und bergaufwärts trabte.
Die riesige Dorflinde überschattete die Straße, auf der ich nun zum Haus des Bürgermeisters anstieg. Dort traf ich etliche Kinder an, die sich an einem alten Brunnenfaß vergnügten. Sie tauchten ihre Hände in das abgestandene, ölig braune Wasser, sie wuschen die Gesichter, senkten lange Strähnen ihrer Haare in die Flüssigkeit und lachten, wenn die Tropfen schwer und dick an ihnen niederquollen. Mit

einem Male fiel es einem Mädchen ein, mit einer aufgerafften Latte in das Faß zu schlagen, das Wasser spritzte jäh hervor, und laut aufschreiend flüchteten die anderen. Mich aber traf der Guß, daß mir der Rock von brauner Feuchte troff. Da griff ich rasch die Übeltäterin beim Arm, sie wehrte sich, bog das Genick und wandte schnell das Antlitz von mir ab.
„Du, sieh mich an!“ befahl ich ihr. Sie tat es nicht, bis ich den Druck auf ihren Oberarm verstärkte. Da warf sie ihren Kopf empor, die langen Haare fielen auseinander und zeigten mir ein wohlgeformtes, schmales Angesicht, aus dem zwei dunkle Augen trotzig und verlegen auf mich sahen.
„I hob's net wolln!“ kam es halb murrend über ihre Lippen.
„Sag mir, ist dieses da das Bürgermeisterhaus?“
„Jo, inser Haus.“
Ich ließ das Mädchen los und trat gebückten Hauptes in die Türe.
In der niederen Stube war niemand, und die Fenster fand ich dicht verschlossen. Eine heiße, tote Luft erfüllte den gedrückten Raum, in dem ich schier nicht atmen konnte. Ich sah auf die Öde der Geräte – auf der breiten Platte des Tisches war eine bräunliche Brühe verschüttet, zur Hälfte festgeklebt, zur Hälfte naß und glänzend. Ein Heer von Fliegen labte sich daran.
Im Gange hinterhalb entdeckte ich ein dunkles Loch, in dem ich anfangs wenig unterscheiden konnte. Allmählich löste sich im matten grünen Lichte der blind gewordenen Scheiben die Gestalt eines Weibes aus der Finsternis. Sie stand vor einem Herde und bewegte einen Lappen.
Ich neigte mich in das Gerüst der Türe, da erblickte sie mich. Aus einem ungewissen Antlitz leuchteten zwei schwarze Augen. Ich grüßte sie, sie ließ den Arm herunterfallen.
„Sind Sie die Frau Bürgermeister von Abenberg?“ fragte ich. Sie sah mich an, als wäre ich keiner Antwort wert, und nahm die Arbeit wieder auf.
Sie wird dich für einen Reisenden halten, der ihr Geld ab-

schwatzen will, erwog ich bei mir selbst und tat ihr meine Würde kund. Aber sie machte keine Wirkung auf das Weib.

Eine Weile stand ich wartend, ob sie nicht irgend etwas zu der Tatsache meines Daseins äußern würde, und als dies nicht geschah, begann ich wieder:

„Ich möchte die Schlüssel zum Schulhaus haben, liebe Frau."

Wie im Unwillen bewegte sich der feiste Arm der Bäuerin, daß ein grüner Schimmer über seine Fläche hinglitt, und ihre Stimme murrte: „Morie, gib s' eahm!"

Mit einem Male stand ein halbwüchsiges Wesen vor mir da mit seltsam gelblich scheinendem Angesichte und richtete zwei Augen von beklemmend tiefer Dunkelheit und Schwärze auf mich her. Und einen Schlüsselbund erhebend, fing sie zu erklären an: „Der doda geht bei der Haustür unten nei', der doda, der geht ob'n nauf in d' Kammer, und iatz der sell, der geht in Stoll."

Ich nahm den Schlüsselbund und ging hinaus. Die Sonnenhelle fiel mir blendend in die Augen. Vor mir auf einer kleinen Höhe lag das Schulhaus. Es lag im Schatten hochgewachsener, alter Obstbäume heimlich und verborgen – ein Spiel von Sonnenlichtern wehte an der gelblichweißen Mauer nieder und gab ihr ein geheimnisvolles, heiteres Leben, doch zwischen dem Spalier und üppig ausgewachsenen Fliederbüschen sahen die schwarzen Fenster leer und tot hervor. Der Garten vor dem Hause war verkommen, zerbrochen lag die Türe seitwärts auf dem Rasen. Doch über seinen Teppich breitete sich Kühle aus, und Sonnenlichter, durch die Lükken der gewölbten Kronen dringend, bewegten zitternd ihre leisen Scheine auf und nieder. Es war ein Anblick, der die Seele bannen mußte – hier wob es emsig mit der stummen Zärtlichkeit des Lichtes und hauchte Leben über den erstorbenen Ort.

Durch ein Gewimmel von Schatten und Lichtern stieg ich die steinernen Stufen zur Haustür hinan und fand sie ganz von Spinnennetzen eingewoben, ein halbgebrochener Schein

floh an der Schwelle aufwärts und ließ die Fäden in gedämpftem, zartem Regenbogenlichte schimmern. Da drückte ich die Türe ein, sie ächzte und knisterte von den zerreißenden Geweben. Ich trat hinein, und eine Moderluft schlug mir entgegen.

Unten fand ich nur leere und verwüstete Räume, eine Küche voll Rost und Unrat, wo neben dem Herde eine tote Ratte moderte, den Kopf noch unter einem Scheit begraben, das sie zu Tode getroffen hatte. Und als ich hinaufging, waren überall die Fenster geschlossen, hing überall der Staub an den ergrauten Scheiben, stand überall die öde Totenluft.

Ein mächtiger, gevierter Schulsaal mit vielen Fenstern, auf deren Gesimsen Fliegen die erstarrten Beine streckten, verblichene, zerschabte Bilder, die dem Unterrichte dienten, ein lotteriges Pult und alte, niedere Bänke.

Nur in den Heften der Kinder war Leben, das zähe, ungelenke Wesen, womit sich widerstrebende Bauernhände um die Kunst des Schreibens mühten. Dann waren noch Mappen mit vergilbten Plänen des verstorbenen Lehrers in den Laden und ein Buch, worinnen eine leichte Feder zierliche Zeilen gezogen. Bunte, fröhliche Zeichnungen unterbrachen den Text mit ihrem Scheine, wie Morgenluft kam es mir aus den Blättern entgegen und wie das Schlagen eines jugendlichen Herzens. Sophie Wegmann, Forsthaus Abenberg, las ich auf der ersten Seite des Buches. In den Händen dieses freundlichen Wesens also war die Schule noch zuletzt gelegen!

Ich fand noch eine Kammer, dem Schulsaal gegenüber, hoch und schmal und gleichfalls mit dem Hauch des Todes angefüllt. Ein eisernes Öflein stand darin, verrostet und beschmutzt, mit einem schiefen Deckel auf dem alten Rumpfe. Ein Tisch war da, ein Stuhl, der aus den Fugen ging, ein hohes, altes Aktengestell, vor dem an einem Strick ein abgebleichter Vorhang hing. Ich hob ihn auf, der Staub stob in die Luft, ein Bündel Draht lag in dem nächsten Fach, und unter ihm ein gelbes *Pange lingua.*

Ich trat an das einzige Fenster, das nach Süden ging. Ein

Kirschbaum hatte draußen seine Zweige ausgebreitet. Man sah den Garten des Nachbars, die Dächer seiner Ställe und Scheunen, das Gedränge der Hütten unten in der Mulde, den Anstieg jener Höhe, über die ich hergewandert war. Sie strich nach Osten in das Tal herab, ein träger schwärzlicher Moorgraben zog von da hinaus, darüber lag die Landschaft offen. Im Tale unten hingeduckt lag Gandorf. Darüber, wie ein Meer in grauen Floren webend, erdehnte sich das ferne, stundenweite Moos.

Der Pfarrherr

Ich hatte mit dem Bürgermeister verhandelt, der inzwischen nach Hause gekommen war, und ihn gebeten, das Schulhaus reinigen und die obere Kammer für mich einrichten zu lassen. Ich hatte ihm die Vorschriften der Regierung hervorgesucht, in denen die Art der Einrichtung verzeichnet stand, und er hatte mich mit ruhigen glänzenden Augen angesehen und zu allem genickt.

Ich war auch im Forsthaus hinter dem Dorfe gewesen und hatte dort erfahren, daß Sophie Wegmann, die nach dem Tode des Lehrers die Schule versehen, auf eine andere Stelle berufen und weggereist sei, sich die Örtlichkeit anzusehen. Sie werde aber zurückkehren und sich umständlich zu ihrem Auszug rüsten. Ich hatte mir endlich den Weg zum Pfarrhof zeigen lassen und stieg nun gegen die westlichen Wälder hinan, denn das oberste, hochragende Gebäude, dessen weißer Giebel in das Tal herunterschien, war das mir angewiesene Ziel.

Während ich zwischen Gartenhecken aufwärts eilte, vorüber an einer altertümlichen Kapelle, die freundlich aus dem Dämmer hoher Buchenkronen blickte, wurde mir enger und enger zumute. War ich doch im Begriffe, etwas zu versuchen, was schwerlich zu einem guten Ziele führen konnte: den Dienst des Organisten von mir abzuwälzen.

Schon sprach ich im Geiste die ersten Worte der Ablehnung

zu meinem Gegenüber, das ich noch nicht kannte, meine Schritte wurden hastiger, und plötzlich stand ich vor dem Pfarrhaus.

Durch eine offene Gittertür trat ich in den Hofraum. Kaum aber hatte ich darinnen etliche Schritte vorwärts getan, als um die Ecke eines Stallgebäudes zwei mächtige Doggen rannten und mit wütendem Gebell an mir hinauffuhren. Ich erschrak durch diesen unverhofften Anfall so, daß mir der Hut entfiel, auf den das eine Untier mit der Tatze trat, während das andere knurrend vor mir stand, mich funkelnden Blickes betrachtend. Unter solchen Umständen hielt ich es für geraten, mich still und regungslos zu halten, zumal ich keine Wehr in Händen hatte, und wie ein Heiliger blieb ich auf meiner Stelle, indem ich meine Gegner fest ins Auge faßte.

Da ging die Haustür auf, und eine ältere Person kam aus dem Dunkel des Ganges hervorgewackelt, blieb stehen und sah auf meine bedrängte Gestalt mit mißtrauischen Augen herab.

„Still, still, still!" beschwichtigte sie die Hunde. „Wart, ihr Lümmel, wart, wart!"

Sie hob die Faust und schüttelte sie gegen die Tiere, die sich zu Boden duckten und sich windend und aus scheuen Augen nach der Alten schielend in das Innere des Hofes weiterschlichen.

Indem ich meinen Hut vom Staube aufhob, Kies und Schmutz von seinem Rande streifte und ihm die verlorene Fassung wiederzugeben trachtete, wankte die Pfarrhaushälterin – denn sie war es – vorsichtig die steinernen Stufen herunter und stand keuchend vor mir da. Ihr Angesicht war blaß geworden, und ihre Stirne schimmerte feucht.

„Ach", seufzte sie, und ein Ton von verhohlenem Leiden klang durch ihre Stimme. „Daß man so Viecher haben muß! Entschuldigen S' halt! Was hätten S' wollen?"

Ich fragte nach dem Pfarrer und sagte, wer ich sei. Da maß sie mich mit einem Blicke von unverhohlenem Mitleid und rief: „Mein Gott, so jung!" – Ein paar Augenblicke rang sie nach Atem und hielt die düsteren, dunkelbraunen Augen auf mich gerichtet. Dann setzte sie hinzu: „Wo denken denn die Herren hin!“

„He, Balbe, was gibt’s?“ rief in diesem Augenblicke eine starke Stimme, die mir den Kopf nach oben riß.

Unter der Türe stand der Pfarrherr. Mittelgroß und untersetzt, mit einer breiten, ungefügen Brust, die seinen schwarzen Rock in straffe Falten zog, so füllte seine Gestalt den ganzen Rahmen der Türe. Der Kopf saß kräftig auf dem Rumpfe, das Antlitz war gerötet, die Nase sicher und gebogen, die Stirne hoch und fliehend, und an der Stelle, wo sie sich glänzend in den Scheitel hinüberwölbte, erhoben sich die Fahnen eines dünnen Silberhaares.

„Mit einer Versicherung ist es nichts und mit dergleichen“, wandte er sich an mich. Da hob die Alte die Hand empor und brachte mühsam und mit verfallener Stimme hervor: „Es ist der neue Herr Lehrer!“

Der Pfarrer schien es nicht zu glauben. Wie wenn ich eben aus den Windeln der Mutter entlaufen wäre, so sah er von der Höhe der Treppe auf mich hernieder und sagte eine Zeitlang kein Wort.

Da faßte ich meine Gestalt zusammen, trat näher und nannte ihm meinen Namen.

„Hm“, nickte der Alte, „die Höslein, die Höslein! So schickt man sie heutzutage von der Schule weg!“

„Wie meinen Sie das, Herr Pfarrer?“ entgegnete ich.

„Aha“, rief er, „die neue Tonart! Es hat noch keine Eile damit. Kommen Sie einstweilen diese Treppe herauf!“

Ich zauderte und stieg am Ende doch empor. Kopfschüttelnd kam die alte Balbine hinter mir drein. Oben reichte er mir die Hand.

„Also, grüß Gott, Herr Lehrer“, sprach er. „Das wären Sie also. Kommen Sie herein!“

Er führte mich in seine Stube, wo es kühl und helle war.

Ich sah mit einem raschen Blick umher. Aus allen Ecken und Winkeln, aus alten Bildern und Möbeln wehte ein starker Geist her und verwirrte mich.

„Sie haben Selbstbewußtsein", sprach der Pfarrer, als ich ihm gegenüber Platz genommen hatte, „großes Selbstbewußtsein, nicht wahr? Wissen Sie, wo Sie sind?"
Ich schwieg und sah ihn immer an.
„Da unten ist das Dorf, da unten hocken sie in ihren Keuchen. Ich sage dir", fuhr er fort, indem ihm plötzlich das Blut in die Stirne schoß, „wenn du dahergestiegen kommst mit einem Stöcklein –"
„Herr Pfarrer", sprach ich, „warum empfangen Sie mich so? Gebe ich Ihnen Anlaß dazu oder wie? Wer hat mich an diese Stelle gesetzt? Ich bin gekommen, meine Pflicht zu tun."
„Hm", nickte er, „das Einmaleins! Es ist schon gut. Wir werden uns verstehen oder nicht verstehen, das kommt auf. Vorläufig verstehen wir uns nicht. Sie haben mir nicht das Gesicht danach! Ich meine, es wird gut sein – nun ja! Was wollen Sie von mir?"
„Wegen des Organistendienstes bin ich da."
„Den nehmen Sie einfach, und damit ist es fertig. Sie kriegen neunzig Mark im Jahr."
„Herr Pfarrer, ich nehme ihn nicht."
„Wie? Was?"
„Mit meinem Orgelspiel ist Ihnen nicht gedient. In meinem Zeugnis steht die letzte Note für diese Kunst. Vier Jahre bin ich aus dem Seminar. Seitdem habe ich keine Taste mehr berührt."
„Dann sind Sie kein Lehrer", fuhr er plötzlich auf. Seine Stirn zeigte rote Flecken. „Das wäre mir etwas! Ein Lehrer und nicht Orgelspielen!"
„Ich bedaure, Herr Pfarrer."
„Ich bedaure nicht. Sie können es. Sie müssen es können. Das hat es in Abenberg nie gegeben. Und wenn schon mancher gespielt hat zum Steinerweichen, gespielt hat er. Und also spielen auch Sie."
„Das Gotteshaus, Herr Pfarrer", wandte ich ein, „ist ein heiliger Ort, und mein Spiel –"
„Was?" fiel er mir in die Rede. „Oder gar! Ausflüchte! Da plagt man sich eben. Unser Örgelchen ist ein alter Kasten

mit einem halben Pedal! Dem werden Sie Herr! Übrigens reden wir da nicht lange über den Tisch. Wir begeben uns an Ort und Stelle! Bitt' schön!"
Mit einem energischen Ruck war er vom Tisch aufgestanden, hatte seinen Hut ergriffen und lud mich mit solchem Nachdruck ein voranzugehen, daß ich in meiner Bestürzung mich ebenfalls rasch erhob und zur Tür hinausging. Wir begaben uns nach der Kirche hinunter, den Zaun eines großen Gartens entlang und an der Linde vorüber, die uns mit ihrem Schatten überhüllte, mir nicht zu sonderlicher Kühlung, alsdann durch meinen verkommenen Schulgarten hin und durch ein Gittertor in den kleinen Gottesacker. Der Pfarrer lief schnell, trotz seiner gedrungenen Beine, und sagte kein Wort, ich gab mir redliche Mühe, mitzuhalten, so daß ich mir nur einen einzigen raschen Blick über die vielen Eisenkreuze des Friedhofs gestattete und einen Kranz von Schweißperlen an der Stirn fühlte, als wir in die Kirchentür traten. Sogleich drängte mich der Pfarrherr das steile Chorstieglein hinauf und keuchte hinterdrein, wies mit der Hand nach der zerschnitzten Orgelbank – mir schien sie morsch, und ich setzte mich vorsichtig.
„Spielen Sie!" sagte er und begann, noch außer Atem, sogleich den Blasbalg zu treten.
Ich dachte mir: Taten sind stärker als Worte, und legte die Finger auf die Tasten, schlug einen Ton an, legte einen Akkord darüber und, unfähig, eine Melodie zu erfinden und mit mehreren Stimmen sinngemäß zu begleiten, glitt ich von einem Akkord zum andern, eine klägliche Kadenz voll falscher Fortführungen und verbrecherischer Trugschlüsse, von einer Tonart konnte schließlich nicht mehr die Rede sein, und als ich eben im schändlichsten Treiben war und mich wunderte, daß ich nicht vor mir selber errötete, tat der arme Orgelkasten einen Pfiff und verstummte. Der Pfarrer hatte die Luft ausgehen lassen. Nun trat er zu mir, der ich mit krummem Rücken auf meinem Sündenstuhle saß und ihn fragend anblickte: „Nun?"
„Sie machen Ihrer Note Ehre", sagte er in dem zerfallenen

Stimmton des Atemlosen. „Donnerwetter! Bedenken Sie, daß ich ein musikalisches Empfinden habe."
„Ich auch", erwiderte ich, „und ich bin mir meiner Blasphemien wohl bewußt. Aber ich habe Sie gewarnt."
„Nein", sagte er, „das ist Absicht. Sie wollen mich abschrecken. Und das ist schwächlich, hören Sie. Sie haben sich damit Ihre Kappe bei mir verschnitten." Ich antwortete nichts.
„Übrigens", fuhr er fort, „wenn Sie keine Einfälle haben, so spielen Sie leichte Orgelpräludien. Es gibt deren genug. Und den Volksgesang werden Sie nach einiger Übung begleiten können. Hier und da haben wir ein gesungenes lateinisches Amt, da geb' ich Ihnen eine leichte Messe, dreistimmigen Orgelpart und eine einfache Singstimme darüber. Kirchenchor gibt es hier keinen. Und damit sind Sie mein Organist. Kommen Sie herunter!"
Ich kam herunter. Allein ich nahm mir ein Herz und sprach: „Ihr Organist bin ich noch nicht, Herr Pfarrer. Ich will mir die Sache überlegen."
„Gut!" sagte er kurz und zornig und schloß den Orgelkasten. Dann lief er mir voran. So behende, als rolle ein Fäßlein über die Stufen, glitten seine Füße hinab. Ich folgte ihm langsamer. Wir gingen zurück. Mitten im Schulgarten blieb er stehen und deutete auf das Schulhaus.
„Lassen Sie das ausräumen", sprach er, „und die Fenster aufreißen."
Ich wollte mich verabschieden.
„Was?" rief er erstaunt. „Sie wollen mich doch nicht zu allem hin beleidigen?"
Ich fragte betroffen, wie er das verstehe, da antwortete er kurz: „Sie kommen mit zum Mittagessen."
Es war Mittag geworden. Im Turm schlug die Glocke an. In der Schwelle der Pfarrhoftür stand die Haushälterin und hielt Ausschau, ob wir nicht bald kämen. Als sie uns herauftraben sah, verschwand sie eiligst.
Wir fanden in der Stube für zwei gedeckt. Die Alte brachte die dampfende Suppe herein, in deren tiefem Golde schwä-

bische Knödel dämmerten. Der Pfarrherr sprach das Gebet, dann ließ er sich schweigend nieder und wandte Auge und Seele der Feier des Mahles zu. Rings um ihn versanken die Dinge, und meine arme Person versank mit ihnen. Nicht einmal blickte er vom Teller auf, zerteilte die rundlichen Gebilde langsam und mit sicherem Drucke und schlürfte die herrliche Brühe mit Andacht.
Auch meinem hungrigen Magen gedieh die Labe auf das beste; aber ich konnte sie nicht mit vollem Herzensfrieden genießen. Immer wieder klang mir durch unser beiderseitiges Löffeln die Stimme des Pfarrherrn in die Ohren: „Das ist schwächlich, hören Sie! Sie haben sich Ihre Kappe verschnitten!“ Dann überlief mich eine jähe Röte, und es nagte in mir, daß ich für unredlich gehalten wurde.
Es kam das Fleisch und das Gemüse, und am Ende kam der Wein, der funkelnd in die Gläser perlte. Der Pfarrherr stieß mit mir an, sonst redete er nichts, auf seiner Zunge schmolz der Wein, sein Auge sah an mir vorüber.
Da ließ auch ich meine Gedanken frei nach allen Seiten fliegen, durch Räume und Zeiten schossen sie hin wie Schwärme ziellos gleitender Vögel.
„Sie trinken ja nicht!“ hörte ich plötzlich den Pfarrherrn sagen und griff erschrocken nach dem Glase, einen vollen Zug zu tun.
„Ein Weintrinker sind Sie auch nicht!“ murrte er dann. „Was sind Sie nur?“

Ich spürte augenblicklich die Kraft des alten Weines, ein holder Schleier wankte durch die Stube, und meine Seele schloß die dunklen Gründe zu. Mit einem Male gab es keine Sorge, keine ängstliche Beklemmung mehr. Der Schmerz und alle Pein des Lebens schmolzen hinweg, und goldene Verklärung hüllte schwankend alle Dinge. Ein Lächeln dehnte mir den feuchten Mund.
Der Pfarrer sah mich an, und seine Augen lächelten verhohlen.
„Ein Mann – ein Glas!“ sprach er und wollte mir das Kelch-

glas aufs neue füllen. Aber ich wußte wohl, woran ich war, und sträubte mich mit allen Kräften.
„Es ist Zeit, daß ich mich auf den Weg mache, Herr Pfarrer“, sprach ich und erhob mich.
Der Pfarrherr rief die Alte. Sie kam und reichte mir die Hand. „Der Pfarrhof ist nit Abenberg, Herr Lehrer“, sagte sie. „Nehmen Sie's nit zu arg!“
„Geschwätz!“ murrte der Pfarrer. „Euch sitzt das Mitleid immer am falschen Fleck.“
Sie seufzte nur und sagte: „Bhüt Ihne Gott, Herr Lehrer.“
„Ich danke Ihnen“, sprach ich zu der Alten und drückte ihre Hand in einer warmen Regung. „Auch Ihnen danke ich –“ wandte ich mich seitwärts an den Pfarrherrn.
„Nichts da!“ fuhr er kurz dazwischen. „In vierzehn Tagen dann auf Wiedersehen!“
Ohne weiteres ging ich hinaus. Die Hunde schlichen knurrend im Hof herum, der Pfarrer folgte mir nach und drückte hinter mir die Gittertür ins Schloß.
Ich lief durch die Gärten hinab, durchs Dorf und wieder den Hügel hinan. Und als ich seine Höhe erstiegen hatte, da wandte ich mich um. Der weiße Pfarrhofgiebel blinkte durch die Bäume und winkte mich zu sich zurück. Es überkam mich eine Empfindung zwischen Trotz und Schmerz und Liebe, der Flor des Weines wich, und der Gedanke begann mich zu quälen, daß es mir nicht gelungen sei, die Achtung dieses Mannes zu erwerben.

Therese und ihr Vater

Der Wald tat sich auf, in mannigfacher Wallung strich der Hang ins Tal hinunter, und hinter dem Gewölbe alter Linden zeigten sich schon ganz nahe die Türme eines Städtleins. Im Schein der Abendsonne sah ich's liegen – – da verhielt es mir den Schritt, und etwas stieg und drängte mir zum Herzen.
Hier war der Ort, an dem Therese lebte.

Mit Widerstreben war ich hergewandert, indem ich einem Locken in mir folgte, das mich, des sonderlichsten Zauderns ungeachtet, nach diesem grauen Städtlein zog.
Das Mädchen in dem Kreis der Ihren zu überraschen, sie zu sehen, die ich viele Wochen nicht zu sehen hoffte, das war wohl eine rasche Unternehmung wert.
Ich wußte, daß sie diesen Ort in kurzer Zeit für immer verlassen werde; denn ihr Vater, der Amtsgerichtsrat, hatte eben einen ehrenvollen Ruf erhalten, ich wußte, daß die Räume, in denen sie die Kindheit zugebracht, sich leeren würden, es zog mich an, die alten Stätten zu sehen und durch sie in meiner Freundin Jugend einzudringen. Und dennoch hatte etwas meinen freien Schritt gehemmt, je näher ich dem Städtlein kam.
Bis heute hatte ich mit Therese im Traume gelebt, in jenem lichten Traume der Jugend und des eigenen Herzens, in dem man fühlt und weiß, daß der Mensch nicht irdischen Ursprungs ist. Ein Zufall hatte mir Theresens Bekanntschaft gebracht, sie war wie aus einer Wolke hervorgetreten und wieder und immer wieder an mir vorübergewandelt. Wir hatten uns mit den Augen ineinander festgewurzelt, gesprochen hatten wir wenige Worte. Wer sie war, woher sie kam – was kümmerte es mich? Wir schrieben uns Briefe und senkten darein, was uns an Traum und Klarheit erfüllte, von irdischen Dingen war darinnen kaum die Rede.
Jetzt aber trat ich auf die Erde, auf der sie stand und wirkte, die Wolke floß entzwei, und Wirklichkeit drang immer deutlicher in mein Bewußtsein. Mir war, als hebe mich die Welle an den festen Strand.
Zwei Kuppeltürme schimmerten vor mir im letzten Licht, und unter mir ging das Gewirre grauer Dächer. Da lief es wie Erschrecken über meine Brust. Mein Fuß stand still und drängte sich zurück. Ich wünschte plötzlich, umzukehren.
Unter einem dieser Dächer wohnten Theresens Eltern. Da trat ich ein und nannte meinen Namen. Mit welchen Augen blickten sie mich an? Wenn sie von mir nach Art der meisten

Eltern dachten? Wenn sie das Schwebende, das Unaussprechliche mit einem rohen Namen nannten? So ziel- und ursprungslos war meine Liebe zu Therese. Wie – sollte ich die Schritte wirklich rückwärts wenden?
Ich schüttelte das Haupt, wie um die Zweifel abzuwehren, bezwang den Widerstand und stieg mit raschen Schritten in den Ort hinunter. Ich kam über eine Brücke und durch ein Tor in das Städtchen, auf dessen Buckelpflaster ich zum Markte ging. Noch ehe ich jedoch den Platz erreichte, sprang ein Gebäude klosterartig an der Straße vor, und über eine breite ausgetretene Treppe steigend, erkannte ich die steinerne Terrasse, die mir Therese oft beschrieben hatte. Da war auch schon die Tür, der Glockenzug und neben ihm das Schildchen mit des Vaters Namen. Aber es ging zuerst durch das gewölbte Tor in einen Innenhof, aus dem mir ein Pochen und Klopfen entgegenscholl. Eintretend sah ich Männer damit beschäftigt, einige Kisten zu vernageln, eine Magd kam aus einer offenen Tür hervor und eilte über den Hof weg, ich aber ging durch diese Tür hinein. Nachdem ich über eine dunkle Treppe aufwärts gestiegen war, gelangte ich an eine Wohnungstür, die ebenfalls mit beiden Flügeln offenstand und in das Innere der Wohnung blicken ließ.
Da sah ich inmitten eines Zimmers Therese in der Arbeitsschürze stehen, die wirren Strähnen aus der Stirne streichen, mit festem, sicherm Griff einen Haufen des umherliegenden Papieres zusammenraffen und einem kleinen Mädchen in die Schürze stopfen.
„Rasch, trag es auf den Boden!“ winkte sie und rief im nächsten Augenblick einen Knaben an, der lässig in der Ecke kramte.
„Martin, faß an!“ Und ihre Stimme klang so klar und zwingend, daß der Knabe augenblicklich seine Trödeleien aufgab und sich zu ihr herüberwandte. In diesem Augenblicke sah er mich und hob den Finger auf.
„Therese, sieh!“ bedeutete er halblaut seiner Schwester, und jetzt richtete sich auch Therese rasch auf und sah mich an, der ich im dunklen Vorraum stand. Abermals wischte

sie die Strähnen von den Augen weg und spähte scharf nach mir heraus, dann trat sie hastig näher, der Arm sank ihr herab, und halblaut und erschrocken rief sie meinen Namen. Nun lagen unsere Hände ineinander. Aufatmend stand sie vor mir da und schwieg. Der helle Glanz ihrer Augen war im selben Atemzug in Dämmerung versunken. Ihr Busen hob sich stürmisch hoch, doch blieb sie ohne Regung vor mir stehen.

„Matthäus“, wiederholte sie mit halber Stimme, „ist es denn wirklich wahr? Bist du es denn?“

„Ich bin es, Kind, ich bin zu dir gekommen.“

„Da kommst du in eine schöne Verwüstung“, sprach sie, stockte aber plötzlich, während sie mit den Worten kämpfte, und setzte dann hastig hinzu: „Was ist dir auch dies alles! Komm.“

Sie zog mich den Gang entlang und führte mich in ein Zimmer mit Spiegeln und schweren, breitsimsigen Möbeln, mit samtenen Bezügen, mit Floren und seidenen Behängen, stand in dem prunkenden Raume vor mir da, die dunklen Augen wie im Sinnen auf mich richtend, schien zu zaudern, nahm dann die graue Schürze ab und schlang die Arme schnell um meinen Hals.

„Daß du gekommen bist“, murmelte sie, von meiner Brust emporblickend. „Daß du gekommen bist!“

In diesem Augenblick bewegte sich die Tür, Therese fuhr empor, der Vater trat in das Gemach. Es war ein untersetzter grauer Mann mit ernsten und beinahe grämlichen Zügen, ein Kopf und eine Gestalt wie die des älteren Grillparzer, ja, im ersten Augenblick war die Ähnlichkeit so überraschend, daß ich den Alten auferstanden glaubte. Verwundert, einen fremden Mann bei seiner Tochter anzutreffen, blieb er zunächst der Tür stehen, die klaren, kleinen und mißtrauischen Augen in gewohnter Strenge auf uns beide richtend, dann trat er grüßend näher, und Therese eilte, mich ihm vorzustellen. Ich werde nicht vergessen, mit welchem kurzen und erwägenden Blick er meine ganze Gestalt überlief und mir die Hand zum Gruße reichte, während er zu sprechen anfing:

„Sie sind mir nicht unbekannt, Herr Graf, aber Ihr Anblick kommt mir unerwartet. Doch seien Sie willkommen bei mir. Freilich treffen Sie uns nicht im günstigsten Augenblicke an. Ich schicke mich an, das Notwendigste einzupacken und zu versorgen, ehe ich nach meinem neuen Wirkungsorte reise, meine Frau ist abwesend, und Therese ist die Mutter des Hauses. Denken Sie von unserer Gastfreundschaft nicht übel, wenn ich Sie bitte, einen kleinen Rundgang um den Ort zu tun, wir haben noch Eiliges zu erledigen, und unsere Wohnung ist auf eine Stunde voller Lärm und Unruhe. Am Abend werden wir zu Ihrer Verfügung sein."
Ich gab dem Manne sogleich zur Anwort, ich wolle mich inzwischen um ein Nachtquartier umsehen und einiges für mich besorgen, empfahl mich ihm und Therese und eilte etwas verwirrt hinweg. Therese hatte während der Worte ihres Vaters die Augen niedergeschlagen, dann, als ich ging, den Arm mit leisem Zucken bewegt, als ob sie mir die Hand zum Gruße reichen wollte, und dennoch ihre Rechte wieder sinken lassen. Nun machte sie Anstalten, mich zur Wohnungstür zu begleiten, aber der Vater verhinderte es durch eine rasche und energische Bewegung und folgte mir bis an die Treppe.
Es war seltsam, daß mir die Luft auf der Terrasse draußen so frei und köstlich vorkam. Ich war aufs wunderlichste betroffen. Denn schon am Anfang war mir Therese in einer Art und Tätigkeit erschienen, wie ich sie niemals gesehen noch mir hätte denken können oder mögen. Dieselben Hände, die so hohe und geheimnisvolle Worte niederschrieben, sah ich mit derbem Griff in den Dingen schalten, und dieselben Augen, die in ihrem Dämmern Unergründliches verrieten, hatten hier einen klaren, selbstbewußten, sicheren Glanz. Zum ersten Male hatte ich das Mädchen unbefangen wirken sehen, und völlig anders hatte es dabei sich offenbart. Ich wußte nicht, was mich mit solcher Unrast füllte, was mich mit unbegründet heftigen Empfindungen bewegte. So war mir oft als Kind gewesen, wenn jemand meine Eitelkeit verletzte. Aber das Wesen des Vaters machte mir vollends enge.

Das Leuchten seiner Augen war mir stets im Sinne, so prüfend, fragend, zweifelnd und erwartend.
Ich hatte vollauf zu schaffen, der neuen Eindrücke Herr zu werden, sah weder Häuser noch Menschen, sondern überließ meinen Füßen die Wahl des Weges und rannte in Gedanken über den Markt, durch eine krumme Gasse weiter, durch ein Tor, stieg rasch und atemlos durch Gärten aufwärts und sah mich endlich wieder an dem Ort, wo ich hereingekommen. Der Glanz der Sonne verließ die grünlichgrauen Hauben der Kuppeltürme, das Blinken der Messingkreuze verlosch, nur seitwärts spann es noch im Waldesdikkicht und schoß in vielen Purpurstrahlen durchs Gezweige. Ich sah hinein, bis mich die Augen schmerzten. Noch einmal kam mich der Gedanke an, hinwegzueilen und zu fliehen, doch war es diesmal viel mehr Trotz als Bangigkeit. Allein ich dachte an Therese und an die Meinung, die der Vater von mir fassen mußte, bezwang mich noch einmal und ging hinab.
Als ich in die Wohnung eintrat, fand ich darinnen niemand als den Knaben Martin, der in der Küche auf der Truhe saß, von einem Brote herunterbiß und mit den Stiefeln in Gedanken gegen die Wand der Truhe schlug. Er grüßte, war verlegen, stand auf und legte das Brot zur Seite. Dann führte er mich in das noble Zimmer und bot mir unbeholfen einen Stuhl an.
„Der Vater hat auf der Bahn zu tun“, sprach er, „und Therese füttert die Bienen im Garten.“ Zu einem weiteren Gespräch brachten wir es nicht. Ich rückte meinen Stuhl ans offene Fenster. Draußen auf dem Markt lag der Abschein des hingegangenen Tages. Der Brunnenstrahl fiel rauschend in das Becken, das Gurren der Tauben klang herein.
Nach wenigen Augenblicken kam Therese, rief, durch die Wohnungstür eintretend, Martins Namen und versorgte den allzeit willigen Knaben mit einem Auftrag. Dann nahten sich ihre Schritte in bewegter Eile, sie kam herein, ein Rot belebte ihre Wangen, und zu mir tretend, rief sie halblaut meinen Namen. Ich hatte mich erhoben und erfaßte ihre Hände.

Sie sah mich ein paar Augenblicke an, indem sich ihre Sterne dunkel färbten und wie mit einem Dämmerglanz umflorten, dann schlug sie ihre Augen nieder. Die Dämmerung begann schon heimlich durch den Raum zu zittern, indes ein Abglanz des gestorbenen Lichtes ringsum über den Gesimsen lag.
„Therese", rief ich leise, „was ist mit dir?"
„Mein Vater –", sprach sie halblaut, ohne ihre Wimpern zu bewegen. „Oh, warum bis du gekommen?"
„Hätt' ich nicht kommen sollen? – Sag, Therese!"
Sie schüttelte kaum merklich mit dem Haupte.
„Du hättest kommen sollen", begann sie wiederum, „und hättest doch nicht kommen sollen. Spürst du nicht, daß –"
„Daß etwas zwischen uns nicht mehr wie früher ist?" ergänzte ich ihre stockenden Worte.
„Du sagst es, du kannst alles sagen!" sprach sie leise und mit mehr Traurigkeit als Schmerz. Da plötzlich füllten ihre Augen sich mit Tränen, sie wandte sich von mir und ging hinaus. Im wunderlichsten Zwiespalt stand ich in dem düstern Zimmer.
Was war geschehen, und was war zu tun?
Indem ich diese Fragen überlegte, erscholl im Treppenhaus ein rascher Schritt, ich hörte gleich darauf die Wohnungstüre gehen, und der Amtsgerichtsrat kam den Gang entlang und trat zu mir ins Zimmer.
„Es ist schon ziemlich dunkel", sprach er, „ich will Licht machen." Und nun entschuldigte er seine Säumigkeit und bat mich, an dem Tische Platz zu nehmen. Therese ward herbeigerufen und erhielt den Auftrag, ein Abendessen zu bereiten, und als sie von der Schwelle lautlos hinweggegangen war, trat der Amtsgerichtsrat selber an den Schrank, nahm schön geschliffene Gläser heraus, brachte schweigend eine Flasche Wein herbei und hob mit mir das Glas.
Wir tranken, setzten die Gläser nieder, und es enstand eine seltsame Stille.
„Lieber Freund", begann mit einem Male der Amtsgerichts-

rat und brach das peinvolle Schweigen, „verargen Sie es einem Vater nicht, der um sein Kind besorgt ist, wenn er so geradeswegs die Frage an Sie richtet: Wozu sind Sie gekommen?"

Ich war auf alles eher als auf diese Frage gefaßt, das Blut stieg mir zum Kopfe, und ich suchte nach irgendeiner Anwort. Der Alte sah es und fuhr fort: „Ich will nicht in Sie dringen noch Sie überraschen, ich habe es gar nicht auf eine Anwort abgesehen, die Sie bei ruhigem Besinnen nicht gerne geben wollen. Ich sehe Sie betroffen und schließe daraus, daß Sie mit dieser Frage sich noch nicht beschäftigt haben. Nicht so, mein lieber Freund!" sprach er, als er mich eine heftige Bewegung machen sah, „ich will mich Ihnen erklären."

Durch die Strenge seines Blickes drang ein warmer Schein, und seine Züge fingen an, sich zu beleben.

„Mein Mädchen sagt mir, es hätte in Ihnen einen Freund gefunden, und ich will es glauben. Denn ich gehöre nicht zu jenen, die behaupten, es gebe zwischen Männern und Frauen keine Freundschaft. Ich selber habe eine Freundin besessen und weiß, was ich davon zu halten habe. Aber ich bin auch so wie Sie ein junger Mann gewesen und habe an mir selbst erfahren, wie schwer, wie schwer ein so bedeutendes Verhältnis wie die Freundschaft zwischen jungen Menschen zu bewahren ist. Denn die Versuchung zum Allermenschlichsten ist stark und in der Jugend stärker als irgendeine andere, die Köpfe sind dazu noch unklar und die Herzen wirr – da mögen Sie begreifen, daß ich nicht so rasch vertraue. Mein Mädchen kenne ich, es ist noch jung und schwärmerisch und gar zu leicht geneigt, sich selber zu betrügen. Sie aber, junger Mann, Sie habe ich in Ihren Schriften kennengelernt, die mir Therese gab. Ich habe sie mit ehrlicher Bewunderung gelesen. Ihr Geist erweist sich hier in einer Reife, die Ihrem Alter weit vorangeeilt, Ihr Herz sucht sich des Höchsten zu bemächtigen, und Ihre Gabe halte ich nicht für gering. Und dennoch will ich mich auch hier nicht täuschen. Denn es gibt in der Jugend manchmal eine Helligkeit des Geistes, die das vorwegnimmt, was das Herz und die Erfahrung erst erringen müssen, und wer im Kopfe reif ist, ist es oft nicht im Gemüte. Kurz, lieber Freund, ich traue einer Jugendfreundschaft nicht.

Nun habe ich weder die Absicht noch das Recht, in Ihr Inneres einzudringen, um hier zu erfahren, was Sie mit sich und dem Mädchen im Sinne haben, ob Sie entschlossen sind, die Freundschaft unter allen Umständen zu bewahren, oder ob Sie in der Stille andere Pläne tragen. Aber in jedem Falle seien Sie sich dessen bewußt, daß Sie für alles, was Sie tun, die Verantwortung tragen. Denn man zieht nicht leichtfertig das Wesen eines andern Menschen an sich. Und wenn Sie sich über die Entwicklung dieser Dinge in sich selber nicht im klaren sind, so haben Sie die Pflicht, sich Klarheit darüber zu verschaffen und feste Entschlüsse zu fassen, in diesen Dingen nicht dem Zufall und der schwankenden Empfindung Raum zu geben, sondern die Führung zu ergreifen und eines wohlbestimmten Weges fortzuschreiten. Sie müssen sich für Freundschaft oder Ehe entscheiden und dürfen das Mädchen hierüber nicht lange im Zweifel lassen. Sei es Freundschaft, gut! So erwarte ich von Ihnen, daß Sie alles das vermeiden, was der Öffentlichkeit zum Anlaß werden könnte, Ihre Beziehung zu Therese als eine leichtfertige und ungeregelte zu bezeichnen. Denn der bösen Zungen sind viele, und sie sind unglaublich geschäftig. Und im andern Falle kennen Sie den Weg, der allen boshaften und verleumderischen Gerüchten den Boden entzieht.

Mein Freund, Sie sehen zu Boden und erwidern nichts. Glauben Sie nicht, daß ich alles dies zu Ihnen gesprochen hätte, wenn Sie mein Vertrauen nicht besäßen. Aber sehen Sie, wenn ich es mit meinem Berufe ernst nehme, wenn ich zu Gericht sitze über die Menschen und ihre Ehrenhändel schlichte, den verurteile, der nicht seiner Verantwortlichkeit gemäß gehandelt, gleichviel, ob er sich dessen bewußt war oder nicht, dann fordere ich von mir, von den Meinen und von denen, die den Meinen nahestehen, daß kein Schatten auf unsere Bürgerehre falle, nicht nach außen hin, mein lieber Freund, nicht nach innen hin! Unsere Zeit ist irr geworden, weil man begonnen hat, das Pflichtbewußtsein zu betäuben, und den Mut verloren hat, die Verantwortung zu tragen für sein Tun und Reden."

Er schwieg und sah mich eine Weile prüfend an. Denn alle Gedanken versagten mir, und um die Stirn lag es mir wie ein eisernes Band. In welche strenge Welt war ich geraten? Sie stieg gleich Felsenwänden stolz um mich hinan. War das die meine, konnte es die meine werden? Die Frage wurde wirr in meinem Sinn. Therese kam, trug Teller auf und brachte uns zu essen. Ich nahm mechanisch, aß zerstreut und grübelnd.

Nach Tische stand ich auf und bat, daß ich mich nun entfernen dürfe. Ich sagte, daß ich morgen mit dem Frühzug reisen wolle.

Therese führte mich hinaus. Im dunklen Vorraum faßte sie mich an der Hand.

„Was ist geschehen?" fragte sie. „Habt ihr gesprochen?"

„Er hat gesprochen", sagte ich.

„Was ist geschehen?" wiederholte sie.

„Es ist etwas geschehen", gab ich ihr zur Antwort. „Allein, ich weiß nicht, was."

Noch sehe ich, wie in dem dämmervollen Angesicht die Augen groß und herrschend wurden. Ein rätselhaftes Glimmen füllte sie im Innern.

„Ich bin durch etwas Bitteres hindurch", sprach sie. „Es wird mir leichter, immer leichter. Matthäus, lieber Freund, wann sehe ich dich wieder?"

„Ja, wann?" begann ich leise aufzuseufzen.

Ein wundervolles Lächeln trat in ihre Züge.

„Bald", raunte sie, „Matthäus, bald!" Und indem sie die Stirn gegen mich neigte, fuhr sie flüsternd fort: „Mein Vater kommt nach S., und S. liegt nur vier Stunden unter Abenberg."

In plötzlichem Erstaunen sah ich auf. Ein leises Lachen klang aus ihrem Innern. Schnell legte sie den Finger auf den Mund, der sich zum letzten Gruß bewegte, und enteilte.

Einstand

Die Zeit war da, ich wanderte wieder Abenberg entgegen, diesmal, um dort zu bleiben und ein neues Leben zu beginnen. Georg, mein Bruder, hatte mich begleitet, er schob des Vaters altes Rad, mit dem ich mir die weiten Wege kürzen wollte. In vollgepackten Rucksäcken schleppten wir meine erste Habe.

Wir hatten uns diesmal dem Dorfe von Norden genähert, von dem Orte Karberg aus, der nächsten, wenn auch stundenweit entlegenen Bahnstation. Hier hatte ich mich von Georg getrennt, den ich als meinen Boten in das Dorf voraussandte. Ich selber mußte weiter nach S., der nächsten Stadt, um mich bei der Behörde vorzustellen.

„In Karberg treffen wir uns wieder und wandern zusammen dem Ziele entgegen, und du berichtest mir, wie es dort steht." Mit diesen Worten war ich von Georg geschieden.

Doch als ich ausgedorrt und abgemattet zurückkam, noch von der unbarmherzigen Glut der steinernen Häuserfronten brennend, da fand ich Georg nicht zur Stelle.

Nach einer Weile vergeblichen Wartens verließ ich zaudernd den Bahnhof und wanderte dem Meer der Wälder zu, das sich im Süden vor mir streckte.

Ich ging über Ackerhöhen und durch Mulden und sah über weites, stummes, abendreifes Land. Der Himmel stand in Gold, die Fernen blauten, die letzten Höhenzüge waren wie Kristall. Und immer ging der rote Feuerball der sinkenden Sonne mit mir.

Ich kam durch mehrere Dörfer, stieg einen Pfad hinan, umfing das Land zum letztenmal in seinem Purpurlicht und machte mich dann auf steilen, unförmigen Fußtapfen hinab in einen Weiler, an dem ein heller Bach vorüberfloß.

Die Knie waren mir wie aufgelöst. Der Schein des letzten Lichtes sank mir ins Blut. Ich sah nach Süden, sah die Nacht aufsteigen aus der Unermeßlichkeit der Wälder, die wilde Öde geisterte mir an das Herz.

In meinen Augen glutete der Ball der Sonne, ihr Scharlachschein goß eine feierliche Blendung in die Seele, und mitten in der schönen, fremden Landschaft überfiel mich eine bittere Verlassenheit. Wie weit, wie unermeßlich ferne lag das Dorf! Der Himmel wimmelte von grünen Schattenbällen, der Feuerrand der Sonne rührte an den Horizont. Ein Schauer ging das Tal entlang.

Da hörte ich in meinem Rücken eine Stimme rufen. „Matthäus! Matthäus!“ kam es durch die Abendstille herab. Ich wandte mich nach der Höhe um, von der ich herabgekommen. Da sah ich am dunklen Hügelrande eine kleine Gestalt ganz zierlich und scharf in den Himmel gezeichnet – Georg mit dem Rade. Er schien ganz atemlos, die Stimme versagte ihm beim erneuten Rufen, da hob ich die Hand und eilte auf ihn zu. Aber schon war er hart am Hang und schleppte sich mit dem Aufgebot der letzten Kräfte den jähen, fast senkrechten Weg hinab. Noch ehe ich ihm Hilfe bringen konnte, stand er vor mir da. Die Hände zitterten ihm vor Anstrengung, an seinem Halse pochte die Schlagader.

„Wo kommst du her?“ fragte ich ihn erschrocken.

„Von Abenberg. Ich habe mich verspätet. Die Straßen gabeln da und dort, man kann sich leicht verirren.“

„Du warst am Bahnhof?“

„Nein. Dort unten die Straße bin ich eben hergekommen und habe dich oben über die Buckel kommen sehen. Hast du mein Rufen nicht gehört?“

„Ich habe nichts gehört, die Grillen tosen so.“

Ich sah ihn an, der Schweiß stand rings um seine Stirne. Wortlos nahm ich mein Tuch und trocknete ihn ab. Es war das erstemal, daß ich in meinem Leben solches tat.

„Wie steht's in Abenberg?“ fragte ich dann.

Er schwieg und suchte prüfend meine Züge, in seinen Augen flammte es wie Zorn.

„Sprich nur“, ermahnte ich ihn nach kurzem Warten.

Jetzt färbte sich sein Antlitz dunkel.

„Schändlich, schändlich!“ brach er aus. „Nichts, gar nichts ist gerichtet. Das Schulhaus ist voll Staub und Schmutz. Sogar die Ratte liegt noch vor dem Herde.“

„Und das Bett?“ rief ich mit halber Stimme.
„Kein Bett“, entgegnete er kurz.
Da glaubte ich, der Rucksack ziehe mich zu Boden.
Wir standen da, die Sonne ging hinab. Die Grillen wirbelten wie toll.
Nach einer Weile Schweigens sagte Georg:
„Es ist das beste, Matthäus, du nimmst das Rad und fährst voraus. Den Rucksack gibst du mir, so kommst du schnell vom Fleck. Du kennst den Bürgermeister und den Pfarrer. Vielleicht gelingt es dir, noch irgendwo ein Nachtquartier für uns zu finden.“
Ich gab ihm recht. Den Rucksack aber ließ ich nicht von meinen Schultern. Wir säumten nicht und trennten uns. Ich schwang mich auf das Rad und rackerte der Dunkelheit entgegen.
Die Weite legte sich zurück, die Nacht erhob ihr Haupt, die Wälder kamen.
An ihrem Saume fuhr ich fort, in engem, düsterndem Tale, von kriechenden Nebeln begleitet, die Schatten der Wipfel immer über mir. Dumpfer und feuchter ward der Grund, von Rohr und Sumpfgewächsen bedeckt, Spiräen schwebten bleich wie schimmernde Wolken. Die Dunkelheit ging strudelnd um sie her, der Nebel qualmte, Frösche schrien.
Eine Mühle lag im Röhricht, ihr Giebel gleißte matt, die Fenster starrten trübe in den Abend. Die Straße wand sich um die Waldesbiegung. Da ging der Blick das Tal entlang, das in der Ferne offen lag. Wie graue Schleier wob es da, ein matter Lichtglanz fiel herein, von jener tiefen, odemlosen Blässe, mit der die Nacht die Schwelle ihres Geheimnisses bekleidet. Von diesem Schein umflossen grüßte eine Kirche und winkte lautlos wie ein Geisterziel.
„Mein Abenberg!“ – Ich rief es staunend und grüßte das geheimnisvolle Dorf. Und gleich als riefe mich die Heimat, so bot ich meine letzten Kräfte auf und flog dahin. Ich glitt die Finsternis entlang, die Kirche wuchs und leuchtete. Jetzt sammelten die Wälder ihre Schwärze, jetzt stieg der fahle Hang, und dämmernd lag das Forsthaus.

Wieder wie vor Wochen ging ich zwischen zwei Gärten hinauf, wieder stand ich am Tor und blickte taumelnd und trunken nach dem nahen Wald hinüber, durch dessen Wipfelsaum das Silberhaar der Mondessichel wehte.
Da war ein leichter Schritt, er kam hinterm Hause hervor, und eine schlanke, dunkle Gestalt schritt gegen mich her. Sie schritt mit jener Unbefangenheit, die keinen Menschen nahe weiß, in ihren Händen trug sie einen Strauß von späten Rosen. Ich regte mich, sie stutzte und stand still. Ihr kleines Antlitz schimmerte.
„Wer ist das?“ fragte sie mit leiser, heller Stimme. „Herr Graf – Sie sind Herr Graf! Ach, lieber Gott!“
Mir wurde plötzlich dunkel vor den Sinnen – ich hatte seit dem frühen Morgen nichts zu mir genommen, da fiel der Taumel der Erschöpfung über mich herab. Ich lehnte mich zurück, die Wand des Hauses bot mir Halt. Allein ich wußte nicht mehr, was geschah und was das Mädchen sagte.
Nach einer Weile ward ich meiner Sinne Meister, ich fand sie bei mir stehen, meine Hand lag in der ihren.
„Herr Graf“, sagte sie, „hören Sie doch und seien Sie nicht verzagt. Es ist ja schrecklich, und ich habe mich ganz erbost darüber. Aber ich habe es dem Bürgermeister auch gesagt. Er hat mir alles versprochen, Sie werden Ihr Zimmer gerichtet finden.“
„Danke, liebes Fräulein“, sagte ich, „danke. Ich will nun gleich ins Schulhaus gehen und dort meinen Bruder erwarten.“
„So geh' ich mit Ihnen“, versetzte die Försterstochter rüstig, „ich muß es sehen, wie sie es gerichtet haben. Und wenn es nichts taugt, so bringe ich von unserem Bettzeug.“
Sie stieg mit mir hinab, ich nahm das Rad, sie ging an meiner Seite.
„Wenn ich hier gewesen wäre, wenn ich nicht selber fort müßte“, sprach sie neben mir aus dem Dunkeln hervor. „Sie denken nichts, sie spüren nichts, sie sind wie die Stöcke im Walde.“
So kamen wir ins Dorf hinein und an des Bürgermeisters

Hütte. Im Hofe sah ich eine Pfeife glimmen, ich schob mein Rad heran, er war es selber. Gleichmütig glänzten seine Augen auf mich her.
„Ist mein Bett gerichtet?“ fragte ich ihn.
„No net“, gab er zur Antwort. „Es hot au no Zeit. Miassn’s für dösmal holt beim Wirt, beim Steffel, schlof’n. Morgn’ woll mer nochher umschaun.“
Für heute war ich nicht mehr in der Lage, mich gegen diese Rücksichtslosigkeit zur Wehr zu setzen. Ich wandte mich nur um und ging. Sophie Wegmann lief mir über die Straße nach.
„Um Himmels willen, wohin wollen Sie?“ fragte sie mich ängstlich.
„Zum Steffel“, gab ich stumpf zur Antwort.
„Nein“, sprach sie heftig. „Nein, das darf nicht sein. Kommen Sie mit mir. Wir haben zwar kein übriges Bett; aber meine Mutter kann sich aufs Sofa legen, und ich – ich komme schon wo unter. Dann können Sie mit Ihrem Bruder nach so viel Mühe und Enttäuschung –“
Ich ließ sie nicht ausreden, sondern ergriff sie am Arm und bat sie, nichts weiter von solchen Absichten zu reden, ich würde ein solches Angebot in keinem Falle annehmen, und wenn ich auf der Straße bleiben müßte. Als sie sah, daß ich hartnäckig blieb, verzagte sie.
„Oder gehen Sie in den Pfarrhof“ – wandte sie schüchtern ein.
„Nein“, antwortete ich kurz.
„Aber sehen Sie, in des Steffels Betten schläft ein jeder, der des Weges kommt.“
„Ich frage nach nichts mehr“, gab ich ihr zur Anwort.
„So legen Sie doch wenigstens Ihren Rucksack im Schulhaus nieder!“ bat sie mich.
„Der Schlüssel?“ fragte ich.
„Den hat der Bürgermeister.“
„Ich gehe nicht mehr zurück“, erklärte ich.
„Das ist eine Not mit Ihnen!“ klagte sie. „Ich hol’ ihn, warten Sie!“
Schon war sie weggehuscht. Ich stand allein im Dunkeln auf

der Straße und sah nach oben, wie die Sterne kamen. Bald schwammen mir die Augen. Stillschweigend kehrte Sophie zurück, ergriff meine Hand, als wäre ich ihr Bruder, und zog mich den Rasen hinauf vor die Stufen meiner Haustür. Dann stieg sie hinan, schloß auf und winkte mich herein. Ich folgte ihr, und sie half mir den Rucksack abnehmen. Nun stand sie vor mir da. Ihr Angesichtlein hatte sich über dem Bücken dunkel gefärbt. „Gute Nacht, Herr Lehrer", sprach sie, aus der Dämmerung gegen mich lächelnd. Ich sagte ihr, daß ich sie zurückbegleiten wolle. Da schüttelte sie bestimmt und heftig das Haupt und eilte in die Nacht hinaus.

Ich schloß die Tür zu und ging zu Steffel, dessen Wirtshaus unterm Pfarrhof lag. Beim Schein einer trüben Öllampe stellte ich mich der Wirtin vor, die mich in den Tanzsaal hinaufführte und da einen Bretterverschlag auftat, in dem zwei Betten standen. Das sollte unser Nachtlager werden.

Ich nahm es, wie es war, stieg wieder in die Wirtsstube hinunter und setzte mich zu etlichen Bauern, die in dem düstern Lichte schweigend saßen und ihr Bier hinuntertranken. Mit dem Schlage neun kam Georg vor dem Wirtshaus an. Ich bestellte eine heiße Milch, zwei Halbe und Brot dazu. Das brockten wir ein und löffelten die Mahlzeit heißhungrig aus. Dann gingen wir ins Schulhaus hinauf, unser Waschzeug zu holen. Georg öffnete und kramte im Finstern in den Rucksäcken herum.

Indessen setzte ich mich, in meinen Mantel gehüllt, auf die Stufen des Eingangs. Rings war es still. Die Zweige meiner alten Bäume hingen wundersam herein, die schwarzen Blätter wimmelten. Da und dort war das Kronendach durchbrochen, und der kristallene Himmel schimmerte hindurch, grün war sein Licht und klar, und mitten darinnen stand das Hochgestirn der Liebe, die Venus, in ihrer stillen Majestät. Und so saß ich, gegen den Himmel staunend, empfand mit letzter Kraft die Süße dieses Augenblicks, und um mich war die Einsamkeit, die meiner Seele, Abgrund zu Abgrund, entgegengrüßte.

Am andern Morgen weckte uns die Sonne. Wir fühlten uns gestärkt durch den tiefen Schlaf und traten wohlgemuter vor den Bürgermeister.

„Also probier mers!“ sagte er mit Gleichmut. „Weard wohl ä bissel heb'n, moan i.“

Und er führte uns zum Hof der Martelbäuerin, der unterm Schulhaus lag.

„Bött'n?“ verwunderte sich die Martelbäuerin, daß sich ihr dralles, junges, rotwangiges Gesicht in ein absonderliches Grinsen verzog, das einem Lächeln der Freundlichkeit nicht unähnlich war, „wer sogt dir denn, mir hätt'n Bött'n? Oder wia kommst denn du auf sölchene Gedanken?“

Der Bürgermeister brachte einige verlegene Worte vor, „daß man mich doch nicht auf den Boden legen könne und daß man von ihr wisse, wie sie das meiste Sach mit in die Ehe gebracht habe, man habe ja die Brautfuhre den Eichelberg hinabfahren sehen.“

„So ein langes G'merk host du?“ fuhr sie ihn spottend wieder an. Ihre Rede war derb; aber sie klang nicht ungut. „Und woaßt net, daß wir unser Kathi ausstaffiert ham vor am Johr und daß wir unser elfe sein, die Eh'holten gor net g'rechnet? und hot dei Weib vielleicht koane Bött'n, wos? Abbrech'n habts es miass'n, weil ihr koan Blotz net hobt in eirer Keich'n, worum wollt's denn ihr net dra?“

„Martelbäuerin“, verwahrte sich der Bürgermeister, „du ko'st vielleicht au zöhl'n und ko'st dir's rausfingerln, wiaviel Leit mir san und wiaviel Bött'n mir hob'n abbrech'n miass'n, und di selln, dia abbrochen san, dös woaßt, de san net unser.“

Eine Weile ging das Gespräch so hin und her, indes ich beschämt wie ein Gemeindearmer beiseitestand. Dann wurde es der Martelbäuerin genug, sie trat dem Bürgermeister näher und sprach das letzte Wort:

„Heißbauer, du sog mir nix mehr. A Kopfkiss'n kann er hob'n von mir und an Überzug zum Bett, und jetzt will i

mei Ruah hob'n, und daß d' mir nimmer auf'n Hof steigst. Pfüat di Gott!"
Wir gingen. Der Bürgermeister brummte etwas von einem Luder vor sich hin und stapfte mir dann voran zum Wirt. Steffel, der Wirt, zuckte die Achseln und beteuerte, er brauche sein Sach selber. Da riß mir die Geduld.
„Das ist zu arg!" rief ich im Zorne aus. „Bin ich denn ein hergelaufener Mensch? Die Gemeinde ist verpflichtet –"
„Sands staad", mahnte mich der Bürgermeister ruhig, „mit einer sölchenen Musi bringen S' uns Abenberger net zum Danz'n. Olso, Steffel, an Kast'n gibst hear.
Die Wirtin faßte ein Mitleid an, und sie legte ein gutes Wort für mich ein.
„Gib'n hear, Steffel, daß a Ruah is."
„No, also", erklärte der Steffel. Aber der Bürgermeister blieb hartnäckig stehen. „Und a Bett gibst au no her!" bohrte er.
Der Wirt hub an sich zu beklagen, daß man es darauf abgesehen habe, ihn, der an und für sich allen Schaden der Gemeinde zu tragen habe, nun für den neuen Lehrer auszuplündern, am Ende versprach er ein Bettgestell, das Bett aber verweigerte er heftig. Da zogen wir weiter.
„Es reibt si scho so langsam z'samm", nickte mir der Bürgermeister zu, „mir wearns's bold hob'n, Herr Lehrer!"
Aber er hatte sich zu früh der fröhlichen Hoffnung hingegeben. Denn in den beiden andern großen Höfen, in die wir nun kamen, erlangten wir nicht einen Faden, und auch die Kramerin hinter der Kirche wies uns ab. Nun blieben ringsum nur noch etliche armselige Hütten übrig, in denen sich Taglöhner und Holzarbeiter hinfretteten, und wir hielten es für unnütz, auch an diesen niederen Türen anzuklopfen. Der Bürgermeister befand sich nun mit seinem Rat am Ende.
„Deifl!" sagte er und kratzte sich das Hinterhaupt. Und nachdem er eine Weile nachdenklich mitten auf der Straße gestanden, den Blick zur Erde gesenkt, umstrahlte sich plötzlich sein Angesicht mit Fröhlichkeit, und er sprach:

„No, Herr Lehrer, a Bettg'stell hom S' jetzt und an Kast'n au, a Tisch steht ob'n und a Stuahl, dös ander, wos S' no brauch'n, is nimmer viel. Dös kennan S' leicht selber no z'sammbringa. I muaß jetzt notwendi aufs Feld, der Knecht hot scho ei'gspannt. Sie brauch'n mi jetzt nimmer. Pfüat Gott, Herr Lehrer!"

Und er zog den schwarzen Schlapphut, nickte mir freundlich zu und ging.

„Herr Bürgermeister –!" fuhr ich halblaut auf. Aber er hörte es nicht mehr, sondern schritt zufrieden nach seinem Hof hinauf. Da standen wir und sahen einander an.

„Ich fahre an das Amt und beschwere mich!" stieß ich zwischen Zorn und Tränen hervor. Aber Georg hatte seinen Gleichmut behalten.

„Tu das nicht!" riet er. „Du verfeindest dich mit ihnen, und sie tun dir dann alles zum Trotz. Und ohne sie kannst du nicht leben. Du brauchst ihre Milch, ihr Brot und ihre Eier, ihr Holz für den Winter, alles brauchst du von ihnen. Es gibt nur eines: ihnen langsam Achtung und Vertrauen abgewinnen." Dann sah er über das Dorf hin, das ruhig in der Morgensonne dalag.

„Es ist prächtig!" rief er belustigt aus. „Man sollte es aufschreiben und an alle Vorgesetzten herumschicken, die da kommen und verlangen! Was tun wir nun?"

Indem wir so berieten, trat ein alter, verschrumpfter, zahnloser Bauer auf uns zu, begrüßte uns mit wackelndem Kopf und tränenden Äuglein und sagte: „Der Herr Lehrer, net wohr? So, so Herr Lehrer, dös is schea. A scheas Wetter zum O'fangan, net wohr? und Glück hob'ns au scho glei. Z' Gandorf der Aug'nschneider is am Sterb'n. Do gibt's bald a Leich und so wos!" Und er bewegte die Finger, als ließe er Geld hindurchrollen. „Glück muaß ma hob'n, sell sog i! Zohl'n S' mir koa Maß, Herr Lehrer?"

„Ein Begräbnis!" sprach ich zu Georg. „Und ein Requiem! Georg, Georg, wir haben kein Requiem. Ich bin mir keineswegs im klaren, inwieweit ich mitzuwirken habe. Und einen auch nur mittelschweren Orgelpart kann ich nicht spielen."

Georg verlor die Ruhe nicht.
„Ich will dir schnell eins schreiben", beschwichtigte er mich, „bis morgen ist es fertig. Wir haben dann noch übermorgen Zeit, es einzuüben. Am Sonntag mache ich mich fort."
„Georg", versetzte ich darauf, „ich muß auch Geld haben. Du mußt nach N. ins Finanzamt fahren. Sie vergessen mich sonst und weisen mir das Geld nicht zu. Es stünde schlecht um deine Heimreise; denn unser gemeinsamer Beutel ist soviel wie leer."
„Gut", sagte Georg. „Ich sitze auf und fahre. Bis Mittag bin ich zurück. Dann soll das Requiem drankommen. Inzwischen sieh du dich nach deinem Hausrat um!"
Unser Tagesplan war gemacht. Wir ließen unseren Alten stehen und gingen nach dem Schulhaus. Dort fanden wir Lisabeth vor, die Schulputzerin, die eben daran war, den Schulsaal herzurichten. Georg bestieg das Rad und fuhr hinweg. Lisabeth trocknete die Hand an ihrer Schürze und begrüßte mich. Es war eine kleine ältliche Person, die mich mit mißtrauischen Augen musterte.
„Herr Lehrer", sprach sie, „unser verstorbener Lehrer, dös is ein patenter Mensch g'wen, dös sag' Eahna i, an sölchen kriag'n mir nimmer." Damit hatte sie ihr Urteil über mich gesprochen. Als ich sie nun fragte, ob sie mir auch wie dem Verstorbenen die Hausarbeit verrichten wolle, entgegnete sie zögernd: „I woaß net, Herr Lehrer, i woaß net" und dabei blieb sie.
Was sollte ich nun tun? In meine doppelte Bedrängnis fiel nur ein einziger Lichtstrahl. Sophie Wegmann hatte mir ihre Hilfe versprochen. Ich ging zu ihr. Sie vernahm meinen Bericht mit herzlichem Entsetzen und rief: „Kommen Sie, kommen Sie, ich will mit Ihnen herumgehen!" So gingen wir wie am vergangenen Abend einträchtig mitsammen nach dem Dorf zurück. Ich fühlte mich wohl an der Seite des lieblichen Mädchens, und es schien in ihr ein glücklicher Geist mich zu begleiten; denn sie lenkte ohne Zögern unsere Schritte nach dem unteren Dorfe zu und trat vor eine niedere, langgestreckte Hütte.

„Hier wohnt die Burglerin", sprach sie zu mir, „die ist mir oftmals gefällig gewesen – sie ist ein wenig beschränkt, ein wenig laut und zudringlich, aber im Grunde gut und hilfsbereit, wir wollen unser Glück bei ihr versuchen."
Sie neigte sich nach dem niederen Fenster hin, aus dem ich ihr freundliches Angesicht zurückgrüßen sah, wie es sich aus dem Dunkel der Scheibe herausneigte, und pochte an. Sogleich ward das Fenster geöffnet, es quoll eine dicke Luft heraus, und der Kopf eines Weibes, mit grobem Wolltuch eingebunden, erschien im Rahmen. Das Antlitz zeigte trotz des mittleren Alters viele tiefe Falten, die Stirn war klein und nieder, die Augen hell und grau, mehr pfiffig als gescheit, die Nase ragte vor, der lachende Mund entblößte etliche Lücken und zwei spitze gelbe Eckzähne.
„Jo, wos is denn dös, unser Freilein is zuaheri kemma!" ging die Begrüßung an, mit sichtlicher Freude kam das Weib in die Schwelle gelaufen und nötigte uns herein.
„Der Herr Lehrer is dös?" nahm sie von meiner Person mit stolzer Freude Kenntnis. „Will si der leicht bedanken für dean scheanen Strauß, den i eahm auf sein Disch g'stellt hob?"
„Liebe Frau", sprach ich mit Seufzen, „ich bin in meine Kammer noch gar nicht hinaufgekommen und habe Ihren Strauß noch nicht gesehen. Im Schulhaus sieht es ja übel aus. Aber ich danke Ihnen für die Freundlichkeit."
„Jo, greisli is es, und a Schand is es au!" fiel sie jetzt eifrig ein. „I hob' es g'sogt. Dös is koa Regament im Dorf, wias inser Heißbauer hot, der loßt grod alles grod sei. Wos will do unsereins dran ändern? Mir sand di Klean, die ormen Leit, auf dia neamd aufboßt. Hon i mir denkt: geh, Burglerin, tua dei Gartla schnell a weng ausplündern fürn Herrn Lehrer, daß er au a bißl a Freid hot, bol er kimp."
Sophie lobte ihr Zartgefühl und ihren Eifer und leitete klug zu unserem Anliegen über.
„Und was mecht nochher der Herr Lehrer bei mir?"
Nun begannen wir wechselweise zu erzählen, wie es mir bei meinem Einzug in mein neues Reich ergangen sei.

„So, als an Handwerksburschen hobn's Eahna a'gschaut, de Kerl, de unhilflichen. Und so wos muaß bei uns z' Ob'nberg passieren, wo mir ein oltes, angesehenes Dorf san! Bold jetz der Herr Lehrer dia Soch eamt verzöhlt, miass'n mir uns leicht net schamen im gonz'n deitsch'n Voterland? Ober es soll net heiß'n, si san oll über oan Hauf'n, zum wenigsten von der Burglerin net. Und daß i's kurz sog, wos i hob, dös gib i Eahne, Herr Lehrer. Und jetzt muaß i Sie schön ersuach'n, komman S' rei und steigen S' grod mit mir in Kast'n nauf, sell drob'n is a Kammer, wo i mei Übrigs hon. Bitt schen!"

Ohne weitere Umstände schürzte die Burglerin ihren Rock und stieg eine steile, leiterartige Treppe hinauf, wir bückten uns und folgten ihr. Am Ende der Leiter befanden wir uns im Dachraum und vor einer verstaubten Tür, die die Burglerin jetzt öffnete. Da war ein Magazin voll heimlicher Kostbarkeiten, Möbelstücke, Betten, Waschgeschirr, ein Glaskasten mit bemalten Krügen und Gläsern: Andenken an Ulm, an Einsiedeln, an Altötting, Heiligenfiguren aus Porzellan mit den zartesten Farben getönt, Madonnen mit rosenroten Wangen, eine Lampe, Leuchter für einen Hausaltar, Bilder mit Gletschern, Seen und romantischen Burgen, Blumenvasen, Fronleichnamsschmuck für die Fenster, ein Grabkranz aus Glasperlen mit dem Lamm Gottes in der Mitte, schön bemalte alte Steinkrüge, ein großer silberner Humpen, eine Wachskrippe, ein wächsernes Herz Jesu mit der Dornenkrone und sämtlichen Marterzeichen, ein kleines elfenbeinernes Spinnrad, ein Dackel, der mit dem Kopf und dem Schwanz wackeln konnte, ein Nachtgeschirr mit Rosenschmuck und viele andere Herrlichkeiten, die mir heute aus der Erinnerung geschwunden sind. An einem rostigen Nagel, ganz von einem Spinnennetze eingewoben, hing der Brautkranz der guten Burglerin.
Mir war es zumute wie im Märchen, als sich in der armen Hütte mit einmal solche Schätze auftaten, und die Burglerin weidete sich an unserm Erstaunen.

„Wos sog'n iatz?" triumphierte sie. Wir hielten mit den Tönen der Verwunderung nicht zurück.
„Suach'n S' Eahna raus!" sprach sie stolz und großzügig, und ich griff in den Reichtum hinein, stellte einen der irdischen Wasserkrüge, etliche Tassen, Teller und Töpfe, einige Krüge und Gläser, einen Aschenbecher mit den Farben Deutschlands, einen wundervoll einfachen Kerzenleuchter, ein goldrandiges Waschgeschirr und die stattliche schirmlose Öllampe auf die Seite.
„Und das Bett?" fragte ich mit einiger Zagheit.
„Nur zua!" rief sie, von ihrer eigenen Großmut begeistert. „An Überzug hon i freili net. Aber das Bett (sie ging ins Hochdeutsche über), das Bett, Herr Lehrer, is vorzüglich. Sie müassens nämli wiss'n, dös is das Brautbett von meiner Schwester, nuar a guates Bett, und is dieselbe im Kindbett drinn gestorb'n. Und sehn S', Herr Lehrer, ollweil, bold bei uns oans krank is, nehma mirs und leg'n uns nei, so guat is dös Bett!"
Von einer solchen Beweisführung war selbst mein letzter Zweifel überwunden. Ich dankte der Burglerin, und sie versprach mir, mit ihrem Manne alles ins Schulhaus hinaufzuschaffen.
„Unsere Unternehmung ist geglückt", sagte ich aufatmend zu meiner Begleiterin, als wir die Hütte verließen.
„Lassen Sie uns nachdenken", sprach diese, „was wir nun haben und was wir noch brauchen!" Und an den Fingern zählend, sagte ich ihr meinen Besitzstand auf.
„Da fehlt ein Tisch für das Waschgeschirr, da fehlen Stühle und da fehlt ein Spiegel. Kommen Sie!" rief sie fröhlich aus. „Das hat der Dorfschneider."
Und schon war sie an das letzte Fensterchen desselben Hauses getreten und klopfte an. Ein Schiebtürchen ging auf, und aus der düsteren Höhle guckte der mächtige graue Schädel des Dorfschneiders heraus.
„Freilein, wos is g'fällig?"
„Sie müssen mich reinlassen, Herr Maderle", lachte das Mädchen.

„Au recht“, gab der Alte zur Antwort, nahm die Brille von der Nase und stand vom Fenster auf, wo er gerade an einer alten Hose herumflickte.
„Machen Sie sich gefaßt“, wandte sich Sophie an mich und hielt die zierliche Hand über Mund und Nase. Da öffnete der Dorfschneider seine Tür.
„Bei mir mußt du dich buck'n und einidruck'n, mein lieber Christ, wer du auch bist!“ Mit diesen homerischen Worten lud er uns ein hereinzukommen, und wir folgten.
Durch eine enge, niedere Tür trat ich in den elendesten Raum, den ich je gesehen. Die Wände waren schwarz, ein ebenfalls rußschwarzes Öflein, das zugleich einen Herd darstellte und auf dem etliche schmutzige Töpfe standen, ein Tisch, ein brüchiges Sofa, ein Kasten und etliches Geschirr an der Wand, dazu die Nähmaschine und vier Stühle, dies alles füllte den winzigen Raum so aus, daß man sich nur mit Mühe zwischen den Dingen hindurchdrängen konnte. Die Wände waren vollgehängt, jeder Winkel war ausgenützt, um irgend etwas Notwendiges anzubringen.
Nachdem die Vorstellung vorüber war, stemmte der Schneider die Hände in die Hüften und richtete an mich die übliche Frage: „Und was führt den Herrn Lehrer in mei Höhl'n rei?“
Wir brachten unsere Bitte vor.
„Heiliger Michael!“ begann da der Schneider; er war Mesner gewesen und stellvertretender Organist, „hast du mein Gebet erhört?“ Während dieser Worte trat er ganz dicht vor mich hin, daß ich seinen entsetzlichen Atem spürte, und sah mich einige Sekunden lang tiefsinnig an.
„I hon eahn a'gruaf'n“, hub er mit halblauter Stimme an, das Hochdeutsch mit der Mundart wunderlich vermischend, „daß er mir von meim Überfluß ein Teil abnehmen tät, als wia zum Beispiel sölchene grün gepolsterte Stühle, die mir im Weg umgehn, und wos den Spiegel angeht, Herr Lehrer, do haben Sie es recht derrot'n, so ein Ding braucht unseroans net und hängt do für die Katz, bolds dia amol g'lust, daß si neiluagt. Und weil mirs di Fliag'n gar so schändli

versprenkeln, so fahr dahin, du Instrument der Hoffart, womit i sog'n will, Si kennan an hob'n, Herr Lehrer!"
Ich lachte über den Schwung seiner Rede und sagte: „Gut gesprochen, Meister! Ich ziehe den Hut vor Ihnen!" Und ich stülpte meinen Hut auf den Kopf und zog ihn sogleich wieder tief ausholend herab, streifte dabei aber einen Blechhafen, der mit Getöse zu Boden fiel.
„Sölchene Ovationen sind eben bei mir net am Plotz", bemerkte der Schneider (er sprach das v wie ein f). „Heb'n S'n auf, sind S' so guat!"
„Sie werden noch weiter geplündert, das heißt, noch vollkommener erlöst", begann jetzt Sophie Wegmann frank. „Dieser blöckische, ungehobelte Tisch, der Ihnen den Weg in die Schlafkammer verschränkt, wird mit Ihrem Einverständnis ebenfalls von uns übernommen."
„Ollweil besser!" stimmte ihr der Alte zu. „Nehman S' an doch! – Aber, Herr Lehrer", wandte er sich an mich, „oa Hand woscht die ander Hand, bolds nämli all zwoa drecki san, net wohr?"
„Versteht sich!" erwiderte ich. „Da wäre zum Beispiel gleich die Geschichte mit dem Organistendienst. Sie haben seit dem Tode meines Vorgängers aushilfsweise dieses Amt versehen, wenn mir die Wirtin recht erzählt hat. Behalten Sie es ganz!"
„Na", wehrte mir der Alte ab, „dös sell tuar i net. Zum earsten weg'n unserm Herrn Pforrer net. Der sell hot sie her'n lass'n, i spielet wiar a alte Sau. Jatz muaß i Eahna scho sog'n, dös is a bissel grob g'sogt, dös. Starrige Bratz'n honi ja, sell stimmt; aber soll er die seinen herzoag'n, bold er amol achzi is. Und a so loß i net von mir red'n. *Nolens volens,* Herr Lehrer, Sie müass'n Organist wer'n. Zum zwoat'n olso, daß i olls sog, tua is net weg'n Eahna und weg'n de Leit. Do heißt's: Entweder hot der Moderle dem Lehrer an Kirchendienst wegg'schnappt, oder der Lehrer is so starri und unhilfli, daß ear'n selber net fertigkriagt, und wann's a so von Eahna red'n, dös sell is a Schand für Eahna, Herr Lehrer. Und an dear Schand will i net schuld sei. Ober

oans muaß i scho au zuageb'n: sackrisch guat hot mir dös Geld scho tua, wo i bisher g'hot hob, und die Stolarien bei jeder b'sonderen Verrichtung."

„Herr Maderle", sprach ich da und schlug ihm kräftig auf die geflickte Schulter, „wir treffen uns in der Mitte. Sie bleiben im Dienste bis zum Beginn des nächsten Monats. Indessen habe ich mich eingeübt und eingewöhnt. Ich werde bei allen Verrichtungen dabeisein und Sie unterstützen. Das Gehalt läuft solange an Sie weiter, und was an Stolgebühren eingeht, teilen wir."

„Guet is!" rief er und schlug ein. „Und Tisch und Stüahl und an Spiagl trog i Eahna nauf ins Schulhaus. Auf daß deine Freide voll werde, spricht der Herr."

Sophie brach in ein helles Lachen aus, ich stimmte mit ein, und wir gingen.

„Göttliche Luft!" jubelte ich, als wir zehn Schritte vom Häuschen entfernt waren und den Kirchberg hinanstiegen. „Wir haben gewonnen."

„Fehlt nur noch ein Strohsack", versetzte Sophie unerbittlich. „Das ist der schwierigste Punkt."

Sie sollte recht behalten. Denn wohin wir kamen, nirgends hatte man einen Strohsack übrig. Nach einer Stunde heißen Bemühens standen wir ratlos auf der Straße.

„Nun kann ich Ihnen nicht mehr helfen, Sie ärmster Schulmeister der Erde", lächelte meine Begleiterin. „Aber ich scherze, und es ist eher zum Verzweifeln. Es wird zum zweitenmal Abend, und Sie haben kein Bett. Mein Gott, wenn mir's auf meinem ersten Posten auch so geht! Lieber Herr Graf, mein Mitgefühl und meine Hilfsbereitschaft sind nicht so lauter, als Sie bisher dachten. Sie gründen auf dieser Furcht."

Aber ich ergriff die Hand meiner schönen Gehilfin und drückte sie.

„Ich danke Ihnen, liebes Fräulein", sprach ich heiter, „ich bin getröstet und ruhig, und Sie haben einen großen Teil daran. Mit der Zuversicht eines Patriarchen sage ich nun: Gott wird weiterhelfen. Aber mühen Sie sich jetzt nicht

länger mit mir. Ich spüre Hunger, und Ihnen wird es nicht besser gehen. Der Zeiger rückt auf zwölf, Ihre Mutter erwartet Sie."
„Schicken Sie mich fort?" lächelte sie.
„O nein!" beeilte ich mich zu versichern. Aber sie hatte schon beschwichtigend das kleine Haupt geschüttelt und ging nun leichten Schrittes ihres Weges, dem Ausgang des Dorfes zu. Eine Weile sah ich ihr frohen Herzens nach, dann fiel mir ein, daß ich sie hätte begleiten müssen, das Blut schoß mir in den Kopf, und ich schämte mich herzlich.

Das neue Reich

Das Mittagessen war vorüber, ich hatte das landesübliche Eierschmalz bekommen und ein Gebäck dazu, das man in Abenberg ‚Bacherlan' hieß und das halb wie eine Ofennudel und halb wie eine Semmel hersah, dann hatte ich den Dorfmaurer in meine Kammer bestellt, daß er sie weiße. Nun saß ich auf dem Pult in dem gereinigten Schulsaal, draußen schwankten die sonnigen Zweige, ein Spiel von Sonnenlichtern huschte in den Fensternischen auf und ab und überwallte die offenen Scheiben, aus der Frühnachmittagsstille quollen silberne Vogelstimmen.
Ich saß und schrieb an Therese. Mein Herz war heiter und drängte sich zu dem geliebten Mädchen; aber meine Sinne überschleierte langsam eine schwere Müdigkeit. Ich schrieb etliche Sätze, dann nickte ich ein, erwachte wieder, blickte lächelnd in das Gewimmel vor dem Fenster, lauschte dem leisen Gezwitscher, schrieb weiter und entschlummerte abermals. Im halben Schlafe hörte ich das Zwitschern der Vögel weiter, und das Tanzen der Lichter schwebte immerfort durch meine Sinne. Eine wunderbare Empfindung nahm mich ein, ich fühlte mich ganz frei und gelöst, und es schien mir, ich sei hell wach; aber ich vermochte das Haupt nicht zu heben, das auf meinem Blatte lag, und die Augen nicht zu öffnen. Mitten in diesem seltsamen Zustand ver-

nahm ich das Ächzen der Treppe, und ein leiser Schritt nahte sich mir, mir wurde beklommen, ich glaubte, Therese trete herein, und fuhr mit pochendem Herzen jäh empor.
Lisabeth stand vor mir im weißen Kopftuch, den Kehrbesen in der Hand, blickte mich forschend an und sagte: „Wos is iatz mit Eahna Möbelstuck?"
Ich lächelte und erzählte ihr meine ganze Geschichte.
„So", sagte sie bitter, „und do loch'n Sie derzua? Und Strohsack homs a koan, und es gibt Eahna au neahmt oan von dene groß'n Lalli do? Is doch a Schand!"
Damit wandte sie sich um und ging wieder hinaus und hinunter, um die unteren Räume zu säubern. Ich schrieb meinen Brief zu Ende, da kam Georg von N. zurück und brachte das Geld, das er mir zierlich rings um den geschlossenen Briefumschlag aufreihte.
„Komm", sprach ich zu ihm, „ruh' dich aus, dann wollen wir mitsammen die Kammer räumen, damit der Maurer anfangen kann." Georg sank auf meinen Stuhl, ich aber ging hinüber, schleppte die Stuhlruine, den Tisch und das Gestell auf den Gang hinaus, zog die beiden Schubladen aus dem Tisch und trug sie hinunter zum Brunnen, der zwischen Schulhaus und Gottesacker unter einem schönen Nußbaum lag. Lisabeth hatte das Schloß geöffnet und die Kette entfernt, die den Brunnen vor fremder Benutzung und Beschädigung schützte, und nun begann ich zu pumpen, warf mitten darunter die Joppe ins Gras, stürmte die Hemdärmel über die Ellenbogen hinauf und wusch die Schubladen säuberlich aus. Dann lehnte ich sie an den Gartenzaun, daß sie in der Sonne trocknen könnten, und blickte über das Dorf hin. Die Nachbarskinder kamen den Hang heraufgekrochen, gafften nach mir und duckten sich wie Mäuse immer wieder nieder, sobald ich zu ihnen hinblickte. Die Luft war still und sonnenhell, ein Friede lag überm Dorfe, wie ich ihn nie empfunden, zuweilen krähte behaglich ein Hahn. Der Maurer kam und trug seinen weißen Kübel und seinen Pinsel ins Schulhaus, ich las ein paar reife Birnen vom Rasen auf und verzehrte sie gedankenvoll. Dann ging ich in den Schul-

saal hinauf. Da fand ich Georg auf dem Pulte eingeschlafen.
Im Laufe des Nachmittags kam meine Einrichtung an, auf Schubkarren brachten sie den neuen Hausrat daher, ich stellte alles in eine der unteren Kammern. Den Tisch und die Stühle des Schneiders ließ ich unten in den großen Wohnraum stellen, des Wirtes Bettgestell, ein gar bedenklich invalides Möbelstück, rückte ich behutsam in die Ecke, die Betten türmte ich darauf, indes, sie sanken durch; denn es fehlte der Strohsack, und auch keine Sperrbrettchen waren vorhanden. Allein, ich war um einen Einfall nicht verlegen. Der Nachbar hinterm Schulhaus borgte mir ein Beil, mit dem lief ich in den Garten, zertrümmerte die hoffnungsvollen Anfänge einer Gartenlaube und trug die so gewonnenen Brettchen herein. Sie paßten. Ein hübsches Tischtuch, das mir die Burglerin gesandt, breitete ich über des Dorfschneiders alteichenen bajuvarischen Tisch und stellte die Lampe darauf. Über dem Lärm, der bei der Sprengung der Gartenlaube entstanden, war Georg erwacht, kam nun herunter, klaubte Birnen, aß sie und lobte mein Genie. Bald brachte ich leere Weinflaschen aus dem Keller herauf, wir wuschen sie zusammen, trugen sie zum Kramer und ließen sie uns mit Petroleum füllen. Dann gossen wir den Glasbehälter unserer Lampe voll. Wie heller Wein erfüllte das reine Öl die Lampe und schwankte leise hin und her. Nun befahl ich Georg, auf den Fortgang der Maurerarbeit zu achten, die Rucksäcke auszupacken, dies und jenes zu richten und vorzubereiten, und erinnerte ihn auch an das Requiem. Ich selber aber setzte mich aufs Rad, den Schirmreif meiner Lampe im leeren Rucksack, und fuhr nach W., um Lebensmittel, Kerzen, Spiritus und einen Lampenschirm aus Milchglas zu besorgen.
Als ich zurückkam, war es Abend. Der Maurer hatte seine Arbeit beendet, das Schulhaus war von oben bis unten gereinigt, Georg hatte unsere mitgebrachte Habe in den Fensternischen zurechtgelegt, meine geliebten Bilder an die ledigen Haken der großen Stube gehängt und vollendete eben das Kyrie des neuen Requiems. Ich packte meinen Schirm aus,

befreite ihn von seinen Hüllen und setzte ihn feierlich auf den wieder befestigten Reif der Lampe.
Der zweite Abend sank über Abenberg herab, so klar und schönheitsvoll wie der erste. Das letzte Gold der Abendsonne verglomm im Wipfel der Dorflinde. Von den Wäldern herab spann die Nacht. Der Himmel zeigte keinen Hauch von Trübung. Im Blätterwerk der Bäume flüsterte der Wind. Es dunkelte stärker und stärker. Als ich unterweilen einmal in den Hausgang trat, stand Lisabeth im Dunkeln vor mir. Sie war lautlos eingetreten. Einen Strohsack schleppte sie nach sich. „Lisabeth!" rief ich voll Freude.
„Bold Sie's Eahna so greisli moch'n!" – brummte sie und schleifte den Strohsack herein in das Zimmer, wo Georg eben die Lampe angezündet hatte. Sie hob die Betten aus dem Gestell und warf den Strohsack hinein, daß es knisterte. Er war zu kurz.
„Nix is, dös G'schäft!" murrte sie wieder und ging wortlos hinaus. Nach einer halben Stunde kam sie wieder und brachte einen Kopfsack. Nun war das Gestell gefüllt.
„Lisabeth", sprach ich, „woher haben Sie den Strohsack?"
„Woher denn?" gab sie mürrisch zurück. „Von mir selber holt. I ko Eahna doch net am Bod'n sell lieg'n loss'n."
Während dieser Reden machte sie sich daran, das Bett herzurichten, legte das Unterbett zurecht, breitete das weiße Leintuch drüber, das ich von zu Hause mitgebracht hatte, schüttelte das Bett und die Kissen auf und brachte sie an ihre Stelle, murmelte dann etwas wie gute Nacht und ging hinaus. Ich hörte sie die Haustür zuziehen, dann war es stille in dem einsamen Hause.
Als ich in die Stube zurückkam, sah ich Georg am Tische sitzen, das Notenheft vor sich, und komponieren. Jetzt erst gewahrte ich, wie mild das Licht der Öllampe, gesammelt und gedämpft durch den milchigen Schirm, in alle Winkel des Zimmers floß. Es war nicht mehr leer und tot, die gelben Strahlen spannen ein heimliches Leben hinein, von den Wänden dämmerten die Bilder, Maria im Rosenhage lächelte lieblich aus dem Zwielicht auf mich her. In der Ecke lehnte

das alte Bettgestell, von Schatten umgeben, der ganze Raum war weich durchdämmert und schien eine unendliche Weite zu besitzen. Georgs Angesicht und Hände strahlten im warmen Lichte, seine Augen waren auf das schimmernde Blatt gesenkt, seine Feder schrieb Noten, er summte vor sich hin und wiegte das Haupt.

„*Sed signifer sanctus Michael repraesentet eas in lucem sanctam* –“, sang er leise und brummte die Bässe dazu. Ich nahm von einer der schattentiefen Fensternischen mein Tagebuch. Draußen stand die Nacht, die Venus leuchtete durch das Lindengezweige, zum Untergang geneigt, in den schwarzen Kronen meiner Obstbäume rauschte zuweilen ein Windstoß.

Mir war wunderbar zumute. Eben schlug es im Turme drüben neun aus, als ich mich zu Georg an den Tisch setzte und in mein Tagebuch zu schreiben begann. Darüber schärfte sich mein Gehör zu solcher Feinheit, daß ich jeden Laut der Nacht vernahm und mich die bodenlose Stille wie ein Rauschen umgab. Mir war, als summten viele Bienenschwärme eintönig über meinem Haupte dahin, aber es war nur das Zischen meines Blutes, das leise brausend durch meine Adern rann. Dann wieder hörte ich das Geflüster in den Bäumen, einen fernen Schritt und das Gekritzel unserer beiden Federn. Allmählich legte sich vor meine Augen eine Trübe, und ich wischte mehrmals mit der Hand darüber, als könnte ich sie wegwischen. Georg seufzte und legte die Feder hin.

„Das *Sanctus* ist fertig“, sprach er, sich dehnend, „und es ist genug für heute. Morgen schreibe ich noch das *Benedictus*, das *Agnus Dei* und das *Libera*. Bis Mittag werde ich zu Ende sein. Am Nachmittag wollen wir dann alles probieren und einüben. Auch die Sonntagsmesse nehmen wir noch einmal durch. Übermorgen wollen wir ein pompöses Amt herorgeln. Ich spiele, und du singst. Der erste Eindruck ist entscheidend. Sie sollen über die Macht deiner Stimme erstaunen und über die festliche Pracht, die wir entfalten werden.“

„Wie steht es mit deinem Requiem?“ fragte ich behutsam. „Ist es wohl einen halben Kreuzer wert? Der Pfarrer ist musikalisch. Wenn Gott uns allenfalls vergibt, er tut es nicht.“

„Einen Taler!“ wehrte sich Georg. „Ein wenig dünn, das geht nicht anders. Es darf ja nichts vorkommen, was nach einer Schwierigkeit aussieht.“

Ich beschwichtigte ihn. Dann verließ Georg das Schulhaus, um beim Wirt zu nächtigen.

Es schlug zehn, da setzte ich mich auf einen Stuhl und sank in die Lehne zurück. Vor meinen Augen dämmerte es, und lautlos rann die Zeit dahin. Was war das, was mich mit nie gekanntem Seligkeit erfüllte? Meine Lippen blieben im Lächeln geöffnet, mein Atem stieg und sank, der Raum gewann Unendlichkeit, die Zeit war längst versiegt.

Anfänge

Das Requiem war vollendet. Da ging die Sage im Dorfe, der Augenschneider von Gandorf komme sichtlich wieder auf. Ich dachte an das alte Wort von Hebbel, daß man, solange der Becher tauglich sei, des Weines entbehre, sowie nun aber der Wein komme, gehe der Becher in Stücke. –

Ich hatte mit Georg unsere Möbel in die obere Kammer geschleppt, deren Wände von weißer Tünche reinlich leuchteten, hatte ihm eine Liste von Dingen überreicht, die mir noch fehlten, worin besonders Vorhänglein für mein Fenster aufgeführt waren, und dann hatte ich mich ins Forsthaus begeben, Sophie Wegmann um ihre Unterstützung auf dem Kirchenchor zu bitten. Da erfuhr ich zu meiner Bestürzung, daß das Mädchen schon am frühen Morgen abgereist sei, da sie wegen einiger unerwartet ausgekommener Geschäfte zu einem Umweg in die Kreishauptstadt gezwungen worden sei. Der Glasweber habe sie mit dem Fuhrwerk hinweggebracht.

Da erinnerte ich mich, wie ich in den Morgenschlaf hinein

das Rollen eines Gefährtes vernommen hatte und wie es mir im Traume vorgekommen, als führe ich selber durch Nacht und Nebel von dannen, in eine noch viel ärmere, dunklere Fremde.

So war denn nun der Sonntag angebrochen, und mich erfüllte ein ziemliches Bangen. Denn ich war mir nicht über alle meine kirchlichen Verrichtungen im klaren, und auch Georg zeigte ein zweifelhaftes Gesicht. Wie mochte der Pfarrherr unsere Künste beurteilen? Wie würde er es aufnehmen, wenn wir da und dort versagten?

Die Glocke läutete das erste Zeichen, da kam ich mit Georg vom Wirt herauf, ging in die Kammer hinauf, zog mit unruhiger Hand die *Missa* hervor, die ich von zu Hause mitgebracht hatte, und überflog noch einmal meine Singstimme. Zum zweiten Male schlug die Glocke an und läutete gewaltig. Die Ministranten hingen am Seile und zogen aus Leibeskräften. Es war drei Viertel neun Uhr. Um neun Uhr begann das große Amt. Mich hielt es nicht länger im Schulhaus. Die *Cantica sacra* in der Hand, die *Missa* unterm Arm, verließ ich das Schulhaus und trat in den Garten hinaus. Georg folgte mir auf dem Fuße. Schon war der Platz vor dem Schulhaus mit Gruppen schwarz gekleideter Bauern erfüllt. Sie trugen alle dieselben breitrandigen Filzhüte, dieselben festlichen Joppen mit den abgeschabten Säumen, die Westen mit den Talerknöpfen und die glänzenden Rohrstiefel. Die Weiber waren in vollem Anzug. Von allen Seiten kamen sie in Prozessionen herauf, in ihren besten Staat gekleidet: schwarzseidene Kopftücher, weit gebauschte Ärmel, schwerfaltige Röcke und prächtige Fürtücher; am schönsten aber nahmen sich die bunt gewirkten Schultertücher aus, die mit fransigen Säumen schimmernd über den Rücken fielen. Zuweilen hob sie der Wind, erweckte ein Spiel von Farben auf ihnen und ließ sie in weichem Flusse dahinwallen. Von dem sechsjährigen Mädchen bis zum siebzigjährigen Weibe steckten sie alle in derselben Tracht, die Kinder schritten in eben den schweren Gewändern einher wie die Alten, kleine Bäuerinnen mit Bauschen und Kopftüchlein, bloß daß sie

aus ihrer Vermummung mit weichen, rosigen Gesichtern und helleuchtenden Augen hervorsahen, während den verrunzelten, verschafften Alten nur düstere Funken in tiefen Höhlen glommen.
Alle Blicke richteten sich auf mich, als ich in meinem städtischen Sonntagsgewande durch die Gruppen schritt, und langsam zogen die Männer ihre Hüte. Mir war nicht wohl zumute, ich schämte mich meines Gewandes und meiner glatten Jugend, als ich an den rauhen Gestalten vorüberging, und kam mir nicht am rechten Platze vor. Was hatte ich der harten Fron dieser Arbeit, Kümmernis und Lebensnot entgegenzusetzen? Es waren meistens arme Leute, die um das ihre rackerten vom Morgen bis zum Abend und deren Angesichter von tiefen Falten zerschnitten waren; ja sie stellten wahre Ackerfelder des gestrengen Lebens dar, auf denen kein Flecklein zu finden war, wo nicht das Eisen tief gegraben hätte.
Unsicher und beschämt dankte ich dem Gruße der Männer und trat in den Friedhof. Da standen etliche Kinder, tuschelten zusammen, und ich hörte in meine Ohren hinein, was sie einander zuraunten: „Dös is er! Der nei' Schuallehr is dös!"
Rasch machte ich mich in die Kirchentür hinein und die Chorstiege hinauf, da stand schon der Dorfschneider und tat den Orgelkasten auf.
„Wos sing mer fiar a Meß?" fragte er, und ich erklärte ihm, ich hätte eine neue mitgebracht, und legte sie auf. Er zog die Brauen zusammen, rückte den Augenspiegel zurecht und betrachtete mißtrauisch das neue Kunstwerk.
„Dös is jo g'schrieb'n!" erklärte er dann. „Dös siech i net recht."
„Lassen Sie nur!" sprach ich. „Heute, weil es das erstemal ist, machen wir beide allein die Musik."
„Is recht, is guat!" brummte er, doch war er sichtlich verstimmt. Ich bat ihn aber, uns zu unterstützen und uns namentlich zu bedeuten, wann wir zu schweigen und wann wir wieder einzusetzen hätten.

Die Kirche füllte sich unablässig mit Leuten, das dritte Zeichen ertönte, es strömte immer noch zu, und auch die Chorstiege kamen immer noch Männer herauf. Mitten darunter, während Georg eben die Register herauszog, erschien mit einem Male raschen Schrittes der Pfarrherr am Altare, nahm mit entschiedenem Rucke den Weihwasserwedel aus der Hand des Ministranten und stimmte mit starker Stimme das *Asperges me* an. Sogleich fielen wir mit unserer Anwort ein, und ich tat mein Bestes, meine Stimme in ihrer vollen Kraft und zugleich in ihrem Schmelze zu entfalten.
„Hm", machte nebenan ein Bauer, „dear loßt se raus, sei Tonalität." Und er nickte dem andern mit so bedeutsamen Blicken zu, daß das Weiße seines Auges erglänzte.
Der Pfarrherr bestieg die Kanzel, mit der Gemeinde etliche Gebete zu verrichten und die Namen der Abgestorbenen aus dem Seelenbuche zu verlesen. Die Kirche war klein, und die Kanzel befand sich nahe der Empore, und so sah ich den alten Herrn mit seinem starken männlichen Angesicht deutlich vor mir im Schatten des Daches knien, unter dem die silberne Taube des Geistes ihre Schwingen entfaltete. Das weiße Haar stand silberlicht um seinen Scheitel und gab ihm ein ehrwürdiges Aussehen, ich konnte ihn nicht ohne Wohlgefallen betrachten. Als sich aber nebenan auf den Plätzen der Ledigen einige Unruhe erhob, blickte er plötzlich vom Seelenbuche empor, seine Augen entsandten starke Blitze, und mit einem Male hatte er mich mit dem Blicke erfaßt, daß ich unwillkürlich erschrak und das Auge nach dem bemalten Triumphbogen der Kirche wegwandte. Aber da erschrak ich zum zweiten Male. Denn wieder leuchteten mir dieselben Augen entgegen und hafteten in den meinen.
Das Bild auf den beiden Feldern des Triumphbogens stellte den heiligen Michael dar, wie er sich den Menschen hilfreich erweist. Es war von einer Meisterhand in leuchtenden Farben gemalt. Zur Linken sah man den Bürgermeister, den Heißbauern, wie er leibte und lebte, vor dem Dorfe Abenberg auf seinem Acker knien. Ein schweres Gewitter schwebte über dem Dorfe, die schwärzesten Wolken rollten

herauf, und schon hoben die Ackerpferde ängstlich witternd die Häupter. Auf den Anruf des Heißbauern aber erschien der heilige Michael und wehrte dem Gewölke. Auf der rechten Seite sah man ein junges Weib vom Hitzschlag hingestreckt. Der Geistliche war da und spendete ihm die letzte Hilfe. Er trug die etwas gemilderten Züge unseres Pfarrherrn. Im Schatten eines Garbenbündels aber kauerte der Böse, die Hand nach der Unglücklichen streckend; aber seine Blicke waren nicht auf die Sterbende gerichtet, sondern leuchteten in die Kirche heraus, als drohten sie einem der vielen, die da knieten; und diese Blicke waren, deutlich bis zum verschnellerten Schlag des Herzens spürte ich es, die Zornesblicke eben dieses Pfarrherrn. Die Augen des Retters St. Michael, der der Sterbenden auf einer Wolke zu Hilfe eilte, konnten sich an Kraft und Feuer mit jenen keineswegs vergleichen.
Staunend betrachtete ich eine Weile das seltsame Gemälde, las den Vers, der es am untern Saume begleitete (er war dem Offertorium der Totenmesse entnommen und lautete: Lasse die Hölle sie nicht verschlingen, sondern Michael führe sie zum ewigen Lichte!), und neigte dann meine Lippen an das Ohr des Dorfschneiders, aus dem ein Büschel weißer Haare hervorsprang, und fragte ihn nach der offenbaren Ähnlichkeit sowohl des Geistlichen wie auch des Satans mit dem Pfarrherrn.
„Homs dös a scho g'spannt?" flüsterte der Alte. „De Soch is dia: Unser Herr Pforrar hot von deam Moler do, der wos dös Bild g'moln hot, von deam hot er verlangt, verstehn S' mi? er soll eahn selber als an Geistlichen hi'moln. Dernocher – verstehn S' – hot er si mit dem sellen Moler überworf'n und hot eahm in seim Gachzorn net viel Erbslan klaubt – iatz is der Moler greisli gifti worn und hot dem Pforrar seine Aug'n dem Deifl in sei Visasch'n nei g'moln. Iatz, wia der Pforrer dös Bild siecht, iatz kommt eahm 's Lochn aus, und san oll beid auf dös hi wieder guat worn." –
Während dieser Erklärungen hatte der Pfarrherr die Kanzel verlassen, und die Gemeinde murmelte im Chore die Gebe-

te, daß es wie dumpfes Rauschen klang, da zog mich Georg am Ärmel und flüsterte mir zu: „Mach' fertig, es geht an!" Gleich darauf ward die Glocke gezogen, und der Pfarrherr trat im Meßgewande hervor, bestieg den Altar mit raschen Schritten, stellte den Meßkelch auf dem weißen Tische nieder und nahm dann an den Stufen des Altars zum Staffelgebete seine Aufstellung. Georg hatte sich in eine Bachfuge verstrickt, da raunte ihm der Schneider ins Ohr: „O'fanga. mit'm Kyrie, o'fanga!" Das Fugenthema kroch eilig unter den Mantel eines Akkordes, mit einer halsbrecherischen Modulation wendete Georg seinen Wagen um, und ich begann.

Indessen verrichtete der Pfarrherr sein heiliges Geschäft mit Kraft und Andacht, sang sein Latein mit einer ehernen Stimme, deren heimlich bebender Klang eine feierliche Stimmung über die Gemeinde breitete, die nun mit einem Male der Handlung teilnahmsvoll zu folgen anhub. Durch das Fenster der Apsis fiel farbiger Sonnenglanz herein, entzündete die Weihrauchdämpfe, in denen der Pfarrer wie in einer Wolke stand, durchleuchtete sein weißes Haar und warf einen frohen Abglanz über seine Züge. Der Altar mit dem Standbild des heiligen Michael verschleierte sich, Georg zog ein lieblich streichendes Register und mischte leise Töne in das lichte Weben von Gold und Weihrauch, der Raum schien sich zu lösen.

Über der Kinderbank lag ruhig flimmernd ein Sonnenfleck. Einem der ärmsten Kinder, einem kleinen Mädchen, das statt des seidenen Kopftüchleins nur ein Wolltuch umgebunden hatte, war der Knoten aufgegangen, und das dunkle Tuch war über seine Schulter hinabgeglitten, daß das blonde Zopfgewinde, welches das kleine Haupt beschwerte, und darunter auch der zierliche Nacken sichtbar wurde. Erschrocken wandte sich das Dirnlein um, ein leichtes Rot flog über sein Angesicht, es beugte sich rasch nach dem Tuche, und während es die Stirn wieder hob, drang unter den gehobenen Brauen ein heller Blick hervor und traf mein Auge wie ein Morgenstrahl.

Mir war so wohl, so fromm und froh auf meinem Platze neben der Orgel, in der Geborgenheit des Gotteshauses und in der Festlichkeit des Sonntags, daß ich nun, als mich das frische Kinderauge grüßte, in ein geheimes innerliches Jauchzen kam und am Beginn des Credo mit lauter Stimme die Allmacht des Erschaffers pries.
Meine Stimme war mir zu Willen, allmählich hatte ich alle Befangenheit verloren, die Blicke, die der Pfarrherr dann und wann zur Orgel emporsandte , schienen mir Wohlwollen zu verkünden, meine Wangen röteten sich, und da der Schneider mit großem Eifer nickte und winkte und es auch an leichten Rippenstößen nicht fehlen ließ, so kamen wir über alle Klippen glücklich hinüber.
Nach der Wandlung reichte mir der Schneider die Dose mit gutem Schmalzler, ich griff hinein, nahm mit einigem Ungeschick eine mächtige Prise heraus und wandte mich, während ich sie zur Nase führte, vorsichtig von dem Spender ab, so daß ich den Großteil des edlen Pulvers zu Boden fallen lassen konnte. Die Ledigen, vom Kirchenchore durch eine Bretterwand getrennt, sahen mit gespannter Aufmerksamkeit diesem merkwürdigen Vorgang zu und lachten einander zu, als sie die braune Opfergabe fallen sahen.
Ich machte mich wieder an meine Pflicht, die Weihrauchschleier dehnten sich in die Höhe, St. Michael trat klarer aus dem Nebel und glänzte ordentlich in seiner Himmelsrüstung. Zu seinen Füßen wand sich der teuflische Drache und reckte seine scharlachrote Zunge und blähte seine nackten Nüstern auf. Die Kinder unten begannen unruhig zu werden, ihre Köpfe bewegten sich durcheinander, und der Mesner, ein kleines, spitznasiges Männlein, zischte ihnen zornig eine Mahnung zu.
Indessen ertönte endlich das *„Ite missa est“*, und während wir mit dem Lobe Gottes nach Kräften antworteten, empfing die Gemeinde den Segen, und frohe Bewegung erfüllte das Gotteshaus.
Aufatmend verließen wir die Kirche. Unter der Tür stand schon der Mesner, eine Zigarrenschachtel in der Hand, und

heischte von jedem das Opfer. Kupfermünze legte sich auf Kupfermünze, eine jede dunkel, braun und abgegriffen, und wenn man näher zusah, so waren auch etliche Hosenknöpfe mit darunter. Indessen stattete der Mesner gewissenhaft für jeden seinen Dank im Namen Gottes ab und stapfte dann zum Pfarrer in die Sakristei, um ihm das Opfergeld abzuliefern. Doch bog er rasch zur Seite hinter einen Grabstein, ehe er in die Sakristeitür trat, und schien in der hölzernen Opferbüchse zu kramen. Gleich darauf kam der Pfarrherr durch den Gottesacker dahergeschritten und trug die Schachtel in der Hand.

Wir grüßten ihn.

„Sie haben gut gesungen“, sprach er anerkennend zu mir, „und Sie“, nickte er gegen Georg, „haben die Orgel mit Geschick geschlagen. Ich sehe, daß Ihre Familie musikalisch ist, und Sie hätten mir keine Flausen machen sollen, als könnten Sie das Spielen nicht.“

„Ich kann es auch nicht, Herr Pfarrer“, versetzte ich.

„Nun hören Sie mir auf damit!“ fuhr er in plötzlicher Zorneswallung auf. Rasch aber beruhigte er sich wieder und fragte, wie ich in der Wohnungssache mit der Gemeinde fertig geworden sei. Ich erzählte ihm alles.

„Warum ist man nicht zu mir gekommen?“ fragte er schroff.

„Herr Pfarrer, ich danke Ihnen!“ entgegnete ich ihm, durch seinen Ton empfindlich geworden.

„Sie danken?“ murrte er auf.

„Haben Sie nun Vorhänge?“

„Nein“, erwiderte ich.

„Wollen Sie einige von mir?“

„Ich danke Ihnen“, gab ich stolz zur Antwort.

„So!“ stieß er kurz hervor und wandte sich ohne Gruß zum Gehen.

Grollend trat ich mit Georg ins Schulhaus ein. Aber eine halbe Stunde später ward meine Glocke gezogen. Balbina stand außen und reichte mir ein Paket hin.

„Die Vorhänge für'n Herrn Lehrer!“ schnaufte sie.

„Tragen Sie die Vorhänge wieder zurück!“ sprach ich trotzig.
„Bst, bst!“ beschwichtigte sie. „Nicht so jung und heftig sein! Man muß miteinander hausen.“
Sie schaute mich an mit dem Blicke einer Frau, die unter lauter Dulden und Verzichten und Sich–Schicken reif geworden war. Ihr dunkles Auge leuchtete mich herzlich an, halb wohlwollend, halb ängstlich, ich möchte in meiner Torheit verharren. Um ihre dünnen Lippen spielte ein kluges Lächeln.
„Nehmet Sie ’s!“ sprach sie, nochmals freundlich bittend, und wie ein Gruß der Heimat schlug das warme, linde Schwäbisch an mein Ohr. Da nahm ich das Paket aus ihren Händen und gab ihr auf, den Pfarrer zu grüßen und ihm Dank zu sagen. –
Nun düsterte wieder ein Abend über das Schulhaus und über die Bäume nieder. Aber er war stiller und odemloser als jeder der beiden vorangegangenen. Georg war fort. Am Nachmittage hatte ich ihn begleitet, über die Stockmühle und die Berghöfe den kürzesten Weg nach Karberg zu. Erst wollte ich bloß bis zum Talrand, dann bis auf die Höhe mit ihm gehen, aber ich war immer weiter und weiter an seiner Seite geschritten. Endlich hatte er mich gemahnt, und ich hatte mich von ihm gerissen. Sein Antlitz war voll Sonnenglanz, er schritt dem abendblauen Stromland zu, das in der Ferne lag, und summte vor sich hin. Ich stand und sah ihm nach, bis er verschwunden war.
Dann kam ich heim und war allein. Das Haus empfing mich mit der geisterhaften Leere seiner Unbewohntheit. Ich ging durch alle Räume und blickte nach den Spuren des hinweggegangenen Bruders. Ich wartete auch auf die Milch, die mir nach langem Bitten die Bürgermeisterin versprochen hatte. Auf einmal war ein weicher, dumpfer Schritt im Hause. Er kam herauf und wandelte hin und her, es war Lisabeth. Sie stellte die Dinge zurecht, ordnete meine Kammer und bereitete mein Bett für die Nacht. Niemand hatte sie gebeten, niemand ihr befohlen, sie tat es, weil sie es immer getan.

Ich saß auf dem Pult im letzten, blassen Lichte, da stand sie vor mir.
„Grad so is er dog'sessen, bold's Nacht is word'n ... der Merz", murmelte sie. „Und is g'sess'n bis an sell'n Obend, do hon i eahm wos sog'n wöll'n und hot er nimmer a'gebn. Iatz gang i zueheri und lang eahn a – aus is."
„Lisabeth", sprach ich, „was wird morgen abend sein? Kommen Sie wieder?"
„I wear scho kemma", murmelte sie und blickte zu Boden. So stand sie einen Augenblick, dann wandte sie sich um und ging.
Es wurde dunkel. Ich saß auf meinem Stuhle wie gebannt. Die Dämmermassen wirbelten im Raume. Da schlug mit einemmal die Glocke an. Ich ging hinab und schloß die Haustür auf. Im Dunkeln schien ein bleiches Angesicht vor mir. Zwei unergründlich schwarze Augen leuchteten mich an. Mir wurde wieder ganz beklommen.
„An Gruaß von der Muatter, do is d' Milch."
Ich wies das Mädchen nach der Küche. Es schlüpfte aus den Holzpantoffeln. Lautlos ging es durch den Gang, lautlos in die öde Düsterkeit der Küche. Es kam zurück, die Züge leuchteten, die Augen standen schwarz. Stumm ging es an mir vorüber, ohne ein Wort und ohne einen Gruß. Die Füße tauchten in die Schuhe, die Schuhe klapperten den Weg entlang.
Dann war es still, und jedes Wort, das ich aus der Verlassenheit des Herzens zu mir sprach, ging tosend durch die Leere der Gemächer. –
Der andere Morgen sah trüb zum Kammerfenster herein. Ich war um sechs Uhr auf, machte Feuer in der Küche, was nicht ohne erheblichen Qualm abging, kochte meine Milch ab und frühstückte wie ein Spartaner. Dann ging ich in den Schulsaal hinauf, betrachtete gedankenvoll den Stundenplan, kam zu dem Schluß, daß heute an einen regelrechten Unterricht noch nicht zu denken sei, und vergnügte mich zunächst damit, vier Zeichnungen an der einen Schultafel entstehen zu lassen, die die bedeutsamsten Ereignisse aus dem Märchen

vom Wolf und den sieben Geißlein darstellten, um den Kleinen sogleich beim Eintritt in die Schule eine Freude zu bereiten und ihre Gemüter aufzuschließen, damit ich ihrer Art zu denken, zu empfinden und sich auszudrücken innewerden könnte.

Über der Arbeit, in die ich aus ganzem Herzen vertieft war, während ich eben zurücktrat und die Wirkung meiner Striche überprüfte, läutete es in der Kirche drüben zur Wandlung. Da erinnerte ich mich meiner Pflicht als Herr und Hüter des Hauses, nahm die Schlüssel zur Hand, stieg hinunter in den Stall und öffnete die Stalltür. Denn es war in Abenberg Sitte, daß sowohl die Kinder als auch der geistliche Herr, wenn er zur Religionsstunde kam, durch den Stall in das Haus der Bildung eingingen, während die Tür zur Lehrerwohnung stets geschlossen blieb.

Vor der Stalltür kauerte ein Bub, die Hände in das blaue Fürtuch gewickelt, und blickte über das Dorf hin und dem Qualm der Schornsteine nach, der über die Dächer hereindrückte. Ich redete ihn an und lud ihn ein heraufzukommen; aber er schüttelte nur den derben Kopf und blieb auf seinem Platze.

Da ging ich wiederum hinauf, nachdenklich und erwägend, wie ich es mit solchen Kindern zu einem Unterrichtsgespräche bringen könnte. Meine Zeichnung erschien mir die einzige Rettung, ich setzte alles Vertrauen in sie und gab ihr mit einigen kräftigen Farben einen höheren Glanz. Da hörte ich die Kinder kommen.

Die Kirche war zu Ende, unten entstand Lärm, und nun klapperte es die Schulstiege herauf. Die Tür ging auf, da kamen sie herein, alle in schweren, schlarpenden Holzschuhen, alle das „Schulsach“ ohne Sack oder Ranzen, Bücher und Tafel, untern Arm gepreßt, die Buben barköpfig und die Mädchen mit dicken wollenen Kopftüchern eingemummt, aus denen ihre Gesichter etwas erfroren hervorsahen.

Immer wieder kam eines durch die halb offene Tür herein, hob die Augen finster und prüfend zu mir auf, duckte den

Kopf ein und lief nach seinem Platz. Sie schoben ihre Sachen unter die Bank, die Mädchen nahmen die Tücher ab und stopften sie zu den Büchern hinunter, die Kleinen aber, die mit den Füßlein nicht bis zum Boden reichten, schloffen behende aus dem schweren Schuhwerk und ließen die Schlarpen, ordentlich zusammengerückt, unter der Bank stehen. Ein jedes legte den Griffel in die Rinne, setzte sich zurecht, legte die Hände auf die Bank und schaute dann stumm und eingezogen auf mich her, bloß ein paar Mädchen von der Mittelklasse tuschelten zusammen.
Wir sprachen das Gebet. Das ging im selben Tonfall, wie ihn die Alten hatten: ein Gemurmel bajuvarischer Laute, aus denen ich nicht klug wurde. Dann blickte ich über die Schar hin. Es waren etwa dreißig junge Abenberger, echte Abenberger; denn in der Kleidung waren sie von den Alten nicht zu unterscheiden, und ihre Angesichter trugen alle bäuerische Verhaltenheit, alles Mißtrauen und alle Kargheit der Erwachsenen an sich; stumm sahen sie mich an, manche träge, manche trotzig, viele finster und freudlos, im Drübergleiten begegnete mein Auge nur einem einzigen offenen, vertrauensvollen Blick, und als ich mich von den Kleinen zu meiner Rechten nach links zu den Großen wandte, ward mir derselbe Anblick, nur zwei schwarze Augen leuchteten herausfordernd gegen mich her, als riefen sie mir zu: Gib dich zu erkennen!
Wieder wandte ich mich den Kleinen zu. Da sah ich vorne in der ersten Bank die blonde Kleine von gestern sitzen, erkannte die sauberen, schönen Zöpfe, die zierliche Stirn, die klaren blauen Augen, die mich heute abweisend anblickten, während sich die blonden Brauen in leisem Mißtrauen zusammenzogen. Auf dieses Kind ging ich zu und fragte es: „Wie heißt du?“
Verlegen erhob sich das Dirnlein, das Rot seiner Wangen stieg ins Purpurne, und es hauchte: „Wobi.“
Ich verstand die Kleine nicht, der Name Wabi, eine volkstümliche Form für Walpurga, war mir bis heute unbekannt geblieben, und also wiederholte ich die Frage. Aber da hatte

ich es mit der Kleinen vertan. Die Lippen, die eben noch in verschämtem Lächeln geöffnet waren, schlossen sich nun bestimmt, und das Kind verweigerte dem verständnislosen Ausländer, dessen Sprache so fremd und wunderlich klang und jedes schmeichelnden Heimattons entbehrte, entschieden jede weitere Auskunft.

„Wie heißt sie?" wandte ich mich in meiner Not an die gesamte Schule, und etliche schüchterne Stimmen riefen: „Wobi!" Dabei mußte ich es nun bewenden lassen.

Den Großen erteilte ich eine Arbeit, sie zogen Buch und Tafel hervor und begannen zu kritzeln, und abermals begab ich mich zu den Anfängern. Das erste Schuljahr bestand aus vier Leuten, die in der vordern Bank vor mir dasaßen, zwei Buben und zwei Mädchen. Es verging die erste Viertelstunde, da hatte ich ihnen ihre vier Namen abgerungen, und als nun dies erste schwere Werk vollbracht war, atmete ich auf und betrachtete die kleinen verstockten Wesen mit aufmerksamen Blicken. Da saß an der äußersten Linken Martin, ein junger Martelbauer, von meinem Vorgänger mit dem volkstümlichen Namen „Schmerl" (der Dickkopf) benannt, hielt seinen derbhaarigen Weißkopf aufrecht und blickte mich mit verschlossenen blauen Augen so voll Gleichmut an, als ob ihm meine lange Gestalt das Fenster verdunkelte. Trotz lag in seinem Angesicht, ein stiller, heimlicher Widerstand, er haßte alles überflüssige Reden, das alberne Fragen und müßige Antworten. Mit der rechten Hand umfaßte er den Zeigefinger der linken und ließ mich merken, daß er mich samt meiner kuriosen Redeweise von Herzen verachte.

Es folgte ihm zur Seite Toni, der Lyriker und Ignorant, wie ich ihn später nannte, ein rundes Angesicht voll Milde und lächelnder Verlegenheit. Sein schimmelweißes Haar war weich und glänzend, er neigte den Kopf zur Seite, eine kleine schmutzige Stumpfnase drängte sich aus der Mitte des Gesichtes, die braunen Augen sahen träumerisch in irgendeine entfernte Gegend, die hinter der Wand des Schulzimmers zwischen den Wolken des Himmels dahinschwamm. In einem fort schien er zu sinnen und etwas zu erwägen, in

Wahrheit aber sann und erwog er nichts, sondern ließ sich von unbestimmten Gedanken und Empfindungen dahinwiegen. Das hinderte ihn nicht, den schmutzig braunen Finger ohne Unterlaß im Munde zu behalten, dessen Inneres hierzu in hohem Maße geeignet schien; denn es zeigte sich im oberen Kiefer eine mächtige Zahnlücke, die nur von etlichen gelbbraunen, kläglichen Stummeln ungegügend ausgefüllt wurde. Toni, der Lyriker, hatte an seinem blauen „Fürta“ ein rotes Schneuztuch festgebunden, das er jedoch hauptsächlich als ein Schmuckstück mit sich führte – einmal sah ich es ihn ziehen, da offenbarte sich, daß es aus seines Vaters Vorrat stammte; denn es entfaltete sich in die Länge und in die Breite und bedeckte das ganze Haupt des Schneuzenden. Von allen vieren war Toni der zugänglichste, ihm mochte das Reden Bedürfnis sein, wenn er auch heute statt einer Antwort nur beharrlich lächelte. War es doch er, der plötzlich, als ich mich mit Martin mühte und fragend meinen ganzen Schatz von Namen vor dem Unbewegten auskramte, in die Worte ausbrach: „Schmerl hoaßt'r!“
Mit Toni schloß die männliche Reihe, und es begann das Weibliche. Wabi kam nun, die Schlickerwabi, die Blonde mit den klugen, klaren Augen und der fein gewölbten, stolzen Stirn. Sie blickte wechselweise auf und wieder nach der Erde, und ihre Blicke schienen mir zu sagen: Fängst du von neuem an? Ich heiße Wabi, und wenn du's nicht begreifst, so geh. Ich will nun meinen Frieden. – Die Reihe aber schloß die zweite Wabi, des Bürgermeisters Jüngste, mit ihrem vollen Angesicht.
„Kinder“, begann ich, „schaut auf die Tafel dort!“
Sie taten es nicht. „Seht doch!“ rief ich aufs neue und machte mit der Hand die freundlichste Gebärde, und unter tief gesenkten Stirnen blickten vier finstere Augenpaare nach den lustigen Gemälden.
„Was seht ihr dort? Könnt ihr mir etwas davon sagen?“
Bewegungslos und still saßen die Kleinen, kein Zug verriet mir, ob sie das Gemalte erkannten, oder ob es ihnen nur wunderliche, fremdartige Striche und Farbenflächen geblieben.

„Könnt ihr mir gar nichts sagen?“ wiederholte ich und sah sie ratlos an.
Sie blieben sitzen, wie sie saßen.
„Herrgott im Himmel!“ rief ich da, „wie soll ich nur in einer solchen Schule unterrichten!“
In diesem Augenblick klopfte es. Kopfschüttelnd lief ich nach der Tür. Draußen stand Lisabeth.
„D' Burglerin, Herr Lehrer“, sprach sie, „is gestern in Mooskirra g'wen, auf der Post, und hot Eahna Post au glei mit hoamgbrocht, gestern auf d' Nacht um zehne. Do wär'n zwoa Briaf!“
Sie reichte mir die Briefe hin. Ich blickte flüchtig auf die Anschrift eines jeden.
Maria und Therese! Das fiel wie ein Sonnenstrahl in meine Not; schnell steckte ich die teuren Dinge ein und blickte die Alte in ehrlicher Verzweiflung an.
„Lisabeth“, begann ich, „es ist arg.“
„Org? Wos net gor!“ lächelte sie mir ungläubig entgegen.
„Die Kinder reden nicht!“
„Red'n deanas net? Dös glab i, dös glab i, aufs earstemol glab i dös, Herr Lehrer!“
„Was ist das, Lisabeth?“
„Wos dös is? Dös konn i Eahna scho sog'n. Bold Sie a so spanisch red'n, wie Sie iatzt mit mir red'n, nocher kennan de Kinder Eahna net versteh.“
„Ja, wie soll ich denn reden, Lisabeth?“
„Dös is jo. Obenbergisch kenna Sie net red'n. Drum sog i ollweil: wos brauchen mir so schwäbische Lehrer, so studierte, so städtische – mir brauchen oa, wo unser Sproch verstehn, sölchene brauchen mir.“
„Lisabeth“, sprach ich, „tun Sie mir den Gefallen und kommen Sie herein und reden Sie mit den Kindern! Erteilen Sie nicht auch den Handarbeitsunterricht? Kommen Sie nur, fragen Sie die Kleinen nach den Bildern dort an der Tafel.“
Damit öffnete ich die Tür und wies nach der Tafel hin.
Lisabeth schlug die Hände zusammen.

„Jo, wos is dös, jo, wos is dös?“ verwunderte sie sich. „Und dös hom Sie g'moln? Jo, wos is dös!“
Ich drängte sie ins Schulzimmer hinein und führte sie zur Tafel hin. Eine Weile stand sie bewundernd still. Dann drehte sie sich nach den Kleinen um und sprach: „Wos sogts do, es kleane Bagasch? Is dös schea, oder is dös net schea?“
„Schea!“ flüsterten die Kinder.
„Gell, schea!“ fuhr sie nun fort. „Segts 'n, dean Tropf'n, dean schiach'n?“
„Wean, Lisabeth?“
„No, an Woif sell! Segts 'n net?“
„Jo, jo!“ flammte Toni plötzlich auf.
„Je, und de klean Goaßlan!“ rief des Bürgermeisters Wabi.
„O jegala!“ wisperte die Schlickerwasi mit silberheller Stimme.
„O jegala-hoh!“ sekundierte ihr der Toni.
Und nun war der Bann gebrochen. Die Kinder begannen zu deuten, zu reden und zu fragen.
„Wia der sauft!“ rief Toni mit lautem Lachen und zeigte nach dem Wolf hin, der sich zum Brunnen neigte, da hatte sie Lisabeth unversehens zum Anfang der Geschichte zurückgeführt.
„Dös woaß i!“ fuhr mit einmal in der zweiten Klasse eine in die Höhe. „Dös is von Woif und von de sieben Goaß'n.“ Da ging das Erzählen an.
„Wia nocher d' Muatter furt ganger is, iatzt hot sie der Woif zuaheri druckt und sogt: Mochts auf, Kinder, d' Muatter is draußen!“
„So is!“ bestätigte Lisabeth.
„Jo“, fiel ein Junge ein, „nocher sog'n die klean Goaßlan: Du host a so a rauche Stimm.“ Und wieder ein Mägdlein mischte sich halblaut und zögernd drein: „Iatz is'r zum Kramer hinteri g'loffa.“
„Zu wos?“ fragte die Heißbauernwabi dazwischen.
„A Kreib'm hot er kaft“, erklärte die andere, „doß er a feine Stimm kriagt.“

„Beim Kramer gits doch koa Kreib'm, lächelte die blonde Schlickerwabi überlegen. „Bloß z' Mooskirra drent gits oane, i woaß es doch, bein Zandl."
„Werd er holt au' Mooskirra sei!" wandte ein Junge ein.
„Oder in d' Schual", setzte der Schmerl mit trockener Stimme hinzu und lachte kurz über seinen eigenen Einfall.
Ich ließ die Kinder gewähren, achtete auf eines jeden Rede und Gebärde, prägte mir schnell das Notwendigste der Abenberger Mundart ein und betrachtete nebenbei lächelnd die handfeste Lisabeth, wie sie in ihren roten Socken dastand, aufrecht wie ein Grenadier, und mir die Schule hielt. Den Putzlumpen hielt sie noch in der Linken; aber im Eifer des Unterrichtens merkte sie es nicht. Endlich schnaufte sie auf und sagte: „Iatz g'langts!" Und ohne weitere Umstände ging sie hinaus und überließ mich meinem Schicksal.
Mit der Oberklasse konnte ich mich bald verständigen. Ich rechnete und las mit den größeren Kindern, fragte sie dies und das und suchte mir einen Begriff von dem Wissenstand der Schüler zu machen. Daneben dienten sie mir als Dolmetscher, und langsam tat ich Blicke in die Eigenart der Abenberger Mundart, einer Mischsprache zwischen Schwäbisch und Bayrisch. Der Grundcharakter der Sprache war Bayrisch, aber der Einfluß des Schwäbischen hatte ihre Schärfe und Schlagkraft gedämpft und abgestumpft, hatte den offenen Klang der bayerischen Laute leicht verdunkelt und den selbstherrlichen Worten die freundliche schwäbische Verkleinerungssilbe „le" als ein milderndes „la" angehängt: „Wagla" hieß hier das Wäglein, „Ra'la" das Rädlein, „Bla'la" das Blättlein und „Ba'la" das Bärbelein.
Sogleich begann ich mich der Mundart anzupassen, rief die Kinder vertraulich und auf die ihnen gewohnte Art beim Namen, Lenz, Wabi, Migl, Martl, Toni, Senzla, Ba'la, und hatte am Ende der Schulzeit, als die merkwürdige kleine Gesellschaft in ihre Holzschuhe schloff und davonklapperte, wenigstens die eine Genugtuung, die ersten Beziehungen angebahnt zu haben.
Aber müde war ich, als ich am Spätnachmittag, nachdem ich

noch manches in dem verlassenen Schulzimmer gearbeitet hatte, in meine Kammer hinübertrat und mich aufs Bett hinstreckte. Etwa eine halbe Stunde regte ich mich nicht mehr, dann schob ich ein Bacherl in die Rocktasche, klaubte mir im Garten etliche Birnen zusammen und begab mich auf einen Spaziergang, den westlichen Wäldern meinen ersten Besuch abzustatten.

Langsam, dann und wann mich rückwärts wendend, stieg ich einen hohlen Weg zum Wald empor. Hoch über mir verglostete der Abend. Da hörte ich, indem ich mich dem Waldessaum nahte, im Sande einen leisen Schritt, und aus dem Dunkel des Gehölzes trat mir eine weibliche Gestalt entgegen. Sie trug die Kleidung der Abenberger Bauernweiber, das rote Leibchen, die kurzen weißen Ärmel, den schweren faltigen Rock, der ihr die Knöchel schlug. Auf der Schulter trug sie eine Hacke. Indem sie aus den Stämmen vorwärts schritt, erhöhte sich ihr Wuchs im matten Schimmer, der sich mit einem Male um sie legte, die Arme fingen an zu blinken, das Antlitz strahlte sanfte Blässe aus und ließ doch seine Herbe voll erkennen, und aus der Dunkelheit der Wimpern leuchteten die Augen mit dem lockend schwarzen Glanze reifer Kirschen.

Gelassenen Schrittes, einer unbewußten Würde voll, ging sie an mir vorüber, mich wie eine gewohnte Erscheinung der abendlichen Natur betrachtend, nickte einen stummen Gruß und wandelte in der Dunkelheit des Hohlweges in das Dorf hinunter.

Ich war stehengeblieben.

„Judith!“ flüsterte ich unwillkürlich, an Gottfried Kellers unvergleichliche Gestalt erinnert, indem ich dem stolzen Adel ihrer Bewegung folgte.

Ihr Schritt verklang, sie ging in die wachsende Dunkelheit hinein und war in wenig Augenblicken darin verschwunden. Mir aber schien der Himmel tiefer gewölbt, die Erde schwerer, lebensmächtiger, das Land unendlicher um mich gebreitet.

Glück der Einsamkeit

Die nächsten Tage geschah eine seltsame Wandlung. Die tote Leere und der düstere Trübsinn meines Hauses lichteten sich. Es waren nicht die wenigen Veränderungen, die ich vornahm, nicht die spärlichen, armseligen Möbel, die ich aufgestellt hatte, es war, als gingen ungesprochene, Zauber lösende Worte von mir aus. Wie ein verstörtes und verstocktes Antlitz, aus dem die Seele zurückgewichen ist, beim Flüstern einer vertrauten, liebenden Stimme aus seiner stummen Wildheit sich erhebt, erst lauschend, dann verstehend, und die Morgendämmerung des neuen Lebens es durchweht, so wurden die Räume, in denen ich lebte, langsam immer lichter und lichter. Besonders meine Kammer füllte sich mit wunderbarer Regung.

Nun lag der Schein der Morgensonne nicht mehr kalt und sinnlos an der Wand, nun rauschte das Blätterwerk des Kirschbaumes nicht mehr vergebens an der blinden Scheibe, nun ging das Dämmern des Lichtes nicht mehr stumpf und ohne Wesen in den tiefen Grund des Gemaches. Die Frühe schlich sich rosig heran, umhauchte die Fensternische mit ihrer Glorie und pochte heimlich an meine Augenlider, bis sie sich öffneten. Dann empfand ich die Erquickung des Schlafes in allen Gliedern und im Purpurgrunde des erneuerten Blutes und blickte staunend in das Morgenwunder.

Und der Wandel der Tageszeiten ward zur Seele meiner Kammer. Der Vormittag durchwob sie mit heiterem Lichte und füllte sie mit tausend heimlichen Versprechungen. Die Schatten der Blätter wehten auf dem Vorhang und spielten längs der Wand hin, der Mittag ließ sie schweigen und ruhen. Dann lastete der Glanz der Sonne auf den Blumenstöcken, die Lisabeth in die Fensternische gestellt hatte, dann lag der schmale, heiße Streifen des Lichtes auf dem Glanz des Bodens.

Am Nachmittage aber wich das Licht, die Kammer lag in Dämmerung und Kühle, das Blau des Himmels spiegelte herein, und man fühlte das Schwinden der Kräfte. Draußen war der warme Glanz des Laubes, draußen liebkoste das Licht die Dinge dem Abend entgegen, herinnen aber saß man wie im Schatten der Beschauung und fühlte das Schicksal des Tages. Dann wurde die Luft trunken, der Wein des Abends verrann in den Zweigen, die Vögel erhoben nochmals ihre Stimmen mit unbeschreiblichem Schmelze, dann brach der letzte Purpurstrahl. Kühle schauerte herab, das weiche Abendblau sank in die Bäume. Dann kam die Stunde der größten Klarheit und der tiefsten Melancholie. Dann war es, als kehrten die alten Geister wieder, die Öde, der Trübsinn, die verstörte Stille. Wie ein Wahn umgab es das Haus, und ich fühlte die Nähe des Toten. Mich schauerte, in den Schulsaal hinüberzugehen und mich auf das Pult zu setzen, auf denselben Stuhl, der seinen entseelten Körper getragen.

Aber wenn ich mich dann bezwang und mich der Geister zu erwehren anfing, und wenn ich es dennoch tat und die Lampe hinübertrug und auf dem Pulte niedersetzte, dann ward es bald unsäglich und geheimnisvoll, wie wenn aus der holdesten Düsterkeit das Bild des Mondes hervortritt. Dann wieder war der Mond wie aufgelöst, ein Silberflor umgab die Dinge, es dämmerte, und alles wurde kühler, tiefer, inniger und klarer.

Dann ging ich mit der Lampe in meine Kammer zurück, der matte Schirm durchhauchte sie mit Dämmer, sie stieg hinauf, die Decke war wie Rauch und wallte immer ferner. Ich saß, ich schrieb, ich las, die Blätter schimmerten und wandten sich mit leisem Knistern, das Kritzeln meiner Feder zog durch eine odemlose Stille.

Auf einmal war es Mitternacht. Ich fühlte es, es fiel mir durch die Seele bis ins Blut hinab. Beseligung rann wie ein leiser Eisstrom nieder. Der Himmel war gekrönt, gewichtlos schwebten alle Dinge. Dann wichen die Wände der Kammer und schwanden hinweg. Das All war weithin aufgetan, die Sterne waren alle gegenwärtig. Sie wandelten, sie lächelten, ich spürte sie im Blut. Sie gingen wie erlöst, mit Schritten, welche tönend waren. Das war die Stunde meiner größten

Wachheit. Allein sie taumelte den Himmelsrund hinab, und alles sank dem Tag entgegen. Dann streckte ich mich hin, der Strohsack knisterte. Ich schloß die Augen zu und wußte: Ein kleiner, leichter Schritt, so bist du bei den Sternen.
So ging das Schicksal lautlos alle Stunde durch die Räume meines Hauses.
Ich hatte nie in dieser Art gelebt. Es war wie ein Erwachen in die Tiefe. Wie töricht erschienen mir jetzt die Wünsche der Menschen, wie überflüssig ihr Besitz und das Getriebe, das sie seinetwillen hatten! Die wenigen Dinge, adelig und ohne Zier, die nicht einmal mein eigen waren, gereichten mir zu völligem Genügen.
Jetzt floß das Leben in vollen Strömen, es schien von der Sonne, vom Himmel, von den Sternen geschenkt. Zum ersten Male war ich bei mir selbst, zum ersten Male zugleich bei allen Dingen. Es war mir wie einem Vogel, der mit ausgespannten Flügeln ruht und um sich her das Grenzenlose blauen sieht, es war mir wie einem Schwan, der durch die Wogen zieht und unter sich die Purpurtiefen weiß. Die Dinge hatten keine Wände mehr, sie waren aufgetan, es ging hinein, hinunter, selig unermeßlich tief hinunter.
Die Kinder waren meine Gäste. Sie kamen den Kirchberg herauf, sie traten herein, sie füllten die Bänke und schauten mich an. Ich gab ihnen von allem, was ich hatte, und nahm von der Fülle des Lebens, das sie brachten. Und wenn sie sich am Nachmittag zerstreuten, dann war die Stille wieder da und wiegte mich.
Immer fühlte ich mich heiter, immer von Rhythmen befangen, immer umgaukelten mich Melodien. Der Morgen war ein Fest, der Mittag, wenn die Glocke summte, der Abend, wenn ich von den Wäldern kam, die Nacht, wenn aus dem Dämmerkissen über mir das Silbergeschmeide der Gestirne blinkte.
Und da ich bei mir blieb und wohnte und nicht mehr in die Öde der falschen, äußeren Welt entlief, so kamen alle Dinge zu mir. Zwei Briefe waren mein, ich las sie jeden Morgen und Abend. Einen hatte Therese geschrieben, es zitterte dar-

innen fröhlich ein Geheimnis. Der andere stammte von Maria. Er lag vor mir, weiß wie ein Blütenblatt, und feine, klare Züge durchliefen das Papier. Ich sah darauf, als hätte es der Wind hereingeweht. Jetzt wußte ich, was sie mir war.
Wir stammten beide aus demselben Städtchen, in ihrer frühen Jugend war sie einsam und ernst durch die närrische Schar der Gespielinnen geschritten, war oft entschwunden und wieder hervorgetreten. Wir hatten Worte gewechselt, unsere Gedanken getauscht, gemeinsam uns an schönen Dingen gefreut und wieder getrennt. In ihrem Wesen war eine große Kraft und Schweigsamkeit, in ihrem Auge eine Nacht voll seliger Kühle und Klarheit. Ihr Antlitz konnte unbeschreiblich leuchtend werden. Wen sie berührte, der fühlte sich lichter und freier. Aber sie konnte niemand binden und fesseln. Sie ging vorüber wie der Windhauch, der Labung spendet, der die Stirne lüftet und entschwindet. Wenn man sie suchte, fand man sie nicht. In einem stillen, silbernen Augenblicke aber stand sie plötzlich da und grüßte mit den Augen. Jetzt erst gewahrte ich ihre immerwährende Gegenwart. Und daß sie eines konnte, wie sonst kein zweiter Mensch: sich freuen. Ja wahrhaftig, ihr Angesicht war zum Wohnplatz der Freude geschaffen. Und wenn ich selber mich freute, aus der Tiefe, aus dem Abgrund, dann war Mariens Name gegenwärtig. Ich fragte noch weniger als bei Therese, woher sie kam und wohin sie ging, sie kam nicht und ging nicht und war nicht ein Ding des Begehrens oder Verschmähens. Die Leute sagten von ihr, sie habe sich einem höheren Studiengange gewidmet, mich aber ging das nichts an. Ich trug ihren Brief mit mir, ich legte ihn dahin und dorthin, um ihn wieder aufzufinden, ich wußte, daß sie da wohnte, wo auch ich jetzt eingezogen war.

Begräbnis

Ich hatte eben meine beiden Antwortbriefe beschlossen, einen für Therese, einen für Maria, da kam etwas die Stiege herauf und klopfte an meine Tür. Ich öffnete. Es war Zacharias, der Mesner. In bloßen Ärmeln stand er vor mir da, das Hemd von der Brust bis zur Hosenlade mit braunen Spuren überdunkelt; seine Nase, eine spitze Runkelrübe, die an ihrem Ende nach aufwärts schweifte, sein ganzes dünnes Angesicht war in grinsende Falten verzogen, und die kahle Stirn glänzte bis tief in den schäbigen Haarboden zurück. Die knitterigen Ohren aber standen weit ab wie die Ohren eines neugeborenen Elefanten.

„Herr Lehrer", murmelte er mit zahnlosen Kiefern, indes er sich das Nasentröpflein wischte, „iatz hots'n dengast untersi draht, an Aug'nschneider, übermorgen is d' Leich. Es weard a scheane Leich, d' Feierwehr vo Gandorf kimp mit rauf. Er is bei der Feierwehr g'wen, an der Spritz'n sell, iatz kemma s' ollsamt – es g'hert si au. Olso, doß Sie's wiss'n, Herr Lehrer, um neine übermorgen."

„Gott geb ihm die ewige Ruhe!" sprach ich in einer geistlichen Anwandlung. „Ich hätte ihm das Leben wohl vergönnt."

Der Mesner lächelte ungläubig.

„Deana' S' net so, Herr Lehrer! Wos frog'n Sie noch'am Aug'nschneider z' Gandorf drunt, bolds a so wos git!" Und wie ehedem der alte Bauer machte er die Bewegung des Geldzählens.

„Was geb ich auf das nichtsnutzige Geld, Zacharias!" entgegnete ich ihm. „Man gibt es schneller aus, als man es einnimmt."

„Recht hom S'!" stimmte mir Zacharias bei. „Müassens holt a Mehl verlonga und Oahr und a Schmolz. Dös is frei feindli guat, boldst a so wos ins Haus kriagst, glaben S' net au, Herr Lehrer?"

Ich gab es zu. Zacharias bot mir eine Prise an, ich tat ihm Bescheid, und er ging. Ich aber setzte mich nachdenklich auf den Rand meines Bettes.

Drunten in Gandorf in einer der niederen dumpfen Stuben lag jetzt der Augenschneider im Holzschrein, hatte den Laubsack unterm Haupt und das Festgewand an, in dem er

alle Sonntage heraufgewandert war nach Abenberg zur Kirche, das nun bestimmt war, mit ihm zu modern. Man hatte Kerzen neben ihm angezündet, während doch die helle Sonne durch die kleinen Scheiben blitzte und vor dem Fenster das gelbe Laub herabfiel. Er lag wohl mit den steif gefalteten Arbeitshänden da, deren Gelenke vielleicht von der Gicht geschwollen waren, und sein ausgemergeltes Gesicht war gelb und kalt. Die grauen Haarbüschel umgaben es so leblos, als seien sie innen schon morsch geworden und wollten sich vom Haupte lösen.
Unablässig gingen die Leute auf und ab, versprengten das Weihwasser, das in einer irdenen Schüssel auf einem Schemel stand, und eine Herbstblume diente ihnen als Wedel. Die Kinder schauten scheu und neugierig nach dem entseelten Haupt hinüber, und etliche Weiber weinten krampfhaft. Das war das Ende. Nun schaufelte Zacharias das Grab, und der Pfarrer tat ihn in die Grube, ich aber, der ich mir solche Dinge niemals hatte träumen lassen, stand daneben, respondierte und sang das *Ego sum.*
Aus meinem Grübeln erwachend, stand ich vom Bette auf und überlegte mir, daß ich mich für das Begräbnis vorbereiten müsse; denn ich hatte noch niemals in meinem Leben bei einem Leichenbegängnis die Dienste eines Kantors versehen.
Zunächst ging ich in den Friedhof hinüber. Nahe der Mauer schaffte Zacharias und lockerte ein Eisenkreuz. Eine Weile sah ich ihm zu, wie er sich abmühte, mit Hacke und Spaten das Fundament des Kreuzes zu unterhöhlen. Dann ging ich durch die Gräberreihen. Rings in dem engen Raume standen lauter alte schmiedeeiserne Kreuze, manche kunstreich verziert, alle aber verwittert und verrostet. Sie standen inmitten der kleinen Grabhügel, auf denen die Blumen nach ihrem eigenen Gefallen emporblühten und die steinernen Sockel mit spätem Duft und bunten Farben umgaben. Von den größeren Kreuzen zeigte jedes nicht nur den sterbenden Heiland, von vielen gewundenen Strahlen umgeben, sondern oben auf dem Mittelbalken war auch noch der Aufer-

standene zu sehen, die Fahne des Sieges in der Hand, dem frommen Beschauer verkündend, daß der Tod überwunden und die ewige Herrlichkeit errungen sei. Eisenkästchen befanden sich an jedem Kreuze in der Mitte unten, ebenso hoch, daß man ihre Türen bequem öffnen konnte, manche rund, manche zierlich geschwungen und manche wie ein Herz gebildet. Mit vielen Spitzen und flammenartigen Zakken waren sie verziert. Aber der Rost hatte sie allesamt gebräunt und zerfressen, und die Türchen bewegten sich knarrend oder pfeifend, wenn ich sie öffnete, und an manchen zerrte ich vergebens, sie blieben mir verschlossen.

Während ich so stand und las und weiterschritt, hatte Zacharias das Kreuz vom Grunde losgerissen und mit ihm einen Büschel der schönsten Blumen und warf nun beides mit einem Ruck in das Gestrüpp der Kirchhofmauer. Ich ging an ihm vorbei und hinter die Kirche, hinüber nach den verkommenen und verlassenen Gräbern. Es waren wenige Kreuze, ganz vermodert und zerfressen, die schief und hilflos in dem Grün des Rasens steckten. Da und dort sah man noch Spuren früherer Grabhügel; aber alles war mit Gras überwachsen. Schon waren etliche Kreuze zusammengebrochen, und niemand richtete sie auf, die andern trugen verloschene Namen oder zugerostete Behälter, und selbst der Heiland am Kreuze war durch die Länge der Zeit und das böse Wetter zu einer unkenntlichen Puppe geworden.

Hier unter dem dichten Rasen zu liegen, verschollen, vergessen, während der Name, den die im Leben Zurückgebliebenen in kindlicher Verewigungssucht mit so zerbrechlichen Mitteln in das eiserne Kästchen schreiben ließen, verloschen ist und das Kreuz zermürbt zur Seite sinkt, wäre dies nicht das schönste Los? Wie viele kamen und gingen, von denen kein sichtbares Zeugnis mehr erzählt? Ihre bescheidene Wirkung läuft fort im Ganzen der Welt, aber die Urheber sind verwest, und niemand fragt nach ihnen, selbst die nicht, in deren Adern ein Atom des Blutes läuft, das jene Vergangenen erfüllte und sich in stürmischem Herzschlag durch ihren Körper drängt. O ewig vergängliches, ewiges Leben! Der

Mensch ist nichts, das einzelne ist nichts, nur daß das Ganze lebe und daß das Herz im Ganzen lebe, das ist das innerste Gebot, das innerste Gesetz der Welt.

Ich ging zu Zacharias zurück, der alle Blumen aus dem Grabhügel gerissen und in die Ecke geworfen hatte.

„Was denken Sie sich bei dieser Arbeit, Zacharias?" redete ich ihn an.

„Wos i denk? Doß es a Sauorbat is, dös sell denk i. De Kreizer hom an Fluach, de sitzen greisli hort. Und iatz geht es earst o', 's richtige Elend, bold iatz de Stoaner kemman und de schwaren Brock'n."

„Wieviel Gräber haben Sie in Ihrem Leben schon gegraben, Zacharias?"

„O mei, dös woaß i net! I hobs net zöhlt. So org viel wer'ns grod net g'wen sei. Bei uns sterb'n net soviel Leit. Fünfzehne moan i dengast – 's kennan mehrer sei oder weniger, fünfzehne, dös werd so's mittelst sei!"

„Und wieviel werden Sie wohl noch graben, bis man's Ihnen gräbt?"

„Iatz miass'ns mir mei Sünd scho nochloss'n, aber dös is a saudumme Röd, Herr Lehrer. Grod, als ob ma dös wiss'n kunnt, und grod, als ob oan dös was a'gangat! Aufs earst is der Maderle Mesner gwen und i alloanigs Totengraber. Iatz is der Maderle an olter Stock, und i bin Mesner no derzua worn. Bold is nimmer derschnauf'n ko, no loahn i mei Grabscheit an dia Mauer sell. Werds scho an anderer zuaherilange!" Da klopfte ich ihm auf die Schulter.

„Sie haben recht, Zacharias", sprach ich, „man muß die Dinge laufen lassen. Wo der Herrgott sich kümmert, brauchen wir uns nicht auch zu kümmern. Aber Sie tun gut, mich an den Maderle zu erinnern. Ich will doch gleich zu ihm hinuntergehen und ihn wegen meiner Obliegenheiten beim Begräbnisse befragen."

„Hm", machte Zacharias, „Sie san auf dös holt no net ei'gschualt. Do dürfen S' Eahna scho drüber moch'n, unser Herr is gor feindli schnell. Gor feindli schnell is'r, dös sog i, Herr Lehrer." Also ging ich zum Schneider hinunter.

„Hoch tut euch auf, ihr Tore der Welt!“ rief der Alte, indem er seine Türe aufstieß, und ich bückte mich und trat ein. Ich brachte mein Anliegen vor, er zog aus einer Ecke ein zerlesenes Totenoffizium hervor, wir rückten ans Fenster, und er begann mir die Sache zu erklären.
„Also bold s' an Sarg bringan, stehn mir vorn am Freithof sell, no werd dös sell Bla'la g'les'n, olls dös, wos do steht. Dernocher aber hoaßt's auf und gschwind sei, schorf hinterm Herr Pforrar her. Der lauft Eahna wia der Wind. Und do muaß oll dös bet wern, wos do steht. Und dös muaß olls in oam Trapp gehn, doß S' mi verstehn!“
Auf diese Weise legte er mir meine Pflichten auseinander. Darauf sagte ich: „Probieren wir's nun!“
Da fing er mit seiner halb näselnden, halb kreischenden Stimme an, und ich fiel mit ein. Er sang ein wenig frei, ich hielt mich an die Noten, so gerieten wir oftmals auseinander und mußten von neuem beginnen.
„Ober dös *Ego sum*“, erklärte er mir, „dös sog i Eahna glei, dös is mir z'viel füar mei olte Gurgel, bsonders, bols a rauche Luft hot. Dös müassen Sie alloa singa.“
Ich stimmte zu, und wir machten uns mit vollem Eifer über das *Ego sum* her, über dieses herrliche Rezitativ, dessen edle, reichbewegte und maßvolle Gesangslinie wie auf ehernen Wogen die Kunde vom ewigen Leben einherträgt. Hier in der Schneiderstube wurde der freie Gesang freilich zu einem kläglichen Genäsel, und als es eben am ärgsten war, verdunkelte sich die Scheibe, der Pfarrherr ging vorüber, blickt sich verwundert um und lächelte dann in sich hinein, während er rüstig von dannen schritt.
Der Tag der Beerdigung war gekommen. Ich bestimmte etliche Mädchen meiner Oberklasse, die mit den Kleinen rechnen, lesen und schreiben sollten, erteilte den Größeren eine schriftliche Arbeit und begab mich, in meinen Mantel gehüllt, auf den Gottesacker. In der Nacht hatte es gefroren, der Reif hing dick an den Sträuchern und Blumen, und über das moosige Tal hin zogen Nebelschwaden. Die Kälte war empfindlich.

Im Friedhof fand ich Zacharias an dem Grabe stehen und sorgenvoll in die kalte Grube hinabsehen.
„Schiach is!" murmelte er bedenklich vor sich hin. „Wann's uns no net z'sammfollt, bolds aso herdruck'n!"
„Zacharias", sprach ich, „sind Ihnen derlei Dinge schon passiert?"
„Na, dös grod net", gab er zur Anwort, „ober anderne schiache Sochen. Mit de ledigen Kinder hots an Deifl. Bein earst'n honi mir d ' Finger verfreart und d' Nos'n derzua und bin aso starri worn, doß i am Pforrar 's Meßg'wand nimmer ho o'ziahn kenna. Do hätt'n S' hearn solln, wia der mi z'samm'klaubt hot! – Und bein zwoat'n, dös war a Deiflsg'schicht, sie loch'n ollweil no im Dorf, bold i mi sehng loß, und im Wirtshaus konn is schiar net derleid'n, aso derblecka denna s' mi."
Ich ermunterte den Wackeren, mir die Sache zu vertrauen, ehe ich sie aus unberufenem Munde erführe, und er erzählte mir das Folgende:
Wie man das ledige Kind der Karolina Bartelmann in einem winzigen Särglein gebracht habe („a Zigarrnkistl is gwen, net meahra"), da sei er, der Mesner, durch Fügung des Teufels unversehens ausgeglitten, habe im Schrecken das Särglein samt dem Kinde auf den Rasen geworfen, wo es sanft zwischen ausgerissenen Blumen gelegen, sei alsbald mit einem Fluche in die Grube gefahren und darinnen höchst vertrackt ins Knie gesunken, daß er zunächst nicht habe aufstehen können, sondern nur etliche Male an der Friedhofmauer auf und ab gefahren sei. Die ganze Trauerversammlung sei in Lachen ausgebrochen, zuerst die Mutter des armen Leichleins, die dem lieben Gott von Herzen dankbar gewesen, daß er die Kinderplage von ihr genommen.

Während dieser Erzählung trat der Pfarrherr in den Gottesacker ein, rieb sich die Hände und wünschte uns einen guten Morgen.
„Zacharias", sprach er mit gehobenen Brauen, „was ist das wieder für eine Arbeit?"

„Es hebt scho“, beteuerte der Arme, „es hebt, Herr Pforrar.“
„Kommen Sie mit!“ wandte sich der geistliche Herr an mich. „In der Sakristei ist es wärmer, da ist ein Bretterboden.“
Ich folgte ihm, und wir traten in die Sakristei.
„Der Augenschneider hat schreckliche Schmerzen ausgestanden die letzten Tage her“, sprach der Pfarrherr ernsthaft zu mir, „er hat sich gekrümmt im Bett und einen fürchterlichen Todeskampf gehabt. Ich war dabei. Was doch das Leben Gewalt hat bis zum letzten Augenblick! Er sprang aus dem Bett und ans Fenster, riß die Scheibe auf und rief: Raus will i, aufs Feld will i, wo Liacht is und Luft! – Und brach zusammen. Ja, Männlein, das Leben ist eine ernsthafte Sache, und der Tod spaßt nicht. Singet mir heute das *Ego sum* schön! Wenn das nicht wäre, *resurrectio et vita*, wie sollten wir armen Lebenden so einen Anblick ertragen?“
Der Mesner war uns nachgekommen und stülpte nun dem Alten die Albe übers Haupt, band ihm das Zingulum um die Hüften und zerrte im Rücken das bauschige Tuch zurecht, ohne daß er die Falten irgendwie in Ordnung zu bringen vermochte. Dann stand der Pfarrherr regungslos vor dem Sakristeischreine da, der das Ansehen eines kleinen Altares hatte, hielt die roten Hände vor den Lippen gefaltet und hauchte hinein. Ich sah, wie der Atem des Mundes die frostigen Finger umrauchte. Mir biß die Kälte schmerzhaft in die Füße. Das Totenoffizium trug ich unterm Arme. So stand ich nüchtern und gedankenlos beiseite.
Nach einer Weile rissen die Ministranten die Tür auf, die nach der Kirche führte, und riefen mit lauten und erregten Stimmen zu uns herein: „Iatz kemma s’! iatzt kemma s’!“ Und sogleich sah man sie an den Glockenseilen hängen und ziehen. Über uns im Gestühle schlugen die Glocken an, daß das Gebälk summte. Der Pfarrherr nahm die schwarze Stola und das Birett, und indem er es auf seinen glänzenden Scheitel drückte, nickte er mir zu, ihm zu folgen.
Vor dem Friedhof, nicht weit von meinem Brunnen entfernt, stand der Schragen, auf den der Sarg gestellt werden

sollte. Neben ihm hatten sich zwei kleine, runzlige Bauern, seine Träger, aufgestellt. Neugieriges Volk umgab die Bahre. Auch der Dorfschneider war dabei, hatte eben geschnupft und setzte sich nun den Augenspiegel auf. Ich gesellte mich zu ihm. „Aufschlog'n, Seite 113!" befahl er. „Do kemma s'!"

Den Kirchberg herauf kam ein gewöhnlicher Leiterwagen ohne allen Schmuck. Ein starkes Roß zog ihn herauf und stieß weiße Dampfwolken aus den Nüstern. Ein Bauer, in seine Festtracht gekleidet, führte es am Zügel. Mitten auf dem rohen Boden des Wagens, wo sonst die Garben oder die Säcke mit den reifen Körnern lagen, stand der Sarg. Der Trauerzug kam hinterdrein.

Ein paar Männer hoben nun die schwarze Truhe herab und stellten sie auf den Schragen. Der Pfarrherr sprengte Weihwasser darüber, während der Wagen von hinnen fuhr, und hub mit den Totengebeten an. Wir gaben nach besten Kräften Anwort; die Trauerleute drängten näher heran. Nun wandte sich der Pfarrherr um und eilte betend an der Kirchenmauer hin, und wir hielten uns an seiner Seite, wenn uns auch das Latein im Eifer des Schreitens und Betens zu den wunderlichsten Formen geriet. So kamen wir in der Ecke des Friedhofs an.

Da stand ich nun zunächst dem Pfarrherrn, dicht am Grabe auf einem Häuflein Erde zwischen mancherlei verstreutem Gebein und einigen Trümmern eines Menschenschädels. Das Kreuz lag noch wie gestern im Dorngestrüpp, und die Blumenbüschel daneben waren im Frost der Nacht erstarrt und schwarz geworden.

Der Schneider stieß mich in die Rippen. Ich blickte empor. Der Friedhof war von Menschen gefüllt. Zunächst und mir im Angesicht standen die Hinterbliebenen, ein altes Weib, ein Mann mit einem Weib, etliche Söhne und Töchter. Die Frauen schluchzten krampfhaft und leise mit geschlossenem Munde. Ihre Augen waren rot und aufgelaufen.

Der Pfarrherr segnete den Sarg, dann ließen sie ihn an dem grauen Leinenbande hinunter. Es ging aber wie bei jeder

andern werktäglichen Arbeit: sie riefen einander zu, wie es die Holzfäller und Tagewerker auch tun, und zogen die Gurten wieder empor. Als ich in die Grube hinuntersah, erblickte ich das silberne Kreuz aus elender Pappe, das den Sarg verzierte. Es war eine arme und böse Zeit, die Dinge mußten billig sein, und für die armen Toten war das mindeste gut genug. Warum schluchzten die Hinterbliebenen so krampfhaft auf? Sie werden doch heimgehen und um das jämmerliche Erbe streiten, und keinem wird es genug sein. Der Pfarrherr nahm den Spaten und warf die schweren lehmigen Erdschollen in die Grube hinunter. Wie elend und hölzern sie auf dem Deckel des Sarges umherpolterten! Ein Kreuz aus Pappe und das Gelärm dieser hart gefrorenen Knollen, sind das die letzten Dinge, Mensch? So kalt, so nüchtern, so kläglich wirst du hier verscharrt? Da winkte mir der Pfarrherr zu, und der Schneider raunte: „Das *Ego sum!*" Ich trat einen Schritt zurück, alle Augen richteten sich auf mich, ich schaute über die Häupter hinweg und sah in stilles Grau gewandet die Wipfel des Waldes niederschauen. Da nahm ich meine Sinne zusammen, und staunend hörte ich meine eigene Stimme über den Friedhof hinschallen, sie klang wie Erz:
„Ego sum ressurrectio et vita, qui credit in me, non morietur in aeternum!"
Der Pfarrherr hielt eine Leichenrede von einer solchen Kraft und Unerbittlichkeit, daß ich erschüttert stehenblieb, als das Trauervolk zur Kirche lief und der Pfarrer in die Sakristei gegangen war, und ich verharrte vor dem offenen Grabe, während der Nebel, der vom Tale aufgestiegen war, den Friedhof immer mehr verhüllte. Des Pfarrherrn Worte klangen mir noch im Ohr, und meine Brust war unwillkürlich gewölbt.
Da trat aus dem wogenden grauen Duft jemand hinter der Kirche hervor. Ich erkannte die hohe Gestalt beim ersten Blick. Das war meine Judith. Diesmal trug sie ihre Festtracht, ein dunkles Mieder, einen dunklen Rock und eine rötlichbraune Schürze. Alles dies war nicht nach bayrischer

Art geschnitten. Ein feines Halstuch fiel ihr über die Schultern und den Rücken. Ihr Haupt war unbedeckt. Ruhigen Schrittes trat sie aus dem Nebel hervor und kam in ihrer vollen Kraft und Schönheit auf mich zu. Ihre klugen Augen schienen mich zu grüßen, ein Lächeln öffnete ihren Mund. Verwirrten Herzens rückte ich zur Seite.

„Weichet nicht!" sprach sie zu mir, und ihre Stimme war voll edler Wärme und bewegte meine Seele doppelt, weil es ein schwäbischer Laut war. Und, indem sie die Augen nach mir wandte, sprach sie: „Ihr habt schön gesungen."

Ich erwiderte nichts, und sie warf einen Strauß aus feurigen Blättern und glänzenden Herbstbeeren in das Grab hinab.

Dann standen wir schweigend eine kleine Weile nahe nebeneinander. Ich spürte eine Wärme von ihrem Körper ausgehen, und eine Ruhe kam in mich wie sommers, wenn man durch reife Felder wandert. Der Nebel ward mir heimlich, ich vergaß des Toten, und das Leben schien mir warm und trostreich.

„Ihr seid aus Schwaben?" wandte ich mich an sie. Sie nickte.

„Ich bin auch von dort!" sprach ich und hob den Finger nach Westen auf. Da verschönte wiederum dies eigentümliche Lächeln ihre Züge, und ihre Brust erhob sich wie zu einem Seufzer. Mit einem Male reichte sie mir die Hand hin.

„Dann sollten wir zusammenhalten," sagte sie schlicht. „Besuchet mich einmal! Oder nein, tut es nicht. Ich habe vergessen, daß Ihr jung seid und ein Lehrer und daß die Leute Schlechtes denken."

Ich wollte etwas sagen, sie aber schüttelte den Kopf, lächelte mich ruhig an und ging hinweg, desselben Weges, den sie gekommen. Keine fünf Sekunden war sie hinter der Kirche verschwunden, als der Schneider heranschnaufte: „Herr Lehrer, spiel'n! Wos is denn?"

„Ich komme", gab ich ihm zur Antwort, sprengte Weihwasser in die Grube und auf Judiths Strauß hinab und folgte dem Aufgeregten. Als ich aber in die Kirche eintrat, dachte ich mir: „Ich möchte noch viele Jahre in diesem herben Leben stehen und reif werden wie das Weib, das meine Sinne mit so schöner Trunkenheit erfüllte.“

Der Schulinspektor

Ich hatte mich mit meinen Kindern zusammengefunden, sie lernten und arbeiteten mit mir und gehorchten meinen Winken ohne Widerstand. Aber es war nicht wie in den Schulen meiner Heimat, wo das Herz der Kinder mir gehörte, wo sie morgens vor der Schule mir entgegengezogen kamen, um mich abzuholen.
Diese Abenberger Bauernkinder, selbst die Kleinsten, blieben in sich selbst verschlossen, und wenn sie sich auch äußerlich gefügig zeigten, im Innern war ein stummer Widerstand. So sehr ich mich mühte, ihrer Art gerecht zu werden, in ihrer Weise zu denken, aus ihrer Welt die Elemente für den Unterricht zu schöpfen, die Lebensformen, in denen wir uns äußerten, blieben vom Grunde aus verschieden, und ich galt den kleinen Wesen als ein Fremder. Da gab es in der ganzen Schule nur ein Kind, mit dem ich mich im innerlichsten Einverständnis befand, und dieses Kind war auch ein Fremder unter den übrigen Kindern.
Es war das blasse Senzla aus der Unterklasse, eine Schwester Tonis, ein gar stilles, freundliches, klares Kind. Es saß so lautlos über seiner Arbeit, daß mir seine Anwesenheit nicht eher bewußt wurde, als bis es den Finger hob und eine Antwort gab. Während des Unterrichtes ließ es kein Auge von mir, befolgte, was ich sagte, aufs genaueste, wandte mir immerfort mit schlichtem Ernst sein blasses, durchsichtiges Gesichtlein zu, auf dessen zarten Wangen ein Hauch von Röte schwebte, legte die schmalen Hände gefaltet auf die Bank und lebte ganz in mir und meinen Worten.
Seine Schrift war schön und bis ins kleinste sorgfältig. Selten geschah es, daß sich ein Fehler fand. Wenn ich nun meine Hand auf den hellblonden Scheitel legte, von dem das Haar

in welken Ringeln auf den Nacken fiel, so röteten sich die Wangen um ein weniges mehr, und die sanften Augen glänzten leise.

Senzla lächelte wenig, dann aber senkten sich in seine Wangen weiche traurige Grübchen, und ein zarter Lichtschein schien sich über seine Züge auszugießen. Eine Ruhe lag über dem Wesen wie an manchem Tag im Herbst, wo man das leise Knistern vernehmen kann, mit dem die Blätter sich vom Zweige lösen.

Bald fühlte ich durch alle Zurückhaltung hindurch die Liebe des Kindes zu mir dringen, und mir zuliebe bot es alle Kräfte auf. Da ward auch ich in meinem Wesen ganz verwandelt, und etwas Scheues, Zartes schwebte zwischen uns beiden.

Einmal bemerkte ich, daß Senzla ihre schmächtige Hand um die zierlich gewölbte, schneeweiße Stirn legte und sie da eine Weile ruhen ließ, während sie im Schreiben innehielt. Dann kam ein seufzender Atem über ihre Lippen, und sie raffte sich zusammen, ihre Arbeit fortzusetzen.

Nach der Schule behielt ich das Kind zurück und fragte es, warum es manchmal nach der Stirne greife. Da gestand mir Senzla, daß es fast jeden Tag an Kopfschmerzen litte, die manchmal zu solcher Stärke anwuchsen, daß ihr die anbefohlenen Sätze entschwänden. Sie wolle sich aber recht von Herzen plagen, und dann müsse es schon gehen.

Das alles sagte sie so schlicht und kindlich, daß mich die sanfte Willigkeit bei allem heimlichen Martyrium im innersten Herzen bewegte. Ich schloß das Kind in meine Arme und sagte: „Senzla, du sollst dich nicht so plagen. Leg' ruhig deinen Griffel weg, wenn du dich müde fühlst, und ruhe aus. Willst du's so machen, Kind?"

Das Mädchen lächelte mit seinem feinen, lichten und traurigen Lächeln und nickte stumm. Ich strich ihm über die Stirn und entließ es. Dann saß ich noch eine Zeitlang allein am Pulte und blickte in den leeren Raum.

Mit dem Pfarrherrn war es wochenlang ein unbestimmtes Verhältnis. Ich suchte ihn und wußte ihn doch nicht zu finden. Ob er mir wohlwollte, ob er mir abgeneigt war, wußte ich nicht. Mit schnellen Schritten kam er die Schulstiege empor zur Religionsstunde, und ich hatte zu eilen, daß ich das Pult von meinen Büchern und Heften räumte, bis er hereintrat. Dann ließ er einen raschen, prüfenden Blick über die Tafel und die Wände gleiten, als forsche er nach den Spuren meiner Arbeit. Wir redeten etliche Worte, und ich ging in meine Kammer.

So war auch wieder ein heiterer Morgen aufgegangen. Die Sonne legte goldene Streifen über die Schar der Kleinen, die mit allem Fleiße schafften. Lisabeths Blumenstöcke leuchteten auf, durchglüht von wärmendem Feuer, und strahlten wie stille Flammen. Über Senzlas Schulter und Haar lag ein Sonnenfleck und ließ den Scheitel des Kindes schimmern. Ich redete halblaut mit den Großen, einen Aufsatz besprechend, und horchte daneben auf das Gegacker der Hühner, die hinterm Schulhaus auf dem Hofe sich umhertrieben.

Unterweilen blickte ich durchs Fenster. Da sah ich den Pfarrer das Sträßlein heruntertraben, unter der Linde hervortreten und auf meinen Garten zukommen. Manchmal flammte sein weißes Haar in heller Sonne auf. Ich hieß meine Kinder sich beeilen und raffte meine Bücher zusammen.

Schon war er unten hinein und kam die Stiege herauf. Die Tür ging auf; aber der Pfarrherr trat nicht herein. Er winkte mir heftig, daß ich zu ihm herauskomme. Ich tat es.

„Was ist mit Ihnen, Herr Pfarrer?“ fragte ich betroffen. „Warum sind Sie so erregt?“

„Ich muß es Ihnen sagen“, keuchte er. „Eine halbe Nacht hab' ich mir's überlegt. Aber denken Sie, wie Sie wollen, ich muß es Ihnen sagen.“

„Was ist geschehen?“ fragte ich wieder.

„Nichts ist geschehen. Das ist es ja, daß nichts geschehen ist! Hören Sie, Ihre Arbeit da drinnen gefällt mir nicht.“

„Herr Pfarrer –“ rief ich mit dem Tone der Verwahrung.

„Da haben wir's!“ fuhr er auf. „So habe ich mir's auch gedacht. Es paßt zum andern. Solange Sie in solchen Tönen reden, solange habe ich ausgeredet. Gut also, leben Sie wohl!“

Er wollte in die Tür treten; aber ich hielt ihn zurück.
„Sie sollen mir Ihre Meinung sagen“, sprach ich.
„Soll ich das?“ erwiderte er heftig. „Sie werden mir entgegnen: Was geht das da drinnen dich an? Es hat eine Zeit gegeben, wo du Schulinspektor warst. Die ist jetzt vorüber.“
Ich sah ihm steif ins Gesicht und schwieg.
„Aber Sie sollen hören, was ich auf dem Herzen habe“, fuhr er fort. „Es ist nicht wahr, daß das da drinnen mich nichts mehr angeht. Ich will kein Regiment, o nein! Aber wenn mich der Krampf in den Füßen manche Stunde in der Nacht wach hält, dann geht's mir so in der Brust herum und läßt mir keine Ruhe: es geht dich doch was an. Und nun will ich's Ihnen sagen: Es ist mir nicht recht, wenn aus der Stadt einer hergelaufen kommt und das, was er auf der Schulbank an blassen und gelehrten Dingen in sein dünnes Mäglein hineingefressen hat, vor diesen Bauernkindern da auskramt und weiß der Teufel was für neue Tänze aufspielt in dieser Bauernschule und sich was dünkt dabei. Sehen Sie, das ist mir nicht recht. Da fängt es dann an in mir zu kochen. Die Sanftmut ist nun einmal meine Sache nicht. Junger Mann, junger Mann, dreißig Jahre sitze ich da oben in dem weißen Pfarrhof, dreißig Jahre unablässig auf meinem Posten und wache mit Späheraugen, daß keiner komme und diesem Volk sein altes Erbe forttrage und Wasser gieße in diesen derben alten Wein. Und denen, die die Kinder meines Volkes unter ihren Händen haben, mißtraue ich von ganzem Herzen, wenn sie so flott dahergezogen kommen, und ich habe mit einem jeden Krieg geführt um dieses letzten Erbes willen. Da sehen Sie hinaus – Wald! Dort drüben – Wald, ringsum Wald und ein elend hundeschlechtes Sträßlein. Das ist unser Glück, unsere Schutzwehr, unser Damm. Daherein mag sich kein Auto schinden. Und nun – die Zeit vergeht, und die Kinder warten –, daß ich zum Schluß komme: Männlein, schau diese Kinder an und nimm dich zusammen. Gib ihnen Bauernbrot statt deiner bleichen Wecken. Und wenn du keines backen kannst, und wenn du spürst, ich

kriege sie nicht zu fassen, dann habe so viel Ehrlichkeit und geh."
Damit hatte er die Klinke der Schultür ergriffen, die Türe aufgestemmt und trat mit einem raschen Schritt über die Schwelle. Die Türe tat sich zu, ich hörte die Kinder ihren Gruß sagen.
Da stand ich nun, betroffen, zornig und erbittert und dennoch angerührt an einer Stelle, wo tief verborgen das Gewissen schlägt.

Trüber und farbenreicher Herbst

Das Wort des Pfarrers wurmte mich. Er hatte die rechte Stelle getroffen. Die Schule war meine immerwährende Sorge, und Fleiß und Mühe konnte das eine nicht erreichen, das mich allein zum Herrn der Schule machte. Sollte ich ein Abenberger werden? Schon hatte mich das Tal in seine Einsamkeit gezogen, schon hatte die Kammer, das verlassene Haus sich aufgetan zu einer zweiten Welt. Aber die Menschen, die da wandelten, waren nicht die meinen, und ihre Kinder wollten es nicht werden.
Von Stund' an verließ ich den Lehrsaal, ehe der Pfarrer ihn betrat. Unsere Wege hatten sich geschieden. Immer wieder kochte der Unmut in mir auf. Wer war berufen, mich an meine Pflicht zu mahnen? War nicht des Pfarrers Lampe allnächtlich vor der meinen erloschen?
Es drängte mich, dem Widersacher entgegenzutreten und ihm dies zu sagen. Und ich führte im stillen manches Streitgespräch mit ihm. Aber seltsam, alle diese Kämpfe endeten mit einer Niederlage, indem ich mitten im hitzigsten Gefecht die Partei des Gegners zu ergreifen anfing und mit immer größerem Nachdruck gegen die meine vertrat. Dann wich ich vor den eigenen Gründen langsam rückwärts, des Pfarrherrn Stimme klang versöhnlicher und milder, und endlich hielt er meine Hand in seiner.
Nach solchen Phantasien erwachte ich erstaunt im Umkreis

der wirklichen Dinge. Ich fühlte eine Übermacht von Gründen auf des Pfarrers Seite und sah mich dennoch gänzlich von ihm mißverstanden. Und während ich mich bald vor ihm mit stolzen Worten zu verteidigen begehrte, bald allen Hader als ein törichtes Beginnen zu begraben wünschte, fuhren wir fort, einander aus dem Wege zu gehen, und schritten, wo der Zufall es so fügte, mit stummen und verschlossenen Mienen steif aneinander vorüber, nicht mehr als die notwendigsten Worte und einen kurzen Gruß miteinander wechselnd.

Allmählich wurde mir dieser Zustand zur Gewohnheit, und ich beschied mich darein und lebte abgeschlossen und ruhig in der Nebelwelt dahin, die schon seit einer Woche Tal und Dorf umhüllte.

In dieser Nebeltrübe war es auch, daß Lisabeth einmal mitten im Garten vor mich hintrat. Sie hatte über die Zeit, da das Schulhaus ledig gewesen, Kartoffeln in dem Garten angebaut und schickte sich nun an, sie auszugraben.

„Herr Lehrer“, sprach sie, „wos is dös mit Eahna und insern Herrn Pforrar?“

„Was soll es sein?“ murrte ich.

„Daß ihr aufanand seid's wia Hund und Kotz.“

„Fragt sich bloß, wer der Hund ist und wer die Katze“, rief ich.

„Deanas dös net“, entgegnete sie, „sands net bocki gegen insern Herrn. Wanns hernocher drauf o'kimp, san ollwweil Sie der sell, wo unten durch is ...“

Ich schwieg und sah sie prüfend an.

„Und no oans muaß i sog'n“, fuhr sie fort, „wann i scho bloß an olte Ruabn bi', lossen S' dös Augln bleib'n.“

„Das Augeln?“ rief ich. „Was soll nun das bedeuten?“

„Sell kennt a jeds Kalb, daß Sie nach deara Mechthild augeln. Wos an Augenschneider sei' Gruam hergonga is mit ihrem Bosch'n, so folsch und stat, dös ausg'schamt Frauenzimmer!“

„Lisabeth!“ fuhr ich ihr ins Wort. „Was sind das für Reden!“

„Sie san jung, mit Verlaub“, redete sie weiter, „und dumm san S’ a. Sonst hätten S’ de Musi eh scho gspannt: Zwegn wos is dös Luader ans Grab hergonga? Wegn am Augenschneider seine verfaulten Boaner? Sand S’ do net aso verdraht, Herr Lehrer!“
Ich schwieg betroffen still. Sollte das dunkle, mißtrauisch wachende Auge der Alten klarer gesehen haben als mein unerfahrener Blick? Kann sich das Herz so täuschen, daß es nicht bemerkte, wie die Worte jener Mechthild nur zum Schein gesprochen waren! Im selben Augenblicke fühlte ich, daß es mir nicht gleichgültig sei, von welcher Wesensart die Ungekannte war.
„Lisabeth!“ sprach ich nur, wie fragend und warnend.
„Mir ko’s gleich sei“, erwiderte das Weib. „Und von meinetweg’n kannten S’ a Ihr Freid ham. Ober de Obenberger wann dös spannen – dös san koane Guat’n. Es ka’s ja eh koa Mensch net aussteh’, dös Weibsbild, dös herg’laufen.“
„Hergelaufen, Lisabeth?“
„Jo, herg’laufen is, von drent hinterm Lech is dahoam, do hom sie s’ nausg’jogt aus ihrer Gmoa. I sog Eahna, Herr Lehrer, dös is a ganz a Schware, de hot scho ganz anderne Mannsbilder verdruckt, wia Sie oans san.“
„Woher haben Sie das?“ rief ich halb aufgebracht und halb erschrocken. „Wer kann solche Dinge wissen?“
„Ma woaß es, Herr Lehrer“, entgegnete sie, „ma woaß es. Herüber vom Lech kemman Leit und hinüber gengan a Leit – ma’ woaß es.“ Damit wandte sie sich von mir ab und ihrer Arbeit zu.
Ich ging durch den Garten hinaus und in das Grau des Nebels hinein. Mir war, als hätte mir jemand einen Schlag gegen die Brust versetzt, der erst, nachdem er geschehen, zu brennen anfing.
Grübelnd stieg ich die Höhe hinan, und immer stand das Bild des schönen Weibes vor meiner Seele. Was verstand ich schließlich von jenen vollen, reifen, bäuerlichen Wesen, deren Körper von der Kraft der Elemente glühte, deren Blut im Purpur leuchtete und deren Lippen glänzten wie die Bee-

ren des Sommers! Was verstand ich von den Tiefen ihrer Seele, von ihren Gedanken und ihren stummen nächtlichen Begehrungen? – Ich ging daran, der Unbekannten alles anzudichten, was die Leutemeinung von ihr sagte, und wenn ich es getan, dann schien es mir auf Mechthild dennoch nicht zu passen. Ich wußte nicht, was mich um dieses Weibes willen so bewegte.
So hatte ich den Hügel erreicht und sah auf das trübe Geriesel der Hänge nieder. Das Sträßlein wand sich bleich hindurch, und auf dem Sträßlein schlich ein langer, grauer Zug.
Hührufe und Geißelknallen scholl gedämpft herauf. Es war die Dampfdreschmaschine, die sie eben von Gandorf einholten. Acht Pferde zogen das abenteuerliche Stück, die ganze Jugend des Dorfes war dahinter her. Von der Höhe und durch das Schleierlicht des Nebels nahm sich alles wunderlich klein und schattenhaft aus, wie die Stimmen schollen, die Räder knirschten, die Buben vor- und rückwärts huschten und endlich alles in den Hohlweg der Abenberger Höhe, des Sichelberges, hineinkroch.
In diesem Augenblicke versank auch der Lärm, die Weite dehnte sich einsam, und ich wandte mich dem Walde zu. Still brennend standen die Buchen am Saume des Tannengehölzes, ein Vogel kreiste im Grau, es wob und wob, die Stille ward zur Unermeßlichkeit. –

In derselben Nacht, als ich gegen Mitternacht aus dem Fenster blickte, sah ich den Riegel und die Bellatrix wie Diamanten durch das Schleierwogen dringen. Am Morgen aber weckte mich früher als sonst das klare Licht, der Himmel rann und schmolz, da kam die unverstellte Bläue wieder.
Mit Duft und Funkeln überwölbte sie das Dorf, den Hügel und das strömende Tal, die lichten Säulen des Rauches wehten lachend durch die stumme Weite.
Und noch etwas belebte mit wohligem Summen die Luft. Eintönig und heiter klang dieser Ton durch den Morgen hin, immer nach einiger Zeit um etliche halbe Töne nach unten

gleitend: die Dampfdreschmaschine lebte, dampfte und schaffte seit dem frühen Tage. Aus des Martelbauers Hofraum quollen weiße Wolken empor, mit schwarzem Rauch untermischt, aufwärts steigend fingen sie Licht und Feuer und gingen in goldenen Atem auf. Diese frühe Betriebsamkeit erfüllte auch mich mit frohem Eifer. Schon hörte ich Lisabeths Tritt die Treppe heraufkommen, Holz ward vor meiner Tür hingeworfen, und die Alte begann mein Öflein von außen anzuheizen. Sie tat es jeden Morgen, wenn sie kam, das Feuer im Schulofen zu entfachen, oft weckte mich ihr ungefüges Hantieren, und bis ich angekleidet war, strahlte mein Ofen wohlige Wärme aus. Da war es denn eine köstliche Zeit, nach eingenommenem Frühstück eine halbe Stunde am Tisch zu sitzen, die Tagesarbeiten zu überdenken oder etliche Seiten in einem vertrauten Buche zu lesen.
Als ich am Mittag desselben Tages zum Wirt gegangen war und eben meine Suppe löffelte, trat Hummel, der kleine verwachsene Postbote, herein, warf seine Brieftasche seufzend auf die Ofenbank hin und verlangte eine Halbe Bier. Als er die blaue Dienstmütze abnahm, stand ihm der Schweiß in dicken Perlen um die Stirn, sein rolliges, derbwolliges Haar war ganz verklebt. Mit mehreren Seufzern trocknete er sich das Haupt, lüftete den Kragen und wischte sich tief in den Hals und den Nacken hinab, tat einen langen Zug und kramte dann das Abenberger Päckchen aus der Tasche und reichte es der Wirtin hin.
„Herr Lehrer, ein Paket!“ brummte er dann und streckte mir die gelbe Karte herüber. Da hieß es denn mit dem Wagla nach Mooskirchen fahren, um dort die Sendung abzuholen.
Nach beendeter Mahlzeit ging ich zum Martelbauern hinüber und trat ins neuerbaute Wohnhaus. Es fand sich niemand darinnen als das jüngst Kind, die zweijährige Gretel, die mit einer kleinen Pfanne auf den Tischfuß losschlug und dazwischen laut auflachte. So stieg ich denn die Treppe zum Hof hinab, wo die Dreschmaschine dampfte und surrte, nach dem Wagen und den Kindern zu fragen.

Im Hofe herrschte rege Tätigkeit. Das Tor der Scheune war aufgetan, die Dreschmaschine stand darinnen, und von dem großen Schwungrad der Lokomobile lief der breite Transmissionsriemen in das Dunkel des Tores hinein. Die Lokomobile aber schien ordentlich lebendig, voller Eifer und Bewegung und unermüdlich in ihrem emsigen, gleichmütigen, behaglichen Tun. Ihr Summen samt dem Surren der Räder und dem Zischen und Brodeln, das aus ihrem Innern drang, gab ihr ein wunderliches Wesen, und es war wahrlich seltsam anzusehen, wie das tote stählerne Geschöpf in höchster Tätigkeit begriffen war und rastlos und gewaltig seine Arbeit schaffte. So hatte denn der Anblick des rüstigen Ungeheuers eine Anzahl Kinder herbeigezogen, die eine kleine Strecke seitab standen und in regungslosem Gaffen den ewig wiederkehrenden Bewegungen der Maschine folgten. Sie mochten schon über eine Stunde dagestanden sein, ohne irgend müde zu werden. Auch ich trat nun zu ihnen, den schaffenden Buben und Mägden zunickend, und betrachtete die prustende Maschine. Sepp, der Heizer, begrüßte mich und bot mir die rußige Hand. Da brachte Martelbauers Anna den Maßkrug dahergeschleppt und hob ihn mit geröteten Wangen zu ihm empor. Er bemerkte es nicht gleich, dann aber erstrahlte sein Gesicht.

„Brav bist!" murmelte er, ergriff die Maß und tat einen tiefen Zug. Die Kohlen hatte er in den Schweinstrog geschüttet, wo sie glänzend lagen, nun trat er an die Feuerung, öffnete die kleine, runde Hölle und warf das schwarze Futter in den unersättlichen Flammenbauch. Mit Lachen sah ich in die glühende Höhlung hinein, in der die Feuerzungen durcheinanderwehten und von ihrem eigenen Odem erbrausten. Oben stieg weißer Dampf aus etlichen Ventilen, und kochendes Wasser sprudelte nach, zischte auf und rann in dünnen Bächen über den Kesselbauch hinunter. Der Schornstein stieß gewaltige Wolken schmutzigen Rauches hervor, als hätte er zu würgen an dem schwarzen Fressen.

Im Schatten des Scheunentores ruckte und stampfte unaufhörlich die Dreschmaschine. In ihrem Innern war ein weit unheimlicheres Leben. Da schoß kein weißer Atem hervor, noch brodelte ein siedendes Blut auf. Es rollte und zitterte und bewegte sich mit unablässigem Rucken heftig hin und her, fraß Garben und spie Stroh und Körner. Ich spürte es körperlich deutlich, wie der zitternde Wagen in seinem Innern jedes Glied, das ihm zu nahe käme, zerquetschen und zermalmen würde. Vorne aus einem Rachen stieß er unaufhörlich leeres Stroh heraus. Hier stand eine junge, vollbusige Magd, ein weißes Kopftuch um das Haar gewunden. Ihre rotbraunen Arme leuchteten, indes sie in die gelben Haufen fuhr, die ohne Unterlaß hervorquollen, eine breite Schwade emporraffte, daß Haupt und Kopftuch unter dem Halmenbusch verschwanden, und gegen ihre Brust drückte. Und schon hatte neben ihr die Jungmagd sich zur Erde gebückt, eines der Strohbänder ergriffen, die da zu Haufen lagen, nun schlang sie's leichten Wurfes um das Bündel und gürtete es fest zusammen. Es lagen mehr solch breite Büschel hinter ihr, die Männer spitzten sie mit den Gabeln auf, schwangen sie kraftvoll empor und drängten sie zum Bodenfenster hinein, wo Weiberarme herauslangten, in die Bündel griffen und die widerstrebenden in die heiße Dunkelheit des Bodenraumes hineinzogen.

Eine Weile sah ich dem Schaffen zu, sah mit Wohlgefallen die kraftvollen Leiber sich bewegen, die Gesichter glühen, die Stirnen vom Schweiße glänzen, sah die Sonne ihr herbstliches Licht über Hof und Scheune werfen, daß alles lachend in klare Farben getaucht war, sah die Luft von der aufgewehten Spreu in tausend Goldflittern spielen, hörte das Summen, Rütteln, Stampfen, Zischen, den Zuruf der Leute; Hennen und Tauben flatterten heran, alles war Leben, alles Geschäftigkeit. Aus dem Heustock drang Lachen. Der Knecht trug seufzend ein über das andre Mal den vollen Sack hinweg und brachte dafür einen leeren. Über allem wehte die schwärzliche Fahne des Rauches lustig in den blauen Himmel.

Die kleine Anna fragte ich nach dem Schmerl und etlichen andern meiner Jungen, die ich mit mir nach Mooskirchen nehmen wollte, da sah sie lachend und durch die Sonne blinzelnd zu mir auf, wischte sich eine Strähne aus dem Gesicht, wies nach dem Dach des Saustalls und sagte: „Sell hocken s'!“ In der Tat hatte Schmerl mit seinen Freunden, dem Hans und dem Toni, das Dach des Saustalls bestiegen, damit er von hier aus das Fest des Dreschens ungestört genießen könne. Sie saßen halb und lagen halb in paradiesisch wohligen Stellungen und ließen die nackten Beine niederhängen. „Schmerl“, sprach ich, als ich zu den Füßen des jungen Martelbauers angekommen war, „steig herunter!“

Er lächelte, blickte mich treuherzig an und schüttelte den Kopf.

„Vorwärts!“ mahnte ich etwas eindringlicher. Aber er bezeigte kein Verständnis für meine Worte, sondern antwortete immer noch lächelnd und überaus gemütlich: „Na.“ – „Schmerl“, sagte ich, „es wird dir nichts nützen, vorwärts!“ Und ich ergriff ihn an den Beinen und zog ihn herab. Es war ihm doch rascher geschehen, als er vermutet hatte, so daß er etwas verdutzt und mit rotem Gesichte vor mir stand.

„Ich brauch's Wagla!“ erklärte ich ihm. „Wir müssen nach Mooskirchen fahren.“ „Na!“ sagte er abermals, diesmal ein wenig erschrocken. Meine Absichten brachten ihn um seine Beschaulichkeit und erweckten den Widerstand seines Herzens. Darum besann er sich schnell und setzte hinzu: „D' Muatter braucht mi, i ko net fohr'n.“

Ich mißtraute seinen Augen, die mich verstockt und lauernd anblickten.

„Wo ist die Mutter?“ fragte ich.

„Im Heistock damm!“ bedeutete er mich.

„Gut, Schmerl, wir wollen aus erster Quelle schöpfen. Du bleibst da und der Toni auch und der Hans, ihr alle drei erwartet mich hier.“

Damit trat ich in die Wölbung des Tores. Vorsichtig ging ich unter dem Transmissionsriemen dahin und schlüpfte in die enge Gasse, die zwischen dem Dreschwagen und der Mauer frei geblieben war. Hier, an der Seite, streute ein hölzerner Schacht, der sich eifrig hin und her bewegte, die Spreu aus dem Bauche des Wagens heraus. Hier war des Martelbauers Älteste, die Marie, beschäftigt. Sie war ganz mit Staub und Spreu bedeckt, warf leere Körbe hin, nachdem sie die vollen weggezogen, und raffte die kleinen Berge von Spreu, die über den Rand der Körbe hinausgeschüttet wurden, mit den Händen zusammen.

„Fleißig, Marie!" raunte ich ihr durch den Lärm der Maschine zu und schlüpfte vorüber. Ich kam an die Hinterseite des Wagens. Da hingen an eisernen Haken die Säcke. Man hörte die ausgedroschenen Körner hineinrieseln und sah, wie die Säcke sich rundeten und langsam immer vollkommener wurden. Eben trat der Knecht heran.

„Wohi, Herr Lehrer?"

„Oben nauf!" antwortete ich ihm.

„Guat!" lachte er. „Woll'n S' zu de Weibsleit? Sie, do is oane damm!"

„Oane damm?" wiederholte ich. „Was denn für eine?"

„A Schware!" entgegnete er. „Mechthild hoast s', is iberm Lech drent dahoam. Sie, dia wenns Eahna a'duat mit ihre kerschbraune Aug'n! Mechtens S' leicht zu deara nauf?"

„Geschwätz!" stieß ich hervor. „Die Bäuerin will ich."

„Au recht!" brummte er gutmütig in sich hinein. „Steig'n S' auf'n Aufzug sell!"

Ich tat es, und er ließ mich emporgleiten. Nun stand ich auf dem zitternden Dach des Wagens in der Dämmerung des Dachraums. Unter meinen Füßen rollte und stampfte und schaffte es. Nicht weit von mir stand Mechthild, griff mit beiden Armen in den Kornstock empor, aus dem herab zwei Weiberhände eine volle Garbe reichten, schwang die Garbe über ihrem Haupte und drückte und preßte sie in den Schlund des Wagens hinab, der das reife Gold begierig einschlang. Dann atmete sie seufzend auf, wischte sich mit dem Arme übers Angesicht und erkannte mich. Ihr Busen hob sich, sie atmete tief.

„Ihr seid's!" rief sie, und Freude überflog ihr Gesicht. Einen Augenblick lang stand es in seinem eigenen Leuchten, und der gebrochene Sonnenschein, der durch die Ritzen des Daches hereindrang und die fliegenden Spreuteilchen zu unendlichem Geflimmer entzündete, warf einen farbigen Widerschein darüber, der die stolze Schönheit ihrer Züge mit reizendem Lichte verschleierte. So sah ich sie eine kurze Weile vor mir, inmitten des lärmenden Getreides stand sie ruhig in einer schimmernden Wolke, da rief von oben eine Stimme herab: „He, Mechthild, wos is denn?“ Und mit gelassener Kraft und Schnelle reckte das Weib sich nach oben und empfing die zweite Garbe.

„Jesses, der Lehrer!“ erscholl jetzt die Stimme der Martelbäuerin zum zweiten Male nieder. „No rauf, no rauf und brav mitg'holt'n! Es is grod a Freid zum Schoff'n mit so am Weibsbild, wia d' Mechthild is, mit so am schneidig'n!“

„Martelbäuerin“, schrie ich hinauf, „mit Weibsbildern schaffen, das versteh ich nicht! Ich tät Euer Wagla brauchen und den Schmerl, möcht auf Mooskirchen fahren und ein Päcklein holen.“

„Nehmts es holt und an Buab'n derzua!“ lachte sie großmütig aus ihrem Garbenthron herunter. „Ober s' andermol, bold S' raufkemman, do därfen S' nimmer no, do hoaßts zuapack'n, doß S' mi verstehn! Gelt, Mechthild!“

Die Angerufene antwortete nichts, sondern richtete sich auf und sah mich mit der unbewußten Macht ihrer Augen an. Da rauschte schon die nächste Garbe nieder.

Im Aufzug kam ich wieder in die Tiefe, das Haar und den Nacken voll Spreu und Hülsen, und begab mich vor den Saustall, meinen Schutzbefohlenen den Befehl zum Aufbruch zu erteilen. Vergebens setzte Schmerl meine Worte in Zweifel, ich wies ihn mit einer entschiedenen Handbewegung nach der Holzlege, in der das Wagla stand, und folgte den dreien, die sich in stummem Trotze in ihr Schicksal ergaben.

Franz

Das Paket war glücklich über Graben und Gräblein nach Hause geschleppt, wortlos und finster schlichen sich meine drei Helfer hinweg und zogen das Wagla hinter sich drein den Hang hinab, daß es sich überschlug. Aber sie stellten es nicht wieder auf die Räder, sondern schleppten es, ohne umzusehen, weiter und verschwanden mit dem Fuhrwerk unter der Böschung.

Ich ging hinauf und ließ mich vor meinem Tische auf dem Stuhle nieder. Die Müdigkeit summte mir in allen Gliedern, es war so wohlig, ohne Gedanken in sich selbst versunken mit ausgestreckten Beinen dazusitzen. Aus dieser Stellung schreckte mich der Ton der Glocke auf, die von einer kräftigen Hand gezogen wurde. Schnell richtete ich mich auf und öffnete die nebeltrübe Scheibe. Unter den Kronen der Bäume war tiefere Dämmerung und mischte sich mit einem feinen Nebelhauch zu einem seltsam leichten, webenden Dunkel, und von diesem Dunkel umgeben stand auf den Stufen meiner Haustür eine schlanke, männliche Gestalt. Wie sich der Flügel des Fensters bewegte, erhob sie rasch das Haupt, zeigte ein ungewisses Antlitz und den seltsamen Glanz, den klare Augen in der Dämmerung von sich geben, und gleich darauf klang eine wohlbekannte, kräftige Stimme zu mir herauf: „Matthäus Graf?"

„Er selbst!"

„Franz Hieb, Edler auf Gandorf! Laß mich herein!"

Es war der junge Lehrer von Gandorf, mir aus den Jahren des Studiums wohlbekannt. Ich wußte, daß er mein Nachbar war und eine Zeitlang im Examen weilte, weshalb ich es auch niemals unternommen hatte, ins neugebaute Gandorfer Schulhaus einzudringen. Doch heute in der Dämmerung hätte ich ihn ohne diese Wissenschaft schwerlich wiedererkannt, denn sei es, daß das ungewisse Licht ihn stattlicher erscheinen ließ, sei es, daß er die letzten Jahre merklich emporgewachsen: statt des kleinen, allzeit frischen und heiteren Burschen stand eine große und wohlgebaute Erscheinung drunten in einem knappen, wohlgeschnittenen Anzug, und die Stimme hatte, wiewohl sie ihre Eigenart behalten, doch einen tiefen, männlichen Klang.

„Ich komme!" rief ich und griff nach den Schlüsseln, und

während ich hinuntereilte, dachte ich mir: Was ist aus meinem kleinen Hieb geworden? Und unwillkürlich stieg mir etwas aus der Brust herauf. Es war ein Gefühl wie Eifersucht.

Kommst du, mir die Einsamkeit zu stehlen? dachte ich. Willst du mich mit dir fortziehen zu flacher Geselligkeit? Was weißt du von dem Reich, in dem ich lebe!

Zwischen Freude, Widerstreben, Stolz und Neugier geteilt, ergriff ich die alte Tür und riß sie auf.

Er reichte mir die Hand und trat herein. Aber schon nach dem ersten Schritt blieb er stehen und zog witternd die Luft ein. „Es modert immer noch in diesen Räumen“, sprach er, „wie zu den Zeiten deines Vorgängers, der nun dahin ist. Ich konnte es nicht glauben, Matthäus, daß du, gerade du nach Abenberg berufen worden bist. Da machte ich mich auf und trabte herauf. Das alte Dorf lag silbergrau in seiner Mulde. Das Schulhaus öd und dunkel wie immer. Aber du bist da, und ich habe die Glocke nicht umsonst gezogen.“

„Ich wohne oben“, sprach ich, „komm herauf!“

Er folgte mir in die dunkle Kammer, blieb in der Mitte stehen und äugte umher. Ich kramte meine Zündholzschachtel unter Büchern und Heften hervor und machte Licht. Wie nun das sanfte Gelb den Raum durchflutete, da trat auch Franzens Gestalt mit warmer Deutlichkeit hervor.

Er trug einen dunkelgrünen Sportanzug und hielt eine blaue Seemannsmütze in den Händen. Seine Gestalt war schlank und kraftvoll wie bei Menschen, welche ihre Glieder üben und stählen, die Schulter breit, die Brust gewölbt, das Antlitz braun gebrannt und frisch, die Augen von der Lust des Lebens funkelnd.

„Hm“, sagte er und begann meinen epischen Hausrat zu mustern, öffnete scherzend eine Schublade, und als er beschriebene Blätter darin erblickte, schob er sie langsam zu, die Brauen höher ziehend, und ergab sich, die Wände meiner Kammer umschreitend, der Betrachtung meiner Bilder. Nachdem er dies vollendet hatte, trat er nahe gegen mich,

zog seine ziemlich abgegriffenen Lederhandschuhe herab und sagte, während er sie auf den Tisch legte:
„Du dichtest also immer noch?"
Meine ersten Versuche, Entwürfe zu den gewaltigsten Dramen neben einem Büschel weichmütiger Gedichte, waren meinen Seminargenossen in die Hände gefallen, und einer von ihnen, ein besonderer Schalk, hatte das Titelblatt zu der großen Tragödie „Absalom" in einem Wechselrahmen im Studiersaal ausgestellt, worauf sich, Runde um Runde, die aufsichthabende Lehrperson mit Schmunzeln davor aufgehalten, bis ich endlich, von Natur nicht neugierig, mich selber zu dem sonderbaren Rahmen begeben und mein Erzeugnis mit Entrüstung und Beschämung von dem Pranger weggenommen hatte. Seitdem hieß ich unter meinen Schulgenossen „der Tragöde", und einer der Lehrer bemerkte, als meine Arbeit in der Mathematik mit der letzten Note gekrönt worden, ich solle das Schriftstück zu meinen tragischen Papieren legen, da es ein offensichtliches Zeugnis meines poetischen Genies darstelle.
Seit meinem Austritt aus der Schule hatte ich mich ernstlich um die Kunst bemüht, und das immerwährende Drängen nach Ausdruck und eine wunderlich geteilte Stimmung, zwischen rückhaltloser Hingabe an das Leben und überlegender Betrachtung schwebend, hatte mich immer dazu geführt, ans Licht zu bringen, was sich in mir regte. –
„Ich schreibe manchmal etwas", entgegnete ich Franz, „aber es ist seit längerer Zeit nicht mehr geschehen. Es ist mir so, als hätte ich hier in Abenberg andere Dinge zu tun."
„Andere Dinge?" wiederholte er. „Was denn für Dinge? Ich werde mich mit deiner Erlaubnis auf diesen Stuhl setzen. Studierst du Philosophie?"
„O nein. Ich lese wenig und studiere nichts."
„Was dann?"
„Wie soll ich es nur sagen? Ich lebe so meine Tage in Freude dahin."
Er schwieg und blickte zu mir auf. Sein Angesicht war warm und hell beleuchtet.

„Blaß siehst du aus“, sprach er dann. „Bist du krank?“
„Nicht im mindesten.“
„Matthäus, du bist doch ein Philosoph.“
„Wieso?“
„Nach dem Glanz deiner Augen, nach dem Schimmer deines Gesichts zu schließen. Vielleicht so etwas wie – Mystik?“
Er sagte es mit so zweifelndem Blick und etwas aufgerümpfter Nase, daß ich hellauf lachen mußte.
„Hast du es mit dem Ewigen zu tun, mit dem All-Einen und solchen Dingen?“
„O Franz, ich habe es mit nichts zu tun! Aber du stellst so wunderliche Fragen und blickst so sonderbar umher, als käme es dir hier nicht ganz geheuer vor.“
Einen Augenblick sah er mich funkelnden Auges an, daß ich Mühe hatte, seinen Blick auszuhalten, dann schienen sich seine Wangen mehr zu röten, und er sprach: „Ehrlich gesagt, Matthäus, du hast Augen, die nicht nach Abenberg gehören – oder vielleicht doch, wenn ich denke, wie sie an jenem blau gedämpften Abend den toten Merz, deinen Vorgänger, aus dem düstern Schulhaus trugen, wie die Kerzen so brannten, die Schulkinder heulten und schrien, der Pfarrer rüstig voranschritt, die Dämmerung über alles hereinfiel und die Wälder still und unbeweglich oben lagen. Da klang die Glocke so kläglich durch den Abend, und über dem Dorfe lag eine solche Verlassenheit, das fiel mir in die Glieder. Ich gehe nicht gerne von Gandorf herauf.“
Er schwieg eine Weile, seine Augen hatten sich verdüstert.
„Es gibt viele Abende, an denen nördlich hinter Abenberg ein goldener Himmelsstreifen liegt, über den ein finsteres Gewölk sich aufbaut, und dahinein ragen die Wälder und der schwarze Kirchturm, und es ist, als bräche eine Glut daraus hervor – da wird es einem unsäglich elend zumut. Wenn dann die Hunde vollends heulen ...“
„Matthäus“, fuhr er plötzlich empor, „ich hasse das Dämmerige, das Verwischte, alles das, was einen so überkommt und innen aufrührt. Man weiß nicht, woher das gekrochen kommt und mit wem man so mit einem Male zu schaffen

hat. Ich hasse auch diese andere Welt, von der man tausend Dinge munkelt und nichts weiß. Was sich nicht klar zu erkennen gibt, gilt mir als Trug und Unredlichkeit, und ich mag nichts damit zu schaffen haben."

„Und fürchtest du, in mir so einem Wesen zu begegnen?" fragte ich unwillkürlich lächelnd.

„Du weißt nicht, was man von dir herumerzählt und ein Geheimnis aus dir macht, als wärst du, weiß der Teufel, ein Geisterseher oder Okkultist – das sollte mich ärgern, wenn es Wahrheit wäre."

„Ja", fuhr er fort, „daß ich es offen sage, ich wollte etliche Tage gar nicht zu dir heraufkommen. Ich spüre noch die Luft, die der tote Merz in diesem Hause zurückließ, und dann wolltest du von jeher nicht viel von mir wissen. Du warst ästhetisch mit den Ästhetischen, saßest an deinem Schreibpult und blicktest so verloren auf dein Blatt, lächeltest was Rätselhaftes vor dich hin – und heute hast du Augen, nun ja, du kannst vielleicht für deine Augen nicht."

Es war die Herzlichkeit und Offenheit des Tones, was mich sonderlich an Franzens Rede anzog, und wie er so dasaß, jung und braun und wie gestrafft von frohen Kräften, mußte ich ihn mit immer größerem Wohlgefallen betrachten.

„Franz", sprach ich, „du bist trotz alledem zu mir heraufgegangen, das heißt, du willst es versuchen mit mir. Mir ist das recht. Einen Monat oder länger hause ich hier, rede mit niemand als mit meinen Kindern, gehe in den Wäldern umher, schaue manche Stunde in das schwindende Licht und bin voll freudiger Gedanken. Das macht die Augen fremd und wunderlich. Aber hierüber sich zu unterhalten, ist müßig. Du wirst so hungrig sein wie ich, und wir wollen versuchen, ein Abendessen zustande zu bringen."

Ich brachte Mehl und Eier und Geschirr herbei, wir berieten, was sich aus diesen Dingen anrichten ließe, und kamen über unserer jungen Kochkunst immer mehr in Eifer. Bald stiegen wir hinunter in die Küche, Franz schürte am Herde herum und erklärte mir, wie man die kleinen Flammen lokken und füttern und von einer Ecke des Feuerloches in die andere ziehen müsse, ich saß auf meinem Melkstuhl, zwischen den Knien einen irdenen Topf, in dem ich aus Leibeskräften umrührte, um das Geknäuel unterschiedlicher Knollen zu einem glatten Teige flüssig zu machen. Franzens Antlitz strahlte vom Feuerschein, und in seinen Augen, die aufmerksam das Züngeln der Flammen verfolgten, glomm es von feuchten Funken. Mit einem Male langte er ein Ei herbei und schlug es mir in meinen Brei. „Das löst!" sagte er überzeugt und trocken.

Wir brachten einen handfesten Pfannkuchen zustande und machten uns hungrig darüber her. Ein paar Gläser mit Apfelmost kühlten die Gurgel, die Flamme, die aus dem offenen Herdring züngelte, gab eine abenteuerliche Beleuchtung dazu. In dem Fliehen, Huschen und Rennen der Lichter sahen wir uns immer wieder lachend an, erhoben die Gläser, daß der Flammenschein darinnen schwankte, tranken, seufzten und lobten die Notdurft des Essens.

Als wir zu Ende waren, stand Franz vom Tische auf, trat zu mir her, sah mich an, indessen die Flammen zusammenfielen und fahle Scheine über sein Antlitz warfen, fing unvermittelt laut zu lachen an und schlug mir kräftig auf die Schulter. „Matthäus", rief er, „auf eine gute Nachbarschaft!"

Wir tranken aus, und Franz rüstete sich zum Heimgang. „Du kommst in den nächsten Tagen zu mir nach Gandorf", sprach er unter der Schwelle, „nicht der Revanche halber und weil ich dich um so viel Löffel Mehl und so viel Eier ärmer gemacht habe, sondern kumpanshalber, wenn du dieses Wort von mir erleiden kannst. Und bringst vielleicht von dir etwas Geschriebenes mit – das heißt, wenn es für meinen Magen paßt. Es gilt, gute Nacht! Jetzt reite ich dir noch meinen schärfsten Galopp vor."

Damit bäumte er sich empor, Roß und Reiter zugleich, zügelte die schäumende Mähre und jagte dann mit lautem Schnalzen davon und um die Ecke der Dorfstraße.

Gandorf

Schon am andern Tage brachte ein handfester Gandorfer Bube folgenden Zettel von Franz:
„Matthäus! Ich habe für heute einen Freund erwartet. Er traf nicht ein, vermutlich, weil er den Zugang in unser Gebiet noch nicht entdeckte. Ich habe für diesen Besuch ein übriges getan und etliche Teller mit gastfreundlichen Gaben beladen, mit landesüblichen Nudeln, mit Würsten, Preßsäcken und anderen Produkten unserer einheimischen Schlachtwirtschaft. Ich habe zwei Flaschen Wein erstanden und die Gläser dazu entlehnt und stehe nun da wie der Bräutigam, dessen Braut nicht eingetroffen ist. In der Not, da ich diese Schätze nicht verderben lassen will, wendet sich meine Gastfreundschaft dir entgegen. Spare deine Buchenscheiter für diesen Abend und komme zu mir herunter."
Der Ton, der aus diesen Zeilen klang, hatte etwas seltsam Lockendes für mich. Ich stand vom Tische auf. Meine Kammer war so ruhig, so ganz mit sanftem Licht erfüllt. War diese Stille nicht auch ein Locken? Wunderlich, daß diese fröhlich hingeschriebenen Zeichen mich in widerstreitende Bewegung brachten! Es drängte mich hinaus zu einem andern Menschen. Und dennoch hielt mich der Gedanke noch zurück, daß ich in diesem hohen, klaren Raum, inmitten dieses ärmlichen Gerätes eine Welt unendlichen Genügens gefunden hatte, viel mehr als die Gemeinsamkeit mit irgendeinem Menschen.
Ein leichter Nebeldunst hüllte die Landschaft, als ich das Schulhaus verließ. Mattgolden stand der Himmel über der Welt, und in einiger Trübe lagen Tal und Höhen. Im Hohlweg des Sichelberges begegnete mir die Gänseherde. Mit lautem Geschrei drängten sich die Tiere herab, in einzelne Züge und Gruppen geteilt, wie sie nach ihren Stallungen zusammengehörten. Manchmal setzte ein Trupp sich in schnelle Bewegung, erhob ein mächtiges Geschrei, reckte die Hälse und peitschte mit den Schwingen den Sand auf. Dann leuchteten die erhobenen Flügel im müden Sonnen-

lichte auf, und der Staub zog flinkernd über die Herde. An der höchsten Stelle des Hohlwegs oben, klein und zierlich gegen den Himmel gezeichnet, als schritten sie aus der goldenen Öde hervor, erschienen der Hüter und sein Bub. Der Hüter ging gelassen an seinem Stecken, der Bub schwang eine Rute und trieb etliche Geißen von einem der Büsche weg, die oben die Straße säumten, und jagte sie den steilen Hang hinab.
Schreiend und zischend teilte sich die Gänseschar, als ich hindurchschritt, der Hüter lupfte sein verwettertes Hütlein, und der Bub reichte mir ungelenk die Hand. Ich rief ihnen etliche Worte zu und erstieg den Hohlweg vollends. Drunten lagen die Sümpfe und spiegelten den müden Himmel. Ein Reiher kam die Waldesbucht herabgestrichen, schwebte leicht und wundervoll über die Sümpfe weg und verschwand im Tale.
Die Dämmerung kam, das Gold verblich, aus den Wäldern stiegen die Schatten, es dunkelte immer mehr. Da schritt ich nach Gandorf hinunter.
Aus den ersten Hütten sprangen ein paar Hunde auf mich her, dunkle, schweifende Gestalten, ihr unterschiedliches Gebell schlug ineinander und weckte auch andere Stimmen, bis ganz Gandorf von Geheul erfüllt war. Ein großer Hühnerhund und ein paar Kläffer folgten mir knurrend, bis ich um die Ecke kam, wo es zum Schulhaus geht. Aus den oberen Fenstern des Schulhauses drang gelber Lichtschein in die weiche Nacht hinaus, Franz war daheim. Ich kam in seinen unbestellten Garten, trat unter seinen Bogengang, die weißen Arkaden von Gandorf, und wollte eben auf den Knopf drücken, als sich die Tür unter Schlüsselklirren öffnete. Franz stand im Dunkeln in der Schwelle.
„Guten Abend!“
Wir schüttelten uns die Hände.
„Hast du mich kommen sehen?“
fragte ich ihn.
„Gehört!“ antwortete er. „Als das Ortsgeheul losbrach, dachte ich mir, du müßtest es sein. Nochmal willkommen,

Matthäus, es war der rechte Augenblick, daß du vor meinem Hause aufzogest. Ist es dir auch zuweilen so ganz verteufelt zumute", sprach er, als er mich durch einen Vorraum gegen die Treppe führte, „wenn du am Abend von den Heften, den Büchern, vom Studium oder der Lektüre aufblickst, müde geworden, und wenn im Dunkeln draußen ein Wagen vorbeischwankt und die weißen Kopftücher der Bauernweiber so leuchten? Man weiß keinen Grund, warum es so kommt, man könnte auf sich selber zornig werden. Aber es drückt und drückt – doch nichts da, Graf! Du bist da und der schwarze Teufel zum Kamin hinaus. Komm herauf, wir wollen unseren Schüsseln zu Leibe gehen."

Er stand vor mir in der Dunkelheit, sein Auge blitzte auf, er faßte mich an der Schulter.

„Matthäus!" rief er.

Eine sonderbare Freude war in ihn gefahren, daß er die Stiege emporstürmte und den Schlüsselbund schüttelte, während ich gemächlicher nachstieg. Ich kam vor eine hübsche Wohnungstür, die von weißem Lacke glänzte, in einen sauberen Gang und schließlich in Franzens Zimmer, das klein und wohnlich war und aus allen Ecken gesellige Wärme strahlte. In meiner Abenberger Kammer fühlte man das lautlose Versinken der Zeit – hier tickte eine Uhr an der Wand, hier brummelte ein brauner Kachelofen, hier war über das Oval eines zierlichen Tisches ein freundliches Tuch gebreitet, ein eigentlicher Wäschekasten stand an der Wand, und einer der gelben Schulkästen diente als Kleiderschrank. In einer geräumigen Holzkiste waren stattliche Buchen- und Tannenscheiter und Stücke schwarzen Torfes zu einem Berge aufgeschichtet.

Ich ließ mich am Tische nieder. Franz schob die gefüllte Teekanne in eine Ofendurchsicht, und es dauerte nicht lange, so strömte aus ihrem offenen Munde feiner Dampf hervor, und es erhob sich ein liebliches Singen. Franz ging hin und her, trug von der Küche schwer beladene Teller herüber, auch ein Glas mit goldenem Honig, räumte mit einigen Griffen seine Briefe vom Tische aufs Bett hinüber und trat dann

zu mir. Und seine Hand auf meine Schulter legend, fragte er: „Wie gefällt es dir bei mir?“
„Gut!“ entgegnete ich ihm fröhlich.
„Ehrlich?!“ rief er abermals, und ich wiederholte, indem ich ihn drohend ansah: „Gut!“
Der Ofen atmete, wehte und brodelte, eine wohlige Wärme durchrann den kleinen Raum. Alles darinnen hatte seinen Platz und seine Ordnung, und dennoch ging von allen Dingen, wie sie so lagen oder standen, eine kecke Frische aus.
„Iß!“ sagte Franz und schob mir einen Teller hin, und wir vertieften uns in die Freuden des Mahles.
Nachdem alles abgeräumt war und wir behaglich einander gegenübersaßen, fragte mich Franz, ob ich etwas Geschriebenes mitgebracht habe, und ich zog ein Bündel Blätter hervor und strich sie auf dem Tisch zurecht. Es war ein derbes Fastnachtsspiel, das ich einmal in einer tollen Laune in Hans Sachsens Stil geschrieben hatte. Die Worte fielen darin wie Hagelkörner nieder, aus dem Innern blitzte ein schalkischer Einfall, und auf dem Grunde ruhte eine herbe Weisheit, wie sie dem Volke oft aus seinem beschaulichen Treiben erwächst. Den Schwächen beider Geschlechter war auf eine kecke Art zu Leibe gegangen, und aus dem Ganzen schäumte der Übermut der Jugend, der noch durch keine Rücksicht gebändigt ist.
Franz hatte die ersten Zeilen mit hochgezogenen Brauen angehört, als aber die Stelle kam, wo der Bauer zu seinem Knechte spricht:
Da steht die Geiß und glotzt mich höllisch an.
Dergleichen, Mensch, ist mir noch nie geschehen! –
Da sah ich seine Augen plötzlich in ein Funkeln übergehen, und mit lautem Lachen schlug er auf den Tisch. Ich las mit verdoppelter Laune weiter, bis sich die Anwesenheit des Teufels in allerhand Kreaturen offenbarte und endlich ein Schwefelgeruch das ganze Haus erfüllte.
Als ich geendet, saß Franz bewegungslos und sah mich mit dem größten Staunen an. Und da ich lachend seinen Namen rief, schnellte er vom Sitz empor.

„Merkst du es nicht?“ rief er. „Der Ofen, der Kasten, dieses Bettuch, selbst der Teppich auf dem Boden – alles riecht nach Schwefel, alles ist durchtränkt und ausgeräuchert. O Mensch, mir ist es wohl in diesem Dunste, und nun weiß ich, daß du keiner von denen bist, die in den dunklen Gruben und Pfützen der eigenen Seele umrühren oder im Zwielicht und Geheimnis herumhantieren – das hat Fleisch und Knochen, das läßt sich wie eine Rübe hineinfressen. Nun mit dem Wein her, daß wir auf ein herzhaftes Leben anstoßen und – Matthäus!“
Er faßte meine Hand und drückte sie fest. Die Augen gingen ihm plötzlich über.
Nun floß der Wein in die Gläser und funkelte heiter und festlich in der freundlichen Stube. Franz brachte zu rauchen herbei, wir steckten die duftenden Zigaretten an, und der Rauch stieg in bläulichem Gekräusel über uns weg. Die Stunden entrannen leicht und froh. Unterweilen einmal traten wir ans Fenster. Die Nebel waren zerronnen, und die Sterne blickten aus der Höhe nieder.
„In einer halben Stunde wird der Orion aufsteigen“, sprach Franz. „Dort hinter dem schwarzen Waldkamm kommt er herauf. Er funkelt wie ein Wehrgehänge und steht so frei am Himmel da, so kalt und klirrend, als ob er aus Silber geschmiedet und im Eis erhärtet wäre. Ich hab’ ihn manche Nacht betrachtet, wie er seine Keule so emporschwingt, so“ – er faßte einen Stuhl an der Lehne und schwang ihn über sein Haupt –, „und dem Stier über den gehörnten Schädel hauen möchte, wie es in Kolbenheyers Paracelsus heißt – kennst du die Stelle?“
Ohne meine Antwort zu erwarten, zog er das Buch hervor und las. Dann blieben wir schweigend eine Zeit am Fenster. Der Orion kam. Da, wo der Kamm des Waldes gegen das Tal niederstrich, zündete zuerst die rote Beteigeuze hervor, und wenige Augenblicke später trat die Bellatrix aus dem Dunst, langsam erhob sich das funkelnde Sternbild. Franz ließ kein Auge davon. Sein Antlitz dämmerte im ungewissen Licht des Himmels.

Endlich zog ich ihn weg und verkündete meine Heimkehr. Er ergriff die Petroleumlampe und leuchtete mir hinunter. Wir drückten uns herzlich die Hände. Dann stand ich draußen. Innen klirrten die Schlüssel, und aus dem Fenster des Vorraums floh der Lichtschein.
Der Himmel wimmelte von Sternen, als ich meines dunklen Weges zurückwanderte. Meine Geister waren gelöst, freudig wallte ich durch die Nacht dahin. An diesem Tage war meine Einsamkeit zu Grabe gegangen. Von nun an lebte ich Seite an Seite mit einem Gleichgesinnten.

ZWEITER TEIL

Das Herbstlied

Die Sonne hatte ihre letzte Kraft entfaltet. Hitze zitterte über den leeren Feldern. Die Wälder standen in funkelnder Klarheit. Hohe Wolkenberge stiegen hinter den Wipfeln empor. Gegen Abend fingen sie an zu strahlen und glommen noch lange, nachdem die Sonne untergegangen war, und schwankten wie zauberhafte Länder in dem späten Blau des Himmels.

Ich kam den Hang herab und schlich in meinen Gedanken an einer langen Gartenhecke hin. Die Luft war still. Der Boden strömte heißen Odem aus. Schon wob die Dämmerung entlang der grünen Mauer. Da hörte ich eine Stimme klingen, sie kam aus einer Wildnis von Gesträuchen und dem Geflechte alter Kronen her. Ihr tiefer, voller Klang zog mich aus meinen Träumen weg und ließ mich aufhorchen. Die Worte waren mir vertraut, ich konnte jede Silbe unterscheiden:

Es gauht a Seagas unterm Koara.
Es schleicht a Messer durch da Doara.
Es kommt a Wind, ma g'spüart'n kaum,
Und schüttlat Blätter von mei'm Baum.
Pfeif widi wutt!
Der Sommer isch futt.
Pfeif widi wei!
S'isch alles vorbei.

Die seltsame Weise sank mir wie Schwermut ins Blut. Eine Weile hielt ich an und lauschte den letzten Versen, die sich im gleichen Tonfall wiederholten. Dann ging ich um den Garten, die Sängerin zu erspähen; denn es war eine Frauenstimme, die ich vernommen hatte. Aber der Gesang war in sich selbst versunken, und nirgendwo konnte ich jemand erblicken. Endlich lief ich ins Schulhaus heim.

Dieselbe Nacht überfiel mich im Traum wiederum die gleiche Schwermut, und als ich meiner deutlicher bewußt wurde, da sah ich in eine grau verhüllte Landschaft, über der die dunklen Lüfte wie ein Meer von Schleiern woben. Da klang die Stimme wieder, und es fiel wie Tropfen Goldes in die Trübe. Sogleich begann es rundum sich von Nebelströmen zu erwallen. Bald wogte alles wie ein Meer von Gold, das in der Mitte aufriß und die Himmelsbläue meinem Blick enthüllte. Wie zwei Mauern ballten sich die Nebel zur Rechten und zur Linken, und dazwischen erschien im Schmelz der frischesten Farben wie über den Himmel schwankend das Bild eines Tales. Mein Herz begann vor Entzücken zu schlagen. Das Tal bewegte sich und zog vorüber, sich wunderbar in jedem Augenblicke wandelnd, und immer bekannter wurden die Formen, die es gewann. Mir wurde leichter, immer leichter. In all dem Fließen, Blitzen, Strömen und Wanken tauchten immer wieder wie aus dem treibenden Morgendunst wohlvertraute Bilder auf, Täler und Dörfer, Bäume und Weiher, daß mir von Mal zu Mal der Atem stockte. Doch wenn ich eine dieser flüchtigen Erscheinungen erfassen wollte, so war sie weg und im Gewühl des Lichtes untergegangen. So blieb ich lange zwischen Hoffen und Bangen, als sich der bunte Wirbel der Gestalten langsam klärte, der Himmel sich in stillem Blau hinauszog und plötzlich, wie ein Zauber hingebannt, in unbeschreiblich klarem Lichte die Türme und die Dächer meiner Heimatstadt in meine Augen glänzten. Über grünbuschige Hänge schlang sich ein krauser Weg herauf, wie ich ihn nie gesehen, und auf diesem Wege lief mir eine weibliche Gestalt entgegen. Einen Augenblick glich sie der Mechthild, wie sie, in vollen Zügen atemschöpfend, vor einem Busche stehenblieb und fragend nach mir hersah. Doch augenblicklich ward ihr Antlitz fremd, sie setzte ihren Weg fort, stieg herauf – da war sie leicht und zierlich und ging mit schwebenden Sohlen einher. Wie sie mir nahe war, erleuchtete die Freude ihre Züge, und zwei große ungewöhnlich strahlende Augen grüßten gegen die meinen.

„Maria!“ sprach ich und streckte meine Hand nach ihr. In diesem Augenblick war sie zu nichts zerstoben, das Bild des Städtchens fing an zu schwanken, mir wurde dunkel, bang und kraus, und über meine Stirn tastend fuhr ich aus dem Schlafe.

Es war noch vor Tag und draußen alles still und dunkel. Am Himmel flackerten Sterne, die ich nicht kannte. Ich kleidete mich an, ging hinaus und schürte mein Öflein an. Bald zog der Brand in seinem Innern und durchwärmte meine Kammer. Ich wusch mir die Augen klar und setzte mich zu meiner Lampe an den Tisch. Die frühe, ungewohnte Stunde übte einen eigenen Zauber aus. Ohne zu wissen, was ich wollte, legte ich mir ein weißes Blatt zurecht. Auf diese schimmernde Fläche sah ich lange nieder.

Langsam, unvermerkt hatte sich während der letzten Wochen das Heimweh in mir gesammelt, wie ein unterirdischer Brunnen sich aus dünnen, silbernen Adern füllt, und manche dunkle Regung des Gefühles, die ich nicht zu deuten wußte, hatte von dorther ihren Ausgang genommen. Nun hatte der Traum die schlafende Empfindung aufgeweckt, und unversehens, wie die Quelle aus dem Felsen, war sie in warmen Strömen an das Licht gebrochen.

So saß ich nun, halb träumend, sehnsuchtsvoll und heiter, den Bildern meiner Jugend zugewendet, und schweifte durch die Fluren meiner Heimat. Und alles Unbeschreibliche, was einmal war, ward neu in mir erweckt. Ich lief den Bach hinab, wo wir im ersten Frühling die Weidenruten mit den silberweißen Kätzchen schnitten, ich stand im strömenden Wasser, vorsichtig grün bemooste Steine aufhebend, unter denen sich Fische verborgen hatten, ich ging mit meinem Vater über Feld nach einem Bauerndorfe zu, das Land floß dämmernd aus dem Grau der Herbstnebel heraus, und in dem regungslosen Weiher standen blasse Bilder. Ich lief in der Glut der Augustsonne über die Stoppeln eines Ährenfeldes und suchte mir das schönste Garbenhaus zu meiner Wohnung aus. Ich stand auf der alten Steinbrücke vor dem Tor und sah in das Schäumen und Branden der Schmelzwas-

ser, die unter dem grauen Bogen hervorgeschossen kamen und tosend über etliche Stufen von Beton hinunterstürzten. Ich spielte im Dunkel meines Vaterhauses, von wunderlichen Phantasien umgeben, in die mit einem Male wie ein breiter Sonnenstrahl die Stimme meiner Mutter fiel.
Menschen begegneten mir auf vielerlei Wegen, Bauern im Walde und auf den Wiesenpfaden, Weiber, die mit vollen Taschen vom Markt nach Hause zogen – die Stimmen schlugen mir durch den Wind entgegen. Das war Schwaben, eine andere Welt, ein anderer Schlag von Menschen: Kinder mit großen, klaren Blauaugen und langen Zöpfen, Weiber mit offenen Gesichtern und hohen Stirnen, alte Frauen mit tausend freundlichen Falten um die Augen und Lippen.
Eine immer größere Bewegung bemächtigte sich meiner. Es drängte mich fort aus meiner Kammer, durch Wälder und Wälder den Rücken jenes Hügelkammes zu erreichen, der dem grünen Lechflusse als letzte Scheidemauer vorgeschoben ist, von wo aus man hinübersieht ins schwäbische Land.
Ich lieh mir die Schwingen eines stürmenden Vogels und wiegte mich dort im Wipfel einer alten Tanne und sah die Höhen wie sanfte, dämmernde Bänder ziehen, zuweilen sich zu lieblichem Gewalle drängend, und den Nebelglanz der Täler ahnungsvoll zu mir herüberscheinen.
Da war mir eng und wohl zugleich in meinem Herzen. Ich sah die Wände der Kammer entlang, die ungewiß im Schatten sich verloren, ich fühlte die Wärme des Ofens, die frühe Stunde, meine Einsamkeit. Die fließenden Bilder zu erfassen, hielt ich nur da und dort einen leuchtenden Teil von ihnen fest. Darüber fielen mir viele alte Verse ein, die ich als Kind vernommen, und die Stimme meiner Mutter klang dazwischen mit ihrem alten Seufzer, den sie in frohen und trüben Stunden wiederholte: „O Meigottla, o Meigottla, was isch dös für a Sach!“ Es war seltsam, daß mir die Worte rhythmisch klangen und daß im selben Augenblick der Bach vor mir dahinrann, der an meines Vaters Garten vorübergleitet. Ich zog mit ihm bis weit ins Tal hinab, wo die Wei-

den still umherstanden und das hurtige Wasser nur um so munterer durch ihren Schatten hindurchsprang. Aber nun fiel der Abend ein, und der Glanz des Himmels verdämmerte. Weit hinten lag die Hammerschmiede zwischen alten Bäumen. Die Weiden woben Dunkelheit aus ihren Zweigen. Und wie die Stille tiefer wurde, drängte sich das Murmeln des Baches deutlicher hervor. Mein liebes Schwäbisch klang mir wie unaufhörliches Schwätzen im Ohr. Und wie um die Worte festzuhalten, die mich umgaukelten, schrieb ich eine Zeile nieder:

O Meigottla, o Meigottla, was isch dös für a Sach!

Aber ohne Besinnen fuhr ich fort und reihte Vers an Vers und Strophe an Strophe.

O Meigottla, o Meigottla,
Was isch dös für a Sach!
Dau lauft und lauft dös Wässerla,
Dau lauft und lauft dear Bach.

Er lauft und weiß doch it wona'.
Was haut'r zum Vereila?
Der Hergott luagt'n it drum a',
Der mißt it nauch da Meila.

O Meigottla, o Meigottla,
Dau geihts koi Rascht und Ruah.
Dös murmalat und surmalat
Und gluckst no allat zua.

Es schlagt a Herz im Wasser dund,
Es klopft a Buls, a Schlag –
Es schwätzt und weiß it, was es sait
Und schwätzt da ganza Tag.

Und in der Nacht, dau schwätzt es no,
Und schwätzt no lauter schiar.
Und d' Steara gand am Himl num.
Und still weards im Revier.

Und stiller, allat stiller weards,
Und lauter schwätzt der Bach.
Es schlauft sogar der Himl ei' –
Mei Wässerla bleibt wach.

O Meigottla, o Meigottla,
Dia Welt kommt nia zuar Ruah!
Sie schlauft und wacht und wacht und schlauft,
Kriat an sie sell it gnua.

Ich überlas die Verse freudenvoll. Dann stand ich auf und ging bewegt in meiner Kammer auf und nieder. Im Ofen knisterte die Glut. In meinem Innern wallte es. Unaufhörlich sprach und hörte ich Verse. Indessen ging ich auf den Gang hinaus und schürte die Glut zu neuem Feuer auf. Das Springen der Funken war mir ein herrliches Schauspiel. So wie mit diesen sprühenden Sternen mit Lust und Leben der Menschen, mit dem Herzen selbst zu spielen, mit ihm zu jauchzen und zu stürmen, mit ihm in Schwermut zu versinken, das schien mir ein göttliches Tun. Ich setzte mich nieder und horchte auf das, was mir von innen zukam. Dann schrieb ich wieder.

Meine Vögla alle sind futt zoga,
Meine Blättla alle sind nauchg'floga.
Meine Schäfla alle sind kahl g'schora.
Meine Bleamla alle sind hi' woara.
Und mei oizigs Schätzla haut'n andra g'nomma.
Und der Lenz isch ganga – und der Herbscht isch komma.

Draußen krähte ein Hahn. Es war derselbe eintönige, gedämpfte Schrei, wie er in meiner Kindheit alle Morgen aus den Mauergärten über die Hinterhäuser in meine dunkle Kammer hereingeklungen. Ich legte die Feder weg und trat ans Fenster. Über dem fernen Moose zog ein bleicher Streifen herauf. Im Dorf regte sich's. Es wurde Tag.

Schwäbische Gedichte

Mit den beiden Gedichten hatte ich ein neues Gebiet der Poesie betreten, das der mundartlichen Lyrik, und die Reize einer Sprache, die für sich selbst schon Poesie ist, in deren Lauten die Natur mit Glanz und Frische wohnt, zogen mich doppelt an und weckten immer neue Empfindungen meiner Jugend auf, längst verschüttete und versunkene Bilder, die sich nun frisch belebten und in einer lichten Atmosphäre schwebten. Aber noch eine ganz verborgene Macht erneute meine Lust und meinen Eifer, den so entstandenen Gedichten neue zuzugesellen und einen Strauß von solchen unscheinbaren Blumen aufzusammeln: in meinem Herzen regte sich der Wunsch, sie Mechthild heimlich zuzustecken. Dieser Wunsch ward mir zugleich zum Prüfstein für die Echtheit meiner Verse, und ich vermied es ängstlich, von der Art des Volkes abzuweichen, wiewohl ich eine Reinheit des Empfindens auszudrücken strebte, die nur den Besten unseres Volkes eigen ist.

Es war mir auch völlig, als sei mir mit dem Lied der unbekannten abendlichen Sängerin ein Zauber widerfahren, denn ich hörte allezeit die Ohren von Sprüchen, Reimen und Versen klingen, wie wir sie ähnlich als Kinder von unseren Pflegerinnen gehört oder unter uns lallten und sangen, oder wie sie im Volk umgingen und aus den Dörfern nach meinem Heimatstädtchen getragen wurden. Bald waren es nichts als etliche drollige Einfälle, bald die Trümmer eines Volksliedes, bald ein herber Spruch oder eine alte, vielerprobte Weisheit. Über alledem wußte ich nicht mehr, ob sie von irgend woher in früher Zeit in mich hineingekommen oder in meinem eigenen Kopf entsprungen, ich schrieb sie nieder, wo es gerade war, und entfaltete sie zu Strophen und Gedichten. Da konnte es auch manchmal geschehen, daß ich mitten im Unterricht einige dieser flatternden Zeilen festhielt und, nachdem die Kinder gegangen, mich auf dem Pult niederließ und an den Versen weiterschaffte.

Um diese Zeit empfing ich von Georg einen Brief. Es hatte

ihn auf eine Zeit ins Allgäuer Gebirge fortgetragen, in einen Ort, nicht fern von der alten Reichsstadt Füssen, und der dort aufgehängte Totentanz hatte sein besonderes Interesse erweckt.
In der Absicht, auch mich bekannt zu machen mit dem sonderlichen Kunstwerk, hatte er sich gute Bilder zu verschaffen gewußt und diese seinem Briefe beigegeben, der dadurch ein stattliches Ansehen gewann und schwer in meinen Händen wog.
Ich nahm die Bilder und legte sie auf meinem Bett zurecht, indem ich aus den einzelnen Teilen die gesamte Tafelfläche zusammensetzte, wie sie die Wand in jener Füssener Kapelle einnimmt, und war soeben damit zu Ende gekommen, als Lisabeth, um ihre Blumen zu gießen, hereintrat. Auf leisen Sohlen schlich sie hinter mich, besah die Bilder mit Verwunderung und großer Anteilnahme und hub nach einer Weile schweigender Betrachtung an zu fragen:
„Wos is dös? Is dös der Daudt?“
„Ja, Lisabeth“, gab ich zur Anwort, „wie er die Menschen durcheinander überfällt.“
„Gor feindli grausam!“ jammerte sie. „Wos steht sell? Ko' ma dös rausklau'm, dös kleane Zeig sell?“
„Ganz gut, Lisabeth, hören Sie nur! Da steht: Es spricht zuerst der Tod:

Der Jugett tue ich nit verschonen,
Die Kündlein nehm ich wie die Bluomen.
Komm her, mein liebes Kündelein,
Vergiß der Muetter, jetz bist mein!“

„O je!“ rief Lisabeth. „O je! Bold sie so les'n, follt mir mei Nannla ei, mei kleans Mala, wo g'storb'n is. I sog Eahna, wos mi dös Kind reit! – Lesen S' dös sell do unt'n au! –“
„Antwortet das Kind:

Schau, schau, mein liebes Muetterlein,
Do geht ein langer Mann herein!
Der zuicht mich fort und will mich hon,
Mueß tanzen schon und kann kaum gohn.“

„Jo, sell is wohr", nickte das Weib. „Ins Grabla danz'n, bolds kam laffa ko. Wohr is, wias sell g'schrieb'n is."
„Wie alt war Ihr Kind, Lisabeth, als es starb?"
„O mei, zwei Johr!" antwortete sie mir. „I woaß es wie heit. Es is ollweil so still im Wagla g'leg'n, hot net g'schlof'n und net geschrien, a bravs Kind is g'wen, ma ko's net anderst sog'n. Und hot nia nix braucht, Herr Lehrer, nia nix. Jetza hots sei Milli so nett trunk'n und oan o'gschaut derbei mit sölchene große glanzige Aug'n. Sogt d' Zimmischneiderin, bold sie 's sieht, sogt s' zua mir: Du Lisabeth, dös Mala bleibt dir net, denk an mi! hot s' g'sogt. – Auf d' Nocht, dürfen S' gla'm, do is dös Mala lebendi worn, hot g'locht, hot mit seine Fingerlan ollwei sei Spiel ghot, hot aufsteh mög'n und ans Fenster sell. Und ollwei an der Scheib'm hig'fohrn, so auf und o'. Iatz im Mai, an oam Ob'nd, hängt der Ma'schei überm Gartla drauß'n a so schea, a so hell, a gonze Liacht'n is übern Himmel ganga. Mei Mala mag net schlof'n, es is so schwach in de Glieder, daß es's Aufsteh net dermoch'n ko, streckt aber ollwei seine Fingerlan gegen's Fenster her. Iatz heb is raus, setz mi ans Fenster sell, zeig nauf und sog: Nannla, siehst an Ma'schei? Und do lochts und langt mit de kleanen Glupperlan ollwei in dia Helln nauf, grod silbrig san seine Händlan gwen, und schaugt mit sölchene große schwarze Aug'n ollwei in Ma'schei nauf – z'mol loßt es sei Köpfla hintersi folln und werd no weißer als der Ma'schei. Sog i: Nannla, wos is? Do hot es scho koa Zeich'n nimmer von si geb'n."
Kein Dichter hatte mir jemals das heimliche Weben des Todes, wie es stündlich über manchen Kindern schwebt, und den kühlen Zauber des Mondes, wenn er in arme dumpfe Kammern tritt, so eigenartig und so ergreifend geschildert, wie es die Worte dieses einfachen Weibes taten. Freilich, ihr ganzes derbes Gewand, das wollene Kopftuch, das braune, vielfach gerunzelte Gesicht, die verhaltenen Augen sprachen mit, Lisabeths Kammer sprach mit, die ich wohl kannte, jene dumpfe, düstere Keuche, an deren einer Wand das farbige Bett aufgetürmt war, daß es die Mitte des Fensters er-

reichte und den Raum noch mehr verdunkelte. Ich sah die Alte im Dämmer der Ecke sitzen und Kartoffeln schälen, sah vor dem Fenster in der letzten Helle die schwarzen Birnbaumblätter zittern.

„Nun, Lisabeth“, fragte ich, „möchten Sie Ihr Kind wiederhaben? Soll ich Ihnen eine Wiege in die Stube stellen und das Kind hineinlegen?“

„Na!“ sagte sie. „Wos furt is, is furt. I leb mi ohnedem herb gnua.“

Damit ging sie zu ihren Stöcken, goß aus einem irdenen Hafen Wasser in jeden der Töpfe und verließ das Zimmer.

Die Worte des Weibes blieben mir im Ohre hängen. In meine schwäbischen Weisen mischte sich immer wieder ein leiser, nächtlicher Schauer. Ihn zu bannen, setzte ich mich nieder und schrieb die folgenden Verse:

Es gauht a Seagas um und um,
I hau sa blitz'ga seha,
Es steigt a Ma im Koara rum
Und wötzt und fangt a mäha.

Dau hock i unterm Käschperbaum
Und's Kindla will it schlaufa.
Schlauf, Kindla, schlauf, nau siehsch im Draum
En scheana Edlgraufa.

Sitzt auf'm weiße Pferdle dob,
Sei Hemdla isch vo Seida.
A söller wearsch du au amaul,
bloß 's Schlaufa muasch verleida.

Die Zahl meiner Gedichte mehrte sich, und ich hütete die sauber beschriebenen Blätter und ließ sie niemand sehen. Hin und wieder zog ich sie hervor und überlas sie immer wieder, und neue wuchsen aus den alten. So hatte ich sie eines trüben Morgens, als es so düster war, daß ich meine Öllampe auf das Pult gestellt hatte, mit in den Schulsaal genommen und dort beschaulich übergangen. Als nun die

Kinder kamen und der Unterricht begann, da redete ich mich in Eifer und vergaß der zweiten Stunde, in welcher der Pfarrherr zur Religionsstunde kommen sollte. Mitten im lebhaften Lehrgespräch hörte ich die wohlbekannten raschen Schritte sich der Türe nähern, und diese wurde auch sogleich mit Heftigkeit geöffnet. Der Pfarrherr stand im Rahmen der Tür und blickte schweigend auf mich her.
Nun konnte ich ihm nicht entrinnen. Während ich Kreide und Lappen eilig auf den Sims des Fensters legte, indes mir das Blut in den Wangen höher stieg, erhoben sich die Kinder rechts und links von mir wie eine Mauer und sagten laut und pflichtgemäß den Gruß.
„Ich bin zu Ende, Herr Pfarrer", wandte ich mich in einiger Verwirrung an den Alten, der immer noch ohne Regung in der Schwelle stand. „Ich räume Ihnen meinen Platz."
Ein Lächeln trat auf die Lippen des Angeredeten, leise und fast ironisch. Er nickte, grüßte und trat nach dem Pulte, indes ich aus dem Raum entwich. Draußen im Gang fiel es mir wie ein Schrecken in die Glieder, daß ich die Gedichte auf dem Pult vergessen hatte. Sie lagen offen und unverhüllt vor dem Auge des gestrengen Mannes da, kecke, träumerische, übermütige, tändelnde und verliebte Weisen, heimliche Klänge aus der Stille eines klaren Abends, tolle Sprünge eines närrisch frohen Herzens. Ich konnte den Gedanken nicht ertragen, daß jemand Fremder sie berühre, und vollends nun der Alte, dessen stolze, herbe Art in meine sich nicht finden wollte, der meiner Arbeit nicht gewogen war und der mit Argwohn auf mich blickte.
Ich war im Zweifel, ob ich noch einmal zurückgehen und die Blätter zu mir nehmen oder alles geschehen lassen sollte, wie es mußte, und entschied mich unwillkürlich für das erste. Aber als ich, noch schwankend, einen ungewissen Schritt gegen die Schultür getan, scholl mir daraus das laute Beten der Kinder entgegen, und ich wandte mich um und trat in meine Kammer.
Es war gar freundlich und still darinnen; denn eben hatte sich der Nebeldunst gelöst und floh in schwankenden Ge-

schwadern talabwärts, von oben schien die Bläue hindurch, die Bäume vor dem Fenster und weiterhin in des Martelbauers Garten traten wie bläuliche Schatten hervor, und ihre Kronen schwebten geisterhaft in dem Gemisch des Nebels und des niederrieselnden Lichtes. Schon hauchte eine blasse Helle an der Wand und ließ die Gegenstände auf dem Tisch erglimmen. Das klare Öl der Lampe strahlte reinen Glanz und malte auf die Decke ein paar dünne Kringeln.

Ich ließ mich vor dem Tische nieder, umwogt vom stillen Wechsellicht des Augenblicks und innerlich erregt und aufgeschüttelt. Draußen gackerten die Hühner vor dem Hause umher, und auf dem Dache gurrten die Tauben. Drüben klang die Stimme des Pfarrherrn. Die Zeit verstrich. Ich saß und wußte nicht, was ich dachte, und fiel in einen wunderlichen Zustand halben Wachens, halben Träumens.

Da klang mit einem Male durch die geöffnete Schultür das laute Grüßen meiner Kinder, und ehe ich noch ganz vom Stuhle aufgefahren war, ging meine Kammertür auf, und der Pfarrherr stand vor mir da. Er hatte meine weißen Blätter in der Hand.

„Woher sind diese Gedichte?“ rief er mich an, der ich betroffen mich zusammenraffte.

„Von nirgendswo“, entgegnete ich.

„Unsinn, von nirgendswoher kommen keine Gedichte!“

„Von Schwaben also, wenn Sie wollen.“

„Das seh' ich. Aber wer hat sie gesammelt?“

„Niemand hat sie gesammelt.“

„Sie wollen mich zum besten halten?“

„Nein, Herr Pfarrer, nichts möchte ich weniger. Aber die Gedichte sind nicht gesammelt, sondern neu entstanden.“

„Neu entstanden? Das ist nicht möglich. Sie kommen aus dem Volke und schmecken ganz danach.“

„Wer hat sie also gemacht?“

„Ich selber, wenn Sie es erlauben.“

„Unmöglich!“ Dieser Ausruf kam so plötzlich und mit so verdutzter Stimme, daß ich mit einem Male hellauf lachen mußte.

Der Pfarrherr sah mich eine Weile an, der ich den Blick nach Kräften auszuhalten strebte.
„Nein“, sprach er, „so elend werden Sie sich nicht benehmen, daß Sie behaupten – ohne daß – Ich möchte die Gedichte.“
Ich war entschlossen gewesen, sie ihm abzuverlangen; diese plötzliche Wendung aber, mit einer aufströmenden Wärme gesprochen, benahm mir meine Waffe.
„Zwei Tage“, fuhr der Pfarrherr fort, und da er sah, daß ich nicht widersprach, hob er die Blätter auf und wiederholte: „Zwei Tage!“ Und mit diesen Worten wandte er sich um und eilte aus dem Zimmer.

Der Landsmann

Es dauerte keinen Tag, so keuchte Balbina die Schulstiege herauf und brachte mir folgenden Zettel aus dem Pfarrhof: „Lieber junger Landsmann! Ihre Gedichte sind prächtig. Ich lese sie immer wieder, und es überläuft mich warm dabei. Sie haben ein Herz für das Volk, das sehe ich. Und nichts für ungut, daß ich Sie schief angesehen habe. Ihr einziger Fehler ist Ihre Jugend – so grün kann man wohl Blüten tragen, aber sie setzen noch keine Früchte an. Das soll schon werden, bei Gott! – Kommen Sie heute gegen Abend zu mir herauf. Wir wollen eine Stunde beisammensein. Ihr wohlgewogener Johannes Merk, Pfarrer von Abenberg.“
Verwundert las ich die Zeilen zum zweiten und zum dritten Male. Das Herz klopfte mir merklich dabei. Balbina sah mich forschend an.
„Wie habet Sie's mit unserem Herrn?“ fragte sie endlich.
„Gut“, rief ich fröhlich, „gut. Sagen Sie ihm, ich komme.“
Da schüttelte sie nach ihrer Gewohnheit ihr altes Haupt und wankte die Stiege hinunter.
Der Tisch, an dem ich gesessen, als ich das erstemal im

Pfarrhof eingekehrt, war weiß gedeckt, zwei schön geschliffene Weingläser standen darauf und spiegelten den Glanz des Fensters festlich wider, eine Flasche besten Rheinweins stand dabei und Teller mit schinkenbelegten Broten lachten mich an, als ich am Nachmittage des Pfarrers Stube betrat.
Er saß im Armstuhl, hatte sich eine Pfeife gestopft und angebrannt, an der er eifrig zog und paffte, und kramte und blätterte in einer dicken Mappe, die vor ihm auf dem Tische lag. Sogleich gewahrte ich, daß er die Fahnen seines weißen Haares geordnet hatte und seinen guten Rock trug. Nach meinem Eintreten blickte er noch eine Weile in eifrigem Suchen auf die Blätter, und sein Angesicht rötete sich, da er voll Ungeduld den Atem in die Kehle zurückpreßte, dann hob er sein Haupt und zeigte mir seine prächtigen männlichen Züge.
„Platz nehmen!“ befahl er und reichte mir die Hand übern Tisch, die meine herzlich drückend, alsdann vertiefte er sich neuerdings ins Suchen. Ich blickte umher, betrachtete die Bilder an der Wand, altmodische Bildnisse schwäbischer Bauern und Bäuerinnen, mit derber Kraft und Reinlichkeit in Öl gemalt, Heiligenbilder in barocker Manier, Szenen aus dem Marienleben in farbenleuchtender, üppiger Landschaft, ein altes Madonnenbild, angeschwärzt und beschädigt, in einem reichen Barockrahmen, eine grobe Nachbildung der Dürerschen Madonna mit der Birne, von dunklem Efeu völlig eingerankt. Endlich hatte ich mich satt gesehen, und meine Blicke hafteten auf dem Angesicht des Pfarrherrn. Es war eine Lust, diesen ausdrucksvollen Schädel zu betrachten, denn er schien aus einem derben Stein gehauen und durch die Hand des Meisters zu der höchsten Deutlichkeit erhoben. Auf der mächtigen Stirn lag der Glanz des Fensters; aber die breite Wölbung ward durch gewaltige Furchen geteilt und gebrochen, die Brauen warfen ihre Schatten auf die Augen hinab, die kräftigen, von dicken Adern geschwollenen Lider aber traten stark hervor, die Nase drängte sich herrisch unter der Stirn hervor, der Mund war eingekniffen, und die Lippen bewegten sich um das hörnerne Mundstück

der Pfeife. Mit festem Griffe wendete er einen Büschel Blätter um, hob dann ein einzelnes ans Licht, daß es erglänzte, und ließ es knisternd niedersinken. Im Ofen wehte und brummelte das Feuer, das die sorgliche Balbina des kalten Wetters halber angezündet hatte.

„Jetzt hab' ich's!" murmelte der Pfarrherr. „Dahinein hat sich das Ding verschloffen. Aber vor allem, schenken wir ein!"

Er entkorkte die Flasche und goß mir den hellen Wein ins Glas, füllte auch seines, schaute mir fest ins Gesicht und hob das Glas. Wir stießen an.

„Hören Sie", begann der Alte fröhlich, „und nehmen Sie nichts krumm! Sie sind ein wunderliches Mannsbild. Das heißt, das Mannsbild muß erst werden. Ich frage mich immer: Was hat Sie denn so verdreht?"

„Verdreht?" wiederholte ich. „Bin ich denn wirklich verdreht?"

„Sie haben zwei Gesichter", sprach der Pfarrherr wieder. „Es ist nicht anders, Sie haben zwei Gesichter. Wer Sie zuerst anschaut, der kann nur das eine erkennen. Und dieses eine hol' der Teufel! Sie hatten's auf, als Sie das erstemal diese Stapfeln heraufkamen. Aber man glaubt es doch wieder nicht, daß so etwas wirklich ein Gesicht sein könne. Das zweite habe ich manchmal, wenn ich Ihnen unversehens begegnet bin und Sie nicht eben den Stehkragen angezogen hatten, durch das erste hindurchscheinen sehen. Und darum bin ich Ihnen nie gänzlich böse geworden. Jetzt aber ist es herausgetreten, in diesen Gedichten steht es vor mir, es ist kein falscher Zug mehr dran. Wissen Sie, was Sie sind? – Ein Schwabe sind Sie!"

„Ich liebe meine Heimat", versetzte ich; aber er fiel mir sogleich in die Rede: „Nichts von dergleichen, sag ich! Mensch, wenn man liebt, dann redet man nicht davon. Oh, ich hasse dieses Stolzieren und Wichtigtun. Da nimmt man das Maul voll großer Worte, spricht von Erziehung, Selbstbestimmung, von Geist und Wesen, vom Endlichen und Ewigen, vom Himmel und Teufel und hat ein allzu kurzes

Jöpplein an. Merken Sie noch nicht, was an dem Geklingel ist? Daß man von alledem nichts hat, solange man Dispute drüber führen kann? Dieses Gesicht, dieses Gesicht ist's, das ich nicht leiden kann."

Ich sah betreten auf den Boden nieder.

„Und damit soll man mir den Kindern in der Schule drüben nicht kommen. Haben Sie's nicht erlebt, wie sie dasitzen in der prächtigsten Verstocktheit und kein Wort mehr reden wollen als not tut? Gottlob, es kann kommen, wer will, und es versuchen, ihnen das Maulbrauchen zu lernen, es wird ihm nicht gelingen. Ich habe Sie im Verdacht gehabt, Sie wären einer von denen. Aber Sie sind ein Schwabe, das tut mir wohl. Sie haben die Stimme des Volkes gehört und gut gehört, sonst wäre es Ihnen nicht möglich, sie auf solche Weise wiederzugeben. Und, was das wichtigste ist, Sie haben das Feine, das Schmeichelnde, das Volle und Warme dieser Stimme vernommen. Das andere wird abfallen, und der Schwabe wird herauskommen. Auf diese Hoffnung trinken wir."

Er erhob das Glas, ich aber regte keinen Finger.

„Frisch!" mahnte der Alte. „Oder wie? Ist man beleidigt?"

„O nein, Herr Pfarrer", entgegnete ich, „aber Sie haben mich nachdenklich gemacht."

„Nachdenken taugt nicht allzuviel. Stoßen Sie an!"

Ich tat es halb wider Willen und nahm einen kleinen Schluck. Dann begann ich zu sprechen:

„Wenn ich ein Schwabe bin, dann gehöre ich nicht an diesen Ort. Denn das Volk hier ist, obwohl es innerhalb der Grenze Schwabens liegt, von einer urbayerischen Art. Und der Bayer ist ein so andersartiger Mensch, daß er uns Schwaben fast so fremd gegenübersteht wie ein Franzose oder irgendeiner unserer ausländischen Nachbarn. Es ist ein anderes Blut in seinen Adern."

„Nein", entgegnete der Pfarrer heftig, „nein!" Dem Stamme nach mag es so sein. Aber wir sind Deutsche, sind Bayern und haben eine Geschichte hinter uns. Man soll nicht an den

alten Nähten reißen. Sie sagen, daß Sie nicht hierhergehören? Warum sind Sie denn da?"
„Durch einen reinen Zufall. Unter soundso viele Bewerber sind soundso viele Schulstellen zu verteilen. Da wird über jeden das Los geworfen. Und dieses blinde Los hat mich nach Abenberg bestimmt."
„So", rief der Pfarrherr, „so, das wissen Sie und sehen nicht die Hand der Fügung? Hätte die Behörde nach ihrem Gutdünken gehandelt, so hätte man dies alles ihr zuschieben können. So aber ist es offenbar. Es gibt ein Schicksal, junger Mann!"
Seine Augen leuchteten in voller Klarheit.
„Sehen Sie", begann er wieder, „es sind mehr als dreißig Jahre, daß ich hierher mußte – mußte! Ich kam das Tal herauf und sah den Haufen Hüttenwerk. Damals war ich auch noch jung und hatte hohe Gedanken. Und als ich vor dem Pfarrhof stand – Herrgott! Es war ein Loch, in das kein Hund hineingegangen wäre. Friß oder stirb! Ich bin hineingezogen. Es war Herbst. Der Sturmwind fuhr den Sichelberg entlang und alle Fenster lotterten. Da hockte ich –
Den Sonntag drauf war Patrozinium. Sie kamen alle zum Wirt herauf, da ging die Hölle los. Ich dachte mir: Du mußt hinunter. Ihre Seelen sind dir anbefohlen. Ich riß die Tür auf – Männlein! Ein Rauch, ein Qualm, ein Biergestank. Man sah die Lampe schier nicht mehr. Da hockten sie und schrien. Und ich trat vor und tat meine Rede. Da war's still, daß man das Mäuslein hätte springen hören, und der lange Martelbauer stand wie ein Baum vom Tische auf und sagte: ‚He, Pfarrer, bin ich dir was schuldig? Und wenn ich dir nichts schuldig bin, dann schau, daß du von da hinauskommst!' Und wie ich ihn am Kittel faßte, flog mir ein Krüglein hart am Ohr weg. Und wie mit einem Schlage taumelten sie alle auf. Der Wirt zog mich hinaus und keuchte mir ins Ohr: ‚Herr Pfarrer, lassen S' doch die Viecher sein.' Das war mein Anfang hier. –
War ich vielleicht zu gut für die? Ich hatte meinen Stolz und

wollte nicht mit Prügeln auf dem Buckel von der Stelle weichen. ‚Wer ist der Herr, wenn's du nicht bist?' so sprach ich hundertmal am Tag zu mir und biß mir auf die Lippen. Und schließlich gab es auch noch einen Jörg von Spitzispui. Das war ein Fressen für den Abend! An diesen Klötzen von Gedichten habe ich mich gesund gelacht. – Und langsam rückten sie heran. Immer näher. Sie keuchten alle unter ihren Päcken. – Und diese Päcke schleiften sie zu mir herauf. Da sah ich plötzlich unter ihren Kittel.
Hör einmal, Schulmeister, die Dinge stehen dir alle noch bevor. Das Herzklopfen und das Haarsträuben, alles das soll dir noch beschert werden. Dann aber, wenn du hinunterschaust – es ist, als blicktest du auf den Grund des ganzen Menschengeschlechtes. Das aber braucht ein Auge und ein Herz."
„Mir will es scheinen", entgegnete ich dem Alten, „als hätten die Leute hierzulande nicht viel Menschliches an sich."
Des Pfarrherrn Stirne rötete sich.
„Daß doch der Henker –!" fuhr er auf. „Was weißt du denn vom Menschlichen! Oh! Oh! Der Mensch ist eine schwerbeladene und finstere Kreatur. Sie haben dir einen schlechten Einstand bereitet, und daran hast du noch zu schlucken. So fahr von hinnen, wenn du sie nicht kennenlernen willst! –
Ich habe dennoch Hoffnung auf Sie", sprach er nach einer Pause, indem es aus seinem strenge prüfenden Blicke wie ein verhohlenes Wohlwollen aufstieg. „Aber nun zu dem, wozu ich Sie hergebeten habe! Lesen Sie mir Ihre Lieder vor!"
Er reichte mir die Blätter hin, die auf dem Tische bereitlagen, und setzte sich in seinem Armstuhl zurecht.
Ich nahm die Gedichte und begann zu lesen. Im Anfang war ich nicht recht bei der Sache; denn was der Alte gesprochen, bestürmte unablässig mein Gemüt. Allmählich aber nahm mich die Welt der Verse gefangen, die Gegenwart versank vor einer neuen Gegenwart, und immer leichter, herzlicher entflossen mir die Worte. So legte ich Blatt um Blatt zur Seite und schloß mit dem Gedicht:

Wenn so der Aubad kommt,
Und d' Sonn isch na –
Nau weard mir gar so and,
Ka's gar it sa.

Luag, bei mei'm Schätzla dund
Gauht's Liachtla auf!
Mi aber ziaht es heit
in Himl nauf.

Stearala kommat scho,
Zweia und drui.
O meina Stearala,
Wär i bei ui!

Dürft i am Himl gauh,
Diaf unterm Zelt,
Dät i di rumpla lau,
Buckliga Welt.

Ich ließ auch dieses Blatt auf die Decke niedersinken und sah zu dem Alten auf. Er saß mit geschlossenen Augen da, als ob er schliefe. Unter seiner Wimper schimmerte es feucht.
Er regte sich nicht. Eine Weile war ich wunderlich verlassen. Draußen rauschte der Wind, und die Wanduhr tickte durch das Schweigen.
„Es wird, es wird!“ hörte ich ihn plötzlich vor sich hin murmeln, er schlug die Augen auf und griff nach meiner Hand. „Die Blätter gehören mir“, sprach er in bittendem Tone. „Ich gebe sie nicht mehr heraus. Es gilt als ein Zeichen, daß ich auch den nicht mehr herausgeben werde, der sie geschrieben hat.“
Damit ließ er meine Hand, setzte sich zurecht und lächelte beschaulich vor sich nieder.
Ich habe auch was für Sie“, sagte er, „da ist das Blatt! Denn ich habe auch einmal die schwäbische Muse angerufen. Freilich hab ich mich dabei nicht mit irgend einem ordinären Versmaß abgegeben, sondern den erlauchten Hexameter für

meine Zwecke hergenommen. Trinken Sie nochmals, tüchtig, wie es sich gehört! Und nun hören Sie, es ist Jörg von Spitzispui, der da mit seiner Base redet.“
Er nahm das Blatt aus seiner Mappe, hielt es ein Stück von seinen Augen ab, da ihn das Alter weitsichtig gemacht hatte, und begann mit kräftiger Stimme zu lesen:

„Ja, Herr Vetter, grüaß Gott! Isch wauhr, Ihr sind heit dauhunda?
Vo Kruagzell her?“ – „Akrat! Ihr wissats scho? Bin i doch dösmaul
Hinterm Mäuerla rei’, es könnt mi it leicht öbber g’seah hau!“
„Ja, eis kommt koiner aus! Es haut’s eis der Mösla verzöhlat,
Uier Freind, der Kapla’. Es sind koina zeha Minutta,
Isch’r daugwöst und haut a Hearla kauft und en Wöcka.“
„Iatz isch ganga! I glaubs: diea riachat oin, kaum daß ma hinn isch.
Dau machs hoila, wenn d’ ka’scht!“ – „Iatz gand doch a bissala rei dau!
Löget da Huat auf da Disch und dond it so bar und so g’späßig!
Hockat na’, grüaß Ui Gott! Ihr wend doch auf d’ Nacht bei mir schlaufa?“
„Moinat’r, ’s macht Ui koi Scher? Dös sott i halt wissa. I dät scho’ –“
„Was, i dät scho’: Ihr dund! Iatz land Ui ahöba no bettla!
Uier Kamer isch g’richt; i holl Ui no g’schwind a baar Ziachla
(Farbige Bleamla sind drauf und scheckiga Müschterla, gellat?)
Wenn’r a Döcka derzua?“ – „A Döcka? I moi, dia ischt ibrig.“
„Ibrig moinat’r? Gand! Ihr sind au koi huiriger Has meah,
So a Herrla wia Diar: der Kopf isch scho wacker verschimmlat.

’s Zipperla hand’r g’wiß au?“ – „I bitt Ui um dausat Gottswilla,
Sagat vom Zipperla nix! Der Deifl laut si it trätza:
Wia ma’m schreit, isch’r dau. Guat, hollat a Döcka!“ – I will no
Nauchama Häfala gauh (i moi, mir hand no ois ibrig!)
’s isch so lufdig bei eis auf’m Heisla, es blausat der Nachtwind
bei da Klumsa so rei’, und s’ isch au so weit von dr Kamer
bis aufs Aldänala naus, und grad in der Nacht, ma’ verfallt si!“ –
„Bäs, dau gib i Ui recht. – Iatz aber land’r mi laufa. Luagat,
i muaß, es pressiert!“ – „Und au no! i mach a Kaffeela!“ –
„Land mi!“ – „Iatz dond it a so! Der Mösla isch jung und ka’ wata.“ –
„Luagat, i schrei bloß no g’schwind zum Stadtpfarr nei’ und zum Ott Max,
Und zum Dotla, bei Gott! Dia wenn es inna wur, denkat! –
Also, sind it faschee, und stöllat a Brotsupp ins Roahr nei’,
Schlagt a Ei drei’, dös duats, und land ui mei Eil it verdriaßa!
’s daurat it lang, bin i dau; i luag, daß i weidla vom Fleck komm.
Umma Simna villeicht, so ebbas weards sei, bis i z’ruck bi’ –
Also pfüatana Gott, und bis i komm, hand’r ei’g’streit!“

Der Pfarrherr legte das Blatt in die Mappe zurück und sah mir lachend ins Gesicht. Mir hatte das wiederholte Trinken den Sinn in wunderbares Wanken gebracht, daß ich die Stimme des Vortragenden wie aus ziemlicher Ferne vernommen hatte. Die Augen waren mir ein wenig feucht und der Mund in ständigem Lächeln geöffnet. Es war mir unendlich wohl in der warmen dämmrigen Stube, die beiden Figuren des Gedichtes, der Pfarrherr, der vor mir am Tische saß, die Gläser mit funkelndem Wein, die ruhig glänzende Flasche, alles schien mir gleich wirklich und unwirklich, ich selber

aber schwamm in wundersamer Heiterkeit dahin. Zuweilen trank ich und der Pfarrherr auch. Wir betrachteten einander mit steigendem Wohlgefallen. „Ja, ja", seufzte der Alte dazwichen, „der Wein erfreut des Menschen Herz." Was in der Folge geredet wurde, weiß ich nicht mehr genau. Mich dünkt, es wären heitere Dinge gewesen; denn zuweilen lachten wir laut zusammen. Es düsterte, es wurde völlig dunkel, Balbina kam und brachte die Öllampe. Da hielt ich es an der Zeit, mich zu verabschieden. Er aber hieß mich mein Glas leeren, und als ich mich dann seltsam genug vom Stuhle erhob, hatte ich den festen Willen, sehr aufrecht und gerade zu gehen. Balbina, die mir die Treppe hinunterleuchtete, murmelte etwas in sich hinein. Es war sehr still und heimlich draußen; indessen empfand ich die Unebenheit der Straße unangenehm. Der Himmel schien von eigentümlichen Schatten erfüllt, die lautlos ineinanderschwammen, und vor der Tür meines Gartens stieß ich auf einen Mann von Abenberg. „Guten Abend, Herr Bürgermeister!" bot ich ihm willig den Gruß. Jener aber sprach: „Na, Herr Lehrer, sell bin i net. Aber der Zacharias bin i – ebenfalls b'soff'n, mit Erlaubnis."
Ich wies seine Rede von mir und gewann das Schulhaus. Eine ziemliche Weile saß ich auf meinem Bette. Die ungewohnte Fröhlichkeit lag schwer auf mir. Als sie sich aber lüftete und mir der Abend in seiner wahren Gestalt voll und deutlich vor die Seele trat, da übermannte mich das Heimweh, und ich barg das Angesicht in meinen Kissen.

Therese

Ein düsterer Oktobertag war angebrochen. Der Sturmwind heulte über die Wälder her, warf nasse Blätterbüschel an die Fenster des Schulsaales und schlug den Regen an die Scheiben, daß es prasselte und sprühte. Die Kleinen lachten und riefen frohlockend: „Ho, wie dös wuid ans Fenster schlegelt!"

Ich sah hinaus, sah ein Botenweib gegen Wind und Regen kämpfen, innehalten und nach Atem ringen. Gnade Gott dem, der heute unterwegs sein mußte!
Mit Eifer ging ich an die Arbeit und blickte nur manchmal nach dem Fenster auf, wenn wiederholte Windstöße die Scheiben erschütterten und das graue Gesprühe der Regentropfen zu einem dichten Schleier wurde.
„Mein Gott!“ rief dann die kleine Wabi mit so drolligem Entsetzen, daß mir ein Lächeln um die Lippen flog.
Da, gegen elf Uhr, klopfte es. Der Ton war zage. Noch mitten im Eifer des Unterrichtens, die Fibel in der Hand, ging ich hinaus. Da stand Therese vor mir da. Mir fuhr ein jäher Schrecken übers Herz.
„Therese!“ kam es zweifelnd über meine Lippen.
„Ja, ich“, entgegnete sie lächelnd.
Sie sah unsäglich elend aus. Ihr Gewand, triefte, ihr Hut nicht minder, an ihren aufgeweichten Schuhen klebte der Schmutz des schrecklichen Weges und besudelte ihre Strümpfe bis über die Knöchel, in blaugefrorenen Händen hielt sie eine Schachtel. Vor Kälte und Elend den Kopf in die Schultern gezogen, mit seltsam funkelnden Augen, mit bebenden, lächelnden Lippen stand sie da.
„Therese! Therese!“ rief ich mit vorwurfsvoller Stimme, „was hast du getan? Du hast dich krank gemacht! du fieberst!“
Sie schüttelte den Kopf.
„Ich bin gesund, ich bin lebendig! Oh, es war herrlich, gegen den Sturm zu laufen!“
Während sie so redete und helles Licht aus ihren Augen brach, hatte ich die Tür zu meiner Kammer geöffnet und zog sie an der Hand herein. Nun stand ich vor ihr, von ihrer unerwarteten Erscheinung so verwundert und betroffen, daß ich nicht wagte, einen Finger gegen sie zu regen. Sie sah zu mir empor und regte sich gleichfalls nicht, ihr Antlitz war wie eine herbe Blume aufgefaltet, in ihren Augen lag ein verwegener Glanz. Von neuem zog ein Lächeln über ihre Lippen, so klar und schnell und so gedämpft wie fernes

Wetterleuchten, gleichzeitig sprach sie meinen Namen. Da zog ich sie an mich.
„Matthäus", rief sie halblaut, „ich ziehe einen nassen Streifen durch deine Kammer. Hast du nichts, was ich zur Not anziehen kann? Einen Schlafrock, einen Mantel? Geh du zurück in deine Schule und mache deine Arbeit dort zu Ende, und wenn du wiederkommst, sollst du mich trocken und umgekleidet finden."
„Nimm, was du willst!" sprach ich und schloß meinen Kleiderkasten auf, umfaßte ihre kalte Hand mit beiden Händen und drückte meine Stirne drauf. Dann eilte ich hinüber in die Schule.
Nun stand ich, wie von einem Wirbelsturme schwankend, vor meinen Kindern und suchte die Stelle, wo ich meine Arbeit unterbrochen hatte. Es war alles wie sonst an einem Tage. Die Großen schrieben, die Kleinen sahen auf mich, Toni träumte in eine wesenlose Ferne, Wabi raunte ihm zierlich etwas ins Ohr, worauf ein verlorenes Lächeln über seine Züge glitt, Steffelwirts Kathi stierte auf ihre Tafel. Aber mir selber war es kraus und schwankend, und das Herz schlug mir am Halse, und drüben in meiner Kammer – wahrhaftig, Träume sind klar und wirklich, und die Wirklichkeit ist traumhaft und phantastisch.
Ich endete den Unterricht und geleitete den Zug der Kinder sorgsam bis zur Stalltür hinunter. Und als der letzte Schuh hinausgeklappert war, flog ich die Treppe hinauf zu Therese. Atemlos betrat ich meine Kammer und ward aufs neue überrascht.
Therese saß in Mannskleidern auf dem Rande meines Bettes und blätterte in einer Mappe, die ich mit vielerei Handzeichnungen angefüllt hatte.
„Es ist nicht gut, daß ein Weibsbild Mannsgeräte trage", sprach ich zu dem Mädchen, indem ich einige Schritte vor ihm stehenblieb.
Ohne sich aufzurichten, sah sie empor, und das dunkelbraune Haar fiel von ihrer Stirn zurück.
„Ich bin lieber in Mannskleidern trocken als in Weibsklei-

dern durchnäßt", versetzte sie. „Aber kalt ist es in deinem Zimmer." Ich versprach ihr, Feuer zu machen, und legte den Brand in den Ofen, dann, als es behaglich in der Kammer wurde, setzte ich mich zu ihr und fragte sie, wie es möglich sei, daß sie mich heute habe besuchen können.

„Ich bin zu meinem Vater unterwegs und soll bei ihm bleiben, um ihm den Haushalt zu versehen, bis wir in S. eine Wohnung finden und alle zusammen zu ihm ziehen werden. Daß es so kommen würde, sah ich lange voraus und hatte in meinem Herzen beschlossen, zu dir zu laufen, wenn der Tag gekommen wäre. Ich habe meiner Mutter eingeredet, ich müßte wichtiger Besorgungen halber erst in die Hauptstadt fahren, und sie ließ mich früher ziehen. Aber mein Ziel war Kardorf, das ich diesen Morgen ziemlich früh erreicht habe. Von da aus halfen mir die Beine weiter."

„Und du hast den Sturm nicht gescheut und den schrecklichen Regen?"

Sie sah zur Erde und hob dann plötzlich das Haupt, indem ihr Antlitz sich mit dunkler Röte färbte. Ihr Auge stand in warmem Licht, um ihre Lippen schwebte ein weiches, wundersames Lächeln, das langsam sich ins Schmerzliche verlor.

Ihre Sterne wichen nicht aus meinen, aber sie strahlten dunkler und dunkler und waren endlich wie in Dämmerung getaucht, ja, sie enthüllten eine Nacht und Schwärze, wie ich sie kaum im Spiegel eines Alpensees gesehen.

Ich faßte ihre Hand und zog sie gegen mich. Sie widerstrebte nicht und folgte doch auch nicht. Wie eine Schwere lag es über ihr. Sie senkte die Stirn und hob sie wieder auf, ihr Mund verschloß sich in dem rätselhaften Lächeln. Mit einem Male war sie in sich selbst versunken und verstummt. Ich blickte sie immer an, fragte dieses und jenes; aber sie gab mir keine Antwort. Endlich verdüsterte sich ihr Blick, das Lächeln losch, es war, als wollte sie mir ein Zeichen geben, allein sie hob nur einen Augenblick die Hand. Die Brust ging hoch und schien ein Wort und einen Seufzer zu bewegen; die Lippen aber blieben verschlossen.

Endlich stand sie auf und trat ans Fenster. Der Regen hatte nachgelassen; aber der Sturmwind schlug die nassen Zweige gegen die Scheiben.
„Matthäus“, sprach sie, als sie sich wieder zu mir wandte, „hätte ich nicht zu dir kommen sollen?“
Ich legte meine Hand auf ihre Schulter, ohne daß ich ihr ein Wort dagegen sagte.
„Es war eine Freude, die ich viele Wochen nährte, die mir so warm im Herzen wohnte – und dann der Sturm und der brausende Regen! Niemand wußte, wo ich war, niemand, wohin ich ging. Die Tannen schüttelten sich und schlugen die Zweige ineinander. Oh, es war schön! O, es war schön! Aber“, setzte sie hinzu, indem ihre Augen in der alten Düsterheit versanken –
„O Therese“, entgegnete ich, „mach mich erst glauben, daß du da bist. Ich fasse deine Hand und sie ist nicht deine. Ich höre deine Stimme, und sie ist es nicht. Ich möchte wie durch einen Schleier hindurch ins Wirkliche dringen. Aber der Schleier ist unzerreißbar. Weißt du es denn, wie es sich drängt in mir? Ich meine, ich müßte wie der Sturm brausen können und bringe keinen Ton aus mir hervor.“
„Ja“, nickte Therese, „ja ich weiß es.“
„Aber wenn das käme“, fuhr ich fort, „wenn deine und meine Lippen aufgingen –“
Sie sah mit einem solchen Blick auf mich her, daß ich innehielt und schwieg.
„Matthäus“, sprach sie nach einer Pause mit leiser Stimme, „davor fürchte ich mich.“
„Was ist mit dir?“ rief ich betroffen. „Du bist nicht mehr die, die ich kenne.“
„Zu Hause bin ich anders und in der Fremde anders, bei Freunden anders als bei dir. Und gestern bei dir anders als heute.“
Dies sprach sie mit niedergeschlagenen Augen und einer Stimme, die ins Flüstern hinabsank und verhauchte. Eine bange Stille fiel augenblicklich über uns. Wir fühlten beide dunkel, daß ein Schicksal zwischen uns begonnen hatte, das

uns mit sich hinwegzog, unaufhaltsam einem unbekannten Ziel entgegen.

„Ich hätte nicht kommen sollen“, sprach Therese.

Ich schüttelte das Haupt.

„Wenn dich das Herz getrieben hat –“

„Oh, welche Kraft hab ich gefühlt im Wandern!“ rief das Mädchen aus. „Und obgleich mir der Regen durch die Kleider drang und mein Gewand mit jedem Schritte schwerer wurde, so hätte ich mir das Dorf doch tausend Meilen ferner gewünscht, um nur immer darauf zuwandern zu können. Was wollte ich denn von dir? Dein Gesicht sehen, sonst nichts.“

„Und an deinen Vater hast du nicht gedacht?“

„O ja, ich habe an ihn gedacht“, entgegnete Therese. „Aber ich verstehe ihn nicht. Ich weiß nicht, was er sich unter dem Leben denkt. Man kann sich doch nicht vornehmen, so oder so zu handeln, weil es ehrenhaft und klug ist und vernünftig! – Nein“, fuhr sie nach einigem Besinnen fort. „Ich ehre ihn, aber ich kann ihm seinen Willen nicht erfüllen.“

„Allein von mir wird er erwarten – ach nein, nein, nein! Was ist dir der Sturm gewesen, was die grundlosen Wege, was die Stunden Weges, die du, Schritt um Schritt kämpfend, zurückgelegt! Nein!“

Etwas Heftiges brach in mir aus, wie Zorn und Schmerz, daß ich Therese in meinen Arm riß. Ein Lächeln flog über ihr Gesicht, ein Funkeln über ihre Augen. In nassen Streifen fiel ihr das Haar in die Stirn. Sie blickte gegen das Fenster, und die Helle machte ihre Augen glänzen, daß sie in seltsam grauem Lichte erstrahlten.

Nach wenig Augenblicken besannen wir uns.

„Du bist hungrig“, sprach ich. „Ich werde dir zu essen bringen.“

„O nein“, begann das Mädchen zu wehren. „Bring nichts. Ich werde nichts essen!“

Ich fühlte lebhaften Hunger; aber ich verwies es meiner Natur, daß sie sich jetzt in diesen kurz gemessenen Stunden, in denen Wichtigeres zu tun war, mit ihrem alten Bedürfnis

breit machte. Und wunderlich, in wenig Augenblicken schwieg der Hunger.
„Wann mußt du gehen, und wie soll sich heute dein Weg gestalten?" fragte ich Therese.
Sie sprach: „Wenn die Abenddämmerung einfällt, verlassen wir das Schulhaus. Ich gehe geradeswegs auf S. zu. Die Wege habe ich mir auf der Karte zurechtgelegt. Bis Mooskirchen mußt du mich führen. Hier erreiche ich die große Moosstraße und kann mich nicht mehr verirren."
„Es sind fünf Stunden bis S.", rief ich.
„Gut", sagte Therese. „Wir gehen um fünf Uhr. Um zehn Uhr bin ich in S. und werde sagen können, ich sei mit dem letzten Zuge angekommen."
Nun saßen wir einander gegenüber. Die Trübe des Fensters wechselte, indem sie sich bald verdüsterte, als sänke die Nacht vom Himmel herab, bald wieder lichtete und rieselnde Dämmerung hereinsandte.
Allmählich war unser Gespräch erloschen. Es schien uns, wir hätten uns unendlich viel zu sagen und auszudrücken; aber wir sagten nichts und drückten nichts aus. In meinem Kopfe bewegten sich tausend Gedanken, tausend Regungen glitten durch meine Seele. Aber ich wußte nicht, wie ich sie offenbaren sollte. Vor meinem Innern stand ein Riegel, den zu öffnen ich nicht fähig war. Und während wir so saßen, uns mit den Augen suchend und meidend, immer uns um jenes Unsagbare mühend, das wir empfanden und nicht offenbaren konnten, während das Gefühl der Fremdheit und der Ohnmacht mehr und mehr sich über unsere Herzen warf, entrann die Zeit; die kostbaren Stunden, obwohl sie lautlos entschlichen, verloren sich doch ohne Aufenthalt in Nichts, und wie betrogen starrten wir einander kummervoll entgegen.
Da mit einem Male – wir glaubten, kaum eine Stunde beisammengesessen zu sein – schlug die Uhr im Kirchturm drüben in unerbittlichen Schlägen fünf aus. Die Glockentöne kamen gedämpft, bald deutlicher, bald ungewisser zwischen den Stößen des Windes herüber. Therese erhob sich.

„Es ist Zeit", sagte sie. „Es dunkelt schon."
Auch ich stand auf, trat gegen sie und schloß sie in die Arme. Mir war, als müßte ich endlich, endlich dicht zu ihrem Herzen dringen. Aber je näher sich die Körper drängten, um desto mehr entschwand die Gegenwart des andern Wesens, und als Therese Stirn und Angesicht an meiner Schulter barg und still an meiner Seite ruhte, da war mir nicht, als hielte ich das liebste Wesen in den Armen, ich fühlte nichts als eine warme Last an meiner Brust, die ich nur halbbewußt empfand und trug. Sonst war ich ganz allein, noch niemals so allein in meinem Leben. Über den Scheitel des Mädchens blickend, in dessen feinem Haargeflecht die trübe Helle spielte, sah ich hinaus in das Gezweige meines Kirschbaums. Die Zeit stand still, es war auch gar kein Raum um mich, außer mir war nichts als Dämmerung und Stille.
Verwundert löste ich mich von Therese ab und ging hinaus, mich für den Weg zu rüsten. Therese zog indes die alten Kleider an. Schweigend verließen wir das Schulhaus, schweigend wanderten wir zusammen durch dünnen Regen und sinkende Nacht. Nach einer Weile wurde es dunkel, und ich tastete mit meinem Fuß den Weg. Therese schritt an meinem Arm. Sie sagte nichts, sie klagte nicht. Ohne Ermatten schritt sie immer voran. Wir zogen am Rande der Wälder dahin, umhüllt von der Dunkelheit, aus der nur ungewisse, bleiche Scheine drangen. Der Regen knisterte im dürren Laub. Das war ein eintöniges Geräusch, das uns bei jedem Schritt begleitete. Zuweilen aber durchbrausten Windstöße die Nacht und sanken wieder in die Stille nieder.
Sonst war ich durch Dunkelheit und Sturm und Nebel stets allein gewandert. Nun zog ich mit einem Weibe dahin, das sich in meine Hand gegeben hatte. Wie sie so schweigend ging, empfand ich ihre Schwere. Aber auch meine Brust war schwer und enge. Wir hatten keine Heimat, keine Stätte, wo wir bleiben konnten. Wir schritten vorwärts, unserer Trennung entgegen. Aber, indem wir auf dem ungewissen Grund weitergingen, war mir im Schwanken und im Wallen dieser

Dunkelheit, als zöge unser beider Weg vor meinen Augen unabsehlich fort. Ich wußte nicht, wohin er führen mußte.

Durchwachte Nacht

Den 25. Oktober. Zehn Uhr nachts.
Heimgekehrt. Ich bin vor Hunger elend. Aber meine Seele ist hungriger als mein Leib. Die Schuhe sind naß und schwer, der Mantel naß und schwer, mein Haar klebt an den Schläfen. Ich ziehe mich nicht aus. Will nicht müde sein, nicht matt. Ich bin so wach, so wach, so wach. Horch, der Wind! Immer wieder, immer wieder.

Elf Uhr.
Es knarrt im Turm. Ich höre die Mechanik rasseln, die den Hammerhebel zieht. Nun schlägt die Stunde aus. Der Ton ist wie ein Schwertstrich, und ihm folgt ein langes Summen wie das Brennen einer Wunde. Das sinkt in die Stille hinein und in den Wind. Meine Kammer ist warm, und der Tee dampft. Meine Kammer! Sie ist nicht mehr wie sonst. Hier saß Therese, hier stand sie, ging sie, hier lehnte ihr Haupt, dort hingen ihre Kleider. Ist nicht ein Duft von ihren nassen Haaren überall? –
Als sie ging, wurde mir leicht. Da hatte ich doppelte Kraft, gegen den Sturm zu streiten. Oh, ich habe gelacht in dem Toben der Bäume und in dem Splittern der Äste: Ich gehe heim, in mein Schulhaus heim, in die Einsamkeit heim! – Aber ich finde die Einsamkeit nicht mehr hier. Was hier ist, war einmal die Einsamkeit. Es ist mir nicht mehr genug, ich bin darüber hinaus. Es gibt eine andere Einsamkeit, eine, aus der uns keine Sehnsucht reißen kann, eine, in der die Nerven nicht mehr zittern wie ein Klingelspiel aus Glas. Es ist so kühl und helle um mich her gewesen. Ich habe immer nur Wasser getrunken. Nun aber will ich Wein trinken. –

Später.
Es ist ein Geräusch auf der Stiege wie ein heimlicher Schritt. Wenn du es wärest, Therese? Ich erschrecke bis ins Herz hinein. Die alte Wirklichkeit ist in mir verrückt, alles wird möglich, und das Gewöhnliche ist wunderbar.

Vor dem Schlafengehen.
Soll man nicht gefaßt zur Ruhe gehen? Man geht immer zum Tode, wenn man sich niederlegt. Aber ich kann mich nicht fassen. Ich weiß nur, daß ich mich unendlich sehne. Wonach? Seit ich die Schwere kenne, will ich nicht in der alten Leichtigkeit und Helle bleiben. Seit ich die Last zu zweien kenne, will ich nicht mehr allein sein. Und seit ich in Gefahr kam, ist mir die Ungefährlichkeit gering. Ja, seit ich dich kenne, Therese, weiß ich, was das heißt, die Menschen von sich selbst zu erlösen. Und daß der Reinste um deswillen in Martern ausgespannt werden mußte, und das, was er in seiner lichten Seele nicht erleiden konnte, die Not des Dunklen im Menschen und das Verlorensein, daß er's dem Tode durch die Marter abverlangen mußte. Denn wie hätte Christo vor dem Tode bange werden können, wenn sich sein Menschenleib nicht aus der eigenen Natur heraus vor diesem Greueltod zurückbäumte? Gute Nacht den Menschen, die aus der Helle in die Schwere kamen! Gute Nacht auf Erden allen! Und dir gute Nacht, Therese!

Mitternacht.
Ich bin wach. Der Schlaf ist eitel. Leben ist mehr als Tod, und der Tod erreicht den Saum des Lebens nicht. Der Geist der Mitternacht ist da, und ich bin wach. O wunderbare Stunde, die wie eine Krone über Himmel und Erde schwingt! Wie fließt mir der Atem leicht dahin! Wie flüstern meine Gedanken! Mir ist ein Wunder angetan. Als ob mir alle Adern geöffnet stünden und statt des Blutes entquölle ihnen Silber, so strömt mein Herz dahin. Und immer leichter atmend erfüllt mich das Raunen der Nacht, das Ziehen, Drängen, Wallen und Rinnen, in dem das Leben der Welt ist – als spielten ewige Hände mit leichten Silberbällen.

Ich danke dir, der du im Innersten der Welt dein Haus hast, für die Gnade des Lebens und für das Wachsein in der Nacht. Oh, würde ich wacher und wacher, daß ich mich selbst verlöre und zu dem zurückflutete, aus dem ich gekommen bin!

Ein Uhr.
Das Öl der Lampe ist aufgezehrt. Ich habe kein neues mehr. Nun glimmt sie aus. Ich will schreiben, solange sie noch Schein gibt. Der Wind hat sich zur Ruh' gelegt. Ich spüre eine Helle irgendwoher. O ja, es rieselt im Gewölk. Ein trübes Silber überquillt die Wolken. Sie liegen rings wie große weiße Schiffe am unendlichen Gestade wie vor Anker. In einem ist das Schiffsvolk wach und zündet silberne Laternen an. Sie glimmen hervor, umschwellen die Ränder, die geschweiften Borde, und in ihrem blassen Abschein ruhen ringsumher die andern. Die Segel hängen still herab. Jetzt überstrahlt sich das Gewölk. Der Mond, der Mond. An meiner Wand erwacht das bleiche Schlummerbild des Fensters.

Vier Uhr.
Es schlägt im Turm. Soll ich eine Kerze suchen und Licht machen oder im Schein des Mondes weiterschreiben? Die Lampe hat kein Leben mehr. Drei Stunden fort, während ich glaubte, ich hätte die Feder ein paar Augenblicke sinken lassen! Zeit ist ein Wahn, und vieles ist ein Wahn. Nein, alles ist ein Wahn, nur eines nicht. Und dieses Eine duldet meinen Schlummer nicht.
Was ist Therese? Armes Mädchen. Du bist es nicht, die mich so tief bewegt, du nicht. Aber du hast es mir gebracht. Ich war allein und wollte allein bleiben, ja, ich war stolz auf meine Einsamkeit. Da kamst du und nahmst sie von mir weg. – Darf ich nicht bleiben, der ich war? Muß ich hinunter in die Dunkelheit des Lebens? Warum faßt mich, wenn ich an dich denke, ein unbegreifliches Mitleid an? Nein, nein, ich will kein sicheres Leben mehr!

Fünf Uhr.
Die Kerze brennt. Der Mond ist weggezogen. Im Westen hängt er still wie eine trübe, gelbe Flamme. Die Nacht ist krank. Man spürt ihr nahes Sterben. – Es ist nichts Wunderbares, das nicht vergehen müßte. Leb wohl, du altes, wunderbares Wesen! Leb wohl, du Seligkeit des alten Herzens! Leb wohl, du schöne Gegenwart! Du stirbst und stirbst, dein Sein ist nichts als Tod. Was läßt sich halten in dem Lauf der Dinge? Sie weichen nicht nur ferner, sie vergehen alle. Das Herrlichste ist einzig herrlich durch den Tod. Und wäre dieser Tod nicht, dann wäre auch kein Leben. Aber wie der Schatten nie das Licht berührt, so kann der Tod das Leben nie berühren. Das Leben? Wer es kennen dürfte! Ich weiß nur: es ist mehr als ich.

Nach sechs Uhr.
Die Dämmerung entstellt die Nacht mit grauer Totenfarbe. Wie nüchtern kommt der Tag! Die Träume, die mein Herz umgaukelten, sind weg. Der Sinn ist kalt und eng und reicht nicht mehr hinaus. Was ist der Rest von allem Wunderbaren? Oh, mir ist bitter bis ins Herz hinab. Ich sehne mich. Ich will Therese wiedersehen.

Torheit des Herzens

Es trieb mich zu Franz nach Gandorf. Er war nicht zu Hause. Die Nachbarin sagte, er sei vor wenig Augenblicken den Fußweg nach W. hinaufgegangen. Ich trabte den Weg hinaus, durch die dunkellilafarbenen Felder. Wo sich der Pfad durch einen kleinen Hohlweg zwängt, stieß ich auf Franz. Er hatte die Böschung erstiegen und focht mit einem Stekken, den er am Wege aufgelesen, gegen ein Distelfeld. Ich näherte mich geräuschlos und sah ihm eine Weile zu, wie er, den Rücken gegen mich kehrend, weit ausholte und wie die Distelköpfe flogen. Mit einmal ließ er ab und rief: „Köpf deine Disteln selber, Zeus!“ Und damit warf er den Stecken hinter sich in den Hohlweg hinab, wo ich nach ihm haschte und ihn zu fassen bekam, während ich ein plötzliches Lachen unterdrückte. Franz mochte, indem er sich wandte, den Schein meiner Bewegung wahrgenommen haben, denn er riß sich plötzlich herum und erkannte mich.

„Matthäus!" rief er, „welcher gute Geist führt dich hierher?"

Und mit großen Sätzen sprang er den Hang herab und faßte meine Hand und schüttelte sie.

„O Kerl", begann er wieder, „wenn du nicht wärest in der Welt!"

„Was ist?" fragte ich, da ich ihn nie so ungewöhnlich gesehen hatte. Denn durch sein Lachen und das Funkeln seiner Augen drang der Schein der inneren Bewegung.

„Es gibt Zeiten, wo es einem hundeschlecht zumut ist", sprach er. „Was kann man da anderes tun, als Disteln köpfen? Aber du bist da, das freut mich. Komm, wir wollen mitsammen nach W. hineingehen und unsere Armseligkeiten zusammen kaufen!"

Wir gingen also. Jeder fühlte des andern aufgerütteltes Wesen; aber wir taten nicht, als wäre uns danach, und sprachen kreuz und quer von vielerlei Dingen. Als wir durch den Wald anstiegen, verstummte unser Reden langsam, indem sich jeder zu sich selber wandte und mit seinen eigenen Gedanken fortschritt. So erreichten wir die Höhe des Pullenberges, gingen quer über eine weite Wiesenfläche, durch einen Hohlweg ein Stück abwärts bis zu einer Stelle, wo auf vorgerückter Bergesbrüstung eine wohlummauerte Kapelle stand. Viele Stufen führten von der Straße aus hinauf. Wir stiegen empor, drückten die Gittertür ein und sahen in die graue Weite.

Unten lag W. inmitten schöner Bäume. Dahinter zog das Moos stillfarbig, trüb und dämmernd ins Unendliche hinaus. Am Himmel lag ein hohes, unbewegliches Gewölk. Es fing zu dunkeln an. Rings war eine Stille, daß ich glaubte, das Land, der Himmel, alles was ich sah, beginne lautlos in den grauen Schoß hinabzusinken. Zu unseren Häupten ra-

schelte es dann und wann im Lindenbaum, und gelbe Blätter fielen wie ein mattes, feuerfarbenes Geriesel durch die Zweige auf den grünen Hang hinab.
„Franz", sprach ich nach langem Schweigen, „geh du allein hinunter. Ich habe nichts zu besorgen in dem Markt und will dich hier erwarten." Er nickte, und ich geleitete ihn die Stufen hinab. Inmitten blieb ich stehen und sagte:
„Möchtest du eine Frau besitzen, Franz?"
Franz sah mich an, durchdringend und lange, und reichte mir dann plötzlich die Hand.
„Du hast den Punkt getroffen", sprach er. „Hier windet sich der Fisch am Eisen –"
Indem er zögerte weiterzusprechen und mir nur düster in die Augen sah, erscholl vom Hohlweg her das Schnauben eines Rosses, das Knallen einer Peitsche und das Ächzen eines Wagens, und ein Bauerngefährt rollte aus der Dunkelheit hervor. Eine Stimme aber rief uns an:
„Aufsitz'n, Herr Lörrer, aufsitz'n!"
Der Zuruf galt Franz.
„Später!" raunte er mir zu und war mit einem Satz über die Straße und schwang sich kraftvoll und gelenk zu dem Fuhrmann empor. Indem er mir winkte, setzte das Pferd sich in neuen Trab, der Fuhrmann schwenkte das Hütchen, und das Gefährt rollte die gewundene Straße hinab.
Gedankenvoll erstieg ich wiederum die Brüstung der Kapelle und lehnte mich über die Mauer. Die Landschaft versank vor meinen Augen, ich blickte in leere Fernen hinaus. Mein Herz war bei Therese. Wieder, wie jede Stunde im Tage, waren die Bilder der jüngsten Vergangenheit vor mir und traten wechselnd, sich mit warmem Licht erhellend, aus dem Dunkel. Und wieder sah ich das Mädchen das dämmerige Angesicht von mir abwenden, fühlte ihre Hände aus den meinen gleiten, und nun schritt sie fort, in den Regen und in die Nacht hinein. Aber solange ich stand, ihre dunkle Gestalt entschwand nicht meinen Blicken, und der Klang ihrer Schritte tönte immerfort. Es war mir, als wanderte sie immer noch seit jener Stunde, auch jetzt, in diesem Augenblick

noch, immer ferner von mir und immer näher. Da fühlte ich, daß ich mein Leben nicht von ihrem trennen könne und daß es mich dieselbe dunkle Straße zog.

Nach einer Zeit des Brütens und Sinnierens vernahm ich auf den Stufen ein Geräusch und erkannte Franzens Gestalt. Im Dämmerlicht stieg er rasch und leicht empor.

„Warum bist du umgekehrt? rief ich ihn an.

„Ich bin nicht umgekehrt", entgegnete er.

„Nicht umgekehrt?"

„Ich komme vom Markte herauf und habe meinen Plunder bei mir."

„Das ist nicht möglich. Ich bin nicht mehr als eine Viertelstunde hier gelehnt."

„Eine Stunde, Matthäus. Gehen wir nun."

Wir schritten mitsammen in den Hohlweg hinein, wo uns die Dunkelheit umgab. Es raschelte über uns in den Kronen, und unsere Füße raschelten wiederum im abgefallenen Laub. Eine Zeitlang gingen wir schweigend nebeneinander. Dann streifte mich Franz mit einem Blick und sprach: „Liebst du, Matthäus?"

Ich gab ihm keine Antwort, und er redete wie mit sich selber weiter: „Du liebst und fühlst dich enge. So trifft uns auch hierin das gleiche Schicksal."

„Wie", rief ich, meinen Schritt verhaltend, aus, „wie, Franz?"

„Ich leide daran und bin durch diese Dinge nicht hindurch", entgegnete er ernst und mit gedämpftem Ton, „und werde schon deshalb nichts darüber sagen. Allein auf deine Frage sollst du Antwort haben. Ob ich ein Weib besitzen möchte? – Nein."

„Dies Nein bedeutet nichts, wenn du es nicht erklären kannst", begann ich wieder.

„Ja, wenn es zu erklären wäre", gab mir Franz darauf. „Ich fühle, ich weiß, wir haben etwas mit dem Weib zu schaffen, etwas, was mit dem Mann in uns zusammenhängt. Aber, aber, Matthäus –"

„Siehe, ich habe meinen Körper gestählt und alle Weichlich-

keit bekämpft, ich habe mich nicht zufrieden gegeben, ehe nicht alle meine Muskeln hart und mein Sinn so frei geworden, daß ihm das Wort Bequemlichkeit verächtlich klingt. Und ich liebe die Gesellschaft der Männer, der rauhen Männer, die nicht viel sagen und sich nicht merken lassen, was in ihnen ist. So wollte ich am liebsten ein Soldat sein und mit den wackern Burschen, meinen Kameraden, bei Tag und Nacht im Felde liegen, heut in der Ackerfurche, morgen unterm Wurzelwerk des Waldes. Aber jene andere Welt, die weibliche, ist da. Sie hat Lockungen, die mir nichts gelten. Allein wir sind an sie gebunden um unserer selbst willen, um das erst recht zu sein, was wir sein sollen. Das spüre ich wohl. Und dennoch kann ich nicht neben einem Weibe sein, nicht ihre trunkenen Augen sehen, noch ihre weichen Arme spüren und nicht mit einstimmen in dieses Gekose und Geschmeichel liebender Geschöpfe – ich mag auch nicht von Liebe irgend reden hören. Und gleicherweise will ich nicht in einem wohlgewärmten Heim mit einer Frau beisammenhocken und mir den guten Ofen loben, wenn es draußen stürmt. Es ist etwas am Weibe, etwas Verwegenes, ja Rücksichtsloses, Großes, das zieht mich an, das hält mich fest mit magischer Gewalt. Aber um dessentwillen will ich nicht alles das ertragen, was noch sonst an Weibern ist und was die Dichter so an ihnen rühmen und was so weiblich ist wie jenes andere. Nein, mein Geselle ist ein Mann."
„Franz", entgegnete ich, „kennst du das grenzenlose Verlangen, das Leben zu mehren, zu erhöhen, ganz zu machen? Ist dir nie, als lägest du gebunden darnieder und könntest dich herrlich regen, wenn dir die Fesseln abgenommen würden? Ist dir nicht, als könntest du vertausendfacht das sein, was du zu sein begehrst? Manchmal schlägt eine große Woge heran. Dann werden alle Geister wach, dann fühlt das Herz die eigene Unendlichkeit. Das Leben ist grenzenloser Steigerung fähig. Und mich drängt es, das Herz des Lebens zu erreichen und das Innerste der Welt. O welch ein kindischer Betrug, wenn wir uns Männer wähnen, die in solchen Ämtern stehen und solche Rechte, Pflichten, solche Ehren zu

erlangen haben! Franz, Franz, ich fühle mich als ein Organ des Lebens, als ein vom ewigen Hammerschlag getroffenes Beckenrund, das tönt und tönt und bebt und zittert. Nein, das Gleichnis reicht nicht aus, um mich dir zu erklären. Aber ich suche die Mitte, die Achse und den Angelpunkt der Welt. Wo ist er? Wo lockt das Leben am gewaltigsten? Wo anders werde ich ihn finden als im Weib? In diesen Tagen geschieht mir Gewalt. Ich fühle mein altes Leben erschüttert. Ich will und will nicht und erkenne, daß ich muß."

„Erkläre mir!" sprach Franz mit finsteren Brauen.

„Ich will, ich muß mein Mädchen wiedersehen", brach es aus mir hervor. Und nun erzählte ich Franz von dem heimlichen Besuch Theresens.

„Ist sie so nahe", entgegnete Franz, „so wird sie manchmal von zu Haus entrinnen können. Dann lauf ihr entgegen, gegen S. zu liegen einsame Täler, Höhen und Forste."

In diesem Augenblick schoß mir ein Blitz der Hoffnung auf, gleichzeitig warf sich ihm ein jäher Widerstand entgegen, und mitten im nächtlichen Walde stand ich im Wetterleuchten meiner eigenen Seele. Ich sah Therese über Höhen mir entgegenkommen, ihr Antlitz von der letzten Sonne überflossen, schon schlug mein Herz nach ihr – da trat die Gestalt des Vaters zwischen uns beide, und seine Worte klangen aus dem Grunde der Erinnerung herauf: „Was Sie auch tun, Sie tragen die Verantwortung dafür." Ihn hintergehen? Heimlich uns zusammenschleichen?

„In ihrem Hause, am gleichen Tische mit dem Alten, dort wirst du sie nicht finden", sagte Franz.

„Nein", rief ich heftig aus, „das eine nicht und nicht das andre! Ich hasse alle Heimlichkeit. Und lieber beiß ich auf die Zähne."

„Gut denn", versetzte Franz, „tu, wie du kannst!"

Und damit ließ er die Rede sinken und strebte schweigend voran. Wortlos legten wir den Rest des Weges zurück. In Gandorf verließ mich der Begleiter.

Es war völlig Nacht geworden. Im moosigen Tale kroch der Nebel. Die Wälder standen in unsagbarer Schwärze da. Wei-

ße Blumendolden schimmerten vom Raine her. Ich zog durch die Stille dahin. Über mir waren die Sterne. Sie hatten an diesem Abend ein mattes bleiches Licht. Von Zeit zu Zeit strich eine kühle Luft vom Walde her. An den Sümpfen blieb ich stehen. Sie lagen unbewegt und spiegelten den Himmel und die Sterne. Eine Grille zirpte noch. Ihr Ton klang mir betäubend in die Ohren.
Da überfiel es mich. Die Erde seufzte. Sie sehnte sich, und alle Welt war voll von Sehnen. Die Lockung Franzens klang mir ohne Unterlaß im Ohre. Ich lauschte ihr. Ich wehrte mich nicht mehr.

Nebelfahrt

Allerseelen nahte mit seinen Nebeln. In den Lüften stand das graue Nichts. Häuser und Bäume traten wie Schemen hervor, versanken wieder wie Schemen. Die rote Glut der letzten unentlaubten Buchen schwebte lautlos in der Öde.
In der feuchten Enge brannte mein Herz. Meines Bleibens war nicht mehr in Abenberg. Ich eilte auf die Höhen, ich lief durch die Schläge, als ob ich zu Therese liefe. Von Tag zu Tag, von Stunde zu Stunde wuchs mein Verlangen. Therese blieb stumm, kein Ton schlug an mein Herz. Feurige Blätter fielen und fielen wie Schatten durch die Stille.
Da kam Franz. Ich lief ihm entgegen und faßte ihn am Arme. Er sah mich an und wußte, was mit mir war.
„Ich komme wegen der verfluchten Notdurft“, sprach er grimmig, wie um mich abzulenken. „Mein Brennöl ist zu Ende. Wir müssen nach S. Fährst du mit?“
Es war, als wäre ein großer, heller Blitz durch den Nebel gegangen. Wenn es das Schicksal wollte, traf ich Therese allein zu Hause an. Wenn es das Schicksal wollte ... nein, das Schicksal mußte! Es mußte, weil ich mich verzehrte.
Im Stalle unter dem Gerümpel fanden wir eine Ölkanne. Wir untersuchten sie, sie schien uns ganz, wir packten sie in unsern Rucksack.

Den anderen Morgen war ich bei Franz in Gandorf. Wir saßen auf unsere Räder und fuhren ins Grau hinein. Ringsum Nebel und Nebel. Wir fuhren die regungslose Flucht entlang, ohne Aussicht, ohne Umgebung, nur dann und wann vom Schatten eines feuchten Baumes gestreift. Dörfer tauchten empor und gingen unter. Eintönig lief das Rad, endlich kam S. Wir liefen umher und besorgten unsere Dinge, verzehrten unser weniges, es wurde Abend. Ich ging mit klopfendem Herzen nach Theresens Wohnung. Das Haus trat aus dem Schleier hervor, an einer dunklen Türe blinkte das Schildchen mit des Vaters Namen. Bebend zog ich die Klingel, ich hörte sie innen schellen. Aber ich lauschte vergebens. Kein Schritt erscholl, kein Schlüssel klirrte im Schlosse.

Erschöpft, verödet, verlassen stand ich da. Im Schmerze der Verzweiflung griff ich in die Klinke und drückte unter Aufwand aller Kräfte gegen die eichene Türe. Allein sie widerstand.

Da wandte ich mich ab.

Franz blickte mich an, wortlos und lange. Dann fuhren wir.

Der Nebel ward grauer und dichter, er stand wie eine Mauer. Die Nacht brach ein, die Feuchte fiel auf uns. Am Gabelgriff erstarrten mir die Finger. Nichts, nichts und immer nichts, stundenlang! Die Sinne wurden uns irre. Therese war unendlich fern.

Nach einer langen Zeit, als unsere Kräfte schier zusammenbrachen und unsere Knie aus den Gelenken wanken wollten, erreichten wir eine Höhe, die im Wesenlosen lag. Wir fühlten nur, es ging vor uns hinab. Wir saßen auf und standen in den Bremsen. Allein meine Augen waren wie tot. Ich sah einen Schatten neben mir, der mit den Armen weitaus griff. Franz schrie in meinem Rücken auf, ich stürzte. Im weichen Ackerboden fand ich mich wieder. Irgendwo lag mein Rad. Ich tastete umher und fand es. Dann schleppte ich mich eine Böschung hinauf. Oben harrte Franz auf mich.

Er faßte mich an, wie man einen Verlorenen und Wiederge-

fundenen umfaßt. Aus seiner Gegenwart schöpfte ich die Kraft, mich wieder aufzuschwingen und weiterzurackern.
In tiefer Finsternis kamen wir an, hungrig, stumm, in gänzlicher Erschöpfung. In Franzens Küche ließ ich den Rucksack von den Schultern gleiten. Ich sah, daß er aufgerissen war. Der Stöpsel an unserer Kanne fehlte, das ganze Öl war ausgeströmt.
Franz sprach ein kurzes, aberwitziges Wort. Da lachten wir wie Kinder auf.
Im Licht der Kerze standen wir einander gegenüber. Unsere Angesichter waren bleich und eingefallen, die Augen standen übergroß und glänzend in den Höhlen, die Haare klebten strähnig auf der Stirne.
Franz machte Feuer und kochte Tee. Die Wärme durchrann uns wie der Odem des Paradieses. Der Tee erweckte unsere Geister. Unsäglich überkam uns das Gefühl des Augenblikkes. Ich sah in die Flamme der Kerze, die ungewöhnlich hoch und steil emporstieg, wie eine Lanze, die zum Himmel sticht.
„Therese!" rief ich plötzlich.
„Hermine!" antwortete Franz im nächsten Augenblicke. Er warf sich auf, ich stand vor ihm, wir faßten uns beide an den Armen, lachend und erschüttert, und rüttelten uns mit unseren letzten Kräften.
In später Stunde kam ich heim. In der Stalltüre steckte ein Brief. Ich nahm ihn hinauf und machte Licht. Es waren Theresens Schriftzüge. Ich riß den Umschlag auf. Therese schrieb:
„Matthäus, Matthäus, was ist mit uns geschehen? Ich sehne mich und kann die Sehnsucht nicht bezwingen. Ich laufe hinaus, mir ist, du kämest, und ich sehe dich. Mir ist so bange, ob ich dich nicht verfehle –"
Etwas wie Widersinn umschwankte meine Stirne. Der Brief entglitt meiner Hand und fiel zu Boden. Von meinem Stuhle fiel ich vorne über auf die Arme und entschlief.

Zwei Frauen

Der Samstag vor Allerheiligen war da. Das Fest der Entschlafenen, das Fest der Entrungenen stand vor der Türe. Der Himmel öffnete sein Auge nicht, das tiefe Schweigen wollte sich nicht lösen.

Niemand rührte sich in Abenberg um der armen Verstorbenen willen. Die Blumenbüschel an den Gräbern standen wild und dürr, und so ließ man sie stehen, bis der Frost sie schwärzte.

Ich fühlte durch alle Unruhe die Toten an mein Herz pochen. War nicht mein Vater auf jener fernen Wanderschaft begriffen, die den Verschiedenen zuteil wird? Lagen nicht Freunde meiner Jugend unterm Rasen? Es zog mich auf den Friedhof.

Ich ging durch die schwarzen, rostenden Kreuze, die in der kalten Feuchte standen, ich ging um den Kirchhof und stieß auf Mechthild. Sie kniete im Grau und grub die Erde auf. In der öden Stille war die Schönheit ihres Körpers feierlich wie ein Geheimnis. Ich stand, ich sah mit schweigender Verwunderung dem Weibe zu, das Herz schlug mir empor.

Dies war die Gefährliche, die ich meiden sollte?

Sie spürte, daß jemand da war und auf sie blickte und wandte sich um.

„Ihr seid's?" fragte sie. „Warum schaut Ihr mich an?"

„Weil ich verwundert bin. Was tut Ihr hier?"

„Ich richte das Grab."

„Liegt hier ein Verwandter von Euch?"

„Nein – aber es könnte einer hier liegen."

„Wem gehört das Grab? Es ist ganz verfallen und verkommen."

„Ich weiß es nicht. Aber mein Vater liegt in eben einem solchen Grab, obwohl er mich verflucht hat. Und ich will ihn gerne lösen."

Mir ging es seltsam wie ein Schauder über den Rücken.

„Mechthild –", sprach ich zweifelnd.

Sie erhob sich von der Erde, trat auf mich zu, indem sie die

Hände, die voll Erde klebten, von ihrem Kleide seitab hielt, und sprach:
„Ich habe auf Euch gewartet. Es ist mir lieb, daß ich Euch wiedersehe."
Ihr Angesicht leuchtete warm und braun aus dem Schleier des Nebels wie eine Frucht, die durch den Duft des Herbstmorgens blinkt. Ihr Auge lockte, und das Lächeln schwebte wie ein Hauch um ihre Lippen. Ihr Haar war taubenetzt.
Ich schwieg und wollte eher rückwärts gehen.
„Schullehrer", fuhr sie fort, „Ihr seid nicht mehr der, der Ihr im Anfang wart."
Bei diesen Worten ging mir ein Erschrecken über, und ich wich von meiner Stelle.
„Ja, sehet mich an", sprach sie, „es ist so. In Euren Augen steht ein Licht, es ist kein freudiges. Ich kenne das wohl. Und so sag' ich Euch, wenn Euch ein Rat von mir gut ist, laßt Euer Herz nicht über Euch Herr werden!"
„Was sind das für Reden, Mechthild!" rief ich abwehrend. „Wer gibt Euch ein Recht dazu?"
„Recht?" sprach sie lächelnd. „Nein, Schullehrer, so müßt Ihr nicht reden. Aber ich sag's Euch zum zweitenmal: Laßt Euer Herz nicht über Euch Herr werden. Ich kenne diese schmalen, spitzen Züge. Es nimmt einen Weg mit Euch, der nicht gut ist."
„Mechthild!" rief ich wiederum und strenger.
„Nehmt es an oder nehmt es nicht an", sprach sie mit stolzer Stimme. „Wenn Ihr nicht merkt, daß ich mein Vertrauen auf Euch gewendet habe, so soll es mir leid tun. Ihr seid noch jung, und dennoch halte ich Euch wert. Verdient Ihr es nicht, so seid Ihr nicht der erste, den ich hinter den Zaun geworfen habe."
Sie nahm ihre Arbeit wieder auf, und ich ging. Aber an der Kirchentür fühlte ich meinen Schritt gehemmt. Die Stille der Kirche zog mich hinein. Ich kniete in die letzte Bank und blickte ruhend und andächtig zum Altar hin. Der heilige Michael stand immer noch mit derselben Gleichmütigkeit auf dem Hals des Drachens und neigte die blanke Stirn, den

schnaubenden Rachen des Ungeheuers teilnahmlos betrachtend. Davor, in der schwebenden Ampel, kämpfte das Flämmlein des ewigen Lichtes mit dem Erlöschen.
Als ich nach einer Weile die schwere Kirchentür aufdrückte, ward mir ein Anblick, der mir die Lähmung freudigen Erschreckens in die Glieder warf, daß ich wie angewurzelt in der Dunkelheit des Vorzeichens stehenblieb.
Therese stieg langsam mit gesenktem Haupte die Stufen des Schulhauses herunter, lautlos wie ein graues Nebelbild, kam durch den Garten gegangen, öffnete die Tür, blieb unschlüssig stehen, hob die Augen und blickte gerade auf mich her, daß ich glaubte, sie müßte mich entdecken, und wandte ihr Angesicht zur Seite.
In diesem Augenblick trat Mechthild seitwärts hinter einem Grabkreuze hervor, die Hacke und den Spaten auf der Schulter und einen flachen Tragkorb in der Hand, und trat unter den Eingang zum Friedhof. Therese stutzte wie ein Reh, ließ ihre Augen nach der ruhig schreitenden Gestalt hinübergehen, daß sie einen Augenblick sehr dunkel glänzten und dann in seltsam hellem Grau erglommen.
Mechthild verhielt den Schritt, das Mädchen mit Verwunderung betrachtend, das, unschlüssig, wohin es sich wenden sollte, in seinem grauen Mantel ihr gegenüberstand. Da trat Mechthild näher und sagte: „Suchet Ihr hier wen?"
Theresens Antlitz färbte sich dunkel. Ihre Augen waren fragend und zweifelnd gegen Mechthild aufgeschlagen, und sie antwortete zögernd: „Ja –"
„Wenn es der Schullehrer ist", sprach Mechthild wiederum, „so ist der Gesuchte nicht weit von hier. Denn ich habe vor wenig Zeit mit ihm gesprochen."
„Im Schulhaus ist er nicht", entgegnete Therese. „Es rührt sich nichts darinnen."
„Das ist seltsam", entgegnete Mechthild. „Ich glaubte, er wäre heimgegangen. So ist er auf einen Spaziergang aus, und wenn Ihr nicht aufs ungewisse hin ihn suchen wollt, so müßt Ihr warten, bis er zurückkehrt."
„Das kann ich nicht", sprach Therese mit sinkender Stimme.

„Ich muß mich ohne Säumen auf den Heimweg machen."
„Wieso das?" forschte Mechthild.
„Weil es fünf Stunden Weges sind und ich zu meiner Stunde dort sein muß."
„So seid Ihr auch denselben langen Weg hierhergelaufen?"
Therese nickte.
„Und auf gut Glück, und nur um eines Augenblickes willen?" Das Mädchen sah zur Erde.
Da ließ Mechthild den Korb in den Rasen sinken und ergriff Theresens Hand. Sie neigte Ihre Stirn über Theresens Scheitel. So blieb sie eine Weile stehen, wie tröstend und beschützend. Endlich ließ sie die Hand des Mädchens los und sagte: „Geht Ihr jetzt heim?"
„Ich werde müssen", versetzte Therese.
„Und ist es Euch recht schwer ums Herz?"
Therese sah zu ihr empor und wandte dann ihr Auge in die Ferne.
„Geht! Geht in Gottes Namen!" sprach Mechthild. „Denkt, Ihr hättet ihn getroffen und wandert mit diesem Gedanken heim." Sie hob die Hand, wie um sie auf Theresens Schulter zu legen, ließ aber ab und griff nach ihrem Korb. Und nikkend und lächelnd schritt sie hinweg, mit warmen Augen noch zum Abschied grüßend, und Therese stand betroffen still und blickte ihr nach.
Da trat ich lautlos aus dem Vorraum hervor und ging längs dem Rasen nach der Friedhofstür, und als Therese sich zum Gehen wandte, stand ich vor ihr. Sie sah mich, schrak zurück und stand dann wie gebannt. Ich nahm sie bei der Hand und sprach: „Therese, Therese! Bist du es wirklich?"
Ihr starres Staunen löste sich in einem Lächeln.
„O Matthäus", rief sie, „du? Ich habe dich gefunden."
„Ist's wahr, du kannst nicht bleiben?" fragte ich.
„Es ist Zeit, hohe Zeit, daß ich gehe", raunte sie. „Der Vater ist über Land. Aber er kehrt am frühen Abend heim. Er darf nicht wissen, daß ich mich fortgeschlichen habe."
„So laß uns gehen", sagte ich. „Ich will dich begleiten, bis wir die Lichter von S. im ersten Abenddunkel erblicken."

Sie faßte meinen Arm und schickte sich an zu gehen, blieb aber nochmals stehen und sprach: „O sag, Matthäus, wer war jene Frau, die mit mir sprach?“

„Mechthild heißt sie“, erwiderte ich. „Mehr weiß ich nicht von ihr.“

Wir gingen. Theresens Augen leuchteten auf.

„Das wird ein schöner, schöner Heimweg!“ rief sie fröhlich. –

Stunden um Stunden zogen wir durch die neblige Welt. Das Grau umhüllte uns allmählich dichter, und bald war es ungewiß, ob es nur das Zittern der trüben Schleier war, was sich vor unsern Augen wirrte, oder ob die erste Dämmerung schon still herabsank. Da blieb Therese auf der öden Straße stehen.

„Kehre jetzt um, Matthäus“ bat sie.

Ich schüttelte das Haupt. Eine unsägliche Bangigkeit bedrängte meine Brust, und der Gedanke, mich von ihr zu trennen und einsam viele Stunden in mein leeres Schulhaus heimzulaufen, kroch mir wie Übelkeit und Schwindel aus der Brust zum Haupt empor.

„Wie soll ich von dir gehen?“ fragte ich mit erloschener Stimme.

Da fing das tapfere Mädchen plötzlich an zu zittern.

„Ohne Hoffnung, dich wiederzusehen?“ fuhr ich fort.

Sie umfaßte mich, daß das Beben ihres Körpers auf den meinen überging.

„O, ich will es dir sagen“, flüsterte sie heiß und ängstlich. „Ich kann es nicht länger ertragen, so nahe bei dir zu sein, alle Wege zu wissen und nicht zu dir zu können.“

Franzens Ratschlag zuckte in mir auf.

„Wenn wir uns heimlich träfen im Walde“ – stieß ich hervor.

„Matthäus!“ rief sie leise und erschrocken. „Du sagst, was ich mir viele Nächte ausgedacht. Der Vater reist jeden Samstag zur Mutter heim und bleibt über Sonntag fern. Ich darf ihn begleiten oder auch zurückbleiben.“

„Und –?“ fragte ich mit stockendem Herzen.

„Ich werde bleiben, bleiben und dahin laufen, wo du mich erwartest."
Wie wenn in dunkler Nacht ein breiter Lichtstrahl über das öde Gelände fällt, so brach die Hoffnung in mein Herz herein. Ich riß Therese an mich und lachte leise in die Dämmerung hinaus. Und flüsternd nannten wir uns einen Ort, wo wir uns über wenig Tage treffen wollten.
„Leb wohl!" rief ich Theresen zu. „Leb wohl!" gab sie mit froher Stimme wieder. Und mit erneuten Kräften schritten wir von dannen, ein jedes einem andern Ziele zu.
Die Nacht fiel ein, ich wanderte und fühlte nicht die Erde unter meinen Füßen. Mein fernes Dorf, mein leeres Schulhaus erschien mir nun von hellem, warmem Lichte überhaucht. So lief ich weiter, über Höhen weg und durch die Finsternis der Wälder. Und endlich trat ich in mein Tal hinaus. Im Nebel schwamm das Dorf. Ein einzig Lichtlein brannte. Es war am äußersten Ende in den Gärten. Dort stand Mechthildens Haus. Sie war die einzige, die noch um diese Stunde wachte.

Liebesnot

Der Sonntag Allerheiligen brach an. Die Leute kamen in ihrer Festtracht, in all ihrer rauschenden Pracht. Mit den Gandorfern langte auch Franz an und übernahm den Orgelpart. Nach dem Gottesdienste sah man die Betenden an den Gräbern umherstehen, brennende Wachsstöcklein in den Händen. Still standen Männer und Frauen vor den verwilderten Hügeln, deren Blumenbüschel im Frost verbrannt waren und steif und dürr emporstanden. Ein mildes Grau umgab die schweigenden Gruppen, die Pracht der Gewänder schimmerte matt, die Luft war unbeweglich, und die Kerzen brannten ruhig.
Ich ging hinauf in meine Kammer. Franz war mit den Gandorfern in das graue Tal hinausgeschritten. Am Fenster ließ ich mich nieder und sah in die Stille der Landschaft. Nichts regte sich darinnen, lautlos in sich versunken lagen die Hö-

hen und Wälder. Aber in mir war das Verlangen wach und trieb und drängte mich, hinaus in das verhüllte Land zu laufen.
Der Tag verging, die Woche verging. Wie die grauen Perlen einer Kette reihte sich Tag an Tag, mattfarben, aber doch mit schön gedämpften Widerscheinen spielend. Da kam der Sonntag, und ich war bereit, Therese an bestimmter Stelle aufzusuchen.
Auf dem Wege nach Mooskirchen, gleich nachdem man durch einen Hohlweg gegangen und den Wald verlassen hat, erreicht man eine hölzerne Kapelle. Ein kleines Vordach schützt die Betenden vor Sonnenschein und Regen, allein die Säulen, die es tragen, sind vermorscht und drohen stündlich einzubrechen. Im düsteren Kapellenraum erhebt sich Christus an der Geißelsäule, ein Bildwerk, ganz mit Staub bedeckt, durch den die roh bemalten Wunden leuchten.
Hier war die Stelle, wo Therese mich erwarten wollte. Und als ich aus dem Hohlweg trat, fand ich sie unterm Vordach der Kapelle sitzen und auf den nebelgrauen Wald hinüberblicken, der wie ein Mantel über einen flachen Höhenzug herniederfiel.
Als sie meine Schritte hörte, blickte sie auf, errötete freudig, erhob sich und kam mir entgegen. Wir legten unsere Hände ineinander und folgten der Straße bergaufwärts in der Richtung des Heimwegs. Kaum daß wir fühlten, wie wir uns gefunden, so drang uns das Bewußtsein in das Herz, daß es ein Gang zum Abschied war, den wir begonnen. Die Stunden entrannen im Schreiten, der Abend mußte kommen, und wir mußten irgendwo und bald uns trennen. Dann drängte sich eine neue Woche zwischen uns. Und war es denn gewiß, daß wir uns wiedersahen? Unwetter, Kälte und Sturm, die rauhen Boten des nahen Winters, konnten uns Wege und Stege sperren, der Vater konnte etwas planen und die Tochter um sich haben wollen, der eine einzige Tag, die wenigen köstlichen Stunden waren von allen Seiten gefährdet, und fürchtend hingen wir an einer ungewissen Hoffnung. So schritten wir in unserer armen Torheit unseres

Weges weiter, der unerbittlich nach dem einen Ziele ging, und faßten unsere Hände immer fester. Selten sprach eines ein Wort.

Die Straße führte uns durch hohen Wald. Der spätherbstliche Hauch hing in allen Zweigen und schauerte durch die Stämme. Durch die große Stille klang manchmal der Schrei eines Hähers. Wenn wir den Wald verließen und über einen breiten Höhenrücken hinwanderten, lag nebliges Land vor uns. Zuweilen zeigte sich ein Dorf, lautlos hingelagert und in weiche Trübe eingesponnen. Rückschauend gewahrten wir Wälder, die sich ins Tal hinab und drüben einen langen Höhenzug hinanwälzten. Dort hinter der dämmerigen Waldesflut lag Abenberg verlassen und einsam. Der Himmel lichtete sich in dieser Richtung ein wenig, und blasse Abendfarben sickerten durch das eintönige Gewölk. Wir kamen wieder in unterschiedlichen Wald und erreichten mitten darinnen eine Kiesgrube. Ich kannte sie, sie lag nicht weit von Mooskirchen.

„Es ist Zeit“, sagte Therese. „Der Tag neigt sich hinunter. Du mußt zurück nach Abenberg.“

Der Name weckte das Bild der verlassenen Kammer in mir. Leer sah ich alles um mich her und kalt. Schon wollte ich bitten, daß sie mich weiter und weiter an ihrer Seite gehen ließe; aber ich sah, daß es Betrug war, wenn ich glaubte, uns die Trennung dadurch zu erleichtern. Und darum zwang ich mich und sagte: „Ja.“

„An dieser Stelle wollen wir uns wiedersehen, wenn die Woche um ist“, lächelte Therese und bot mir ihre Lippen dar. Ich nickte, küßte sie und ging. Einmal sah ich zurück. Da stand sie am Rand der Kiesgrube und blickte mir wie etwas Verlorenem nach.

Meine Tage waren voll Unruhe, seit sich die Hoffnung, Therese wieder und wieder zu sehen, in meinem Herzen festgeankert hatte. Denn allzeit war mein Verlangen auf den ersten Tag der Woche hingerichtet. Die Einbildungskraft war geschäftig und malte das Wiedersehen in hundert Bildern aus, und alles, was das vollgedrängte Herz an Zeichen seiner

zärtlichen Gewalt vermochte, ward Stunde um Stunde in Gedanken wiederholt.
Kam aber nun der Tag heran und tat der letzte Morgen seine Tore auf, so legte sich eine wunderliche Stille über meine Sinne. Der Wunsch schien ganz erloschen, die unendliche Strebung des Herzens in ein anderes größeres Strömen, in den lautlosen Zug des Schicksals aufgelöst, darin es sanfter fortwallte. Das, was die Sehnsucht als goldene Frucht mit beiden Händen zu ergreifen meinte, zerrann wie Nebel vor dem Blick, was im verlangenden Sinne wirklicher als alles andere war, verlor die Wirklichkeit, indem es sich erfüllte.
So fühlte ich mich stets aufs neue mit Verwunderung des Handelns entbunden, geführt, gezogen, von einer höheren Gewalt gehandelt. Traumselig, verloren, ungläubig lief ich durch die Wälder hin, erklomm die Hügel, streifte auf den Pfaden, die Therese nannte, und es erschien mir, als sei es nur mein eigenes Wahngebilde, was ich hier suchte, und die Geliebte sei nicht in der Nähe. Der Turm eines nahen Dorfes schlug dann gelassen seine Stunde aus, dann und wann begegneten mir Bauern und sahen mich so ruhig an, als könnte das nicht sein, wonach ich strebte, und wenn ich die Waldecke erreichte, hinter der Therese sich mir zeigen mußte, dann blieb ich wohl betroffen stehen und wagte nicht zu hoffen, daß sich mein Glaube erfülle.
So war ich an jenem andern Sonntag, an dem sich der Himmel in reines, atmendes Blau, die Welt sich in mildes Sonnengold gewandet hatte, in staunender Beklommenheit an den Rand der Kiesgrube getreten, wo wir uns treffen wollten, und sah mich vergebens nach Therese um. Leise webend lag in den Stämmen der Sonnenschein, durch die kühle Stille zog ein Vogelton, lange Spinnfäden erglänzten manchmal in wundersamen Farben. Die Einsamkeit des Waldes hüllte mich ein. Die Bäume blickten mich an und schienen zu fragen: Du wartest hier? Wen erwartest du? Hier geht nur das goldene Licht auf schmalen Wegen aus und ein, hier zieht nur ein westlicher Lufthauch vorüber, hier fällt nur manchmal ein dürres Blatt.

Ich warf meinen Mantel zu Boden und lagerte mich. Gegen Abend wölbte sich der Himmel feierlich, schon zitterte der Hauch des Scheidens durch den Glanz der Sonne. Unendliches Schweigen erfüllte die Weite, die Wälder, die hinter mir in der Tiefe lagen, die leeren Gefilde, die über den breiten Bergesrücken in sanften Wellen nordwärts zogen. Da hörte ich unterhalb im Walde eine ängstliche Stimme rufen: „Mechthild! Mechthild!" Ich richtete mich auf und lauschte.

„Mechthild! Mechthild!" wiederholte sich der Ruf. Dann raschelte es nicht fern von mir am Saum des Waldes, Therese brach aus dem Unterholz und eilte rasch und ängstlich der Stelle zu, wo der Wald sich auftat und man auf Wiesen und Felder hinaussah. Ihr Antlitz war von mir abgewandt. Wie ein erschrecktes Reh lief das Mädchen quer über einen Acker hin, die Sonne fiel ihm ins Gesicht, es hob die blinkende Hand und schirmte sie über die Augen.

„Mechthild!" rief sie und hielt inne. In der Linken trug sie wohlverhüllt eine Laute.

„Therese!" rief ich. Da wandte sie sich um und gewahrte mich. Einen Augenblick später lag die Laute auf meinem Mantel im Grase, und Therese ruhte in meinem Arm.

„Oh, du bist da!" lächelte sie, mich unablässig mit den Augen trinkend. „Ich habe dich gefunden!"

Wir gingen tiefer in den Wald. Therese erzählte, sie hätte die verabredete Stelle vergebens gesucht und endlich den Namen Mechthild gerufen, um sich einem Fremden, der etwa um die Wege wäre, nicht zu verraten.

Mitten im Halbholz wählte ich einen Föhrenstamm aus, auf dessen breiter Wurzel es trocken und warm zu sitzen war, breitete meinen Mantel aus, und wir ließen uns darauf nieder. Lange saßen wir beisammen. Indessen sank die Sonne tiefer hinterm Walde hinab, flammte in Purpur auf und brach sich in tausend glühenden Strahlen. Die jungen Föhrenstämme waren in Blut getaucht, Theresens blasses Antlitz ward erfüllt von dem rötlichen Feuer, erblindend schloß sie die Augen. Ich betrachtete ihre Züge, in die der Schmerz seine heimlichen Zeichen gegraben hatte, ihre bleichen Lippen und ihr schmales Kinn.

„Therese, was soll aus uns werden?“ rief ich in plötzlicher Bewegung.

Sie lächelte, ohne die Augen zu öffnen.

„Bist du denn glücklich?“ fragte ich.

Da nickte sie stumm und immerfort lächelnd.

„Glücklich!“ sprach ich zu mir selber. „Was haben die Frauen für ein bitteres Glück!“

Langsam löste ich die Laute aus ihrer Hülle, stimmte die Saiten zurecht, und in das Strahlengespinst der untergehenden Sonne blickend, sang ich halblaut das Lied:

Mein Herz, tu nit erbangen
Und gib mir deine Händ!
Den Weg, den wir gegangen,
Den geh getrost zu End!

Zu End sollst du ihn gehen,
Auch wenn ich nimmer bin.
Der Wind muß weiterwehen,
Die Wolken weiterziehn.

„Die Laute sollst du mit in deine Kammer nehmen“, sprach Therese. „Darum habe ich sie mitgebracht. Nun ist die Sonne hinunter, und unsere kurze Stunde ist vorüber.“ –

Der November ging dahin. Die alte Ruhe und das alte Genügen waren entschwunden. Ich hetzte die Tage der Woche um etlicher armer Stunden willen, die ich bei Therese sein konnte und die mein Verlangen nicht stillten. Sie waren Trost und Hoffnung, solange sie winkten, Enttäuschung, wenn sie sich erfüllten, und Bitterkeit, wenn sie sich neigten. Wohin war ich geraten mit dem Kinde?

Allmählich gingen mir die Augen auf, daß ich erkannte, wie sehr wir unser Herz betrogen und wie das Herz uns wiederum betrog. Ohne Gestalt und ohne Ziel trieb unsere Liebe in ein zukunftsloses Land hinaus. Therese war verstummt und wie begraben unter ihrer Sehnsucht. Ich fühlte wohl, es ging

in ihrem Innern etwas vor; allein sie wollte sich nicht äußern.
Da kam mir öfter und öfter das Wort des Vaters in den Sinn, daß ich für alles, was ich täte, die Verantwortung zu tragen hätte. Und während sich ein banger Unmut in mir ballte, war ich entschlossen, diese Not zu enden. Aber meine Entschlüsse brachen sich an dieser wunderlichen Wirklichkeit, die wie ein Nebel hinzufließen schien und dennoch hart und unbeweglich wie ein Felsen vor mir lag.
Was sollte ich tun? Es gab kein Rückwärtsschreiten; denn Rückwärtsschreiten war soviel wie Flucht. Therese nicht mehr sehen? Torheit. Und war ich ihrem Herzen nicht verpflichtet? Doch vorwärts gab es nur das eine: Ehe!
Allein dies Wort durchfuhr mich wie ein Schreck. Ich fühlte allzu klar, daß ich ein Knabe war, der nicht von solchen Dingen reden durfte. Jetzt lag auf mir die Schwere eines wahren Schicksals, jetzt galt es, meine Kräfte aufzubieten, um in dem eigenen Leben festen Stand zu fassen. Aber ich konnte weder vor- noch rückwärts.
Da riß mich denn das Herz in jene Flut hinein, aus der sich niemand ohne Wunden rettet.
An einem schönen Sonntage, dem letzten im November, hatte Therese sich an den Waldrand herangewagt, der überm kleinen Moose, Abenberg zunächst, dahinzieht. Ich kam den Pfad über das Tal gegangen, sah einen Augenblick am Waldrand ihre Gestalt erscheinen und gleich darauf in das Dunkel der Bäume entschwinden. Raschen Fußes erreichte ich die Stelle, drang durchs Gestrüpp und fand sie im Dämmerlicht des Gehölzes stehen. Ihr Herz pochte, ihre Brust ging heftig. Ich zog sie gegen mich her. „Wir wollen uns sogleich auf den Heimweg machen“, sprach ich, sie von hinnen führend, „und wollen einen Weg verfolgen, den ich mir auf der Karte ausgesucht habe.“
So zogen wir durch den kahlen Wald und weiter über Höhen und durch Niederungen und durch unterschiedliches Gehölz. Als es sich auftat, lag in einiger Entfernung von uns auf einem schön gewellten Hügel St. Ursula, der höchste

Punkt im Umkreis, eine einsame Kirche, die sich über alle Ackerhöhen und Wälderzüge erhob.
Freundlich blinkte die Kirche im Glanz des scheidenden Tages. Die Sonne war eben hinunter, und der Westen erhob sich zu strahlendem Schein. Im Osten aber, wo ein metallener Dunst am Himmel schwebte, stand blaß und kümmerlich die Mondesscheibe. Eine süße Schweigsamkeit umfing die Weite der Landschaft. Abendwärts ruhten die Wälder und begannen langsam zu dunkeln.
„Mein Kind“, begann ich zu Therese zu sprechen, „mich drängt es diese Tage, unsere Zukunft zu erforschen, und ich kann es nicht ertragen, länger in der Not des Augenblicks zu verweilen.“
Bei diesen Worten machte Therese eine plötzliche Bewegung mit dem Haupte, die mir verriet, wie sehr ihr Herz betroffen war.
„Wir gehen nun mitsammen dahin, und unser Wandern ist ein ewiges Trennen und Auseinandergehen. Frißt nicht im Augenblick, da wir uns sehen, der Gedanke an den Abschied alle Freude, alle Ruhe weg aus unserm Innern? Und sollen wir wirklich weiterfahren, deinen Vater, der es redlich meint, zu hintergehen? Wohin, Therese, sollen diese Wege führen?“
Das Mädchen senkte die Stirne tief und sagte: „Ich habe nicht mehr gewollt, als das Gesicht sehen, das ich liebe, und weiter kenne ich kein Ziel.“
„Wenn wir es nicht enden, so wird es das Geschick zu Ende führen“, fuhr ich fort. „Wir sind an einer Stelle angekommen, von welcher aus man weder auf- noch abwärts steigen kann. Und solche Stellen sind gefährlich.“
„Gefährlich –“, wiederholte Therese. „Glaubst du das auch?“
In ihren Augen mischte Lichtes sich mit Düsterm, sie faßte meine Hand und lehnte ihre Stirn an meine Schulter.
„Ich will davon nicht reden“, sprach sie. „Ich vertraue dir.“
Dies Wort fiel mir in seiner ganzen Schwere auf die Seele. Therese schwieg und sagte weiterhin kein Wort, ging mit

gesenktem Haupt an meiner Seite und schien von streitenden Gefühlen eingenommen. Ein kühler Luftzug strich vom Tale her. Es dämmerte.

„Halten wir uns zur Linken!" sprach ich. „Über St. Ursula hinauf erreichen wir zu früh die große Straße."

Wir wandten uns westwärts. Allein die Augen hatten mich getrogen, und es zeigte sich, daß ich der Gegend doch nicht kundig war. Denn als wir nach mehrstündiger Wanderung ermüdet innehielten, da standen wir in nächtlicher Weite verlassen da, von Wäldern umgeben, die sich schwarz dahindehnten, und waren irr. War ich zu weit nach links gegangen? Der bleiche Mondschein fiel über die Wiesenfläche, die sich grau hinausspann. Zur Rechten in der Tiefe glänzten Lichter. Dort stiegen wir hinab. Nach einer halben Stunde Wanderns erreichten wir ein Dorf. Ich klopfte an eines der erhellten Fenster und fragte nach dem Namen des Dorfes. Als ich ihn hörte, fiel mir das Erschrecken in die Glieder. Wir befanden uns drei Stunden von dem rechten Wege seitab. Man wies uns einen Pfad, der in derselben Richtung lief, aus der wir hergekommen waren.

„Bei St. Ursula treffen Sie die große Straße", hieß es.

„Und gibt es keinen nähern Weg?" rief ich bestürzt.

„Wohl gibt es einen", war die Antwort, „allein Sie werden ihn bei Nacht nicht finden."

So schritten wir denn wiederum ins dunkle Feld hinaus. Vor uns lag Nacht und Trennung. Therese hing an meinem Arm und hielt nach besten Kräften mit mir Schritt. Nach einer halben Stunde erhoben sich im Westen ungewisse Wolkenmassen, die Sterne versanken in Reihen, und endlich ward der Mond von wachsenden Schatten verdüstert und verschlungen. Es wurde gänzlich dunkel. Therese drückte sich an mich.

„Matthäus", sprach sie, mich plötzlich am Arme festhaltend, daß ich im Ungewissen stehenblieb, „dies ist die letzte Wanderung, die wir mitsammen machen."

Sie sprach es stockend, und ich fühlte zugleich das gewaltige Schlagen ihrer Pulse.

„Was ist das? Was bedeutet das?“ fragte ich erschrocken.
„Ich gehe fort, ins Ausland“, raunte sie. „Man hat mir eine Stelle angeboten. Bis heute, bis zu diesem Augenblick habe ich gezaudert, nun aber –“
„Nein!“ rief ich dazwischen.
„Matthäus“, sprach sie scheinbar ruhiger, „ich war ein dummes Kind, als du mich sahst und fandest, und wußte gar nichts von mir selbst. Nun aber, seit ich zu dir hingelaufen bin und seit es mich Woche um Woche diesen selben Weg hinauszieht – o Matthäus!“
Sie ward mit einemmal am ganzen Leib erschüttert.
„Was ist das, deine Freundin sein?“ fuhr sie, sich mit Gewalt bezwingend, fort. „Wir laufen in der Nacht umher, bis uns die Knie zittern. Und wenn ich schlafe, kommst du in meine Träume, und deine Stimme klingt, daß sie mein Blut erregt. Dann wache ich auf in einem Strom von Tränen. O sieh, ich möchte sein wie du und immer so in einer klaren Helle wohnen. Und möchte sein wie meine Liebe, die sich immer neu in deinen Zügen wiederfindet. Glaub mir, ich will in keine andre Welt. Und dennoch fühl' ich eine kommen, und oft ist alles Dunkelheit in mir. Nun hab' ich's dir gesagt, nun weißt du es, Matthäus.“
Dies bange, abgerissene Geständnis von Lippen, die ich kaum berührt und die noch zart und unentfaltet waren, warf eine unbeschreibliche Bewegung in mein Herz.
„Darum will ich fort und übers Meer“, begann sie wieder. „Da will ich deine Freundin sein, in großer, großer Ferne, daß die Verführung nicht mehr kommt, zu dir zu laufen.“
„Hast du schon ja gesagt?“ rief ich dazwischen.
„Ich will's“, versetzte sie.
Ich schwieg. Die Stille um uns her war unermeßlich. Die Nacht umgab uns, und wir standen wie im Traum.
„Du gehst –?“ begann ich endlich, fast unhörbar leise. „Und was da vor uns liegt, ist unser letzter Weg?“
Therese gab mir keine Antwort. Mit leisem Knistern fiel ein dürres Blatt durch das Gezweig. Mir war, Therese stünde nicht mehr neben mir.

„Matthäus“, hörte ich sie plötzlich flüsternd sagen, und ich wandte ihr mein Antlitz zu. „Matthäus, eines darf ich niemals denken: daß du darniederliegst und daß ich nicht zu deinem Lager kommen kann.“
Mich überwallte ein Gefühl, das einer Feuerflamme glich. Da galt mir kein Besinnen mehr.
„Nein“, rief ich, „nein, Therese! Du wirst nicht gehen, ehe du mir Rede stehst: Willst du entfliehen, oder willst du bleiben? Willst du mein Weib werden?“
Ich stand vor ihr und fühlte ihr Erschrecken. Sie löste ihre Hand, die ich ergriffen hatte, und stand ganz frei und aufrecht neben mir. Und ohne Atem lauschte ich auf ihre Antwort. Allein sie starrte wie entgeistert in die Ferne. Nach einer Weile neigte sie das Haupt. Aus ihren Lippen kam ein leises Ja.
Im selben Augenblicke war es mir, als hätte ich das alte Leben hinter mich geworfen. Ich bebte, wie vom Schicksal angerührt, ergiff die Hand des Mädchens und schritt weiter. In tiefer Nacht erreichten wir St. Ursula.
„Ich kann nicht mehr, Matthäus“, murmelte Therese. „Es ist alles zu viel.“ Da bat ich sie, die Nacht über in dem Gasthaus zu bleiben, das unterhalb der Kirche stand und dessen Fenster trübe Scheine auf die Straße warfen. Sie ging hinein, die Wirtin zu befragen, und kam zurück, die Hände trunken nach mir streckend. Ich drückte sie und stammelte den Abschied. –
Nun lagen Höhen und Wälder zwischen mir und ihr. Ich eilte tastend durch die Finsternis. Und wenn auch meine Knie wanken wollten – im Innern war ich wacher als am Tage.
„Was hast du getan?“ rief unablässig eine Stimme.
„Mein Leben für das ihre dargestreckt!“ gab ich zur Antwort. Aber die Stimme schwieg nicht still. Der nächtliche Heimweg ward mir zum Kampfe. Von zwei Gewalten hin und her gerissen, lief ich nur immer schneller meines Weges fort.
Auf einmal stieg das Dorf aus seiner Nacht hervor. Mit

taumelnden Schritten nahte ich mich dem Schulhaus. Auf den Stufen vor der Haustür glitt ich aus und fiel zu Boden. Mir war so dumpf und elend, daß ich liegenblieb. Nach einer Zeit erklangen leise Schritte. Ich richtete mich auf. Da brach der Mond für Augenblicke durch, und eine Helle huschte längs der Straße weiter. Darinnen sah ich lauernd zwei Gestalten stehen. Zacharias, der Mesner, äugte aus der Dunkelheit herauf. Sein Weib war hinter ihm und zog den Karren. Sie starrten her – doch sahen sie mich nicht. Im nächsten Augenblicke war es finster. Ich hörte ein Geräusch, ein Knarren, Schlürfen und ein Raunen, dann klang das Klappern von dürren Scheitern in der Schulholzlege drüben. Sie stahlen sich ihr Teil und schlichen weg. Im selben Augenblicke schlug es elf. Da stand ich auf und suchte tastend mit dem Schlüssel nach dem Schlosse.

Senzlas Krankheit und Tod

Wenn ich auch den nächsten Tag als ein schwer schlaftrunkener Mann umherlief, so drang doch durch die Dumpfheit meiner Seele ein mächtiger Ton, der mich erschrecken machte. Ich hatte ein großes Wagnis unternommen. Wie einer, der des Ruders unkundig sich auf die bewegte See hinausgewagt, so hatte ich mich in ein gefahrvolles Element gestürzt, so hatte ich mich unterfangen, in der Ungewißheit meiner Jugend für mein ganzes Leben zu entscheiden. Die Stunde hatte mich übereilt. Allein es war geschehen, und ich mußte vorwärts.

Wohl wußte ich, was es bedeutete, wenn mir Therese ihr Jawort gab, sie, die ein vermessentliches Vertrauen auf mich setzte – daß ich ihr Leben auf mich nahm, daß ich begehrte, mit meinen Kräften für ihr Glück zu kämpfen. Ein dunkles Warnen hob sich in mir auf. Ich fühlte mich in Fesseln, und mein Atem ging beklommen. Denn meine Jugend, kaum entfaltet, sah ich erdrückt von diesen neuen Lasten.

Was ich zu wollen schien, war nun ein Muß. Wenn ich

Theresens Vertrauen betrog, wenn sie, die mir ihr Glück anheimgab, an mir nicht jene starke Stütze fand, die ihr im Dunkel mächtig sich entfaltendes Wesen festigen und klären half, wenn ich sie in der Not der eigenen Gefühle ohne Rat verließ, war ich dann nicht ein Schuldiger vor jedem redlichen Gewissen? Sich einem Weib gesellen ist ein schweres Schicksal.

Da war die alte Unbefangenheit dahin, das freie Spielen meiner jugendlichen Kräfte, das Leben wandte seine heitre Seite von mir ab.

Es folgten Tage eines lautlosen inneren Kampfes, die mich manchmal, wenn die Enge immer schwerer drückte, bis zum Stöhnen brachten. Und mitten darein kam ein Ereignis, das mich tief betrübte und erschütterte.

Senzla, mein liebstes Schulkind, war in den letzten Wochen immer stiller geworden. Es schien kaum mehr auf wirklichen Sohlen einherzugehen. Sein Angesicht, so unbewegt es war, verriet ein wachsendes Leiden, die Augen schienen leuchtender und größer, und ein unsäglich feiner Schmerzenszug umgeisterte den kleinen Mund. Die Kräfte des Kindes begannen sichtlich zu erlahmen, und es hielt sich nur mit Mühe an der Arbeit.

Da nahm ich es zu mir und fragte, was ihm fehle; aber es lächelte lange Zeit und schwieg. Endlich konnte ich von ihm erfahren, daß es Schmerzen auf der Brust und im Rücken spüre, jede Nacht von so schrecklichen Traumbildern geängstigt werde, daß es das Schlafen fürchte und, einmal emporgeschreckt, aus Angst vor neuen Träumen sich wach erhalte, zuweilen auch aufstehe, Licht mache und sein Strickzeug hervorsuche, um den Rest der Nacht mit Arbeit zuzubringen.

Die Mutter, die ich herbeirief, erklärte mir kummervoll, das Kind sei ganze Nächte hell und doch nicht bei sich selber, rede dann wunderliche Dinge, immer vom Tode und einem schwarz gelockten Engel, den es mit einem wundersamen Grauen zu lieben scheine. Er vertreibe die bösen Tiere und Menschen, die das Kind umdrängten, und es riefe öfters seinen Namen. Allein sie könne nicht verstehen, wie er laute. Verwichene Nacht sei das Kind auf das Pfeifen eines verirrten Vogels hin vom Bette aufgestanden und in die Nacht hinausgelaufen, im Hemdlein und mit bloßen Füßen, sie sei ihm ängstlich nachgefolgt und habe es beim Namen angerufen. Da sei das Kind vor ihren Füßen hingesunken, und sie habe es für tot nach Hause getragen.

Ich wollte Senzla nun vom Unterricht befreien; aber es bat mich mit so inständigen Blicken, in der Schule sein zu dürfen, und seine Angst, es könnte zu Hause bleiben müssen, war so groß, daß ich meinen Plan zurücknahm.

„Dahoam", wisperte das arme Wesen, „do san de bösen Tiarer und de wuiden Leit; aber in d' Schual, do kemma's net rauf, und bold i am Herr Lehrer sei Stimm hear, is es vorbei mit allem Sach."

Und wieder einmal nach einer Religionsstunde kam es schüchtern an das Pult heran und flüsterte: „Herr Lehrer, der Herr Pforrar hots vom Sterb'n g'hot. I muaß au sterb'n, bold, sell weiß i g'wieß."

Als ich ihm diese Rede sanft verwies, sah es zu Boden und sagte: „Aber nachher sollt der Herr Lehrer neben meiner sei', bold i versterben muaß."

Da kam der Tag, an dem das unvermeidliche Geschick das arme Kind erreichte.

Senzla saß still über seinem Buche in der Schulbank. Ich schaffte mit der Mittelklasse. Manchmal sah ich zu dem blassen Kind hinüber, das wie ein fremdes Wesen unter den Genossen saß. Es neigte die Stirne tiefer und tiefer, und endlich sank das Angesicht über die elfenbeinernen Händlein, und Senzla schlief. Ich unterrichtete weiter. Da mit einem Male durchdrang ein Aufschrei das Schulzimmer. Alle Kinder fuhren erschrocken herum. Senzla war aufgeschreckt, sah mit weiten, angstvollen Augen umher, begann zu zittern, drängte sich voll Schrecken aus der Bank und lief auf mich zu. Ich umfaßte sein Köpflein und drückte es an mich, während das Kind meine Knie umspannte.

„Was ist, Senzla?" fragte ich.

„Zuadeck'n deanas mi!“ bebte es voll Entsetzen. „Ausanandbringa deanas mi!“ Ein zweiter, leiser Aufschrei ließ den kleinen Leib zum zweitenmal zusammenzucken. Dann wurde Senzlas Stirne weiß. Die Hände um meine Knie geschlossen, sank das Kind bewußtlos vor mir nieder. Im Schulsaal herrschte atemlose Stille.

Ich löste die verschränkten Hände, hob das Kind vom Boden auf und trug es in meine Kammer hinüber. Dort legte ich es auf mein Bett, wo es weiß und still vor mir dalag, die Augen halb geöffnet, durch deren Spalt die trüben, halbgebrochenen Sterne hervorsahen. Die gelben Ringeln umquollen das schlafende Gesicht.

Während ich das arme Wesen still betrachtete, kam Lisabeth zur Tür herein, den Putzkübel in der einen, den Schrubber in der andern Hand, blieb stehen und rief, von Mitleid übermannt: „O mei'!“

Nun trat sie heran, legte die ungefüge Hand auf die kleine Marmorstirn und murmelte: „Senzla, kleans Dirnla, wos is dir denn g'schehn? s' Leb'n werd dir holt z'feindli rauch sei, Dirnla, gelt? – Mir miassen scho schaun, doß mir dös Dirnla wieder zum Aufwoch'n bringan“, wandte sie sich an mich. „Geben S' a Handtuach her, Herr Lehrer!“

Sie tauchte das dargereichte Tuch in das kalte Wasser und mühte sich um das Kind, bis es die Augen aufschlug.

„Wos is, Senzla?“ fragte sie, als das Kind sich regte.

„Miad bin i, Lisabeth“, lächelte das Mädchen.

Die Alte blieb bei dem Kind. Ich ging in den Schulsaal hinüber und schickte ein Mädchen in das Hüttchen hinaus, das Senzlas Eltern bewohnten. Nach einer Weile kam Senzlas Mutter mit großem Gejammer an. Sie zog das Wagla hinter sich drein, in das sie etliche Kissen geworfen hatte. Dahinein ward das Kind gebettet, und dann holperte das Fuhrwerk den Kirchberg hinunter.

Senzla lag schwer darnieder. „Sie stirbt“, sagte mir der Pfarrer, der die Kranke mehrmals besucht hatte. Ich schüttelte das Haupt und wollte es nicht glauben. Am Abend beschlich

mich ein Heimwehgefühl und trieb mich aus dem Schulhaus fort.
In der ersten Dämmerung schritt ich durchs Dorf hinaus. Eben blinkte im Pfarrhof ein Licht auf. Wie trübe schien es durch das kahle Baumgeäst herunter!
Das armselige Hüttchen vor dem Dorf war Senzlas Heimat. Seitwärts von der Straße lag es auf einer kleinen Anhöhe, und es führte ein Fahrweg hinauf. Am Hange lag das Gärtchen, dessen wilde Blumenpracht erfroren, dürr und abgestorben war. Der Baum daneben starrte leer und ragte traurig in den dunklen Himmel. Seine feinsten Zweige verdämmerten darin zu ungewissem Grau. So schien er in die abendliche Luft hinauszufühlen. Über zwei ungefüge Stufen von Stein kam ich in einen finstern Hausgang und ertastete zur Rechten eine Tür. Auf mein Klopfen gab eine müde Stimme an. Ich trat in die erwärmte Stube.
In der Ecke am Tisch saß ein Bauernweib gesenkten Hauptes und hatte die Hände im Schoße ruhen. In der Dunkelheit, die in der Stube herrschte, sah ich nur den ungewissen Umriß ihrer Gestalt. Sie mochte über dem Beten eingeschlafen sein; denn ihre Stimme klang rauh und schlaftrunken. Näher tretend, gewahrte ich in ihren Händen einen Rosenkranz.
Neben ihr auf dem Rande des Tisches saß Toni im Hemde und blickte trübselig durch die dämmernde Scheibe. Es war sehr niedrig, dumpf und elend in der Stube.
Neben dem kleinen Kachelofen stand das Bett, in welchem das kranke Senzla ruhte.
„Je, der Herr Lehrer!“ verwunderte sich das Weib und stand auf, mich zu begrüßen.
„Do schau her, Senzla, wer do kommt! Kennst dein Herr Lehrer, Senzla?“ Ich nickte Toni zu, der sich in seinem Abendgewande zu schämen schien; denn er drückte sich mit stummem Lächeln in die Ecke. Ich trat zu der Kranken heran. Das Kind lag da und hatte das Lesebuch vor sich auf dem Bette liegen. Weiß schimmerten die Blätter durch die Dämmerung, das Kind hob seine Augen zu mir auf und

lächelte mich an. Von seinen Zügen ging wie Hauch ein heimliches, zartes Licht aus.
„Do schauts her", sprach die Mutter, „kam doß es wieder bei eahm selber is, hots scho glei wieder 's Buach do und liest."
Ich schwieg eine Weile und betrachtete das stille Angesicht, das durch die Krankheit magerer geworden war und wie gemeißelt aussah. Fein und deutlich wölbte sich die Stirn, jeder Zug war klarer ausgeprägt, jede Form hatte sich aus der Ungewißheit kindlicher Gesichtsbildung zu fester Deutlichkeit erhoben, das Auge lag groß und glänzend aufgeschlagen, eine wunderbare Reife war über das ganze Antlitz ausgebreitet.
„Senzla", begann ich nach einigem Schweigen halblaut, „du kannst jetzt nimmer lesen, es wird dunkel."
„Grod honi aufg'heart", flüsterte das Kind. „Bold i schlof und tram, konn i nix les'n, und nochher komm i hintersi. Ober heit honi do drei Stücker g'les'n und oans zum Lerna a'gfonga. Muaß is hersog'n, Herr Lehrer?"
„Nein, Kind", sprach ich und streichelte ihm die heiße Stirn. „Solange du krank bist, mußt du nichts lesen und lernen.
„I lies holt scho do!" versicherte das Kind. Ich nahm sein fieberndes Händlein in meine große Hand. So saßen wir eine Zeitlang, während es dunkel wurde. Da machte die Alte ein Licht. Geblendet schloß das Kind die Augen, lächelte aber. Seine weichen Grübchen gaben dem Gesichte einen unendlich liebenswürdigen und rührenden Ausdruck.
Ich richtete mehrere Fragen an die Kranke, die ihren Zustand betrafen, und immer antwortete sie mir mit einem Nicken. Dann seufzte sie leicht. „Heiß is do drinna!" klagte sie, auf die Brust deutend. Vorsichtig knöpfte ich das Hemdlein auf, öffnete die zarte, kranke Brust und führte das Thermometer in die Achselhöhle. Als ich es wieder herausnahm, zeigte es 39,8 Grad.
„Senzla", begann ich leise, „denk einmal an das Heft, in das du mir so fleißig und schön geschrieben hast. Hast du da nicht vom Sterben etwas geschrieben?"

Wieder nickte das Kind.
„Wenn jetzt statt meiner der dunkelaugige Engel dasitzen tät, der kommt, um die Kinder in den Himmel abzuholen, und hätt ein Lächeln im Gesicht wie ich und tät dich da ganz ruhig fragen: ‚Senzla, was magst lieber mit mir gehen oder dableiben, sterben oder gesund werden?' Was tätst sagen?"
„Sterben möcht i", flüsterte das Kind.
„Recht, Kind" fuhr ich, meine Bewegung meisternd, fort. „Das ist eine rechte und schöne Antwort, und so hätt' ich wohl auch an deiner Stelle gesagt. Sterben heißt ja erst recht gesund werden. Sieh, ich bin ein großer, gewachsener Mensch, und du bist bloß ein Kind. Und doch freu ich mich am allermeisten aufs Sterben, weil einem gar so leicht dabei wird. Und man meint, es müßten einem Flügel gewachsen sein, daß man sich vom Bettstattl aufheben kann."
„Jo", hauchte das Kind und sah mir unverweilt in die Augen.
„Und daß ich bei dir bleib beim Sterben, das ist gewiß. Ich bleib bei dir sitzen, bis dich der liebe Gott in seinem Arm aufhebt, hernacher brauchst du mich nimmer, und ich kann wieder ruhig heimgehen."
„Jo", wiederholte Senzla. „I sogs der Muatter", flüsterte es weiter, „bold i sterb'n muaß, doß 's ins Schualhaus nauf – weard und Eahna herholt, bold S' net aso scho neben mir sell sitz'n."
Während der letzten Worte war seine Stimme matter geworden, es seufzte bange und wandte sich ab.
„Weg is", sagte die Mutter. „Es hot a grausams Fiaber, dös Dirnla, dös klea. Därf i Eahna nochher hol'n, balds afs Sterb'n z'sammgeht?" setzte sie mit halberstickter Stimme hinzu. Toni in der Ecke begann bitterlich zu schluchzen.
„Ich komme", sprach ich und reichte dem Weibe die Hand. „Und wenn es mitten in der Nacht ist."
Dann ging ich schweren Herzens hinaus, und das Weib leuchtete mir nach. –
Ich dachte immerfort an Senzla. Mitten im Unterricht zog

mich das Sinnen fort, daß ich stockte, stille ward und vor mich nieder sah. Der Schulsaal schien mir ärmer. Die Augen fehlten, die mir am willigsten gefolgt, die Ohren, die mir am offensten gelauscht, die Hände, die um meinetwillen alle Sorgfalt aufgewendet. An dem gewohnten Platz war eine Stelle leer. Dort sollte niemals mehr das liebe Angesichtlein scheinen!

Noch dreimal ging ich zu dem Kind hinaus. Zweimal war es wach und sah mich wortlos an, versuchte ein Lächeln und vermochte es nicht; denn aus der kaum geöffneten Lippe entrann ein Seufzer. Das drittemal lag es im Fieberwahn und sprach endlose Reihen von Rechnungen. Ich kannte diese Rechnungen, ich hatte sie mit ihm in den letzten Wochen in dem Rechenbüchlein gelesen. Das gleichmäßige Gemurmel war mir schrecklich zu hören.

„Hätte doch", dachte ich in meiner Pein, dies arme Wesen, dem ein so frühes Ende bestimmt war, in seinem Leben nie etwas von Rechnungen gehört! Hätte ich ihm doch nur dafür die schönen Dinge der Natur gezeigt, über die die Sonne ihren warmen Schein wirft, hätte ich es gelehrt, auf das Kleine und Kleinste der Umgebung, als wie auf eine große Offenbarung, zu lauschen und von allem einen Glanz in die Augen hineinzunehmen, so wäre dem Kinde das Glück des bloßen Lebens offenbar geworden, und es hätte um so sanfter sterben können."

„Herr Lehrer", unterbrach des Kindes Stimme meine Gedanken. „Herr Lehrer!"

Es starrte aus halboffenen Lidern wirr nach der Ecke des Ofens. „Ich bin da, Senzla", rief ich leise und eindringlich. Sie schien zu lauschen.

„Wo?" fragte sie, indem sich ihre Züge plötzlich beruhigten.

„Neben dir", flüsterte ich.

Da wandte mir das Kind sein Angesicht zu. Die Lider öffneten sich weit, die Augen tauchten aus wirrer Umnachtung zu voller Klarheit empor, ein mildes Lächeln überbreitete wie Abendglanz die matten Züge.

„Ho!“ rief es halblaut, wie von innigem, fröhlichem Lachen erschüttert, streckte die schmale Hand nach mir – indem sank ihm das Haupt zurück, die Hand fiel welk in die meine, und der Glanz des Auges erlosch.
„Es stirbt!“ rief ich erschreckt. Aber der Atem ging fort, und das kranke Rot der Wangen bleichte nicht.
Therese schrieb ich alles, was um mich vorgegangen war, und bat sie, sie möchte sich am kommenden Sonntag nicht auf den Weg nach Abenberg machen, ich wolle nicht von dem Kinde weichen, bis alles vollendet sei.

Diesen Brief trug ich zum Wirt hinüber. Dann kehrte ich heim und zündete meine Lampe an. Ich mochte nicht essen noch arbeiten, nahm Theresens Laute, schlug leise an und sang in großer Traurigkeit für mich hin. In halbem Trost und halbem Kummer legte ich mich endlich nieder und schlief mit schweren Gedanken ein.
Mitten in der Nacht gellte die Glocke durch das totenstille Haus und riß mich aus dem Schlafe. Noch traumbefangen, voll Schrecken über den kläglichen Schrei des Metalls, der in der ahnungslosen Nacht mit unheimlicher Deutlichkeit erklang, sprang ich ans Fenster.
Im huschenden Mondlicht stand eine Weibsperson vor meiner Tür.
„Was gibt's?“ rief ich hinunter.
„Herr Lehrer, kemma S' schnell, s' Dirnla stirbt!“ keuchte das Weib.
Mir fuhr es wie Lähmung in die Glieder.
„Sogleich!“ antwortete ich. „Laufen Sie! Verlieren Sie keine Minute! Ich komme nach.“
In einem Nu war ich in meinen Kleidern, tappte im Finstern nach meinen Schlüsseln und eilte hinab. Im Pfarrhof war Licht. Ich lief ohne Aufenthalt dahin. Es war eine wunderbare Nacht, der Himmel blühend in weißem Gewölk, dazwischen in den dunklen Straßen das Funkengewimmel der Sterne. Vor der Hütte hielt ich an, betrat dann herzklopfend den finsteren Hausgang und lauschte. Aus der Stube klang

Schluchzen und Beten. Ich glaubte des Pfarrers Stimme zu unterscheiden. Da öffnete ich leise die Tür.

Im Scheine der kleinen trüben Öllampe stand und kniete um das Krankenbett eine Gruppe von Menschen. Der Vater, ein einfältiger, beschränkter Mann, der gerne trank und auch heute nicht völlig nüchtern war, kniete am Boden und betete. An ihn geschmiegt saß Toni im Hemdlein auf der kalten Erde und schluchzte bitterlich. Sie hatten ihn aus dem Schlaf heraus ans Sterbelager der Schwester gerissen. Die Mutter stand am Kopf des Kindes, die Schürze im Mund, und würgte in sich hinein. Der einzige Ruhige in dieser Gruppe war der Pfarrer, der in erhabenem Ernste in der Mitte stand. Seitwärts brannten die Sterbekerzen. Die Schale mit dem geweihten Öl und etliche Wattebauschen lagen daneben.

Bei meinem Eintritt wandte der Pfarrer mir sein Antlitz zu und machte mir ein Zeichen mit der Hand.

„Tot?“ flüsterte ich, als ich herantrat.

„Ja“, nickte er und trat zurück. Da lag ein kleines wachsgelbes Angesicht in den farbigen Kissen. Die Lider waren geschlossen, aber es schien mir, als leuchteten die gebrochenen Sterne heimlich durch die Hülle auf mich her.

Mit innigem Grauen und Staunen betrachtete ich das entseelte Haupt.

Seine Züge hatten sich verändert; sie waren hart und streng geworden. Deutlicher wölbte sich die klare Stirn, die weißen Schläfen sanken tief darunter ein, und um die Lippen war das Lächeln rätselhaft erstarrt. Die Abwesenheit des Lebens legte einen Hauch von wunderbarer Fremdheit über das entschlafene Gesicht, bald schien es weich und freundlich und wie lebend, bald von der kalten Todesleere wie mit bleichem Hohn erfüllt. Doch als ich nach dem Ursprung meines Grauens forschte, da war es nichts als namenlose Stille, was aus dem toten Antlitz drang und mich umgab, als müßte mein Gehör darin versinken. Ich fühlte mich in eine Einsamkeit gezogen, in eine große, sternenleere Nacht, in der das Kreisen meines Blutes wie ein Brausen klang.

Vor meinen Augen lag das gelbe Haupt gebettet. Da wachte

eine Stimme in mir auf. „Dies ist dein Senzla nicht mehr", hörte ich sie sprechen. „Laß doch die arme Maske in den Kissen ruhen. Bedecket sie mit einem Tuch und gebt sie bald der dunklen Erde. Dein Senzla ist nicht hier, es lebt und kann in dir nicht sterben."
In diesem Augenblick überlief mich eine leise Fröhlichkeit. Hochatmend fühlte ich die Brust von neuem sich erheben. Und wie ich aufgerichtet stand, so fühlte ich mich ledig, kühl und angetan mit einer stolzen Freiheit.
Wohl zuckten mir die Lippen, als ich den Leuten um mich her die Hände drückte und dem kleinen Toni über das Haar fuhr; aber es war nur der Schrecken und die Erschütterung, die dem großen Ereignis vorangegangen. Stillschweigend ging ich mit dem Pfarrer hinaus, von den schluchzenden Eltern begleitet.
Draußen atmete ich tief. Die Nacht lebte, schwoll und strömte von zauberischem Lichte. Wortlos lief ich neben dem Pfarrer her. Als die Stelle kam, wo wir scheiden mußten, sprach er: „Kommen Sie mit herauf! Wir wollen dem Kind eine Totenfeier halten!"
Ich folgte ihm gerne, Balbina, die uns mit der Lampe in der Hand empfing, fachte auf des Pfarrers Geheiß die Glut im Ofen von neuem an. Bald prasselte das helle Feuer, bald stand ein schwerer Wein in leuchtenden Gläsern vor uns. Wir tranken ihn langsam, jeder ein Glas. Bis zum anbrechenden Morgen saßen wir beisammen. Und ich weiß nicht, daß ich jemals eine Nacht in so inniger Heiterkeit verbrachte als jene mit dem Pfarrherrn nach dem Tode meines liebsten Kindes.

Ehe und Freundschaft

Senzla war zur Erde gelegt.
„Der Daudt is feindli g'schafti!" meinte Zacharias. „Er dürfat o'fanga, stater tua." –
Nun war es Mitte Dezember geworden. Die Fröste zogen durchs Land, und meistens war der Himmel von trübem

Nebelgrau befangen, und durch die Zäune und Sträucher schwebte der öde Duft.
Mir war es wie der Landschaft. Mein Inneres war eine Zeitlang unbeweglich stillgelegen. Die Natur verlangte auf die mannigfaltigen Erschütterungen hin ihr Recht. Langsam aber kam ich zu mir selber, da stand es wieder vor mir da: Therese sieht in dir nicht mehr den Freund, sie sieht den Mann in dir, den Schicksalsgenossen, dessen Weg sich von dem ihren nicht mehr scheidet.
Dasselbe sprach aus ihren Briefen. Ihr Leben hatte sich gewendet, ihre Blicke richteten sich nach dem Ziele hin. Doch sonderbar! Sie schien mit ähnlicher Beklommenheit zu kämpfen, und die Entschlossenheit, zu der sie sich erhob, schien nicht aus einem freien Herzen zu entspringen, als fühlte sie wie ich ein innerliches, unentrinnbar hartes Muß, wogegen sich vergebens die Natur mit ängstlicher Empfindung sträubte.
Ich wußte nicht, was mich in dieses Meer von Unruhe stieß, wo jeder Pulsschlag eine Warnung war, der einem heimlichen und dunklen Widerstande eine Stimme lieh und unablässig gegen das Gewissen pochte.
Da rief ich den zum Richter an, der in der kühlen Höhe unseres Hauptes thront und hier die Händel schlichtet, die die Leidenschaft gestiftet. Und immer prüfend und erwägend, suchte ich die Wurzel meiner Pein. Da hielt ich oft in meinem Innern für und gegen mein Gefühl ein ernstes Streitgespräch.
Ich bin nicht reif zur Ehe, ging es an.
Nicht reif? erwiderte die andere Stimme. Wenn du's nicht bist, so mache dich dazu!
Aber es ist etwas in mir, was dem Weiblichen entgegensteht und was ihm widerstreitet.
Das ist nun eben das Weibliche. Denn es gibt weibliche Männer und männliche Weiber und männliche Männer und weibliche Weiber. Du aber bist ein weiblicher Mann.
Was aber sollte dann Therese sein?
Ein männliches Weib mit ihren herben Zügen.

Und welches wäre der Unterschied des Männlichen und Weiblichen?
Das Männliche ist das Haupt, das Weibliche das Herz. Das Haupt erhebt sich über das Tier, es ist klar und sieht in die Ferne. Es nimmt Abstand und beschaut. Aber es trennt sich leicht vom Sinn der Natur. Das Herz ist mitten in der Natur, es liebt, es haßt, es begehrt und verschmäht, es empfängt und hegt in sich und gebiert aus sich heraus, wie die Natur. Aber es ist blind und traut allein dem wunderbaren Tastgefühl, das in ihm wohnt. Also ist das Haupt dem Männlichen näher, sofern man das Menschliche als die Überwindung der tierisch heißen Leidenschaft erkennt. Aber das Herz ist dem Menschlichen näher, sofern man die große einige Verbundenheit, das Ruhen in der Tiefe der Natur als Menschliches erfaßt. – In Wahrheit aber ist das Menschliche die Einigkeit von beiden: Klarsicht ohne Scheidung von der Natur, Einssein mit dem Lebendigen ohne Übermacht des dumpfen Triebes.
Aber was ist die Unruhe in mir?
Das Streben, das in jedem mächtig ist, die Menschlichkeit vollkommen zu erlangen. Die Ehe gibt sie dir, sie kommt vom Weibe. Und darum mußt du in das neue Land voran. Die Kindheit muß darüber sterben. Die Welt muß Wesen und Gestalt in dir verändern. Glaubst du, das ginge ohne Kampf und Not? Steht nicht das Stirb vor jedem Werde!? – Laß die Natur sich sträuben! Geh voran!
So endeten alle diese heimlichen Examen. Daß in der Rechnung meines Kopfes ein unheilvoller Fehler inbegriffen war und daß das bange Widerstreben der Empfindung diesen Fehler meinte, das sah ich nicht und konnte es nicht sehen, weil mich mein jugendlicher Blick betrog. Therese war kein männlich klares Wesen. Und was ich suchte, konnte ich bei ihr nicht finden.
Ich war zu Ende und entschlossen. Da kam ein Brief von ihrer Hand. Er lautete:
„Matthäus, schilt mich nicht, erzürne Dich nicht und sei auch nicht erschrocken. Ich gehe doch auf eine Zeit von Dir.

Sieh, Du willst mich zur Frau, und ich habe nichts, was ich Dir mitbringen könnte, und wir haben die Mittel nicht, eine Ehe zu gründen. Du wirst beginnen, von Deinem schmalen Gehalte mühsam etwas zu ersparen, und es werden viele Jahre vergehen, bis es uns möglich wird, uns zu vereinigen. Aber ich habe über die wenigen Wochen fühlen gelernt, wie bitter uns die Zeit des Wartens werden wird, besonders, wenn wir uns so nahe sind. Darum will ich mir lieber das eine antun, daß ich mich jetzt für etliche Jahre von Dir reiße, um in der Fremde zu verdienen, was wir brauchen. Dann kann ich zu Dir kommen und sagen: Ich habe mir das Meine selbst geschaffen. Darum habe ich, ohne Dich zu fragen, da die Stunde drängte, entschieden und das Angebot angenommen und werde zu einer reichen deutschen Familie nach England gehen. Die Bewilligung der Einreise steht noch aus, sonst ist alles geregelt. Der Abschied steht ernstlich nahe, Matthäus, und nun soll es keine Torheit, kein verirrendes Gefühl mehr sein, was mich Dich bitten heißt: Laß mich noch einmal Deine Kammer sehen und die Lampe, die darinnen brennt. Denn in diesem Raum, dessen Wesen ich wie die Gegenwart eines Geistes spüre, werde ich Dich in meinen Gedanken sehen, wenn ich überm Meere bin. Ich will am nächsten Sonntag zu dir kommen."

Nachdem ich diese Zeilen gelesen hatte, ließ ich müde das Haupt herniedersinken. Mit dieser Wendung schien mir alles doppelt schwer und ernst. Therese ging. Ich blieb an sie geheftet. Ich wollte ja; es war nicht Täuschung, daß ich dieses Mädchen liebte. Herabgedrückt von einer unsichtbaren Last, grub sich mein Angesicht in meine Hände. –

Da tappten schwere Schritte den Garten entlang, und kurz darauf ward an meiner Glocke gerissen. Ich sprang ans Fenster. Es war Franz. Er hob das Haupt und machte ein Zeichen mit der Hand, ich solle öffnen. Sogleich eilte ich hinunter.

„Ha!" stieß er stöhnend hervor und griff nach meiner Hand. Dann taumelte er hinter mir die Treppe empor. In meiner Kammer angekommen, sank er auf einen Stuhl, ließ die Ar-

me niederhängen und das Haupt auf die Brust hereinfallen und schloß die Augen.
„Was ist mit dir?“ fragte ich erschrocken.
„Kaputt, erledigt!“ murmelte er, ohne die Augen aufzutun. „Wenn man ein Esel ist und sich verirrt!“
Die Mütze war ihm in den Nacken geglitten, auf seiner Stirne klebten die wirren Haare. Die Füße aber waren schwer wie Klumpen, mit hart gefrorenen Erdschollen über und über behaftet.
Ich ging hinaus und besorgte den Ofen, dann zündete ich meine Lampe an. Bei ihrem ersten Schein verzog Franz das Gesicht und sprang empor.
„Ich muß fort, heim!“ rief er. „Es wird Nacht.“
„Bleib und sag, was mit dir ist!“ sprach ich.
„Der Weg nach Mooskirchen ist schauderhaft“, versetzte er mit verfallener Stimme. „Ein förmlicher Morast. Sieh meine Gamaschen an! Bis zu den Waden bin ich eingesunken, den Hohlweg hindurch. Unzählige Male bin ich ausgeglitten und gefallen. Und als ich auf die Post kam – kein Geld! Morgen wollte ich über den freien Tag nach Hause fahren, aber ich kann nicht.“
Er würgte zornig wie an einem bittern Brocken. Sein sonst so blühendes Angesicht sah blaß aus, deutlicher traten die Backenknochen hervor, und die Augen waren weit geöffnet und starrten geistesabwesend in die Ferne.
„Bleib!“ bat ich ihn. „Wir essen zusammen. Du bist hungrig und ganz erschöpft.“
Nach einigem Widerstand ließ er sich wieder auf den Stuhl niederdrücken. Ich kochte Kakao, brachte Küchlein herbei, die mir die Martelbäuerin gebracht hatte, und wir aßen. Danach streckte er sich auf mein Bett hin. „Ziehe die Schuhe aus!“ sprach ich, „und die Gamaschen und die Joppe und leg dich ganz hinein!“
Er tat es. Nach wenig Augenblicken schlief er.
Meine Kammer war still. Nur Franzens Atemzüge belebten ihr Schweigen. Ich setzte mich vor die Lampe, daß mein Schatten die tiefere Kammer und das Bett in Dämmerung

hüllte, und begann an Therese zu schreiben. Ein Blatt ums andere füllte sich mit kleinen flüchtigen Zeichen. Endlich legte ich die Feder nieder und wandte mich nach Franzen um. Er schlief den Schlaf des Gerechten. Ich nahm meine Schularbeiten vor und vertiefte mich in sie. Die Stunden entflohen. Als mich die erste Müdigkeit anwehte und ich nach meiner Uhr blickte, die neben mir auf etlichen Heften lag, war es Mitternacht.

Tief aufatmend ließ ich von der Arbeit ab. Franz schlief. Ich schaute durchs Fenster. Hoch oben stand der Mond, und über dem Rande des Sichelberges flackerte der Sirius. Vorsichtig drehte ich den Docht zurück, bis die Flamme wie ein dünner, bläulicher Ring um die metallene Fassung zuckte und den Schirm mit mattem Hauch erfüllte. Da ward der Mondschein in der Fensternische sichtbar, und der Sirius warf seine Eiseswellen strahlend in mein Auge. In wunderbaren Farben spielend, bald scharlachrot, bald meergrün und bald blau, erhob sich sein rastloses, ungeheures Leuchten aus der Himmelstiefe. Lange sah ich nach ihm auf. Was war dort oben? Was geschah in dieser fernen Welt, daß sie so unerhörte Farbenblitze herab in unser Auge sandte?

Franz tat einen Seufzer, ohne zu erwachen. Ihm träumte wohl. Er lallte unverständliche Worte. Dann klangen seine Atemzüge wieder lang und ruhig. Einsam saß ich da. Ich versank in wunderliches Sinnen. Als ich daraus erwachte, schien mir alles höchst seltsam: daß ich ein Lehrer sei und Pflichten habe, daß Franz mich Matthäus nannte, daß dies Zimmer mir gehörte, daß ich Theresens Mann werden sollte, daß es eine böse, düstere, elende Zeit gab – alles dies schien mir wie Torheit, die nur am Tage unter albernen Geschöpfen gilt. Aber die Nacht war aufgetan und mit ihr der Schrein des Himmels. Es war von alledem doch nichts bedeutend als nur das Eine. Dies Eine aber nennt man nicht.

Leise stand ich auf, nahm Theresens Laute zur Hand, stimmte sie und sang kaum hörbar vor mich hin. Währenddessen trübte sich der Schein des Mondes, und der Sirius schoß in mächtigen, kristalligen Lichtzacken aus. An mei-

nem Fenster wuchsen die Eisblumen empor. Scheibe um Scheibe bedeckte sich mit krausen Gebilden, mit Palmenwäldern, kristallenen Pfeilen, Spießen, Schwertern. Es war zwei Uhr morgens. Da erwachte Franz.
„Du kannst dich auch hereinlegen", sprach er großmütig. Ich folgte seiner Einladung. Rücken an Rücken schliefen wir bis zum Morgen.

Schneesturm

Schon nahte sich das Ende meiner Woche. Der Tag des Abschieds stand uns nah bevor. Da brach der Winter schnell und grimmig durch das Grau der Nebel. –
Die nächsten Tage brachten Sturm und Schnee. Breite Wolkenschwaden schwankten von Westen herein und warfen ein Flockengewirbel über das Dorf und das Tal und die Wälder. Die kahle Linde erschauerte unter den Peitschenhieben des Windes, von Flocken stob die graue Luft, und weiß erdehnte sich das Tal, weiß lagen die westlichen Höhen, weiß dämmerten die Dächer des Dorfes unter mir, und als der Himmel sich erhellte, standen die Wälder starr in ihren grauen Silberkleidern.
Vor Kälte zitternd, kamen meine Kinder aus der Kirche, umdrängten den Ofen und drückten die Hände an ihn, indes die Flocken auf ihren wollenen Tüchern, Stern um Stern, zu Tau zerrannen.
Da war er nun, der alle Wege sperrte; da war die kalte, trübe und einsame Zeit, die Zeit des grau versteinten Himmels, des weißen Zwielichts und der hellen, bittern Nächte. Auch Senzlas dunkles Bett lag überschneit.
Der Abend brach mit unsäglicher Öde an, und als die kleine Wabi in blaugefrorenen Händen die Milch brachte, nahm ich sie herein, rieb ihr die steifen Finger, umschloß die eisigen Hände mit den meinen und blickte dem Kind in seine großen, blanken Augen, dankbar, daß jemand bei mir war. Und regungslos, verlegen lächelnd, das feiste Kinn an den Hals gedrückt, so blieb das Mädchen vor mir stehen, mich

unverweilt mit den Augen anleuchtend, bis es endlich mit etlichen Laibchen von hinnen zog.
Therese war mit einbrechender Dunkelheit zu mir ins Schulhaus eingetreten. Sie hatte selber die Lampe angezündet und lange mit glänzenden Augen in meiner Kammer umhergesehen, wie um sich alles, was da war, in ihre Seele einzuprägen. Dann hatte sie die Lampe in den Schulsaal hinübergetragen und die Zeichnungen betrachtet, die ich auf den Tafeln stehen hatte. Die Hefte des toten Senzla lagen auf dem Pult bereit. Therese nahm das oberste und schlug es auf, und nachdem sie die klaren, sorgfältigen Schriftzüge gesehen, bat sie um das Heft. Ich ließ es ihr.
Nun trug sie die Lampe auf meinen Tisch zurück, nahm den Mantel vom Stuhl und löschte die Lampe. Eine Weile sah sie in das bläuliche Verglimmen. Dann tastete sie im Finstern nach meiner Hand, und wir gingen.
Wir zogen durch die Nacht und redeten kein Wort. Erst als die Lichter von Mooskirchen glänzten, blieb Therese stehen.
„Spürst du die Flocken?“ fragte sie leise.
„Ganz leicht und heimlich kühlen sie mir das Gesicht“, versetzte ich.
„Weihnachten ist nahe“, fuhr sie fort, „aber wir werden es nicht mitsammen feiern.“
„So ist das heute unser Weihnachtsabend“, sagte ich.
„Ja“, rief sie, „es ist schön zu wandern.“
Wir gingen hinunter nach Mooskirchen. Unter dem Tor der großen Wirtschaft brannte die Laterne und warf einen breiten Lichtschein über die Straße und in die abendliche Dunkelheit. Man sah die Flocken schimmernd vor der Lampe niederwirbeln. Als wir vorüberschreiten wollten, trat aus dem Tor ein Mann hervor, äugte gegen uns her, schritt über die Stufen näher gegen uns heran und zog den breiten Hut, indem er Theresens Namen ausrief. Er reichte ihr die Hand und fragte sie, woher sie käme und wohin sie ginge, und sie gab ihm in der ersten Bestürzung redlichen Bescheid.
„Ei“, sagte der Mann, „da muß ich Sie samt Ihrem Herrn

Vater doch ein wenig tadeln, es ist nicht gut, bei solchem Wetter in der Nacht herumzulaufen, und ich wollte heute nicht um die Welt zu Fuß in die Stadt zurück. Denn es wird eine grimmige Kälte geben und einen scharfen Wind. Da lob' ich mir die warme Stube meiner Schwester."

Er schwatzte noch einiges, wie daß er etliche Tage bei seiner Schwester zu Besuch bleiben und sich gemächliche Tage machen wolle, und daß sein Weib die Wohnung auch ohne ihn werde versehen können, damit dem Herrn Amtsgerichtsrat keine Bequemlichkeit mangle; er bat Therese, Grüße zu bestellen, und machte sich mit tausend guten Wünschen in die Dunkelheit davon.

Therese sah ihm stumm und ohne Regung nach.

„Wer war das?" fragte ich sie dringend, etwas Unheilvolles ahnend. Allein ich mußte meine Frage zweimal wiederholen, ehe sie Theresen ins Bewußtsein drang.

„Wir sind verraten", sagte sie mit halber Stimme, ohne sich zu rühren. „Das ist der Herr des Hauses, wo wir eingemietet haben. In wenig Tagen wird der Vater alles wissen."

Ein blasser Schrecken fuhr mir durch die Brust.

„Er wird mich für falsch und feig und ungehorsam halten", sprach sie weiter. „Er wird die Augen schweigend auf mich richten und jede Frage in der Brust zurückbehalten, bis ich ihm selber alles eingestehe."

Sie schwieg und sah nach einer Richtung hin.

Ich hatte unterdessen mit mir selber abgerechnet.

„Er darf und soll es nicht aus fremdem Mund erfahren", rief ich heftig. „Ich schreibe ihm und nehme alle Schuld auf mich."

Therese schüttelte das Haupt.

„Er wird es dir und mir in seinem Leben nie verzeihen."

„Ich sage ihm, ich nehme dich zum Weib."

Sie warf den Kopf erschreckt nach meiner Seite.

„Das sagst du ihm? Er wird dich streng beim Worte nehmen."

„Er mag es tun! Er soll es tun! Bin ich denn nicht für alle Zeit entschieden?"

„Oh", sagte sie, „das ist ein schweres Wort. Mich ängstet's, wenn ich's höre." –
„Willst du zurück?"
„Matthäus", bat sie mich. „In einer Woche bin ich überm Meere. Dann werde ich in meinen Träumen deine Wälder sehen und das verschneite Dorf im grauen Duft des Abends."
„Komm, gehen wir!" begann ich sie zu mahnen.
Sie aber wollte nicht von ihrer Stelle.
„Matthäus", sprach sie, „warum ist es mir so bang? Oh, so unendlich bang? Ich will nicht heim, nicht in die Stadt zurück in unsere Wohnung. Auf jedem Wege liefe ich gerne die ganze Nacht hindurch, gleichviel, wohin es ginge. Nur diesen einen fürchte ich."

Ich zog sie mit mir fort und sprach ihr zu, so gut ich es vermochte. Allein sie wurde still, und ihre Angst schien immerfort zu wachsen.
So kamen wir durchs Dorf, erreichten die breite Straße und schritten in das dunkle Moos hinaus.
Von Osten über die Ebene her strich ein eisiger Wind und begann die Flocken schräg hereinzuwehen. Wir sahen nichts als dämmernde Bäume, deren Kronen in den Himmel versanken. Unser Schritt war weich und dumpf.
„Es wird vorübergehen", sprach ich zu Therese. Sie drückte ihren Kopf an meine Brust, hob ihre Augen zu mir auf und nickte: „Ja." Dann gingen wir weiter und weiter. Hunger und Müdigkeit überkamen uns. Therese sank auf meinen Arm. Sie hatte heute den schweren Weg schon einmal hinter sich gelegt. Nun begannen ihr die Knie zu wanken. Ihr Schritt wurde taumelnd. Ich fühlte, wie ihr Inneres in sich versank, sie war nicht mehr bei mir. Auch mich ergriff die Beschwerde des nächtlichen Weges. Mein Nakken schmerzte mich, mein Haupt ward mir zur Last, die Sohlen begannen mir zu brennen. Aber immer wieder nahm ich meine Kraft zusammen und stützte das trunkene Mädchen. Es war ein unbeschreiblich kläglicher Weg. Von Osten

her strich der schneidende Wind, durchbiß meinen Mantel und vereiste mir die rechte Seite. Therese ging im Schutze meines Mantels.
Da, als wir eine endlose Strecke fortgegangen waren und die Lichter von S. schon nahe flimmerten, trat vor uns aus der Dunkelheit ein Schatten und blieb geräuschlos in der Straßenmitte stehen. Auch wir verhielten unsere Schritte.
„Was ist das?“ sagte ich und faßte meinen Stecken fester.
„Therese!“ rief uns eine Männerstimme dumpf und zornig an.
„Mein Vater –!“ kam es von Theresens Lippen. Sie ließ mich los und stand an meiner Seite wie erstarrt. Ich trat vor sie, dem Amtsgerichtsrat gegenüber.
„Herr Matthäus Graf“, sprach der Mann in seinem dick verschneiten Wettermantel, „ich fordere meine Tochter von Ihnen.“ Und mich zur Seite drängend, griff er nach Theresens Arm. Therese ließ es geschehen.
Ich aber wandte mich mit Heftigkeit an ihn. „Herr Amtsgerichtsrat – –!“ drang es bebend über meine Lippen.
Er wies mich kurz zurück.
„Hier nicht und heute nicht, Herr Graf! Sie werden meine Meinung früh genug erfahren.“
Mit diesen Worten faßte er die Tochter unterm Arm und führte sie von mir hinweg, der Stadt und ihrem Lichterglanz entgegen.
Ich stand allein und wußte nicht, wie mir geschehen war.
Die Nacht war weit und öde wie ein Traum. In meinem Kopfe schwankten die Gedanken. Für Augenblicke schien es mir, als gäbe es das nicht, was ich bis heute für mein Ich gehalten. Es sank so lautlos wie der Schnee in mich hinab. Ich stand, ich staunte, wartete, ob ich erwachen werde, und was ich dachte, fragte, fühlte, war weder Traum noch Wirklichkeit. Da wandte ich mich um und ging von hinnen.
Indem ich dahinlief, erhob der Wind sich heftiger. Mein Mantel vermochte nichts mehr gegen ihn. Über die ganze Breite des Mooses kam er daher, Schneewolken durch die

Nacht hintreibend. Zuweilen riß der Himmel auf, dann erschienen wankend etliche Sterne.
Das Flockengestöber verwandelte sich in einen stiebenden Regen scharfen Kristallstaubes, der klirrend über die blank gefegte Straße fuhr. Ich duckte den Kopf in die Schultern, preßte die Arme an meinen Körper und ballte die Fäuste krampfhaft in den Taschen. Die Kälte schien mir stoßweise bis ans Herz zu dringen, ein schmerzliches Ziehen lief nach der Herzgrube. Wieder und wieder zerfetzten oben die Wolken und ließen die eisigen Funken der Sterne für Augenblicke herniederblitzen.
Ich nahte mich einem Dorfe, da schlug es Mitternacht. Alles war stumm und finster, alle Fenster schwarz, alle Türen verriegelt. Nur die klirrenden Staubwolken fuhren an den Rinnen der Türstöcke hinan.
Da verzweifelte ich einen Augenblick an meinen Kräften, an meinem Heimwärtskommen, und ich wollte mit der Faust an einen Fensterladen schlagen, um mich im Sausen des Windes bemerkbar zu machen. Aber ich ließ die erhobene Faust wieder sinken. Vorwärts! Vorwärts! rief ich mir zu. Es muß gehen.
Ich spannte meine Kräfte aufs äußerste an. Jeden Augenblick drohten sie zusammenzubrechen. Aber ich redete mir gewaltsam ein, ich sei inmitten einer Truppe auf dem Marsch zur Front, der immer gleiche Taktschritt von Hunderten reiße mich vorwärts. Und zwischen den Zähnen murmelte ich ohne Unterlaß den Trommelspruch der Landsknechte:

> Hüt dich Baur, ich komm,
> Mach dich bald davon;
> Hauptmann, gib uns Geld,
> Während wir im Feld.
> Mädel komm heran,
> Füg dich zu der Kann!

So schreckte ich meine Kräfte immer wieder empor. Allmählich ward ich stumpf, die Augen schlossen sich, die Sinne wurden taub und blöd, die dem Sturm zugewandte Seite gefühllos, auch die Füße spürten den Boden nicht mehr, taten nur mechanisch ihre Pflicht. Auf der breiten Straße hin- und hertaumelnd, erreichte ich Mooskirchen. Es schlug etwas. Ich zählte nicht, wieviel. Mit geschlossenen Sinnen wankte ich den Ort hindurch, kam den Hang emporgetorkelt – da weigerten meine Glieder den Gehorsam, unter dem hölzernen Vordach der Kapelle sank ich nieder. Nach wenigen Augenblicken der Bewußtlosigkeit fand ich mich auf dem Kniebrett sitzen. Das Schneien hatte aufgehört. Vor mir lagen die Höhen in ihrem neuen, flaumweißen Kleide.

Kristallwolken jagten manchmal vorüber. Meine Glieder waren tot. Ich vermochte sie nicht zu heben, solche Schwere lastete auf ihnen. Ohne Empfindung starrte ich in die nächtliche Welt hinaus, hinüber zu den stummen, rätselhaften Wäldern. Dann sank mir das Haupt, und ich fühlte, daß der Schlaf, der Überwältiger, sich über mich warf. Da, im letzten Augenblick, durchschoß mich der Gedanke: ‚Nicht einschlafen, sonst erfrierst du!'

Mit einem Rucke taumelte ich auf und fort, den Wäldern entgegen. Wie ich den Weg nach Hause gefunden, weiß ich heute nicht mehr. Aber das weiß ich noch, daß ich nach einer Zeit voll schwerer Trunkenheit in erstarrter Hand meine Schlüssel hielt und sie nicht ins Schloß bringen konnte, daß jemand herzukam und mir aufschloß, daß ich emporstieg, nach meiner Zündholzschachtel tastete und sie im Finstern nicht finden konnte, daß ich aufs Bett hinsank und nicht mehr so viel Kraft besaß, mich zum Öffnen meiner eisigen Schuhriemen zu entschließen, daß ich aufs Angesicht fiel und alles um mich unterging, bis mich aus todähnlichem Schlafe das rohe Glockenzeichen emporriß. Zacharias war es, der mich zur Kirche mahnte.

„'s Rorate is scho o'ganga, schnell, Herr Lehrer!"

Und wie ich war, im steifen Mantel und in den vereisten Schuhen, ging ich zur Kirche, saß in der Dunkelheit des Morgens zwischen zwei brennenden Kerzen an der Orgel und spielte aus Georgs dreistimmiger Fassung das bange Sehnsuchtslied:

> Tauet, Himmel, den Gerechten!
> Wolken, regnet ihn herab!

*

Noch am selben Tage trieb mich die Unruhe, daß ich mich niedersetzte und an den Amtsgerichtsrat schrieb:
„Sie haben mir Therese wie einem Übeltäter abgefordert und meine Worte nicht angenommen. Aber als ein Mann, der gewohnt ist, die Gerechtigkeit des Urteils jeder andern Rücksicht voranzustellen, müssen Sie mich hören. Glauben Sie nicht, daß ich diese Zeilen an Sie richte, um mein Tun zu beschönigen. Ich will es Ihnen frei gestehen: Ja, ich habe Sie hintergangen, indem ich mehrmals heimlich mit Therese zusammentraf. Wenn ich ein Gefühl des eigenen Unrechts in mir trage, so ist es nicht darum, weil ich dies getan, sondern weil ich es ohne Ihr Wissen getan. Aber konnte ich wohl anders? Ihr Wissen wäre gleichbedeutend mit nein gewesen.
Ja, hätte es sich fernerhin zwischen Therese und mir um eine lockere, freundschaftliche Neigung gehandelt, so hätte ich den Weg nach Ihrem Hause zu gelegentlichen Besuchen wohl gefunden. Aber etwas anderes ist in uns entstanden, was weit über unser eigenes Planen und Denken hinausging. Ich hoffe und wünsche Therese als meine Frau zu besitzen. Vor einem solchen Worte liegt ein Schicksal, und hinter ihm liegt eines. Ich ehre Ihre Sorge, anerkenne Ihre väterliche Autorität – aber wenn zwei Menschen aus ihrer Jugend heraus einander entgegenstreben, da gelten keine Regeln und Gesetze. Wo sich zwei Menschen erkennen und zusammenwachsen sollen, da bedarf es eines gemeinsamen Schicksals, gemeinsamer Bedrängnisse und gemeinsamen Glückes. Die Liebe zweier Menschen schließt alles Dritte aus. Glauben Sie nicht mehr an das Große und Elementare der Liebe, an die Gewalt der Jugend, die ihr eigenes Leben an sich reißt?

Zürnen Sie mir – ich muß doch meinen Weg gehen. Ja, wenn das, was Menschen denken, regeln und empfehlen, das Leben wäre! Ja, wenn man über den weißgedeckten Familientisch hinweg sich für ein Leben finden könnte! Man kann verschieden über diese Dinge denken, ich aber denke so, wie es in meinen Adern braust! Therese ist nicht schuldig. Wenn jemand schuldig ist, so bin es ich, der sie verleitet hat zu dieser ernsten, bittern, leidensvollen Torheit. Therese geht, geht für die Frist von Jahren übers Meer – ich habe mir das Recht genommen, sie zum Abschied ganz allein zu sehen.
Es würde mich schmerzen, wenn ich Ihr Vertrauen, Ihr Wohlwollen – ja ich darf wohl sagen – Ihre Freundschaft gänzlich eingebüßt hätte. Ich bitte Sie, mir alles zu vergeben. Aber selbst wenn Sie glauben, es nicht tun zu können, so nimmt doch alles seinen Lauf. Denn meine Briefe werden Therese suchen, an welcher Stelle der Erde sie sei, und Sie werden ihren Weg nicht hindern können." –
Einige Tage blieb ich in Ungewißheit. Dann kam ein Brief mit den kleinen, krausen Schriftzügen des Amtsgerichtsrates:
„Herr Graf! Wenn Therese nicht vorerst bei mir bliebe (denn sie hat die Einreisebewilligung in England nicht bekommen), so hätte ich es nicht für notwendig erachtet, mich noch weiter mit Ihnen zu befassen. Ihr Brief rechtfertigt Sie nicht – doch ist er wenigstens offen. Was Ihnen vor allem not tut, das ist Selbstbesinnung. Darum wünsche ich, daß Sie sich eine Zeit um Therese nicht bekümmern sollen. Auch meine Tochter ist der Ruhe und der Sammlung sehr bedürftig. Aus dieser jugendlichen Torheit soll sie mir ins klare kommen.
Sie lassen Weihnachten vorübergehen. Alsdann, wenn Sie nach ernstlicher Besinnung mit sich selber einig sind, so stellen Sie sich bei mir vor. Therese mag sich alsdann gegen Sie erklären, mir aber werden Sie Rede stehen und Ihr Tun vor mir rechtfertigen müssen." –
Erst war es mir, als sollte ich stündlich aufbrechen, um nach S. zu wandern und vor den Vater zu treten. Aber als ich den

Brief noch einmal überlas und in den Umschlag steckte, gewahrte ich am Innenrand des Umschlags an verborgener Stelle etliche winzig kleine Worte. Erst als ich den Umschlag ganz zertrennt und aufgefaltet und die Lupe vorgenommen hatte, gelang es mir, die Zeichen zu entziffern:
„Besorge meinetwegen nichts und tue nach des Vaters Willen." Es war Theresens Hand. Wenn sie mich bat, so mußte ich mich wohl ergeben.
Tage um Tage wühlte das Erlebnis durch meine Gedanken, daß ich auf einsamem Spaziergang immer neue Reden mit mir selber hielt und meine Sache gegen den erzürnten Vater führte. Aber allmählich ebbte die Erregung ab, das Herz gewann die alte Gangart, die Ruhe, die mich rings umgab, tat meinem Innern wohl.
Es kam eine Zeit der Müdigkeit, wo mich eine schützende Gleichgültigkeit umhüllte, indes sich meine Kräfte sammelten und stärkten, und eines Tages wachte ich im Grau des Morgens auf, die Stille war wie einst ein wundersames Weben, und Klarheit schwebte über allen meinen Sinnen.

Weihnachten

Es war eine Woche vor Weihnachten. Da stieg das alte, längst begrabene Kindheitsgefühl in mir empor. Wenn ich bei sinkender Nacht mein Schulhaus verließ, um einen Abendgang zu machen, dann lag das Dorf in blauer Dunkelheit, die Fenster glommen trübe durch den weichen Abend, der Schnee knirschte, und die Hecke stand vereist – da kam es wieder wie ein sehnlich warmer Lufthauch, eine bange Süße, als könnte es noch einmal so werden wie vor Zeiten, wo vom frühen Herbste an nur mehr der eine Gedanke Raum im Herzen fand: Das Christkind kommt! Wie lange ist es noch? – Wenn ich dann an der greisen Linde vorüber die Feldstraße hinauf zum Walde kam, dann stand er vor mir da in winterlicher Pracht, mit seinen kristallbehangenen Zweigen aus dem Schoße der Nacht hervordämmernd, und ich freute mich des heiligen Festes und der mitternächtigen Einsamkeit auf meiner Kammer. Wenn ich aber die Kinder befragte, so wußten sie wohl manches vom Jesuskind, und die größeren erzählten mir die Weihnachtsgeschichte, aber keines von ihnen hatte jemals einen Christbaum brennen sehen. Es war in Abenberg nicht Sitte, Tannenbäume für die heilige Weihnacht aufzuschmücken und die Kinder zu beschenken.

Ich redete darüber mit dem Pfarrherrn.

„Ganz recht, mein Freund", sprach der Alte mit fröhlichen Augen. „Wir wollen eine Weihnacht halten in der Schule. Sie sorgen für den Baum, ich lasse meinen Christbaumschmuck herunterschaffen. Unter dem Gezweige soll ein Kripplein aufgeschlagen werden. Mit Moos und Spiegeln und zierlichen Steinen werden sich die schönsten Weiher und Seen machen lassen, und an Felsenbergen und Schluchten, aus denen die Hirten hervorkommen, soll es nicht fehlen. Dann wollen wir im Dorfe betteln gehen um Eier, Mehl und Schmalz und Zucker. Daraus soll uns Balbina einen Haufen süßen Backwerks zubereiten. Dies ist ihr alle Jahre vor Weihnachten die liebste Arbeit, und sie läßt sie sich nicht nehmen, wenn ich das süße Zeug auch gar nicht essen mag."

Ich stimmte lebhaft zu, wir ratschlagten und redeten uns warm und stapften mehrmals durch den verschneiten Schulgarten hin und zurück, bis uns die Kälte durch die Schuhe drang und jeder stampfend seines Weges lief.

Zur Feier war der letzte Schultag ausersehen. Die Kinder waren zu bestimmter Abendstunde in den Schulsaal heraufbestellt. Mit einem schwerbeladenen Korb kam ich schon tags zuvor zum Pfarrhof emporgeächzt, wo mich Balbina lachend empfing.

„Was der Herr Lehrer springt mit dene Kinder!" rief sie und überzählte die gehäuften Gaben, indem sie mir versprach, ihr Bestes aufzubieten.

Dann, als die Dämmerung einfiel, schlich ich mit des Nachbars Beil hinaus zum Walde, wo ich mir ein Tännlein ausersehen hatte, scharrte den Schnee beiseite und schlug mit wohlgezielten Hieben das zitternde Bäumlein um, daß es auf die dämmerblaue Waldesfläche hinsank. Ich sah mich um im Düster der verschneiten Einsamkeit, es knisterte im dämmernden Gezweige, und wie ein Rudel Schatten huschten Rehe jenseits durchs Gesträuche.

Ich nahm das Tännlein auf und schlug den Mantel um die herben Zweige und machte mich verstohlen in das Dorf hinab. Auf halbem Wege hielt ich an und lauschte. Ein Hund schlug an, und jemand kam durchs Feld herausgeschritten. Ich überlegte einen Augenblick, indes sich die Gestalt mit schnellen Schritten näherte, und bog mit einem Sprunge abwärts in das tiefverschneite Feld. Da hörte ich eine volle Stimme hellauf lachen und erkannte Mechthild. Sie winkte mir herauf, aber so sehr schämte ich mich wegen meines blinden Schreckens, daß ich ohne ein Zeichen am Fuße der Böschung ins Dorf hinabstrich. Doch bis zum Bürgermeisterhause abwärts hörte ich ihr Lachen durch die dunklen Lüfte klingen.

So war der schlanke Baum, in eisernem Gestelle festgeschraubt, eine Nacht in meiner Kammer gestanden und hatte seine herben Düfte ausgeströmt. Und als ich anderntags in dunkler Frühe erwachte und gegen das Dämmerlicht des Fensters die schwarzen Zweige starren sah, da stand ich fröhlich auf und machte Licht. Im Scheine meiner Lampe fing ich an, die Zweige aufzuschmücken, und hatte mit den schimmernden Kugeln, den glitzernden Sternen und gläsernen Glöcklein mein eigenes Spiel. Darüber hörte ich Lisabeths Schritt. Sie hatte mein Licht gesehen und pochte an die Kammertür. Ich tat ihr auf, da stand sie staunend still.

„Jo is dös schea! Jo is dös schea!“ rief sie in unverhüllter Freude aus, trat langsam näher und betrachtete die Herrlichkeiten, da griff ich heimlich nach dem Stamm und schüttelte das bunte Bäumchen, daß es funkelte und in den Zweigen klingelte und klirrte. –

Am Nachmittage nach der Schule, gerade in der kurzen Zeit, ehe die Dämmerung herabfiel, beschrieb ich alle Tafeln

fleißig mit Weihnachtssprüchen, und während meiner Arbeit fing es mehr und mehr zu düstern an, bis ich im Finstern stand und meine Zeilen seltsam durch das Dunkel gleißten. Lisabeth hatte unterdessen den langen Waschtisch heraufgeschleppt und ihn mit schimmerweißen Tüchern schön gedeckt, nun trug sie den Christbaum aus der Kammer herüber und rückte ihn auf dem Pult zurecht. Da schlug die Glocke an, Lisabeth lief hinunter, und keuchend kamen der Pfarrer und Balbina an, die einen hoch gefüllten Waschkorb trugen.
Es wurde Licht gemacht, aus mehreren Tüchern wickelte Balbina das Krippleinszeug hervor und baute mit dem Pfarrherrn ohne Säumen eine ordentliche Felsenszenerie vor unsern Augen auf. Sie redeten mitsammen oder auch nur mit sich allein, lobten und kritisierten, indes ich mit Lisabeth das duftende Backwerk auf dreißig Teller verteilte und eine goldene Birne auf jeden Teller legte. Die schönen, leuchtenden Früchte waren die Weihnachtsgabe des Pfarrherrn, der Stolz seines Gartens, ein Obst von besonderer, herrlicher Süße.
Nun war das Kripplein auch zu Ende gebracht, man sah den Stall mit der heiligen Familie in eigener, lieblicher Beleuchtung. Auf moosigen Wiesen weideten daneben hölzerne Schäfchen mit zündholzartigen Beinen und kläglichen Mienen, und ein Engel stand vor den Hirten, ihnen die Geburt des Kindes zu verkünden. Aber zunächst dem Felsen schwammen auf silberheller, glatter Spiegelfläche viele Entchen, Gänse und Schwäne lustig durcheinander, und es fehlte auch nicht an einem kleinen Schiffe, in welchem rudernd ein fröhlicher Geselle saß.
Balbina und der Pfarrer blieben bei uns. Nach einer Weile, als wir eben die Läden schlossen, kam auch Franz an, den ich eingeladen hatte. Vor dem Hause im Dunkeln sammelten sich die Kinder und etliche Weiber, die Stimmen klangen herauf, Balbina entzündete die Lichter, ich stimmte meine Laute und legte sie bereit, der Pfarrherr schlug das Weihnachtsevangelium auf, die weite Stube erglänzte im Schein der Kerzen und hatte ein ganz verändertes Ansehen. Von

tausend goldenen Strahlen durchzittert, erfüllte den Raum ein feierliches Dämmern, hoch und freudig erschien er und von holden Geheimnissen durchwoben.
Eine kleine Weile stand ich da und weidete mich an dem Schein des Baumes. Lisabeth ging hinab, die Kinder zu holen. Nach einer Zeit hörte man die Schar heraufschleichen. Die Tür öffnete sich, und die ersten kamen herein. Sie traten aus dem dunklen, nächtlichen Rahmen der Tür wie aus der Finsternis der Welt hervor in das Licht des himmlischen Glückes, beim Anblick des Weihnachtsbaumes verklärten sich ihre herben Gesichter zu staunender Schönheit. Der Schein der Kerzen glomm in feuchten Funken in ihren Augen, die Lippen waren zu einem leisen Ruf des Staunens geöffnet. Sie schienen alle verwandelt und kaum mehr zu erkennen. Leise, nicht drängend, von dem Wunder des Weihnachtsbaumes mit Seele und Sinnen ganz gefangen, schlichen alle an ihre Plätze, mit etlichen Frauen trat Lisabeth wieder herein, die Hände wie geblendet über die Augen schirmend, zuletzt aber nahte sich eine hohe, sanfte Gestalt und stand mit sinnendem Ernste leicht grüßend an der Schwelle – Mechthild. Auch ihre Lippen waren geöffnet, doch lächelte sie kaum. Ruhig trat sie neben den Ofen in die Ecke und stand so regungslos und stille, als ob sie nicht zugegen wäre.

*

Nun sank auch der heilige Abend herab.
„Du bleibst bis zur Christmette allein“, hatte Franz zu mir gesagt. „Ich ziehe zur rechten Zeit an deiner Klingel, dann kommst du herab, und wir gehen mitsammen in die Kirche hinüber. Wenn sie dann so heraufgezogen kommen, Matthäus, und aus der Nacht hervortreten in ihren Festgewändern! Und am Altar das feierliche Gloria. Schon viele Wochen freue ich mich darauf. Und wenn das Amt vorüber ist, dann steigen wir auf deine Kammer.“
Die Abendmahlzeit war wie sonst verzehrt, da trug ich alles

hinaus, was an die alltäglichen Geschäfte erinnerte, und alles Kochgerät und Geschirr entfernte ich aus meiner Kammer. Dann breitete ich weiße Decken über den Arbeits- und den Waschtisch und trug den Christbaum aus dem Schulsaal herüber. Die Zweige streiften zweimal am Türgerüste und die stattlichen Kugeln klingelten und klirrten.
Als alle Vorbereitungen vollendet waren, die Gläser auf dem Tische blinkten, die neuen Kerzen an dem Baume glänzten und der Duft verbrannter Zweige durch die Kammer strömte, setzte ich mich auf einen Stuhl und vertiefte mich ins Neue Testament.
Die Stunden flogen wie der Atem. Als ich dazwischen einmal das Fenster auftat und in die Nacht hinaussah, hatte sich der Himmel an vielen Stellen aufgetan, und die Sterne flimmerten herunter. Ihr Schein erfüllte die Nacht mit leiser Helligkeit, die von den Dächern des Dorfes und vom Sichelberge als ein bleicher, wundersamer Schein zurückgedämmert wurde.
Ich stand und schwieg, da ward mir das Auge entbunden. Ich sah ein Antlitz, welches lächelte. Es lächelte aus der Tiefe der Dinge, ja aus dem Grund des Himmels her. Es war wie Licht und ganz in Seligkeit befangen. Und immer sah es vor sich nieder wie in einen Brunnen. Der Brunnen ging hinab in das Gestein. Dort unten glimmte es von unsagbarer Jugend. Ich wußte nicht, wie mir geschah. Himmel und Erde wurden wie von lauter Kindheit strahlend, Erschrekken fiel mich an, ich fühlte alle Dinge neu. Da stand ich wie gebannt, die Zeit verbleichte ins Wesenlose. Mit einem Male ward es übergroß, ich fühlte, daß es mich nicht weiter trage und daß es mich entstürzen lassen müsse.
Jetzt schlug mein Herz, und Franzens Glockenzeichen tönte.
Ich fuhr empor, warf meinen Mantel um und lief hinunter. Da stand er vor der Türe, und seine Augen spiegelten. Er sagte nichts, Kirchgänger rauschten aus der Dämmerung, wir traten in das Gotteshaus.
Ich war wie entrückt, die Kerzen brannten ferne, das Christ-

kind auf dem Tabernakel schwebte wie ein Flimmer. So kamen wir hinauf. Schon war der Orgelkasten aufgeschlagen, und die Leuchterflammen standen rechts und links am Orgeltische.
Die Menschen kamen, Sophie Wegmann trat heran und neigte sich zu uns. Der volle Schall der Glocken kündete die Mitternacht. Ich wollte bei den andern sein und drängte mich verlangend in die Tiefe. Allein ich fand die Erde nicht.
Die Orgel klang, wir sangen, alles ging zu Ende. Die Kirche leerte sich, die Menschen schwanden, und die Kerzen loschen. Noch immer stand ich wie beirrt. Franz rief mich, faßte mich am Arm und führte mich hinweg.
Er führte mich hinaus, ich sah die Nacht und sah den Schein aus meiner Kammer. Bei meinem Weggang hatte ich die Lampe brennen lassen. Nun stiegen wir hinauf, nun saßen wir im milden, warmen Raume.
Keiner von uns beiden redete ein Wort. Allmählich kam ich zu mir selbst. Ich lächelte, es war mir wunderbar. Dann schenkte ich den Wein in unsere Gläser. Wir tranken, blickten uns an und schüttelten uns die Hände. Auch Franz schien mir verwandelt, mein Benehmen deuchte ihn nicht wunderlich. So saßen wir beisammen. Endlich brach der Freund das Schweigen. „Matthäus, nimm die Laute!" bat er.
Ich nahm sie und sang. Stumm hörte Franz mir zu. In seinen Augen war ein feuchter Glanz. Ich weiß nicht, was mir da mit einmal durch die Seele fuhr, daß mir der Ton zerbrach und ich die Laute sinken ließ. Im selben Augenblick erhob sich Franz mit Heftigkeit vom Stuhl und trat ans Fenster, lehnte sich tief in die Nische und sah in die Nacht hinaus.
Ich saß am Tische, die Erschütterung der Brust bekämpfend, tief atmend und die Lippen aufgetan. Um uns war eine Stille wie ein Abgrund. Lange verharrte Franz am Fenster, ohne sich zu regen. Da stand ich auf, trat neben ihn und legte meine Hand auf seine Schulter.
„Hm!" murmelte er vor sich hin und schüttelte den Kopf.

Dann wandte er sich gegen mich.
„Und das muß enden?“ sprach er. „Ein Jahr, und von alledem ist nichts mehr, und wir sind auseinander – du da, ich dort.“
„Weißt du das sicher?“ fragte ich betroffen.
„Weg!“ fuhr er fort. „Ausgeblasen wie ein Licht! Laß uns den Christbaum anzünden!“
Wir taten es. Wortlos blickten wir in den Glanz der Kerzen. Als sie niederbrannten, leerten wir die Gläser.
„Trennen wir uns!“ sprach Franz. Seine Seele war herb geworden.
Die Lampe in der Hand, geleitete ich ihn hinab. Beim Abschied kam ihn nochmals die Bewegung an. Aber zornig wandte er sich herum und eilte durch die Nacht von dannen. Noch stand ich mit der Lampe unter der Haustür und horchte auf das Verhallen seiner Schritte. Als ich hinaufging, war mir so einsam, als ob ich auf der ganzen Welt nicht eines Menschen teilhaftig wäre.

DRITTER TEIL

Das Dornenkränzlein

Durch die Stille der Januarnacht wanderte ich das Abenberger Tal zurück. Von kaum überstandener Krankheit waren meine Glieder matt und kraftlos, und es wallte dann und wann wie Schwindel über meine Stirn. Weihnachten war vorbei.

Die letzte Woche hatte große Schneemassen über das Land geworfen; aber im Sturm der letzten Tage hatten die Wälder ihre Lasten abgeschüttelt und standen nun in solchem düstern Schwarz, in solcher Stille und Verschlossenheit, daß es mir war, als zöge ich dem Lande immer näher, in dem die letzte Spur der Menschen sich verliert. Und niemand ging mit mir, und niemand konnte mich geleiten.

Indem ich mitten auf dem Wege stehenblieb und in das bleiche Licht der Hänge blickte, durch das die Dämmerung mit tausend feinen Fingern wob, und überall dasselbe matte Scheinen, gesäumt vom selben Sammetschwarz der Wälder, mir entgegenkam, fiel mir das odemlose Schweigen dieser Stunde in die Seele, und in mein Ohr erklang das Rauschen meines eigenen Blutes.

So war die Zeit dahin, auf die ich mich wochenlang mit solcher Freude bereitet, vergangen unter Krankheit, Mattigkeit und Schmerz. Denn schon am zweiten Tage meiner Heimkehr zu den Meinen war ich plötzlich in ein heftiges Fieber gefallen, und alles Übermaß an Aufregung, das mein Abenberger Leben von mir gefordert, zog mir mit einem Male die Rache der mißhandelten Natur herbei. Als ich das Bett verließ und die trüben Tage hindurch in unserer dunklen Wohnstube im Lehnstuhl saß, während meine Mutter schweigend meine Hand ergriffen hielt, kam dann und wann Maria zu Besuch und lichtete das Düster mit dem Scheine ihres Lächelns.

Und nun geschah, was mich am meisten traf. Ein Brief von Therese war über Abenberg zu mir gelangt, und als er in meinen Händen lag, da hielt ein Zaudern meine Hand zurück, daß ich ihn eine Zeit nicht öffnete. Denn mir war es, als enthielte er nichts Gutes. Endlich ward er doch erbrochen und entfaltet; aber schon der erste Blick auf die regellosen Zeilen, die bald empor, bald abwärts stiegen, bestärkte mein Gefühl und machte meinem Herzen bange. Und als ich endlich gelesen hatte, entfiel mir der Brief, und ich fühlte mich doppelt krank und elend.
Therese hatte von ihrem Vater geschrieben, sie hatte nichts Böses, nichts Ungerechtes ausgesprochen; aber es klang mir ein Ton aus diesen Zeilen entgegen, der mir ins Herz schnitt und alle Freude jäh daraus verlöschte. Ich trug ein Bild von ihr in mir; aber dies Bild war nun mit einem Male zerstört. Unsägliche Fremdheit wehte mir wie kalte Luft entgegen, ganz im geheimen schien sich etwas Unerbittliches vor mir zu offenbaren.
Erstaunend und erschreckend fragte ich mich selber, was es sei, durchlas die Zeilen wieder, immer wieder; die Worte gaben mir kein Recht, ich schalt mich wirr und krank in der Empfindung – allein da half kein Sinnen und Erwägen. Ein bittrer Schmerz, der sich nicht stillen ließ, durchströmte mich mit rätselhaftem Feuer. Ich litt und litt und sank in Elend und in tiefen Kummer.
Das war Therese nicht, die das geschrieben. Dies Wesen war mir fremd und tat mir weh. Gab es denn eine andere Therese? War, was ich bis ins Herz hinein zu kennen glaubte, nur die Gestaltung meines höchsten Wunsches? Stand hinter diesem Traumgebild ein Mensch, voll einer Not, voll eines Trachtens, das ich nicht verstand?
Ein Schauder überlief mich, als ich solches dachte. Nun war ein Riß entstanden, der das schöne Bild durchklaffte. Mir war ein Leid angetan: Therese hatte mich verlassen.
Ich kann nicht hoffen, daß es mir gelinge, zu erklären, was nun in mir geschah. Der Anlaß, scheinbar unbedeutend, war jenem leichten Windeshauche gleich, durch den der Nebel-

schleier vor dem Abgrund weggehoben wird. Ich starrte ahnungsvoll in ein entferntes Schicksal.

Und nun geschah das Bitterste, was zwischen Menschen sich ereignen kann: Ich fühlte mich im Innersten schon losgelöst, hinweggedrängt und auf die Wanderschaft nach jenem letzten Menschlichen getrieben, das mir Therese nicht erfüllen konnte. Und dennoch hatte ich nicht aufgehört, mein Herz nach ihr zu wenden, sie zu lieben. Die Sehnsucht, die mich nun befiel, ist nicht mit Worten auszusprechen. Mir war, ich müßte nach ihr rufen, meine Hände nach ihr strecken, sie unter Tränen bitten, das zu sein, was meine Liebe von ihr hoffte, mir schien in unerklärlich banger Torheit, als könnte sie mein flehentlicher Ruf dazu bewegen.

Doch als ich mich mit Tinte und Papier in eine abgelegene und kalte Kammer schlich und hier versuchte, ihr mein Leiden zu erklären, da sank mir hoffnungslos die Hand hernieder, und während ich mich fragte, ob nicht alles, was ich dachte und empfand, ein ungerechter, kranker Wahn sei, erstarrten mir die Finger an der Feder.

Sie liebte mich. Sie war ganz ahnungslos. Mein Schreiben mußte sie verwirren und erschrecken. Wie, wenn in ihr ein Mißtrauen gegen die eigene Natur erwachte? Es gibt kein lähmenderes, hoffnungsloseres Übel als den Zweifel an sich selbst. Wie, wenn sie sich entschloß, ihr eigenes Wesen zu verändern? Wenn sie sich selbst Gewalt antat?

Und wenn sie fürchtete, mich abermals und tiefer zu verletzen, wohin entschwand die Unbefangenheit? Kam es nicht endlich dahin, daß sie zögernd jede Silbe prüfte, daß sie mir nicht zuleid gesprochen sei? Wie mußte sich da alles zwischen uns entstellen!

Da sah ich ein, wie einsam wir auf Erden sind und daß uns nichts vertraut ist als der eigene Wahn. Die Stunde kommt, wo er zerreißt und nur den Anblick nackter Felsen übrigläßt. Die Stunde kommt, wo die sich scheiden müssen, die nicht eines Wesens sind.

Doch ich begriff es nicht. Wir hatten doch die Neige eines bittern Schicksals aus demselben Becher ausgetrunken. Wir waren doch, von unerklärlicher Gewalt getrieben, durch Nebel, Nacht und Wind gelaufen, daß eines zu dem andern kommen könnte. Ich hatte dieses Mädchens Jawort, und ihr Vater wußte, daß wir uns für Lebenszeit versprochen hatten.

Sollte ich schweigen, meines Weges weitergehen? Dies Schweigen lag mit lebenlosem Druck auf mir. Es trieb und drängte mich, Therese alles zu erklären, da fühlte ich, daß sie es nie begreifen werde, da sah ich ihre Augen fremd, erschrocken, bange nach mir blicken. Und reden, schweigen, beides schien mir gleich unmöglich. So quälte ich mich ab, bis meine Stunde kam und ich mich rüstete, die Meinen zu verlassen. Und durchgerüttelt, wund und weich, nicht wissend, welch ein Schicksal mir aus diesem Schmerz entspringen werde, so schritt ich meines Weges weiter, Abenberg entgegen.

Mir war, ich müßte in die fernste Wüste fliehen, fort von den Menschen, die sich nie berühren und sich nur Wunden schlagen, wenn sie lieben. Dort hinten lag mein Schulhaus, dort hinten düsterte die Nacht, dort hinten erwartete mich niemand als die treue Lampe.

Vom Walde her erklang mit einem Male der Schrei eines Käuzchens. Halb klagend und halb höhnend war der Ruf und hallte lang hinziehend durch die Waldesbuchten.

Ich stieg den Sichelberg hinauf und sah das Dorf in ungewissem Scheine liegen. In Senzlas Häuschen flimmerte ein Licht.

„Mein Senzla, sei gegrüßt, mein teures Kind! Die Toten sind getreuer als die Lebenden. Schlag deine Augen zu mir auf! Leg' deine Hand in meine!"

Matt kam ich an mein Haus, schloß auf und stieg empor. Im Ofen brannte ein Feuer. So hatte Lisabeth an mich gedacht! Wie grüßte ich Wände und Bilder, wie hob ich sorgsam den Schirm von meiner Lampe auf! Hier war ein Leben, ein heimliches Weben, ein Atmen und Dämmern, ein inniges Sein.

Ich ließ die Lampe und griff im Dunkeln nach der Laute.

Leise schlug ich sie an. Die Klänge schwebten. Und wie sie schwebten, löste sich die Brust, und lautlos strömten mir die Tränen nieder. Da wallte es in mir wie ein Gesang, und die Gedanken klangen mir wie Worte:
‚Ich klage, klage um die Menschen. Ich klage um ihre Liebe, die nicht von einer Brust zur andern dringen kann. Ich klage um die große Einsamkeit des Herzens. Denn die Wahrheit ist verschlossen, und nur der Wahn ist unser. Allein wir können ihn mit niemand teilen.'

Als ich endlich Licht machte, sah ich ein einfaches, graues Paket auf meinem Tische liegen. Die Anschrift war von Theresens Hand. Und als ich es eröffnet hatte, enthielt es nichts als eine Dornenrute, die rings zu einem stacheligen Kranz verflochten war.

Die Aussprache

Ich hatte Therese geschrieben, ich ertrüge dieses dumpfe Fernsein und Schweigen nicht länger. Ich wolle am Tage der Konferenz, zu der mich eine Weisung meines Oberlehrers nach S. beschieden hatte, vor ihren Vater treten, um mich zu verteidigen. Den Amtsgerichtsrat bat ich mit wenigen Zeilen, mich zur bestimmten Stunde zu erwarten.
In dunkler Frühe brach ich auf. Ich wollte auf mehr als zweistündigem Wege den Frühzug in Kardorf erreichen. Als ich vom Licht meiner Lampe hinweg vor die Haustür trat, starrte ich wie erblindet in eine bodenlose Finsternis. Mir war, als stünde ich im Nichts. Aber an den Stäben des Spaliers forttastend, erreichte ich mühsam das Gartentor. Hier ging mir jeder Anhaltspunkt verloren, und nach einigem Umhertappen begann ich zu straucheln und fiel am Wurzelwerk der Linde nieder. Als ich mich aufgemacht hatte und weiterfühlte, stieß ich mit vorgeneigtem Kopf an des Bürgermeisters rauhe Gartenmauer. Ein kalter Nebelduft stieg mir von da entgegen.

Endlich aber begann es vor meinen Augen zu dämmern, und ich fand den Ausgang des Dorfes.
Nun schritt ich nüchtern und verdrossen mit halbgeschlossenen Sinnen durch die Dunkelheit das Tal hinab. Ich kam an eine Stelle, von der ich glaubte, daß hier der Fußweg gegen den Bach hin abzweige; aber ich vermochte keine Spur von einem Fußweg zu entdecken. So lief ich spähend ein gut Stück weiter nordwärts, bis es mir vorkam, als sei ich über die rechte Stelle längst hinausgewandert, kehrte um, eilte zurück und fand mich nicht zurecht. Endlich bedachte ich, daß ich nicht länger Zeit verlieren dürfe, wandte mich nach der Richtung, in der nach meiner Meinung die Berghöfe liegen mußten, und stapfte aufs Geratewohl quer über das Tal durch den tiefen Schnee dahin. Nach einer Weile stand ich vor dem Mühlbach, welcher breit daherfloß, und scheute mich hinüberzuspringen. Aber weil nicht Zeit zu säumen war, warf ich meine Mappe mit den pädagogischen Büchern über den Bach, trat zurück, nahm einen gewaltigen Anlauf und setzte glücklich über. Weitertaumelnd und bei jedem Schritt versinkend, strebte ich dem Rand des Waldes zu. Aber nicht eher erkannte ich, daß ich ihn erreicht hatte, als ich über etliche junge Tannen in das Gestrüpp eines Brombeerstrauches stürzte. Zerkratzt und blutend raffte ich mich auf, drang in den Wald, fiel über etwas, sprang empor, fiel wieder, taumelte hinan und drang auf solche Weise in der Finsternis voran. Die Zeit verging. Ich kam durch lange Waldesgassen, geriet in freie Halden, wo ich mich in zahlloses Gestrüpp verwirrte, wandte mich bald nach rechts und bald nach links, am ganzen Leibe glühend und mit Schweiß bedeckt. Etliche Stunden vergingen, und immer noch mühte ich mich im wilden Walde ab, versank in überschneiten Gräben und schaffte mich keuchend heraus, da endlich begann es zu dämmern, der Wald ging auf, ich wankte über einen weißen Hang herab und erreichte eine Straße. Als ich eine Weile darauf gegangen war, kam der Tag. Bleich quoll das Licht herein. Die Bäume, die die Straße zu beiden Seiten begleiteten, erhoben ihre Kronen aus dem Dunkel, die

rätselhaften Massen lösten sich aus dem Blau der Dämmerung und sammelten sich zu weißen Schneefeldern und grauen Waldeszügen, oben enthüllte sich ein steinerner Himmel. Je heller es wurde, desto nüchterner und bleicher dehnte sich die Landschaft. Mit ödem Krächzen flog ein Krähenpaar vorüber. Ein Stück vor mir erschien ein Mann und schritt mir wohlgemut entgegen.

„Wohin führt diese Straße?“ rief ich ihn an.

„Die?“ wiederholte er. „Nach Mooskirchen, Herr, dort unten liegt es.“ Er nickte mit dem Haupte nach der Richtung hin. Sein Angesicht war frisch, und seine blauen Äuglein blitzten.

So war ich denn hinüber nach Mooskirchen geirrt. Nun schlug es acht Uhr. Von Mooskirchen bis S. waren es drei Stunden Weges. Ohne Besinnen machte ich mich dran. War ich nicht diesen selben Weg schon mit Therese gelaufen? Gedankenlos und düster zog ich die öde Moosstraße hinab. Ich blieb nicht stehen, ich rastete nicht. Als es elf Uhr schlug, betrat ich die Schulstube des Oberlehrers, in der die Versammlung stattfand. –

Nun war die Konferenz zu Ende, und ich wandte mich zur Wohnung des Amtsgerichtsrates. Von den Mühen des Weges und vom Hunger war mir elend geworden, und ich befand mich nicht im besten Zustand, mich vor dem erzürnten Vater zu verteidigen. Langsam klomm ich die Stiege hinauf. Therese öffnete die Wohnungstür.

„Wie siehst du aus, Matthäus?“ fragte sie erschrocken. Ich sagte ihr etliche Worte, die sie beruhigen sollten. Sie aber schüttelte den Kopf und sagte: „Du bist krank.“

Sie führte mich durch einen düstern Gang und öffnete eine Tür. Der Amtsgerichtsrat stand von einem Schreibtisch auf, der an das Fenster gerückt war und über den das trübe Licht des Tages spielte, und kam mir stumm entgegen. Seine Miene war verschlossen. Er reichte mir die Hand und wies mich an zu sitzen. Therese saß zunächst dem Fenster.

„Sie wollen Therese zur Frau?“ begann der Amtsgerichtsrat finster.

„Ja“, sagte ich und spürte, daß ich mein innerstes Gefühl verleugnete. Aber ein Blick auf das blasse und vom Kummer gezeichnete Antlitz Theresens trieb mich an, die Rücksicht auf mich selber gänzlich zu vergessen.
„Ehemals“, begann der Alte wieder, „wollten Sie ihr Freund sein, und Sie hatten nicht die Kraft des Willens, sich in diesen Grenzen zu bewahren. Sie haben getan, wie Kinder tun, die nichts als ihre eigene Empfindung kennen. Sie haben die Ruhe des Mädchens zerstört, Sie haben es zu List und Heimlichkeiten verleitet und sind dann mit ihr wie ein Vagant auf offenen Straßen herumgezogen. Sie haben sich nicht gefragt: Was soll daraus werden? Sie haben nicht bedacht, daß dieses Mädchen meine Tochter ist. Sie haben mich mit der Dreistigkeit eines ungereiften Knaben ins Gesicht hinein betrogen, Sie haben mir das Herz meines Kindes entwendet und meine Tochter dahin gebracht, daß sie daran ging, mich zu hintergehen. Nun ist das Vetrauen zwischen ihr und mir zerbrochen. Dies alles ist Ihr Werk. Sie können sich der besten Dinge rühmen.“
Die Worte trafen mich wie dumpfe Keulenschläge. Ich suchte mich zu sammeln, zu entgegnen; aber da sah ich sein graues Angesicht sich röten, und ohne daß er mich zu Worten kommen ließ, rief er mit innerlich bebender Stimme: „Pfui, junger Mann, den Vater dieses Mädchens so zu überlisten! Die Ehre meiner Familie, die Ehre Ihres Standes für ein Nichts zu achten! Geduld, Sie sollen Gelegenheit bekommen, Ihr Beginnen zu erklären – rechtfertigen werden Sie es niemals können. Heiraten wollen Sie das Mädchen? Wo nehmen Sie die Mittel her, die diesen Schritt ermöglichen? Sie sind ein grüner Mensch, der nichts besitzt als den Beruf, in dem er sich nun erst bewähren soll. Und was Therese Ihnen hätte bringen können, das hat die Not der Zeit schon längst verzehrt. Auf welchen Boden gründen Sie die Ehe? Nichts mehr davon! Sie haben nicht das Recht, ein solches Wort noch einmal in den Mund zu nehmen.“
Bei diesen Worten war meine Erregung immer mehr gewachsen, die Zähne hatten sich mir fest geschlossen, die

Hände hielt ich geballt, daß sie nicht zitterten. Ich fühlte, wie mir die Erregung in die Augen stieg.

„Nein", rief ich aus, „ich hätte anderes von Theresens Vater erwartet! Glauben Sie wohl, ich hätte alles das in meinem Innern nicht erwogen? Glauben Sie wohl, ich hätte ohne ein Gefühl der Pflicht und der Verantwortung so geradehin aus Leichtsinn das getan, was Sie so sehr verdammen? Sie denken wahrlich schlecht von mir!

Ich will Ihnen", fuhr ich mit größerer Fassung fort, „nicht reden von jenen Stunden, in denen ich mit mir selber kämpfend rastlos in der Stube auf und nieder lief, ich will Ihnen nicht die Seiten des Tagebuches zeigen, auf denen ich mich ins klare zu schreiben mühte, auf denen ich jene Fragen alle wie eine Schar von Warnern, eine Schar von Richtern, festhielt. Aber eines will ich Ihnen sagen: Diese Menschen, die auf ihren Grundsätzen so sicher ruhen, diese Menschen, in denen alles so fest an seiner Stelle bleibt, die niemals wanken, niemals fortgerissen werden, die nichts Höheres kennen als den kalten Kodex ihrer Moral, diese Menschen, in denen das Herz nicht mehr in heißen und gefährlichen Schlägen zittert, die wissen nichts vom Leben, nichts von der wachsenden Gewalt und Herrlichkeit, womit das Dasein sich entfaltet – tot sind sie, eingefroren, dürr –"

„Halt!" rief mein Gegner, indem sich seine Faust zusammenballte. „Dies ist keine Sprache, die ich weiterhin mit Ruhe anzuhören willens bin. Lernen Sie erst begreifen, was ein Mann ist, verstehen, daß man ohne Grundsätze das Spiel der eigenen Schwächen ist und niemals einen Anspruch hat, die Stimme gegen reife Menschen zu erheben. Je mehr ich Sie höre, desto mehr enthüllen Sie die Torheit Ihrer Jugend. Sie hintergingen mich, obwohl ich Ihnen vertraute."

„Wohlan", rief ich mit Bitterkeit, „verachten Sie mich denn um meiner Jugend willen. Es soll Ihnen nicht gelingen, mich in Zweifel zu versetzen. O nein, ich fühle etwas in mir, das mich hinaushebt über alle Engen. Nennen Sie mich jung und töricht, und Sie werden mein Bestes in mir erwecken, einen Hochmut, den Sie nicht ermessen können. Ich ahne, fühle, ja, ich weiß, daß ich ein Werkzeug bin des höchsten Lebens. Mögen alle die Wohlbehüteten und die Gerechten unerschütterliche Anerkennung genießen, mögen sie ihren wohlgesteiften Kragen umlegen und den Staub von ihrem tadellosen Sonntagsrocke bürsten, es wird ihnen nicht beikommen, um der unaussprechlichen Rätsel des Lebens willen zu zittern und, in innerster Bewegung sich erschütternd, aufzutönen. Was wissen Sie davon, was zwischen uns geschah?"

Der Schmerz, der Zorn, der Eifer hatten mich fortgerissen, daß ich alles um mich her vergaß. Nun sah ich wie in weiter Ferne vor mir den Amtsgerichtsrat mitten in schwankenden Nebeln sitzen und mit verwunderten Augen auf mich sehen.

„Was reden Sie da?" klang seine Stimme kalten Tones an mein Ohr. „Sie leben nicht in dieser Welt. Und jede andere Welt als diese Welt ist Wahn."

„Therese", wandte er sich nach einer Pause an seine Tochter, „willst du uns auch noch etwas sagen?"

Theresens Lippen zuckten.

„Matthäus hat mich gefragt, ob ich als sein Weib mit ihm gehen wolle. Ich habe ja darauf gesagt. Und wenn wir keine Mittel haben, unsere Ehe zu schließen, so will ich fort und schaffen, was meine Hände vermögen, um zu verdienen, was wir brauchen."

Der Vater sah sie eine Weile an. Sie hielt den Strahl aus seinem Auge unbeweglich aus.

„Du willst mit ihm?" wiederholte er.

Therese sprach mit fester Stimme: „Ja."

„Und Sie", sprach er, mich steif ins Auge fassend, „sind entschlossen, Ihr ganzes Leben für das Glück des Mädchens einzusetzen?"

Bei dieser Frage fühlte ich das Blut aus meinen Wangen weichen. Ein schreckliches Gefühl der Angst stieg in mir auf. „Versprich nicht, was du nicht vermagst", fiel eine Stimme tosend in mein Ohr. Da glitt mein Auge irrend auf Theresens Antlitz. Im selben Augenblicke fühlte ich ihre

Augen in den meinen hangen, durch die meinen dringen. Jetzt stand ich hart an der Entscheidung. Doch während die Gedanken in mir wirbelten, vernahm ich meine eigene Stimmte laut und mit dem Tone der Beschwörung:
„Ich bin entschlossen, Leib und Leben für Therese aufzuopfern.“
Der Amtsgerichtsrat schwieg. Im Zimmer drückte eine atemlose Stille. Theresens Augen wichen nicht aus meinen. Mir aber war, ich hätte gegen mich das Urteil ausgesprochen.
„Gut“, hub der Alte halblaut an, „so wagen wir die Probe. Therese wird Sie wiedersehen. Doch niemals wird sie ohne mich zu Ihnen kommen. Ich hoffe, daß Sie wissen, was Sie eben ausgesprochen haben. Nun zeigen Sie, daß Sie es auch vermögen. Allein, es soll nur eine Probe gelten. Die Öffentlichkeit wird nichts davon erfahren. Ich will nicht, daß dies Mädchen in die Leidenschaft gezogen und um sein erstes Jugendglück gebracht wird. Ich will nicht, daß es sich den Armen eines Mannes übergebe, der sie am Ende mit verstörtem Herzen ziehen läßt. Sie selbst sollen mir zum Bürgen werden oder nie mehr eine Hand nach diesem Kinde strecken.
Und du, Therese, die du dich nicht gescheut hast, mich zu hintergehen, lerne begreifen, was das heißt, sich einem fremden Manne übergeben wollen. Wahrhaftig, es bewegt mich, wenn ich denke, daß du bisher mir gehörtest, mir vertrautest, daß es geschehen konnte, dies Vertrauen heimlich, heuchlerisch von mir zurückzuziehen – daß ich dich nun verloren haben soll. Ich habe dich verloren“, sprach er weiter, „ich will mich über das Bitterste nicht täuschen. Ich hätte Lust gehabt, dem Manne da die Tür zu weisen für immer. Ich habe es nicht getan, um deinetwillen nicht. Denn du vertraust auf ihn. Und möge es zu deinem Glücke werden.“
Therese blickte zu Boden. Sie war sehr bleich. Ich fühlte mich wie tot in meinem Innern.
Wir standen alle auf. Der Alte reichte mir die Hand.

„Ich bin zu allem“, sprach er, „selbst zum Äußersten bereit. Und dennoch möchte ich Sie bitten: Machen Sie sich würdig, mein Vertrauen zu besitzen!“
Bei diesen Worten wallte es in mir empor. Ich sah ihm zweifelnd in die Augen und umfaßte seine Rechte stärker. Noch einmal stieg die Angst in mir herauf. Ich wollte etwas sprechen, da versagte mir die Zunge.
Therese führte mich hinaus. Ich war wie starr in einem einzigen Gedanken. Als mir Therese ihre Lippen reichte, begriff ich nicht, was dieses Zeichen sollte. Sie wich zurück. Ich fühlte ihre Augen weiter werden.
„Matthäus!“ rief sie leise und aufs äußerste erschrocken. „Sag, was du denkst, Matthäus!“
Mein Inneres durchfuhr es wie ein falber Blitz. Dann war ich wach und wieder bei mir selber.
„Nichts, Kind – es ist mit Worten nicht zu sagen.“
Ich zog sie gegen mich und neigte mich, um sie zu küssen. Doch ihre Lippen waren leblos, kalt und bitter.

Erwachender Frühling

Ich kam wie ein toter Mann nach Hause. Dumpf und ohne Regung, mit geballter Drohung lagen zwei feindliche Mächte in mir. Ich hütete die Dumpfheit, daß die toten Riesen nicht erwachten. Aber sie standen im Traume auf und reckten ihre Glieder. Und jeder hatte eine Stimme, eines jeden Stimme aber nannte sich Gewissen.
Nun fand ich keine Ruhe mehr. Im Wachen und im Träumen ward ich hin und her gerüttelt, und immer klang der Widerstreit in meinem Ohr. Ich wurde wirr und wußte nicht mehr, welcher Stimme ich vertrauen sollte.
Da fühlte ich mich täglich matter und lief in dumpfem Sinnen meiner Wege. Am Ende ward ich stumpf und müde, in meinem Kopfe war es heiß und schwer, ich sah die Dinge um mich schwanken und zusammenfallen, und endlich nahm ein Nervenfieber mich dahin.

Eine Zeitlang war ich ohne Bewußtsein, und als ich in meinem Bett erwachte, fand ich Balbina und den Pfarrer um mich beschäftigt. Der Arzt war dagewesen, ein junger Aushilfslehrer waltete in meiner Schule. Balbina hielt im Wechsel mit Lisabeth an meinem Bette Wache. Aus den ersten wirren Tagen, aus tiefer Erschöpfung gelangte ich langsam wieder zur Klarheit, und es schien mir, als hätte ich eine unermeßlich lange Zeit im Schlafe zugebracht. Was vordem gewesen, trat erst langsam wie aus einem Nebelschleier vor mich hin, und Bilder der Vergangenheit enthüllten sich vor meinem innern Auge. Aber mein Herz, unfähig der Bewegung, ließ sie an sich vorübergleiten. So lag ich da und wartete, was weiterhin mit mir geschehen würde.

Wochen vergingen. In meiner Brust begann es sich zu regen. Ich hörte draußen den Föhn und das Tröpfeln des schmelzenden Schnees und sah den Mond mit kümmerlichem Scheine über den Himmel schleichen. Dann fühlte ich mich schwer von Müdigkeit, und endlich wehte mich's wie leise Hoffnung an. Die Kraft des Winters war gebrochen, und alles schritt dem wachsenden Lichte entgegen. Und weil ich leer und gabenlos wie die erwachende Natur war, so kam die Ahnung neuen Lebens mächtiger in mich, und dieser Frühling war der süßeste, der jemals mein Gemüt mit seinem Glanz umwoben hat.

Ich brachte meine Tage teils im Bett, teils auf dem Stuhl am Fenster zu, wo ich, in meine Decke gehüllt, viele Stunden saß und lauschend in das mild getönte Grau hinaussah. Mich lockte kein Buch, keine Feder. Alles, was Menschen ersonnen und erschaffen, ging mich in jenen Tagen nichts an. Einzig der Natur wandte ich gerne meine noch matten Sinne zu.

Bald fand ich Gesellschaft an einer grünen Florfliege, die an meiner Fensterscheibe saß. Sie hatte den größten Teil des Winters mit mir verbracht, aber ich hatte sie nie sonderlich beachtet. Manchmal hatte ich sie zwischen meinen Büchern und Heften hindurchlaufen, manchmal neben dem Fenster an der weißen Wand sitzen sehen. Nur am Abend war sie, von dem Lichte meiner Lampe entzückt, emporgeschwirrt und hatte sich tanzend unter dem glanzerfüllten Dome meines Lampenschirmes die halbe Nacht herumgetrieben.

Nun, da ich meine Nöte, Sorgen und Pläne entlassen hatte und nichts als meine Kräfte zu sammeln suchte und ruhig atmend stundenlang an derselben Stelle saß, jetzt wurde die grüne Fliege mir zur Gefährtin. Es war mir eine innige Beschäftigung, das zarte, luftige Geschöpf zu betrachten. Still atmend saß sie oben, vielleicht von der Sehnsucht nach dem Frühling bewegt, der sie an die Scheibe gelockt hatte, als ginge hier der Weg in die Helle hinaus. Die spinnwebzarten Beinchen, die nickenden Fühler vorn am Haupte schienen mir wunderbar und wesenlos. Und was für Bilder mochten in die winzigen Augen fallen, die zu beiden Seiten des zierlichen Kopfes saßen! Wie ein dunkler Schleier umgaben die langen Flügel den zerbrechlichen Leib und verliehen ihm ein seltsam feierliches Ansehen. Wie leicht und innig mochte das Leben durch diese feinen Glieder fließen! Und wenn es gar zum Sterben kam, wie leise mochte der Geist des Lebens aus dem dünnen Leichnam fliehen! Manchmal tat das seidene Geschöpf ein paar lautlose Schritte vorwärts und zitterte mit den langen Fühlern an der Scheibe hin. Dann saß es wieder ohne Regung, lange, stundenlang, und schien zufrieden mit dem Gefühle seines Daseins. Wieviel hat der Mensch an Kraft und Fülle des Lebens gegen dies Geschöpf gewonnen! Wieviel auch hat er in anderm Sinne wieder verloren! Denn die Kreaturen geben sich stille in den Lauf des Unvermeidlichen. Aber der Mensch hat eine Gewalt aus sich heraus gebildet, die sich aufbäumt wider das Schicksal und ihn drängt, aus dem Gebäude der Natur hinauszustreben.

Während ich krank lag, schmolz der Schnee von den Hängen weg, und tausend Quellen sprangen ins Tal, die Wälder schüttelten die Bürde ab, ein warmer Regen wusch zum größten Teil das alte, schmutzige Weiß hinweg, das Brausen der Lüfte legte sich, der Himmel tat sich auf, und mit einem Male floß ein strahlendes Licht hernieder.

Köstlich waren jene Morgenstunden, wenn ich vor dem Tag

erwachte und den Aufgang des Lichtes erwartete. Wie stand der Himmel festlich kühl vor meinem Fenster, und wie begann er aufzuleben, wenn die Strahlen der Sonne in die Scheiben fielen!

Wieder erhob sich der Wind, trieb Wolken herein, wirbelte dicken, nassen Schnee über die Dächer, zerriß die Wolken und ließ die Sonne hindurchbrechen. Die Sonne hatte sich von ihrer Wintermattigkeit erholt, mit Kraft und Übermut durchbiß sie das Gewölk, warf blanke Strahlenbündel herab und tilgte den Schnee an den Hängen. Der Kirschbaum ließ seine glänzenden Zweige im Blau des Himmels tanzen, sie waren mit schwellenden Knospen besetzt.

Zwischen stürmischen Tagen, wo der neue Odem mit Gewalt erscholl und die Natur in ihrer tollsten Laune tobte, kamen andere mit stillem, heiterm Angesicht, von Hoffnung und wachsendem Licht erfüllt. Die Hänge, braun und verblichen, wie sie unter dem Schnee hervorgekommen, belebten sich nun mit frischeren Farben, da und dort hielt sich im Schatten des Waldes ein Restchen grauen Schnees, das doch mit jedem Tage kleiner wurde. Schon drängten sich an sandigen Halden unter dürrem Gestrüpp die goldnen Augen des Huflattichs hervor. Da wagte ich den ersten Gang ins Freie, kam wundervoll bewegt nach Hause und langte wieder zu der Feder. Am andern Tage erschien ich auch im Schulsaal und nahm den Unterricht von neuem auf.

Nach etlichen Schneeschauern, die wunderlich genug bei lachendem Sonnenschein über das Dorf niedergingen, hatte der Himmel ein beständiges Blau ausgespannt, die Wege wurden trocken, und das Sträßlein zog im heitersten rötlichen Gelb durch das muntere Gelände dahin. Ja, das finstere Antlitz der Wälder veränderte sich, das Tal erfüllte sich mit Licht und Duft, und es war nicht leicht, einen Winkel aufzufinden, der sein verhärtetes Herz zu solchem Lächeln auftat wie mein Abenberg.

Bald mit dem Pfarrherrn, bald mit Franz lief ich in der Gegend umher. Franz schäumte vor Kraft und Jugendglück, aber auch der Pfarrherr konnte die lachenden Lippen kaum mehr schließen, deutete aufschnaubend nach den Lerchen, die, ganz in Jubel aufgegangen, hoch im Blauen hingen, schüttelte oftmals den Kopf und murmelte: „Es ischt a narrata Zeit!"

Die weißen Gänse zogen schreiend wieder auf die Weide hinaus, die Abenberger Schar umlagerte wie ehedem die Sümpfe, während die Gandorfer dem Weiher entlangzogen, der vor dem Dorfe lag. Dort, an dem schroffen Rand der großen Sandgrube, stand ich an einem wolkigen Tage mit Franz und sah zum Walde hinüber. Da brach aus einem Wolkenriß ein Strahlenweg hervor und flutete über die Wälder herab, Franz faßte mich am Arm und rief: „Herrgott, sieh hin! Dort hinten irgendwo wird Saulus bekehrt!" –

Mitten in dieses hoffnungsvolle Leben kam ein Brief von Therese. Sie schrieb mir voll Freude, daß der Vater ihr versprochen habe, am kommenden Sonntag nachmittags mir ihr nach St. Ursula zu wandern, damit sie mich wiedersehen könne.

Die Bewegung ihrer Zeilen teilte sich mir mit, mein Herz begann zu schlagen, meine Einsamkeit hatte mich töricht und gläubig gemacht, so schickte ich alle meine Grüße nach dem Mädchen aus und versprach ihm freudig, zur rechten Stunde bereit zu sein.

St. Ursula

Franz hatte sich gerne bereiterklärt, an meiner Stelle beim Nachmittagsgottesdienste die Orgel zu spielen. Der Sonntag kam mit leichtem Nebelduft, der die Ferne in reizende Bläue hüllte. Gegen elf Uhr zerflossen die Schleier vor der Sonne, und das große Moos sah wie ein Silberstreifen herein. Ich war sehr heiter und summte ständig vor mich hin.

Der Vormittagsunterricht war beendet, die Schüler hatten sich in die Hütten verloren, die Zwölfuhrglocke summte aus, durchs Fenster herein klang das Gezwitscher der Vögel.

Ich warf meinen Mantel über die Schulter, ergriff meinen Stock und begab mich auf den Weg.
Zum ersten Male fühlte ich mich ganz bei Kräften, es war mir, als flössen mir heimlich tausend Quellen zu, daß die Bewegtheit meines Herzens ständig zunahm. So lief ich ohne Aufenthalt dahin, den Atem des Windes an der Stirne spürend, sog den Brodem der Erde und den Duft der Wälder ein, sah da und dort die ersten Blumen in sonnigem Verstekke sich entfalten und blickte unterweilen auch zum Himmel auf, wo weiße Wölklein zart wie Flocken durch die Bläue schwammen und im Licht zerschmolzen.
Ich ging auf denselben Wegen, auf denen ich im Herbst und im beginnenden Winter so bange und mühselig mit Therese gezogen war. Nun dachte ich zurück und konnte unser Leiden nicht mehr begreifen. Denn der Frühling hatte jene dunklen Schmerzensgründe mit seinen Floren zugewoben, ein anderes Empfinden wohnte in meiner Brust. So hoffte ich, Therese lächelnd und mit befreiter Seele wiederzufinden, hoffte, daß ihre Hand in meiner ohne Schwere ruhen und ihr Gruß wie ein freundliches Atemwehen zu mir kommen würde. Von dieser Hoffnung erfüllt, erstieg ich die Höhe, lief durch die sonntägliche Stille sprossender Saaten einem Dorfe zu, hörte die Glocke tönen und sah die Beter zur Kirche ziehen, erreichte den zweiten Höhenzug und drang von neuem durch ausgedehnte Wälder, auf gewundenem Pfade durch harzduftende Föhren hindurch; als aber der Wald sich auftat, lag drüben am Höhenrande, der gegen das Moos hin abfällt, auf sanftem Hügelkopf erhoben, die Wallfahrt St. Ursula. Die weiße Kirche leuchtete im ersten Nachmittagslichte und grüßte festlich herüber. Ich überquerte die Felder, erreichte die Straße, die sich hinaufwand, und stieg empor. Am Wirtshaus angekommen, hielt ich fleißig Umschau, ob ich Therese und den Vater nicht nahen sehe, und als ich niemand erblickte, ging ich die letzte Steigung auf schmalem, steinigem Pfade hinauf bis zur Kirche, trat seitwärts auf die Höhenplatte hinaus, da lag vor mir das ganze Moos.

…warf ich meinen Mantel zur Erde und lagerte mich …, dann blickte ich über die wundervolle Fläche hin. Vom Licht des frühen Nachmittags überflossen, erdehnte sich die weite Ebene, versank in Glanz und Bläue und schien im Duft des Himmels zu veratmen. Am Horizont verrauchte luftiges Gewölk. Der blanke Himmel schwoll vor mir hinaus. So einfach und unendlich war dies Bild, daß ich mich still darein verlor, und jede Spur von Wünschen oder Hoffen losch aus meiner Seele.

Da klangen rasche Schritte hinter mir, ich sah empor, und vor mir stand Therese. Sie stand vor mir mit lächelndem Angesicht und heftig klopfendem Herzen, denn sie war den Pfad in freudiger Bewegung rasch emporgelaufen. Sogleich erhob ich mich und reichte ihr die Hand.

„Wo ist dein Vater?“ fragte ich.

„Im Wirtshaus drunten“, gab sie mir noch etwas atemlos zur Antwort.

„Wollen wir zu ihm hinuntergehen?“ fragte ich sie abermals.

Sie schüttelte lächelnd den Kopf.

„Der Vater hat gesagt, wir sollen zusammen eine Stunde nach unserem Gefallen in der Umgebung umherwandern und dann zu ihm ins Wirtshaus kommen.“

„So komm!“ entgegnete ich und nahm sie bei der Hand, indem ich mich umsah, wohin wir uns wenden sollten. Ich war aus einem lichten Traume aufgeschreckt und hatte Mühe, mich zu fassen.

Nach einigem Besinnen führte ich Therese den Hang hinunter. Der steile Abfall aber zwang uns sogleich, die Hände loszulassen. So glitten wir zwischen Eschenstämmen und Gebüsch die Halde hinab und gelangten wieder auf die Straße, welche hier den Abhang zur Hälfte durchschnitt.

Wir überquerten sie, betraten jenseits wieder den Wald und stiegen bei sanfterem Gefälle eine kleine Strecke abwärts bis zu einem ebenen Platze zwischen den Bäumen, wo der Boden trocken war und einiges dürres Gras in bleichen Büscheln umherstand. Hier legte ich meinen Mantel zur Erde, breitete ihn sorgfältig zu Füßen einer Esche aus und lud Therese ein, sich niederzulassen. Sie tat es, und ich folgte ihr nach. Da wandte sie ihr Angesicht nach mir und sprach: „Ich bin so müde, Matthäus, und es liegt mir auf einmal so schwer auf Haupt und Gliedern."

Sie legte sich an meiner Brust zurecht und schloß die Augen. Eine Zeitlang lag sie ohne Regung da, dann fühlte ich die Schwere ihres Körpers deutlicher, und ihre tiefen Atemzüge sagten mir, daß sie entschlafen war.

Ich lag verlassen und allein in unbequemer Stellung da, von unbekanntem Wald umgeben und trug die Last des hingesunkenen Leibes und wagte nicht, mich zu bewegen, um Therese nicht zu stören.

Da lag ich nun und sah auf das Weib, das bleich und schwer und seiner selbst nicht mächtig mir im Arme ruhte. Nahe unter einem Antlitz, daß mein Kinn ihn streifte, lag der Scheitel. Die herben Haare gaben keinen Glanz von sich. Die Augen hatten nun ihr müdes Lid geschlossen, und aus den Zügen war die Seele fortgegangen. Nichts blieb darinnen als der stumme Rest, der uns bei jedem Menschen still ergreift und unser tiefstes Mitleid aufregt. Hier war kein Schein mehr, kein Bemühen und kein Reiz der Jugend täuschte; die arme, nackte Wahrheit lag vor mir. Mit kalten, klaren Augen sah ich prüfend auf das Antlitz. Wo war die zärtliche Regung, die mich hergetrieben? Wo war die Liebe, die mich ehedem so heftig zu ihr drängte? Mein Geist war nüchtern, meine Seele fühllos.

Sie schlief und ahnte nichts. Da ward ich meiner selbst bewußt, erschrak und meinte, auf zu müssen, um zu fliehen. In meinen Nerven zuckte es. Ich zwang mich und blieb still. Sie schien in einen Abgrund von Erschöpfung hinabgesunken.

Nun lehnte ich das Haupt an die rauhe Eschenrinde zurück. Die schimmernden, grauen Zweige, die schwärzlichbraunen Knospen, das Spiel des Lichtes und des Windes und der tiefe Ton der Himmelsbläue, alle diese Dinge zeichneten deutliche Bilder in meine teilnahmslose Seele.

Endlich tat sie einen Seufzer und richtete sich auf. Ihre wirren, traumerfüllten Augen begegneten meinem kühlen Blick.

„Ach –!“ rief sie leise, wie erschreckend. „Ist es denn wahr?“

„Was sollte wahr sein?“ fragte ich.

„Mir träumte bang und schwer“, versetzte sie. „Du gingest von mir und gingest immer weiter. Ich lief dir nach, und wie ich lief, entfernte ich mich immer mehr von dir. Da war ein großes, leeres Feld, da stand ich nun und sah dich nicht mehr.“

„Es ist wohl Zeit, daß wir zum Vater gehen“, sagte ich.

Sie sah mich eine Weile an. Ihr Auge schien sich aufzutun zu einem Abgrund.

„Ja“, gab sie mir zur Antwort. „Komm mit mir!“

So gingen wir nebeneinander die gewundene Straße hinauf. Ehe wir um die Biegung kamen, ergriff ich Theresens Hand und küßte sie. Aber meine Lippen ruhten leblos auf der kühlen Fläche.

„Matthäus“, sprach das Mädchen leise, „weißt du, daß ich von England Nachricht habe?“

Ich schüttelte das Haupt.

„Im Herbst werde ich abgerufen werden. Die Bewilligung zur Einreise ist da.“

Sie sah mich an. Dann ließ sie ihren Blick zur Erde niedersinken. Denn meine Augen starrten wie gedankenlos ins Weite. Da nahm sie mich beim Arm und führte mich bergaufwärts nach der Schenke.

Als wir in die Wirtsstube traten, erhob sich an einem der Tische der Amtsgerichtsrat und begrüßte mich. Wir setzten uns zu ihm. Ich aß und trank ein weniges. Wir redeten zusammen. Hernach wurde es Zeit. Die Sonne sank hinunter, und wir brachen auf.

Vater und Tochter geleitete ich hinab ins Tal bis an die Moosstraße.

Am Himmel waren die letzten Wolken zerschmolzen, in tiefer, goldener Ruhe lag der Abend. Wir kamen an die Stelle, wo sich unsere Wege trennten. Ich reichte beiden die Hand. Dann sah ich sie unverweilt auf der Straße nordwärts davonwandern.

Wider das Weib. Mechthild. Der Alte

Tagebuch

20. März.

Therese! Nun müßte ich mit dir reden. Aber mein Herzschlag stürmt, und meine Gedanken wirren durcheinander. Was hat mich so emporgerüttelt, daß alles in mir klingt und klirrt?

Diese Zeilen wollte ich für dich beginnen. Aber es hat keinen Sinn, für dich zu schreiben. Du liesest es, erschrickst und kannst es nicht verstehen.

Es muß um viel gehen, da sich mein ganzes Dasein so erregt. Es muß wohl an das Leben gehen. O ja, ich bin's gewohnt, daß ich alles, was kommt, im voraus durchleben muß. Niemand sieht einen Anlaß, niemand kann mein Sträuben und Winden, mein Zagen und Zittern und mein endliches Emporbäumen begreifen. Sie sehen den Schatten der Zukunft nicht, der mich getroffen hat.

Ist es unsinnig? Ich muß es sagen. Die Natur ist eine Betrügerin. Sie lockt uns, lockt uns zum Weibe hin, verspricht uns Geist und Menschlichkeit – und da sind wir gefesselt und zu Boden niedergezogen, und nichts wird uns erfüllt von dem, was wir erhofften.

Was ist mit dem Weibe? Oh, ich hatte ein anderes Bild von ihm im Sinne. Nun sind mir aber die Augen aufgetan. Und es preßt mir das Herz zusammen vor Mitleid und Jammer. Ihr leidet und opfert euch dem Manne, ihr leidet und opfert euch dem Kinde, ihr seht nicht vor euch, nicht hinter euch, nicht nach oben, nicht nach unten. Was ist es denn mit euch?

Ich habe ein Verlangen in mir, einen Trieb, der unbezähmbar ist, eine Sehnsucht, die ich furchtbar nennen muß. –

Freiheit! – Wenn die Sonne entsunken ist und die Erde mit allem, was darauf ist, offenbart, daß sie nur Nacht ist, nur Schwere und Finsternis, und wenn der Himmel sich abklärt und wie ein runder Dom hinausschwillt und kühl ist und als eine Tiefe in sich selber ruht, und wenn ich so stehe und in die Weite blicke und meine Füße leicht wie schwebende Fläume fühle, dann weiß ich, wozu ich geboren bin – dann weiß ich, daß ich deiner Schwere mich entreißen werde, Erde. Dann weiß ich, daß ich nichts mit der zu schaffen habe, die mich hineingebiert in diese Last und Enge.
Buddha entrang sich dem Weibe. Christus hat sich nie vermählt. Und jene harten, rätselhaften Worte, die er zu seiner Mutter sprach, gleichviel, wie man sie deute, sie klingen mir im Ohr, sie sind die meinen. ‚Was habe ich mit dir zu schaffen, Weib!‘

In der Nacht.
Der Wind geht. Therese! Ich trug ein Bild von dir in meiner Seele. Da warst du schön. O wärest du dies Bild! Du bist es nicht. Und was ich leide, ist es nur die eigene Torheit?
Wie die Zweige surren und die Läden rütteln! Der Mond schießt durchs Gewölk. Die Lichter geistern übers Tal. Laß mich gelassen denken! – Was hat Therese mir getan? – Nichts hat sie mir getan. Es ist die eigene Natur, die sich der ihren widersetzt. Aber da ist noch ein anderes: Wir haben zusammen ein Schicksal erfahren. Wir haben zusammen ein Geheimnis getragen. Wir haben uns vermessen, unser Herz emporzuheben über die Natur.

21. März.
Der Anblick meiner Schulkinder tat mir wohl. Nach der Schule aber trieb es mich um. Ich machte mich auf in den Pfarrhof. Der Pfarrer war über Land gegangen. Bis neun Uhr abends saß ich bei Balbina in der Küche. Sie hatte Flickzeug im Schoß und gab mir Antwort auf manche Frage. Ein ungestilltes Leben, an sich selber müd geworden. „Ich will meinen Herrn versorgen“, sprach sie, „das ist meine Pflicht.

Und wenn sie getan ist, will ich sterben, daß eine Ruh ist."
Das bewegte mich.
Um neun Uhr konnte ich nicht mehr bei ihr bleiben. Begier erfaßte mich, hinaus und unterm Himmel hinzulaufen. Die Nacht war klar gestirnt und der Mond weiß und hell. Ich lief durch Abenberg, die Hunde tobten und kläfften an mir empor. Ich lief nach Gandorf und blieb dort. Dann schlief ich einige Stunden und machte mich diesen Morgen auf den Heimweg.
Der Wind heulte. Der Mond schwamm trüb im Gewölk und trauerte. Vom Osten her brach der Tag an, wüst und verstört.
Ich kam heim und fand alles, wie ich es gestern nach der Schule verlassen hatte. Der Tee stand schwarz und bitter auf dem Tisch. Die Milch hatte die Katze zur Hälfte ausgetrunken. Ich wusch mir den Schlaf aus den vertrockneten Wimpern. Ohne zu frühstücken, setzte ich mich an den Tisch und schrieb. Nun ist der Tag vor dem Fenster. Der Himmel ist ganz grau. Der Wind heult über die Dächer. Lisabeth kommt von unten und wirft Holz vor die Kammertür. Ich lösche mein Licht.

Vollmondnacht.
Die Mondhelle dringt durchs Gewölk. Das Tal ist hell von sanftem Licht. Nein, nein, ich will nicht Ruhe haben! –
Treue ist die höchste Eigenschaft des Menschen. Aber wem Treue? Gott? Sich selber? Oder einem Weibe?
Besitzen ist Not.
Therese! Ich kann nicht sagen, ich verlasse dich. Und verlasse ich dich nicht, so helfe mir Gott!

Hier endete mein Schreiben. Ich sprang vom Tische auf. Die unablässige Beschäftigung mit sich selber bringt die Seele zur Verzweiflung. Ich fühlte mich unrettbar zweien widerstreitenden Gewalten preisgegeben.
Da kam jener Augenblick, der der schrecklichste von allen ist: ich konnte mit mir selber nicht mehr allein sein, ich hatte

bei mir selber keine Stätte mehr. Und die Kammer, die mich einst voll Ruhe, Glück und sanfter Fassung umgeben hatte, ward mir zum Kerker. Ich fühlte, daß ich mit der Natur gegen die Natur emporrang, daß ich jenseits aller Ordnungen irrte – da rief die letzte Faser in mir nach einem Menschen. Aber es mußte ein ganzer, großer, unerschütterlicher sein.

Wohin nun? Franz begriff nicht, was mich so namenlos verwirrte, der Pfarrherr war den Liebesnöten ferne – da sah ich mit einmal die große, ruhige Gestalt der Mechthild vor meinen Augen stehen. Und augenblicklich durchzuckte es mich: Du mußt zu ihr! Aber schon waren auch die Zweifel da: Es ist Nacht! Sie liegt im Bett. Was willst du von ihr? Was wird sie sagen, wenn du bei ihr anklopfst? – Eben schlug es neun.

Ich sah in die Kammer. Hier konnte mich niemand halten. – Nur hinaus! In einem Nu war der Mantel umgeworfen, den Hut ließ ich zurück, die Lampe löschte ich nicht. Wie vor einem nahen Schicksal bebend lief ich in die Nacht hinaus. Ich wollte zum Wald empor; aber mein Weg ward gewaltsam umgewendet. Bald sah ich mich zwischen kleinen Gärten am nördlichen Ende des Dorfes stehen, wo Mechthild wohnte. Ich schritt einen Zaun entlang, da fiel ein Lichtschein in mein Auge. Es kam aus Mechthilds Wohnstube. Sie war wach und auf.

Mit unbeschreiblicher Bewegung trat ich heran und neigte mich an die Scheibe des Fensters. Sie gewahrte es nicht. Sie saß an einem Tisch, auf dem das Lämplein stand, hatte ein Buch vor sich, dessen gelbe Blätter einen Widerschein über ihr Angesicht ausgossen, und las. Eine kurze Zeit betrachtete ich sie, während mir war, als bebe mein ganzer Körper in einem einzigen Herzschlag. Dann pochte ich.

Sie hob sogleich das Haupt empor, legte das Buch auf den Tisch, stand auf und kam gegen das Fenster her.

„Wer ist draußen?“ fragte sie halblaut und ruhig.

„Ich, der Lehrer“, entgegnete ich.

„Was wollt Ihr heute noch?“ fragte sie abermals.

„Laßt mich herein!“ rief ich. „Ich bitte Euch um Gottes willen!“
Auf dies hin antwortete sie nichts, sondern ging durch die Stubentür hinaus in den Gang und tat die Haustür auf.
„So kommt!“
Ich ging mit wankenden Schritten hinein und stand vor ihr da. Sie nahm das Lämplein vom Tisch und hob es empor, mein Angesicht beleuchtend.
Ich mochte bleich und verstört genug aussehen, denn ihr Angesicht sank aus der sanften Ruhe, mit der sie mich empfangen, augenblicklich in einen stummen Ernst.
„Was ist mit Euch?“ fragte sie. Ich wollte ihr antworten, begann aber statt dessen an allen Gliedern zu beben.
„Hier?“ rief sie und deutete auf die Brust.
„Ja!“ brach es aus meinem Innern hervor. Da fühlte ich mich schon von ihren Armen umfaßt. Mit fester Ruhe zog sie mich an sich, daß mich die Fülle ihres Leibes umschwoll, aufatmend ließ sie mich los und sprach:
„Komm!“
Sie ging von mir und setzte sich auf die Ofenbank, ich stand verwirrt und doch unsäglich besänftigt und folgte ihr dann nach. Aber nahe vor ihr sank mir das Knie ein, und ich warf mich mit einem letzten Entschluß über ihren Schoß.
Ruhig nahm sie mein Haupt und bettete es zurecht, legte die Hand darauf, und als mein schluchzender Atem sanfter strömte, begann sie herb und zärtlich von meiner Stirn aus gegen mein Haar zu streichen, wie man es einem strähnigen Buben tut. In ihren Gliedern war nicht das mindeste Beben. Ich gab mich ganz dem Augenblicke hin. Von ihrem Leibe ging eine wundervolle Besänftigung aus. Der Sturm meines Herzens legte sich mehr und mehr, ich fühlte mich wohl und warm, getröstet und geborgen wie auf dem Schoße der Mutter. Ja, die ganze stumme Zärtlichkeit der weiblichen Natur umgab mich wie die Sommerluft die atmenden Bäume. Es war mir, als sänke ich in völlige Vergessenheit, als kehre ich zurück zur Erde und ginge wieder in sie ein, mischte mich bewußtlos unter die quellenden Kräfte, die tausend Blumen

und Kräuter in das Licht senden. Endlich, nach einer langen Weile, hörte ich Mechthild seufzen und erhob mein Haupt.
„Bub“, sagte sie, als wäre sie als Nahverwandte viele Jahre mit mir emporgewachsen, „wie geht es dir?“
„Ich weiß nicht“, entgegnete ich benommen wie ein Träumer.
„Laßt mich zu Euch auf die Bank sitzen!“
Sie rückte ein wenig zur Seite, und ich setzte mich. Und war ich noch eben in ihrem Schoß gelegen, so wagte ich jetzt nicht, mit meiner Stirne ihre Schulter zu berühren.
„Was ist das gewesen?“ fragte sie.
„Mechthild“, entgegnete ich, „werdet Ihr's verstehen? Ich bin am Weibe irr.“
Sie sah mich an, mit dunklem Auge voll Ernst und Sinnen, dann lächelte sie.
„Am Weibe irr?“ wiederholte sie. „Dann ist es freilich das beste Mittel, zu einem Weibe zu laufen. Du dummer Bub!“
„Mechthild“, sprach ich wieder, „es ist mehr als Torheit und mit solchen Worten ist es nicht abgetan.“
„Es ist mit Worten überhaupt nicht abgetan“, sprach sie. „Aber sieh mich an. Glaubst du nicht, ich könnte dich jetzt in meine Arme schließen, daß dir das Hören und Sehen verginge? Am Weibe irr? Es ist doch eine törichte Rede!“

„Höre“, fuhr sie nach kurzem Schweigen fort. „Ich habe es dir auf den Kopf vorausgesagt, daß es so kommen würde. Sieh mir einmal ins Gesicht! Sag mir, was in dem Mädchen vorgeht, mit dem du gehst!“
„Ich weiß nicht“, sagte ich, „ich weiß es nicht.“
„So!“ rief sie, „und du läufst mit ihr herum und ziehst ihr Herz hinein bis in die Mitte, wo die Dinge bluternst werden. Und kannst sie doch nicht behalten. Matthäus, du mußt von ihr gehen.“
„Mechthild, Mechthild“, sprach ich, „niemand spürt es so deutlich wie ich, daß ich das muß. Aber sehet es doch ein, daß ich nicht kann. Sie hat unendlich viel, sie hat alles für

mich getan! Und ich soll von ihr gehen wie von einem Ding und sie am Wege stehen lassen?"
„Wer sagt das, daß du das sollst?" fragte sie.
„O ich muß", rief ich mit Leidenschaft, „ich muß gehen, so weit der Himmel ist. Denn ich kann niemals, niemals ein Weib für immer bei mir haben."
„Oho!" rief sie dagegen. „Das sind Sätze! Aber halten wir uns jetzt nicht auf damit. Du schlägst mit deinen Füßen in der Luft herum und fällst schon selber wieder auf den Boden."
„Aber Mechthild", sprach ich – „Ihr habt auch keinen Mann."
Da blickte sie mich lange an.
„Still", sagte sie, „das ist ewas anderes."
Ihre Augen sanken in dunkle Glut, eine lange Weile sah sie vor sich nieder.
„Sage ich dir's", hub sie endlich an, „sage ich dir's nicht? Kind, ich habe dich lieb!"
Mein Herz erzitterte von der Zärtlichkeit ihrer Rede, ich wagte nicht emporzublicken.
„Drei Männer habe ich gehabt", fuhr sie fort – „und du bist der vierte. Aber sei nicht dumm und bilde dir nichts ein. Nein, bilde dir nichts ein, sonst reiße ich den Faden ab! – Der erste Mann, den ich gehabt habe, war mein Vater. Er hat mich mit dem Geißelstecken aus dem Hof geschlagen. Der zweite war der, dem ich anhing, um dessentwillen er es tat. Von dem wird nie ein anderes Wort über meine Lippen kommen, als daß ich ihn geliebt habe, daß er tot ist, daß er lebt und daß ich ihm gehöre. Und du, Matthäus, du gleichst ihm in den Zügen –. Der dritte war mein Kind, das ich geboren, ohne daß ich ein eheliches Weib war, und das ich mit mir trug auf der Flucht, und das mich ansah, als wäre es schon tausend Jahre alt, und immer ansah – und ohne einen Wehlaut starb. Nun weißt du, Matthäus, warum sie mich aus meiner Heimat stießen, warum ich auf Dörfern herum mein Brot verdiente, warum ich mir das Sümmchen errakkerte und in dies ganz vergessene Tal ging. Aber die Luft der

Welt ist doch nur eine, die Winde haben's hergetragen, daß ich ein schlechtes Weibsbild bin, und alle Abenberger können es dir sagen. –"

„Aber zu dir und deinen Sachen!" begann sie wie mit einem Rucke. „Wenn dich jemand gesehen hat, daß du zu mir hereingegangen bist zur Nachtzeit, so werden sie dir's übel vermerken. Das ganze Dorf wird morgen davon voll sein. Drum mußt du jetzt hinweg. Und über kurz oder lang mußt du von diesem Dorfe fort und unter Menschen, mit denen du auch leben kannst. Hier schaffst du dich zusammen, und niemand dankt es dir. Nimm diesen einen Rat von mir, Matthäus: Löse dich von dem Mädchen, aber verlasse es nicht. Heiraten darfst du es nicht. – Jetzt gute Nacht, Matthäus! Geh still hinaus. Und wenn du wieder einmal irre bist – der heutige Abend soll dir nicht umsonst gewesen sein."

Sie zog mich nochmals gegen sich hin und sah mild und mütterlich auf mein Antlitz nieder. Ich erstaunte wieder über ihre große Schönheit. Die Kraft ihres Wesens ging auf mich über, und sehr getröstet reichte ich ihr die Hand.

So schlich ich denn hinaus und glitt durch den Mondschein nach meinem Schulhaus hin. Dann saß ich in der Kammer, und der Schein war um mich ausgegossen. Das klarste weiße Blatt lag vor mir auf dem Tisch. Die Feder ging. Ich sah Therese vor mir stehen, und ich sandte meine Worte ihr entgegen. Ich sagte ihr, ich sei nach langer Pein gewandelt worden. Dann bat ich sie um eine Zeit der Ruhe und des Schweigens. –

Am Abend des nächsten Tages ließ mich der Pfarrer rufen. Ich trat verwundert bei ihm ein.

„Man hat Sie bei mir verklagt, lieber Freund", begann er. „Man will Sie des Nachts bei jener Mechthild gesehen haben. Seien Sie ganz ruhig", fuhr er fort, als er die Zornesröte auf meiner Stirn gewahrte. „Ich stelle kein Verhör mit Ihnen an. Ich möchte Ihnen nur raten und Sie vor übler Nachrede bewahren."

„Die Rede der Leute ist wahr", versetzte ich, „ich bin bei Mechthild gewesen."
„Hören Sie", sprach der Alte, „gleichviel, was dort vor sich gegangen ist – das ist mir herzlich leid."
Ich bäumte mich empor.
„Sie denken, ich verachte diese Mechthild. Aber es ist nicht so. Die Würde, die sie umgibt, wenn sie das Dorf herabschreitet, ist kein Schein. Und was sie auch hinter sich haben mag, sie ist kein schlechtes Weib. Ich weiß auch, daß ihr Stolz so groß ist, daß sie sich um die nicht kümmert, die böswillig und geduckt um ihre Wege schleichen. Aber es ist mir leid, daß Schlechtes von Ihnen im Dorfe geredet wird. Denn Sie sollen mir einmal, wenn Jahre vergangen sind, dastehen als einer der Ersten im Dorfe und die Hände herumreichen, wenn unsere Bauern sonntags vor der Kirche stehen, und sollen das Vertrauen dieser Leute haben und mit Ihrem Kopfe und mit Ihrem Herzen für sie einstehen. Dann wollen wir zusammen ein einiges Fuhrwerk sein, Sie junger Traber und ich alte Mähre. Dann – geben Sie mir nur die Hand!"
Er sah mich eine Weile mit warmem, festem Blicke an, dann sprach er wie ein Vater herb und halblaut: „Was ist es denn mit dieser Mechthild?"
„Sie haben mein Vertrauen!" rief ich, „ich will Ihnen alles erzählen." Ich tat es, so gut ich vermochte. Ernsthaft hörte mir der Alte zu. Dann legte er mir die Hand auf die Schulter und schwieg eine Weile.
„Die Jugend ist gefährlich", begann er endlich. „Ich weiß es nur zu gut. Und was du leidest, hab' ich auch einmal gelitten. Allein man muß hindurch."
Nun begann er immer stärker mich zu rütteln, bis er endlich fast gewaltsam an mir riß.
„Ein Mann muß da heraus, ein Mann! Und soll heraus, das schwör ich dir! Da heißt es sich winden, winden! Und dann, wenn du das Haupt gerader trägst und diese eingedrückte Brust heraustritt, und wenn du fest einhergehst und, was dich bewegt, so in dich selbst hinunterwürgst und in dir

selber fertig wirst und nicht mehr not hast, in der Nacht zu einem Weibe hinzulaufen –"
Die Stimme brach ihm zornig ab. In seinem Auge blitzte es wie eine Träne.
„Geh zu, Matthäus Graf, und schreib dir's hinters Ohr, daß dieser Alte auf dem Pfarrhof droben, der Alte ohne Weib und ohne Sohn – geh zu, ich will nicht vollends noch zum Esel werden!"

Franzens Abschied. Ostern

Es war schon dunkel, als ich vom Pfarrhof herunterkam. Auf den Stufen meiner Haustüre saß Franz, erhob sich und trat mir entgegen.
„Gut, daß du da bist", sprach er. „Ich habe eine Stunde hier auf dich gewartet. Ich wäre auch eine zweite auf diesen Stufen sitzengeblieben. Laß uns diesen Abend zusammen sein!"
Wir stiegen auf meine Kammer, brauten Tee und richteten eine Mahlzeit zusammen. Franz betrachtete meine Bilder, er ging von einem zum andern – es war seltsam, gerade wie am ersten Tage, da er mich besuchte.
„Welches von diesen Bildern liebst du am meisten?" fragte er.
„Ich wüßte zwischen ihnen nicht zu entscheiden", entgegnete ich.
„Hier ist die Madonna im Rosenhag. Ich blicke sie an, und mein Inneres füllt sich mit Klarheit. Hier ist Dürers Melancholie. Mir ist, ich kennte diesen heiligen Trübsinn über alle Dinge der Welt. Hier sind seine apokalyptischen Reiter –"
Franz schwieg und blickte immer wieder auf die Bilder. Dann aber sprang er auf.
„Laß uns noch über die Höhen streifen!" rief er.
Wir räumten die Kammer zusammen und gingen hinaus. Schweigend trabten wir der Höhe und dem Wald entgegen.

Im Osten stieg der gelbe Mond herauf, ein traurig abnehmendes, wie von innerem Gram verzehrtes Licht. Seine trüben Schauer rieselten über das Tal und hauchten um die schwarzen Dächermassen des Dorfes.
„Matthäus“, unterbrach Franz plötzlich das Schweigen, „wirst du immer in Abenberg bleiben?“
Ich blieb stehen und sah auf das schwermütige Gedämmer der Wälder hinab.
„Der Pfarrer erhofft es sich“, versetzte ich zweifelnd.
„Und du?“ fuhr Franz zu fragen fort.
„Dinge haben begonnen“, sprach ich, „deren Ende ich nicht absehe. Oft ist es wie ein Schauer über mir. –“
„Wenn ich in zehn Jahren diesen Boden wieder betrete, werde ich dich noch in deiner Kammer finden?“
„Franz!“ rief ich betroffen. „Gehst du?“
„Ich gehe“, nickte Franz. „Was soll ich es dir länger verheimlichen? Ich habe mich entschlossen zu gehen, und damit bin ich schon gegangen.“
„Hast du schon einen Abruf? Rede, Franz!“
„Ich habe keinen Abruf. Aber eine Stelle ist mir angeboten, eine Stelle als Truppenlehrer in der Hauptstadt. Du weißt, daß ich den Zivilrock hasse, daß mir der Gedanke unerträglich ist, als alter Oberlehrer auf dem Lande abzusterben. Man hat mich kommen lassen und mich gefragt, ob ich die Stelle nehme. Ich habe Ja gesagt. Vor einer Woche war es, Matthäus.“
„Und deine Abberufung – sie kann stündlich kommen?“
„Stündlich.“
Ich wandte mich mit einem Rucke ab.
Wieder sah ich hinab in die düstere Tiefe. Es war, als webe das Tal sich vor mir zu, als schlösse die Einsamkeit ihre Tore vor mir. Als sänke eine Säule meines Abenberger Daseins lautlos in das Dunkel nieder.
Wortlos gingen wir weiter und weiter, wortlos standen wir am Ende auf dem Hügel zwischen Abenberg und Gandorf.
„Es sind unsere letzten Tage“, sprach ich endlich, „und wir

wissen nicht, wieviele ihrer noch sein werden. Wollen wir sie nicht mitsammen verbringen?"

Statt einer Antwort drückte mir Franz die Hand und schied. Ich sah seinen Schatten hinunter gegen Gandorf wandeln.

Da stand ich zwischen Abenberg und Gandorf, zwischen dem scheidenden Freunde und zwischen dem Alten im Pfarrhaus.

Und mir schien, auch er befinde sich im Scheiden ...

Franz kam täglich zu mir, täglich geleitete ich ihn hinunter in sein Schulhaus. Wir redeten wenig mehr, wir gingen nur immer mitsammen. Er bat mich, ich solle ihm von meinen Schriften vorlesen, soviel die Zeit uns noch gestatte. Ich tat es auf seiner Stube in Gandorf. Dann kam die Mitternacht, und wir erhoben uns. Wir traten ans Fenster und sahen auf die Gestirne des frühen Jahres oder auf die Nebel, die den Himmel erfüllten und in denen der trübe Lichtschein ferner Orte hing. Und er ging in der Stille der Nacht noch einmal mit mir bis an die Sümpfe. Dort war es, wo wir immer schieden. Dort war es, wo ich manche Mitternacht verlassen stand, die spiegelnden Sterne betrachtend.

So oft ich Franzens Schritt vor meinem Hause vernahm, durchfuhr mich Freude und Schrecken, und immer fürchtete ich, er würde die Nachricht seiner Abberufung bringen. Aber immer kam er ohne dieselbe, und immer empfing ich ihn wie ein nochmal geschenktes Gut.

Indessen kam die Karwoche heran. Wie ein Schatten fiel sie über das leise Wallen der Frühlingswelt. Jetzt war ich täglich an die Kirche gebunden. Franz stand mir treulich bei. Ein Abend kam von schmelzender Reine, der Himmel war Licht, die Wälder dämmernde Bläue, im frischesten Grün gingen die jungen Wiesen dahin. Ich war mit Franz auf die Empore der kleinen Gandorfer Kirche gestiegen, wir übten zusammen für den morgigen Festtag die Passion ein.

Passio Domini nostri Jesu Christi secundum Matthaeum ...

Wir erhoben unsere Stimmen im Dialoge, die Stellen des Chores sangen wir zu zweien. Das Harmonium kreischte manchmal dazwischen. Draußen aber auf dem leuchtend

grünen Platz, der sich um die Kirche breitete und einen sanften Schein zum Fenster hereinsandte, weidete die Schar der Gandorfer Gänse. Sie rupften fleißig das zarte, sprossende Gras und entbreiteten manchmal die weißen Schwingen. In der Kirche begann es schon leicht zu dunkeln, draußen aber wob der liebliche Abend und umschmeichelte tausend lebensdurstige Keime mit seinem Lichte.
Dann kamen die hohen Kartage mit der verdunkelten Kirche, den entblößten Altären, mit jener düsteren Verstörung des Gotteshauses, die die Seele so ergreifen kann. Und als der odemlose Karfreitag vorüber war und wir im Dämmer des erloschenen Tages nach Gandorf gewandert kamen, da blinkte an Franzens Haustüre ein bläulicher Brief.
Die Botin hatte ihn, Franzens Auftrag gemäß, am vergangenen Tage auf der Poststation abgeholt, aber über Kirche und Gebet vergessen, ihn tagsüber abzugeben. Aus Furcht aber, Franz möchte sie schelten, hatte sie ihn einfach in den Ritz der Türe geklemmt und war davongegangen.
Wir sahen das blinkende Papier und standen still. Franz blickte mich an. Dann schritt er rasch heran, ergriff den Brief und riß ihn auf.
„Vorbei!“ sprach er dann kurz. „Am Ostermontag reise ich.“

*

Zum letztenmal saß Franz auf der Abenberger Orgel beim Hochamt des Ostertages und ließ das volle Werk erbrausen. Der Schall der Glocken war um uns, die Morgensonne strahlte alle Herrlichkeit herein. Ich sah seine Züge vom Widerschein des Lichtes umhaucht, doch seine Augen starrten auf die Notenblätter.
Er nahm seinen Abschied vom Pfarrherrn. Dann trennten wir uns.
„Ich gehe, meine letzten Besuche im Dorfe zu machen“, sprach er, „Schlag sechs erwarte ich dich an meinem Schulhaus.“ Die Stunden bis zu jenem Zeitpunkt waren leer und hilflos. Die Glocke schlug, da stand ich an Franzens Tür. Er

kam, sein Antlitz hatte einen Ausdruck, als hätte er vieles hinter sich.
„Wir steigen jenseits auf die Hohe Schanze", sprach er. „Ich will das Land noch einmal sehen." Stumm, wie im Schmerz verbrüdert, schritten wir durchs Dorf hinab, durch die Saaten, durch das junge Holz. Endlich nach keuchender Mühe hatten wir den steilen Gipfel erreicht. Da lag der unabsehbare Teppich des Waldes, wie vom Purpurstrome abendlichen Weines übergossen. Düsterkeit, Schwere, unauflösliche Einsamkeit im ganzen weiten Kreise. Nur ferne wie ein Silberschleier wob das Moos. Wir sahen die umdämmerten Fluren entlang, in einer tiefen Bucht vergraben schimmerte Abenberg. Der Himmel stand in einer Unermeßlichkeit von Licht, die Wildheit unter ihm war nur um desto unaussprechlicher.
Franz stand mit hartgeschlossenem Munde. Zuweilen drang ein Stöhnen über seine Lippen. Mit einem Male riß er sich los und stürzte sich den Hang hinunter in die Finsternis des Waldes. Ich stand noch einen Augenblick allein, mir war, die Einsamkeit des Todes ziehe mich hinab in ihre augenlose Tiefe.
„Morgen, Franz, zum letzten Male!"

*

Den andern Vormittag schritt ich auf das Gandorfer Schulhaus zu. Franz war schon im Lehrsaal, wohin er die Kinder hatte rufen lassen. Ich ging vorüber und stieg in seine Kammer hinauf. Dort stand ich am Fenster und sah hinab. Scheu und zögernd, mit gesenkten Blicken, kamen die Kinder herangeschlichen. Mir schnitt der Anblick ins Herz, da ich Franz blaß und mit schmal gewordenen Zügen ihnen entgegengehen und jedem stumm die Hand reichen sah. Ich fühlte, daß diese Szene keinen Zuschauer ertrage, wandte mich ab und sah in Franzens Kammer umher. Es war noch alles wie sonst, nur daß ein schwerer Koffer neben dem Tische stand und etliche Pakete an ihm lehnten. Auf dem Tische lagen die Hefte. Eines war aufgeschlagen, Franzens Tagebuch. Die Tinte stand noch da, und die Feder lag in der Falte des Heftes. Ich ergriff sie und schrieb:

‚Franz, Franz, was ist aller Besitz, alle Gegenwart, alle Fülle! Wenn eines nicht ist, eines, lieber Freund; daß wir beisammen wohnen in einem Reiche, das kein Vergehen kennt. Lebwohl – denn jeder Abschied ist ein Tod. – Und wiederum: Willkommen, lieber Freund! Denn jeder Tod ist eine Auferstehung! –‘

Ich schlug das Heft zu, als ich Franzens Schritt hörte, und verbarg es unter den andern. Er kam herein, atmete tief, trat ans offene Fenster, sah hinüber nach der Hohen Schanze, wandte sich rasch nach mir und rief: „Fertig!“ – Dann ergriff er die Hefte und steckte sie in die Mappe, die er auf der Reise mit sich nehmen wollte.

Das ganze Dorf war in Bestürzung geraten. Aus jedem Fenster sah man nach uns, die Leute standen müßig auf den Straßen herum, vor dem Schulhaus wartete die Bauernkutsche. Wir stiegen ein. Der Knecht, der das Leitseil regierte, rief sein Hüh, der Gaul begann zu traben, und der Wagen rollte durchs Dorf hinaus. Aus jeder Hütte traten Männer, Weiber und Kinder und winkten uns nach. Wir schwenkten die Arme und grüßten zurück. Am letzten Hause mußte der Wagen nochmals innehalten. Eine Bäuerin trat heran, reichte uns mit verschaffter Hand eine Schachtel voll Eier und gebackener Nudeln, sorgsam in ein Päcklein gebunden, herauf, wischte sich die Augen und sprach: „Wia zwoa Brüader san s' ollweil g'wen, und iatz fohrn s' mitanand beim Oart naus! Bhüet Eahna Gott, Herr Lörrer, und kemma S' wieder zuaheri! Sie reien mi scho so viel, daß i glei plärr'n muaß.“

Damit drückte sie die Schürze vor die Augen, der Knecht zog das Leitseil an, und weiter rollte der Wagen.

Wie oft waren wir diesen Weg mitsammen gegangen oder gefahren, auf dem wir nun noch eine kurze Strecke gemeinsam fortgeführt wurden! Stumm saßen wir da, sahen Abenberg und Gandorf entschwinden, sahen den Wald heranrükken und den Ausläufer des Hügels, sahen nach einer Weile

die Laterne des Kirchturms von W. über die grünen Ackerwellen emporsteigen und endlich unser Fuhrwerk in den Markt einbiegen.
Das Postauto kam. Franz stieg ein, reichte mir die Hand durch die Tür und setzte sich. Wenige Minuten noch stand ich da, ein unnatürliches Lächeln auf den Lippen tragend, da kurbelte der Führer den Motor an, bestieg das zitternde Fahrzeug, gab das Zeichen mit der Hupe, und nun rollte das Auto von dannen. Unerbittlich rollte es auf seinem vorgeschriebenen Wege fort, ward kleiner und entschwand.

Maria

Abenberg war leer und stumm. Alle die Orte gemeinsamen Lebens sahen mich traurig und verödet an, die Türe des Gärtchens schien nutzlos, weil Franz sie nicht mehr bewegte, der Zug der Klingel ohne Sinn, weil Franz ihn nicht mehr ergriff. Ich stand mit unsäglichem Verlangen am Fenster und rief den Gesellen zurück.
Dann litt es mich nicht länger an der Stätte meines einstigen Glückes, ich packte meine Sachen und ging davon. Eine Ferienwoche war noch vor mir, ich wollte sie mit den Meinen in der Heimat verbringen.
Seltsam umgab mich die alte, ewig junge Landschaft bei meiner Ankunft. Das Glück der Kindheit durchschauerte mich, und doch schien alles anders. Die Entfernungen waren kleiner, die Züge der Landschaft klarer, redender – eine Lösung war geschehen. Aber in dieser Landschaft schwebte ein lebendiges Geheimnis, wie ein verborgenes, von großer Klarheit umschimmertes Angesicht, dessen Namen ich im Innern trug: „Maria."
Ich scheute mich, das Mädchen aufzusuchen; denn es blickte mich aus allen Dingen an, es war in allem gegenwärtig. Aber als Georg, der auf eine Lehrstelle berufen worden, von meiner Seite ging, die Mutter in ihren Hausgeschäften war, die Schatten des alten Gebäudes über mir lagen und ich umher-

ging wie einer, dem sein Besitz genommen und dem aus der Verstummung seines Herzens keine Stimme spricht, da trieb es mich doch zu ihr.

Ich kam an ihr Haus, das in einem blühenden Garten lag, da war die Türe verschlossen und niemand gegenwärtig. Wieder wandte ich mich ab, auf einsamen Wegen weiter ohne Ziel.

Der Mai war nahe, Schwüle lag in der Luft, und Wolken türmten sich rings am Himmel.

Der Abend kam, und eine feierliche Nacht sank nieder, da ging ich am Silberspiel der Weiden hin, die den Bach weit, weit ins Tal hinab geleiteten. Ein Fußpfad lief an den Weiden entlang, sie standen wie Wolken hinab in ihrem bläulich silbernen Schimmer. Es war schon ziemlich dunkel, und die Wolken lagen verblichen umher, vom Wetterleuchten dann und wann durchglommen. Dann flog ein Schillerlicht die Weiden entlang.

In dieser Stille, in der nur die lautlosen, magischen Scheine flossen, kam jemand auf dem Pfade gegen mich. Ein schwebender Schritt, ein Angesicht von rätselhaftem Leuchten – wortlos blieben wir voreinander stehen – es war Maria. Wir fühlten beide das Wunderbare unserer Begegnung, keines fragte das andere, woher es käme, unsere Hände lagen ohne Schwere ineinander, im selben Rhythmus wandelten wir weiter. Zuweilen sahen wir uns an. Unsere Angesichter waren lächelnd und verschwiegen, die Wetterscheine umflossen uns, keines fühlte den Körper des andern.

Endlich begannen wir zu sprechen. Mir flossen die Worte still und leicht. Ich sagte Maria alles, was mich bewegte. Das Lächeln auf ihren Lippen wandelte sich nicht, sie erwiderte nichts und nahm meine Worte in sich hinein. Mir war, als tauchte sich meine müde, geschlagene, wunde Seele in das kühle Silber eines Bades. Nach einer Weile des Wandelns schwieg auch ich. Aus Maria kam mir jegliche Antwort. Aber sie redete kein Wort.

Ich war wie gelöst und frei und fühlte mich rein. Ich wußte, daß ich einmal, ehe ich Mensch geworden, in einem solchen

Elemente gewandelt. Verstohlen sah ich meine Begleiterin von der Seite an, ob nicht ein Engel mit mir gehe. Aber obwohl ihr Angesicht von seinem eigenen Lichte ganz durchwoben war, zeigte es starke, entschlossene Züge und jede Form aufs sicherste ausgeprägt. Und die Bewegung ihrer Glieder, obwohl wie schwebend und schwingend, schien doch wie auf einer inneren Stahlkraft zu beruhen. Es war kein Zweifel – Maria wandelte sicher auf der Erde und fühlte ihren stärkenden Druck.

So, zwischen Dunkelheiten und sanften Erleuchtungen schreitend, waren wir plötzlich an die Türe von Mariens Garten gelangt. Sie zog den Schlüssel hervor und öffnete, fragte nicht, ob ich mit ihr gehen wolle – selbstverständlich hatten wir unsere Hände gelöst, selbstverständlich klang unser Gruß, dann eilte ich über die Brücke dem nächtlichen Städtchen entgegen.

Ich war wie erleuchtet und erblindet, ich wußte alles und nichts – Gewaltsamkeit des Wollens schien mir das größte Übel.

Studien

Im Herbste dieses Jahres sollte ich in der Kreishauptstadt mein pädagogisches Staatsexamen ablegen und hatte kaum ein Buch geöffnet, um mich darauf vorzubereiten. Wohl hatte ich bereits im Herbst des vorigen Jahres den ernstlichen Beschluß gefaßt, ein ganzes Jahr dem Studium zu widmen; denn meine Zukunft hing von dem Erfolge des Examens ab, aber schon der Einstand in Abenberg hatte mir fürs erste Kraft und Lust genommen, dann hatte ich die Last des Schulbetriebes gefühlt, und endlich war die Zeit gekommen, die mich so sehr gerüttelt hatte. Wenn ich da hin und wieder den Versuch unternommen hatte, den Arbeitsplan, den ich mir säuberlich zurechtgelegt, nun durchzuführen, so waren meine Augen über leere Zeilen hingeglitten, und das Gelesene hatte meinen Geist nicht zu fesseln vermocht. Wenn ich dann einen Abschnitt wieder und wieder durchlas, mich auf lang entwöhnten Gedankenpfaden mühend, dann sank mir bald das Haupt herab, und ich entschlief bei meinem Buche. In eine glückliche Arbeitsstunde aber war wohl Franz hereingetrabt, und die Bedürfnisse der Freundschaft sprachen beredter und überzeugender als die Zeilen des methodischen Buches.

Nun endlich nach so mannigfacher Erschütterung war eine ruhige Zeit für mich gekommen, ich war allein in meinem Schulhaus, und keines Freundes Schritt ertönte den Gartenweg entlang, und keine stumme Bitte des geliebten Mädchens lockte mich weg von meinem Tische und hieß mich durch die Wälder streifen.

Aber nun tat der Mai seinen Reichtum auf und mischte Balsamdüfte in die laue Luft, und durch die offenen Fenster zogen betäubende Wogen herein. Das war keine Zeit für Studien. Die Wiesen standen voll Schlüsselblumen, die Knospen brachen auf, die Fülle quoll hervor, und in wenig Tagen lag mein Schulhaus unter Blüten und war von einem Heere schwärmender Bienen umsummt, deren feines Getöne sich mit dem Duft der unendlichen Sonne und dem betörenden Hauche, den die eben sich entfalteten Blätter entsandten, zu einem herrlichen Gewoge mengte. Alle Fenster im Schulhaus standen offen, die Kinder kamen barfuß und hemdärmelig und mit lachenden, abgebräunten Gesichtern, und während wir rechneten, schrieben und schafften, langten die Blütenäste zum Fenster herein, honigschwere Bienen summten aus und ein, und zuweilen verirrte sich eine Schwalbe herein und saß zwitschernd und mit klugen Augen blinzelnd auf dem oberen Rand der Schultafel. Mich selber erfaßte die Frühlingslust, daß ich mit farbigen Kreiden ein leuchtendes Frühlingsbild an die Tafel zeichnete, die über meinem Pulte an der Wand hing.

Ein Mädchen kniete auf einem grün schwellenden Hügel und brach sich Schlüsselblumen und faßte sie zu einem großen Strauß zusammen, das Antlitz, von der Sonne umflimmert, war in den hellen, blauen Himmel gerückt und hob sich reizend aus dem klaren Zelt.

Als aber die Buchen zu ergrünen begannen und die zierlichsten Blätter an schlanken Zweigen entfalteten, durch deren junges Blut die Sonne voller Lust und Andacht strahlte, da hielt es mich nicht mehr in der Enge meines Hauses. Der Kuckuck lockte im Walde, mit meinen Büchern beladen zog ich nach dem Mittagstisch hinaus, lief auf grünenden Pfaden umher, lag am Rande der einsamsten Waldwiesen stille und las beschaulich meine Weisheit, indes es um mich her im Grase sich bewegte, hin und wieder krabbelte und dann und wann ein schimmernder Käfer über meine Blätter lief und mit zarten Fühlern die großen schwarzen Lettern beschnupperte.

Welche Stille und welches heimliche, tausendfältige Leben umgab mich dann! Die Tannen rauschten im leichten Winde, helle Wölkchen rauchten am Himmel hinüber, verlorene Fäden schwebten blitzend, in wunderbaren Farben spielend, aus dem Nichts herab, es sproßte und grünte um mich von tausend Keimen und Knospen und streckte sich in sonnigem Behagen, der Tau zerrann, indem der kühle Waldesschatten langsam von dem Wiesenplan zurückwich, da und dort strahlten noch farbige Funken in der geheimnisvollen Herrlichkeit des Lichtes und erloschen, Schmetterlinge irrten am Waldessaum entlang, und aus den tiefen, schattenreichen Gründen quoll das Gezwitscher der Vögel.

Da hielt ich wohl mit Lesen inne, wenn, durch wehende Zweige gebrochen, ein leiser Lichtschein über mein Blatt dahinhuschte, und betrachtete das Spiel des Schattens, der mir die schlanken Blätter und zitternden Rispen mancher hohen, dürren Gräser über die Zeilen zeichnete.

Späterhin nahm ich auch Kinder mit, meine Kleinen, die ihrerseits ihre vier- und fünfjährigen Geschwisterchen mitbrachten, und wenn wir einen großen Plan inmitten des Waldes erreicht hatten, der von buschigen Schlägen gesäumt war, so hieß ich die Kinder Versteckenspielen oder nach den ersten Beeren suchen, während ich auf hoher, steiler, weitsprossiger Leiter einen Jägerstand erstieg, auf dem hohen Sitze meine Bücher neben mir ausbreitete und mich in meine

Studien vertiefte. Es konnte geschehen, daß sich ein Vogel bis auf das Geländer meines Sitzes wagte oder mir zunächst von einem Zweige herüberäugte oder daß ein Schmetterling sich mitten auf das weiße Blatt meines Buches setzte. Aufmerksam besah ich dann die glänzenden Flügel, die er atmend regte, und den zierlichen Kopf mit der feinen Spirale des Rüssels und den großen, glanzlosen Augen.

Wenn er sich dann, erschreckt durch eine Bewegung, die ich machte, emporhob, so folgte ich seinem flatternden Flug durch das Blau des Himmels und schaute dann staunend, wie in hellem, kühlem Traume über die Wipfel des Waldes hinaus. Ein Falter, der auf dem Rande meines Buches saß, während ich eifrig las und studierte, war so vertraulich, daß er auf meinen dargestreckten Finger hinüberlief, und es war mir eine eigene Empfindung, wie das leichte Wesen sich an meinem Finger festzuhalten wußte. Ich hob den Finger nach dem Haupt empor, da bewegte sich das Tier nach meinem Scheitel hinüber und saß in meinem Haare wie in einem Nest. Während ich meine Arbeit wieder aufnahm, fühlte ich unablässig die feine Last des luftigen Gastes und war auf besondere Weise verbunden mit dem Geschöpf. Indessen kamen die Kinder zurück, versammelten sich zu Füßen der Jägerleiter und riefen mir zu, sie wollten zu mir herauf. In der Tat bot der breite Sitz für uns alle Platz; aber die Sprossen der Leiter waren mehr als einen halben Meter voneinander entfernt, und ich konnte nicht absehen, wie es den Kindern gelingen sollte, die Leiter zu erklimmen. Als sie sich aber ohne Zögern daran machten, emporzusteigen, das fünfjährige Ba'la voran, da erschrak ich auf meinem Sitze und rief ihnen zu, sie sollten drunten bleiben. Meine Worte konnten nichts bewirken, lachend, die blauen Augen strahlend zu mir aufgehoben, griff das kleine Wesen in die Sprossen und zog sich mit Kraft und Behendigkeit empor, vorsichtig aber furchtlos nahm es Sprosse um Sprosse, bis es meinen Fuß berührte und ich das leichte Ding zu mir emporhob. Die andern vier folgten nach, Toni und Wabi, Viggi und Schmerl, und als sie nun alle neben mir saßen und die nackten Füßlein hinunterhängen ließen, mochten sie von unten wie eine Vogelbrut anzusehen sein, die sich um ihre Alten drängt. Vorsorglich hatte ich ein großes Märchenbilderbuch mitgenommen, das ich nun übers Knie legte und über dessen Bilder die Kleinen ihre Köpfe zusammensteckten und Laute der Bewunderung von sich gaben. Halblaut begann ich dann das Märchen zu erzählen, indem ich es in den Umkreis der Kinder übertrug. Wenn der König einen Boten zu schicken hatte, so war es stets der „Schandi von Mooskirra", der sowohl als Büttel wie als Hofgesandter oder Brautwerber auftrat. Auch die böse, stolze Königin, die dem armen Schneewittchen seine Schönheit mißgönnte, hatte das Kind mit dem Schandi in den Wald geschickt, daß er es töte, und wäre der Forstgehilfe Mühlegger nicht dazugekommen und hätte er zu dem Finsteren nicht gesprochen: „Schandi, dös Mala loßt d' laufen!", so wäre es dem armen Kinde übel ergangen.

Auf solche Weise erzählte ich einmal das Märchen vom Froschkönig und war eben bei der Stelle angelangt, wo der Frosch die Stufen heraufgehüpft kommt und an der Kammertür der Königstochter anklopft mit dem Rufe: „Mach' auf, Königstochter, ich möcht' mit dir in deinem Bettlein schlafen!"

Bei diesen Worten malte sich Entsetzen in dem Angesicht der kleinen Wabi, und sie rief: „I hätt'n derschlog'n!" – „Hot es a!" sprach ich mit Eifer, „wearst es glei seh'n!"

Nachdem die Bilder gehörig betrachtet worden, hoben sich die Augen wieder empor, und da geschah es uns einmal, daß ganz nahe unter uns auf der Wiese drei Rehe grasend vorüberzogen.

„O jegala!" wisperte das kleine Ba'la. Aber schon hatte eines der Rehe, das uns zunächst war, den leisen Ruf vernommen und hob stutzend den schlanken Hals. Nachdem es eine Weile regungslos und lauschend gestanden, senkte es den Kopf wieder zu Boden und graste weiter, um sich nach wenigen Sekunden zum zweiten Male aufzurichten. Wieder ließ es nach einigem Lauschen ab und raufte nickend den

Rasen, hob zum dritten Male den Kopf, zog schnuppernd die Luft ein, ging unschlüssig etliche Schritte seitwärts, stand wieder lauschend in der schlankesten, anmutigsten Haltung da, wandte das Haupt nach den andern und setzte sich gegen das Jungholz hin in Trab. Nun stutzten auch die andern und folgten ihm langsamer, setzten mit einigen leichten Sprüngen über einen Graben und schlüpften behende in das Unterholz.

Für uns folgte ein halsbrecherischer Abstieg. Mir war bange um die Sicherheit der Kleinen, und so kletterte ich mit jedem einzelnen über die Leiter herab, immer etliche Sprossen vor dem Kinde stehend, das ich unterm Genick am Kleide erfaßt hielt. –

So verbrachte ich den Mai im Walde, während die Bäume sich mit herrlichem Grün erfüllten und das Gras aufs prächtigste heranwuchs und seine tausend Blumen und Blüten entfaltete.

Nicht immer nahm ich die Kinder mit hinaus, manchen Tag ging ich auch allein im Grünen umher, spielte mit den Eidechsen und Blindschleichen, die über meinen Weg huschten, suchte nach Erdbeeren, wanderte von einem Hochstand zum andern, las, studierte und schrieb Gedichte. Wenn ich dann müde war, saß ich eine Weile mit geschlossenen Augen und ohne Gedanken auf meinem Sitze, empfand das Spielen der Lichter und Schatten, die über meine Lider huschten und bald ein purpurnes Glühen, bald ein wogendes Dunkel verursachten, und fühlte mich umgeben vom Rauschen und Wehen der Bäume. Nach einer halben Stunde solcher Ruhe, wo ich vergaß, daß ich ein Mensch sei, und in dem Weben der Natur schon halb bewußtlos unterging, erwachte ich staunend im grünen Reviere und sah für Augenblicke die Welt in einem bleichen, grauen Licht, wenn die Sonne eine Zeitlang auf meinen Lidern gelegen.

An einem Nachmittage, als ich mir eben eine Tasse Milch einschenkte und ein Stück Brot vom Laibe schnitt, huschte die kleine Gesellschaft in die Küche herein, kauerte auf meiner Bank zusammen, und jedes ließ sich ein Stück Brot von mir reichen. Während sie kräftig hineinbissen, erzählten die Kinder, daß man gegen Belldorf zu gerade große Tannen fälle, und fragten mich, ob wir nicht dorthin gingen. Ich versprach es ihnen, wenn sie sich die Zeit meines Studiums recht still verhielten, gab jedem der größeren ein Buch zu tragen, nachdem ich sorglich ihre Hände geprüft, nahm die kleinsten an der Hand, und so zogen wir durch die schwellenden Wiesen hinaus. Der Pfarrherr begegnete uns und rief uns zu: „Holla, die Gelehrsamkeit mit ihren Trabanten! Ich wünsche Ihnen einen guten Schädel!“ Lachend und dankend schritt ich vorüber.

Während ich nach einer kurzen Wanderung unter schattigen Waldesbogen meinen Hochstand erstieg, schlüpften die Kinder ins Unterholz, ich hörte noch einiges Knacken und Rascheln und sah die äußersten Zweige sich bewegen, dann waren sie fort, und kein Laut erinnerte mich mehr an sie. Ich las und unterstrich und schrieb in meine Hefte, bis sich über meinen Verstand ein Schleier niederließ und meine Augen, ermüdet und gleichgültig geworden, über die Zeilen hinwegglitten. Da rief ich meinen Begleitern, und mit hellem Jauchzen kamen sie aus dem jenseitigen Waldeck herübergesprungen, während ich von meinem Sitz herniederstieg. Wir gingen zusammen dem entfernten Walde entgegen, auf weichem Grunde lief der Pfad zwischen mäßig hohen Tannen in einem kleinen Hohlweg abwärts, und als wir hüpfend durch die vielen kleinen Sonnenflecken gelaufen waren, die überm Wege flimmerten, drang uns die grüne Helle einer Wiese entgegen und das Pfeifen und Rasseln der Sägen und das dumpfe Fallen der Holzaxt.

Seitwärts am Hange, der an dem Wiesengrunde aufstieg, in dem wir angelangt waren, lagen gewaltige Tannen hingefällt, und manche bedeckten mit ihren zerschmetterten Häuptern den Pfad. Aber da und dort ragten noch die mächtigsten empor und standen trotzig und mit finsteren Kronen, als könnte der Tod nicht an sie heran.

Weiter gegen das Tal zu und quer über den Weg streckten sich viele der stattlichsten Stämme, wirr, wie sie hingestürzt, durcheinander- und übereinanderliegend, und die Holzarbeiter waren unter ihnen und schafften ihr Tagewerk. Einige sägten die stärksten Äste ab, andere hieben sie mit Äxten vom Stamme los, und wieder andere schälten die Rinden. Die weißen oder farbigen Hemden, die rot leuchtenden, sonnverbrannten Arme, die blinkenden Äxte unter dem dunklen Grün der gefallenen Kronen, dies alles gab ein frohes, sonniges Bild.

Aber am Hange oben war ein Feuer entzündet, in das einer der Arbeiter ganze Haufen grünen Gezweiges warf, daß der Qualm in dicken, gelben Strähnen aufquoll, die in mehreren Wolken übereinanderrollten und vom Winde über das ganze Waldtal hingeweht wurden, das sie mit blauem Dunst erfüllten. Zuweilen erhob sich ein so dicker Dampf, daß der Wald und der Himmel darinnen versanken und wir ganz von Wolken umhüllt waren, und es war wunderbar zu sehen, wie zuerst die Bläue des Himmels hindurchdrang, dann die nächsten Wipfel wie bläuliche Schatten erschienen und endlich der Hang und das Gewirre der gestürzten Riesen sich entschleierte. Wir standen auf einem Brücklein, ein Bach floß unter uns hinab und wand sich mit Blitzen durch das Gestrüpp hin. Tausend Lichter tanzten auf seinem rinnenden Spiegel, und ein unaufhörliches, heiteres Leben zog rieselnd unter unseren Füßen hervor und grüßte uns auf seinem Wege durch das Hochholz. Eine Weile sah ich hin, es dünkte mich, der Bach müßte selbst so heiter sein, wie mich sein Fließen stimmte – da hörte droben das Sägen auf, ein leises Krachen erscholl, mit einmal erhob sich eine Rauchwolke, welche in Wirbeln daherzog, und durch ihren Schleier hindurch sah man gespenstisch einen schwarzen Wipfel niedersausen. Ein mächtiger Donner zog den Wald entlang, da lag ein Riese ausgestreckt und hatte seine Arme in den Wiesengrund gewühlt.

Wir traten näher, stiegen auf den Stämmen hin und her, schlüpften in die Kronen, deren Geäste sich klagend zum Himmel streckte, und drangen immer weiter über den Platz vor, da riefen Stimmen ein lautes Obacht! und wir wichen zurück. Nahe am Wege ragte der gewaltigste der Bäume hinan, aber er war schon über die Hälfte seines mächtigen Umfangs durchsägt. Jetzt hoben zwei Männer ihre Äxte auf, und in abwechselnden Streichen hieben sie an der unversehrten Seite tief und tiefer in den Stamm. Dumpf knirschte die Wunde, und die Fetzen flogen umher. Ich sah empor nach dem Wipfel. Er schien nichts von dem nahenden Ende zu ahnen, denn er zitterte auch nicht leise, sondern ließ die Zweige stolz wie Fahnen im Winde hin- und herwehen. Da, nach vielen wohlgezielten Streichen, begann er sich leicht zu neigen, als schwindle ihn ein wenig, kurz darauf barst der schmale Damm, der zwischen dem tiefen Schnitt der Säge und der Wunde, die die Äxte geschlagen, sich noch befand; mit einem leichten, zögernden und doch gewaltsamen Krachen zerriß er, und langsam, seine Arme breitend, legte sich der Baum vornüber und sank in die Luft hinaus. Aber sowie er nur ins Sinken kam, beschleunigte sich sein Fall bis zur rasendsten Eile, in einem Nu erbrauste die Krone und ward wild aufpfeifend nach oben gerissen, und jetzt donnerte der Riese auf die Erde nieder, daß viele seiner Äste zerbrachen und in Fetzen emporstoben, der Boden erbebte, und der Hall flog durch den Wald hin. Während es in der Ferne noch nachgrollte, lag der gefallene König ohne Regung still, in sein eigenes rauhes Haar gebettet, und die Arbeiter gingen gleichmütig an ein anderes Geschäft.

Über das Gewirr der Stämme hinkletternd, gelangten wir zu der Stelle hinauf, wo das Feur qualmte, und wenn unterwegs auch das eine oder andere meiner Kleinen hellauf quietschte und grillte, sooft die steifen Nadeln ihm die schnellen Füßlein kitzelten, daß sie wie in einem Nesselwalde gingen, so hielten sie doch tapfer aus und waren dann geschäftig um das Feuer, ihre kleinen Arme schwer mit Tannenbüscheln zu beladen und das grüne Gezweige lachend in den Qualm zu werfen. Wenn dann die dicke gelbe Wolke aufquoll und prasselte und zischte, während wir im Rauche untergingen, dann faßten sie einander hurtig um den Leib und standen in den anmutigsten Gruppen aneinandergedrängt, die Gesich-

ter an der Schulter oder Brust der anderen verbergend. Sowie sich aber die Wolke lichtete, erhoben sie behend die Köpfe, lachten und sahen einander mit tränenden Augen an. Es gelang mir nur mit strengen Worten, sie von dem herrlichen Platze weg und wieder nach Hause zu bringen, und nur ein Märchen, unterwegs erzählt, lichtete die große Betrübnis ihrer Gemüter.
Nach solchen Tagen kam ich nach Hause, die Brust voll Tannenduft, das Kleid, das Haar mit Tannennadeln übersät und sonnensatt in allen Sinnen.
Bei diesem Leben gediehen die Studien wohl, und auch dem Körper schlug es an. Ich fühlte mich herrlich müde am Abend, legte mich hin, und während durch das offene Fenster die würzige Nachtluft hereinstrich, schlief ich den tiefsten, erquickendsten Schlaf. Da war es eine Lust, am Morgen zu erwachen und die warmen Glieder dem neuen Tag entgegenzudehnen.

Der Dorfschneider

Seit Franz gegangen war, saß ich allein an der Orgel und tat meine Pflicht, so gut es gehen wollte. Wenn ich nun Unterstützung und Aushilfe haben wollte, so mußte ich den Dorfschneider angehen, welcher sich schon lange von aller Mitwirkung auf dem Kirchenchore zurückgezogen hatte und mit seinem dicken Gebetbuche in einem Winkel der Empore stand. Nur wenn ich etwas verfehlte, schielte er über den Rand der Brillengläser hinweg zu mir hinüber, gleichsam im stillen mein Treiben mißbilligend; aber er griff nicht ein. Meine Fragen beantwortete er mir karg und mürrisch, und als ich ihn einmal bat, im Nachmittagsgottesdienste für mich einzustehen, schüttelte er das derbe Haupt und sagte: „Na, Herr Lörrer, auf die sell'n Tasten leg i meine Pratz'n nimmer na'!"
Eine Zeit darauf schien er dennoch andern Sinnes geworden zu sein; denn er bot mir vor dem Amte freundlich eine Prise

an und sprach: „Herr Lörrer, wann S' grad amol furtmecht'n, i kunnt dös oan oder ander Mol scho zualanga."
Ich dankte ihm und sagte, daß es mir lieb sei. Diesen Sonntag stellte er sich auch wieder neben dem Orgeltische auf und krähte seine Responsorien herunter.
„Es goht do a weni ringer, bol ma selband is", keuchte er mir ins Ohr, als wir zu Ende waren.
Den anderen Tag zog er die Glocke an meinem Hause, und ich fragte ihn, womit ich ihm gefällig sein könnte.
„G'fälli, Herr Lehrer, dös is a guats Woart, a richti guats Woart", begann er mit einem merkwürdigen Lächeln und sah mich verstohlen von der Seite an. „Und also, weils um de G'fälligkeiten geht, so mecht i aufs earst ersuch'n, daß i de Schuallehrerwohnung a weni inspiziaren durft."
Er lachte wieder wunderlich in sich hinein. Ich tat, als merkte ich nichts, und führte ihn in den Räumen umher. In den beiden Kämmerchen rechter Hand hatte Lisabeth ihr Getreide aufgeschüttet.
„Was duat denn dös Troad do?" rief der Schneider und stieß wie im Ärger seinen Gangstock hinein. „In deane Kämerlan, wo's bloß a Pracht zum Wohnen war, do braucht's koa Troad net – is net wohr?"
Er sah mich mit einem queren Blick an.
„Wo ander Leit in sölchene verrauchte Löcher hocken müass'n, wo di kam umdrahn ko'st und wo der Schwammstock an der Mauer wochst. Dös is so wos mit der Gerechtigkeit auf deara Welt!"
Ich sagte nichts darauf und zog ihn mit mir fort. Wir stiegen in meine Kammer hinauf.
„Kammod, kammod!" rief der Schneider, indem er sich umsah. „Und nobel moch'n si de Stüahl von mir. Und earst der ei'brennt Spiagel an der Wand! Deixl, dös loßt si a'schaun!"
Ich bot ihm Platz an, und er setzte sich.
„Iatz sitz i auf meim Eig'nen", sprach er, „und do is mir wohl. Olso, Herr Lörrer, um auf de G'fälligkeiten z'ruckz'komma – so moan i, is dös do au a G'fälligkeit g'wen von meiner, daß Sie iatza seit am Herbst so lind auf deane Stüahl

do sitz'n und Eahna scheane Visasch'n in meim Spiagel sell betracht'n kennan, und daß mei guater, schwarer Tisch do an der Wand sell loahnt. Und wia das Sprichwort sagt: Oa Hand wascht di ander Hand – is dös net so?
Jatz hätt i au a kloans A'suach'n an Eahna, und dös war bold abg'mocht, bold Sie no ja sog'n derzua. I ka's in meiner Keichen nimmer derschnauf'n, und do honi mir denkt: De Kämmerlan im Schualhaus domm, honi mir denkt, verstehn'n S'? – De Kämerlan, dös war wos für an Maderle – und der Maderle, verstehn'n S'? – der war a Mo für de zwoa Kämerlan – und der Schuallehrer is a koa übler Mensch – do könnten mir a Kirchenmusi moch'n z'samm, und wos z'samm plärr'n und z'samm probiern, daß es unsern Herrgott grod freien müßt im Himmel domm."
Bei diesen Worten erschrak ich redlich. Nichts wäre mir unangenehmer gewesen, nichts hätte mir mein stilles, einsames Schulhaus mehr verleidet als die Gesellschaft des lauernden Alten, von dem ein mörderischer Atem ausging und die Luft verwüstete.
„Herr Maderle", begann ich sachte, „ich kann mir denken, daß Sie gerne aus Ihren engen, dunklen Räumen in eine bessere Wohnung hinausziehen möchten; ich kann auch verstehen, wie Sie gerade auf das Schulhaus kommen, und daß Sie hoffen, ich werde Ihnen eine Gefälligkeit mit einer andern bezahlen – um so mehr ist es mir leid, daß ich nicht ja sagen kann."
„Und worum no net?" murrte der Alte mit verhaltener Heftigkeit auf.
„Weil ich nicht Herr der Wohnung bin. Denn das Haus gehört der Gemeinde."
„Sell woaß i", brummte der Alte. „Und wenn's auf d' G'moa o'kimp – dö brauchen mir net z' fürcht'n. Der Heißbauer is auf meiner Seit, und de andern ollsant sog'n, i soll no naufziahn ins Schualhaus, daß es net ganz umsonst do damm steht und daß ma au woaß, was aus und ei' geht, bold es Nacht ward."
„So", rief ich und machte kein Hehl aus meinem Verdrusse,

„so sagen die Leute hier im Dorfe? Sie müssen ein rechtes Zutrauen zu mir haben."
„Mit der G'moa also", fuhr der Alte unbeirrbar weiter, „wär de Sach scho abg'mocht, und san bloß no Sie im Weg –"
„Und das Amt!" fiel ich ein.
„Wos Amt?!" rief der Alte. „Mir brauch'n koa Amt. De Sach weard unter uns erledigt."
„Unter uns?" fuhr ich empor. „Wer ist das? Unter uns? Das nenne ich mir eine schöne Freundschaft, die mir einen ins Haus setzt, der um mich herumspionieren soll. Daraus wird nichts, ihr lieben Leute. Die Rechnung wird nicht ohne mich und nicht ohne das Amt gemacht."
„Bol i Eahna an guat'n Rot geb'n derf", sprach der Schneider mit unterdrücktem Ingrimm, „no sogen S' ja, so g'schwind Sie kennan; denn bold Sie net ja sog'n, setzt es wos ab, Herr, und, meiner Trei, nix Guats!"
„Hören Sie", sprach ich, „einen solchen Rat sollen Sie mir kein zweites Mal geben. Das Schulhaus darf zu keinem Miethaus werden. Das ist die Meinung des Amtes und meine. Wenn ich nun heute aus Abenberg ginge und einer käme mit Weib und Kind und fände die Wohnung zur Hälfte vergeben? Und denken Sie, wozu Sie mich verleiten wollen! Ich soll im geheimen etwas abmachen, wozu ich nicht berechtigt bin! Wissen Sie nicht, daß ich ein Staatsbeamter bin und meine Pflichten habe?"
„Wos san Sie?" fuhr der Alte plötzlich auf. „A Staatsbeamter! So a Hungerleider wia Sie, der wo sei' Essen net zahl'n ko bein Steffel. A Schuallehrer san' S', dös sog i Eahna, a Schuallehrer und nix weiters!"
Ich sprang hastig auf und wies ihm die Tür. Er verzerrte das Gesicht und zeigte die mächtigen, gelben Zähne. Mit halblauten Flüchen verließ er das Schulhaus. Sein Weg ging ins Wirtshaus hinunter.

*

Als der Zorn und die Erregung in mir ausgekocht hatten, ging ich ins Freie und streifte, was ich seit Franzens Abschied nicht mehr getan, hinunter bis Gandorf. Es war mir, als müßte ich ins Schulhaus hinauflaufen und Franzens Schlüsselbund rasseln hören.

Die Dämmerung kam, und in Franzens Stube wurde Licht. Aber es war nicht der milde, gelbe Schein seiner Lampe, sondern ein helles, kaltes Licht, das seinem Nachfolger zu seiner abendlichen Arbeit leuchtete. Als es dunkler wurde, machte ich mich auf den Rückweg. In der letzten Gandorfer Hütte sah mich ein Weib vorüberschreiten, schob das Fensterchen auf, rief mich an und nötigte mich hinein. Sie schob mir eine Schale mit brauner Brühe hin und hieß mich essen. Dann begann sie von Franz zu reden, wie wert er ihr gewesen und wie sehr sie seinen Abschied bedaure, und fragte mich um seine jetzigen Verhältnisse. Ich mußte ihr auch seine Adresse angeben, die sie mit zitternden, ungelenken Händen in einen alten Kalender schrieb. Die Kerze stand auf dem Tisch und erhellte das eingebrochene Gesicht, in dessen tiefen, knöchernen Höhlen die kleinen dunklen Augen blitzten. Es ward mir einiges Backwerk aufgenötigt, und so nahm ich meinen Abschied. Das Weib ging mit mir bis über die Schwelle. Als ich ihr eine gute Nacht wünschte, wischte sie sich mit dem Schürzzipfel über die Augen. Ich ging in die Nacht hinaus.

Wolkenfahnen hingen dunkel überm Himmel, dazwischen sah man in dämmerigen Gassen die Sterne schwimmen. Die Nacht war düster und sanft, unendlich einsam. Mich zog es in die Weite des Tales hinunter, und ich schlug den Moosweg ein. Still in mich gekehrt, erreichte ich das Feldkreuz am Fuße des Sichelberges, erstieg ihn seitwärts und sah das Dorf vor mir liegen, in nächtliche Dämmerung gehüllt. Die Mauer der Kirche blinkte matt herüber, und das Ewige Licht stand wie ein heimlich glühender Blutstropfen düster in dem schwarzen Fensterbogen. So stieg ich ins Unterdorf hinab.

Als ich gegen die Hütte der Burglerin herunterkam und des Zacharias Kläffer anschlug, wankte ein Mann vom Oberdorf herunter, vom Wirtshaus her. Jetzt kreuzte er meinen Weg, blieb stehen und äugte nach mir.

„Dös is jo der Lörrer!“ hörte ich seine Stimme halblaut, und alsbald richtete er sich auf und rief vernehmlich: „Halt, Herr Lörrer!“
Es war der Dorfschneider. Grüßend wollte ich vorübergehen, da hatte er schon mit einem derben Griffe meinen Arm erfaßt.
„Halt, sog i!“ keuchte er und starrte mir mit weit aufgerissenen Augen ins Gesicht. „Sie kemman mir net so verbei. Sie miassen heit no a bissel zua mir rei!“
„Herr Maderle, es ist spät, und ich muß heim“, erwiderte ich ihm in begütigendem Tone, inwendig aber schlug mir das Herz, und ich faßte meinen Stecken fester.
„Mir ham uns heit a weni hort g'redt“, schnaufte der Schneider, „ober dös macht nix, es is verbei und ferti. So genga S' holt rei zua mir! Mir miass'n uns do a weni z'sammsetz'n zur Versöhnung.“
Sein Atem roch entsetzlich nach Bier und Schnaps, in seltsamem, gründlichblauem Glanze leuchtete sein Auge auf mich her, dabei faßte er mich mit eisernem Griffe, dem ich mich nicht entwinden konnte, um das Handgelenk und zog mich mit sich fort.
„Mitgeh' miass'n S'!“ keuchte er. Ich folgte ihm über das Brücklein und durch das Gatter an die Haustür, er öffnete und zog mich in die finstere Höhle hinein.
„Hi'setz'n!“ befahl er, indem er nach dem Sofa deutete. Dann trat er schwankend zurück an die Tür und stieß den Riegel ins Schloß.
Drüben in der andern Kammer regte sich das Weib, das schon im Bette lag. Sie war bei unserm Eintritt erwacht.
„Alter“, rief sie mit schlaftrunkener Stimme, „bist do?“
„An Lörrer honi!“ brummte der Schneider und schlug Licht. Beim Schein der Lampe sah ich das verstörte Angesicht des Trunkenen. Die Wangen waren gelb und eingebrochen, die Augen quollen gläsern hervor. Der Anblick fuhr mir ins Gebein. Ich legte den Stock quer über den Schoß.
„Nix dergleichen!“ murrte der Schneider auf, tappte über den Tischrand und ergriff den Stock. Ich widerstand ihm.

„Her mit!“ knirschte er und entriß ihn mir mit einem Ruck. Die Lampe schwankte und drohte zu stürzen. Ich faßte sie am Fuß und hielt sie fest.
„So“, sagte der Alte. „Mit sölchene Instrumenter werd do herin frei net hantiert. Sitzenbleiben! Hent sitz i, und drent sitzen Sie. Iatz wöll mer oans diskurrier'n mitanand. No koa Angst, es is bold g'schehn.“
„Loß do an Lörrer hoamgeh, olts Vieh, damisches!“ schrie das Weib aus der finsteren Kammer hervor.
„'s Maul holt'n!“ sagte der Schneider mit einer Grabesstimme. „Es g'schiecht eahm nix.“ Er wandte sich an mich: „Glaben Sie, daß unser Heiland Jesus Christus – (wia muaß i denn glei sog'n), daß unser Heiland Jesus Christus Gott g'wen is?“
„Es ist jetzt nicht die Zeit, solche Fragen zu besprechen“, versetzte ich fest und bestimmt, wiewohl mir ein abscheuliches Gefühl um die Gegend des Brustbeines kroch.
„Nix do, nix hintenrum!“ erregte sich der Alte und legte seine knöcherne Faust vor mir auf den Tisch. „Ob Sie dös glab'n oder net.“
„Ja, ich glaube es“, entgegnete ich ihm.
„Net wohr is!“ schrie er mir dazwischen. „Nix glab'n deana S'! Und bold i Eahna jetz sog, es san Eahna letzten zehn Minut'n, und's Laugna hilft Eahna gor nix –“
„Olter!“ rief das Weib abermals, „sei koa Rindvieh!“
„Ob du mir 's Maul holtst!“ wandte er sich drohend herum.
„Herr Maderle, seien Sie vernünftig!“ sprach ich, indem mir das Blut aus den Wangen wich.
„Vernünfti bin i, dös brauch i net erst wer'n!“ schnaubte er auf und reckte mir die Faust vors Antlitz. Ich wußte, daß er ein wilder, erbitterter Raufer war und daß sich in der Trunkenheit seine Kräft verdoppelten. Hatt er doch den riesigen Martelbauern einmal unter den Tisch geschlagen, daß er kein Wort mehr gesprochen hatte.
„Ei'gsteh soll'n Sie's mir, sell will i, und bold Sie's net dean, no hilf i Eahna derzua, versteh'n S' mi?“
Da erkannte ich, daß es an der Zeit war, mich aus der Ge-

walt des Trunkenen zu befreien. Was nun erfolgte, war das Werk von Augenblicken.
Ich riß die Lampe an mich und blies sie mit einem raschen Stoße aus, und schier im selben Atemzug drängte ich mit angestemmter Brust den Tisch mitsamt dem Schneider gegen die Wand. Es war ein einziger Ruck, mit dem ich das ungefüge Möbel auf den Alten stürzte. Die Lampe klirrte, fiel und polterte. Mit einem Sprunge war ich an der Tür und tastete mit fierberhaften Händen nach dem Riegel.
Schon hörte ich zwischen dem Ächzen des Tisches und des Stuhles das wütende Fluchen des Alten, womit er sich aus seiner Lage freizumachen strebte, schon war mir, als richte er sich hinan, und jetzt erklang das Krachen und Poltern des Tisches, den der Erboste von sich schleuderte. Aber da fühlte ich den Eisengriff in meiner Hand und stieß den Riegel auf. Die Tür flog zurück, ich war mit einem Satz im Freien, ich war im nächsten Augenblick am Gartentürchen, das ich hinter mir ins Schloß warf, und jagte aufwärts gegen die Brücke des Dorfbachs. Als ich das Brett der Brücke betrat, fühlte ich, daß sich der Tau daraufgelegt und es ganz glatt und schlüpfrig gemacht hatte. Und obgleich ich die Tür des Gärtleins gehen und den Alten fluchend und keuchend hinter mir dreinkommen hörte, nahm ich mich fest zusammen und ging mit äußerster Vorsicht, Schrittchen vor Schrittchen, über die geländerlose Brücke. Die wenigen Meter schienen mir endlos, und der Atem des Alten keuchte näher, und sein Schritt klang deutlich hinter mir. Da warf ich mich mit einem Ruck dem Ufer zu und stürzte auf dem festen Land nieder. Der jähe Schrecken machte mich unvermögend, mich emporzuraffen, und ich war gewärtig, daß der Unhold mich ergreifen würde. Aber es war mir, als töne mit einmal durch das Brausen des geschwollenen Wassers ein dumpfer Aufschlag. Weiter vernahm ich nichts. Da löste sich der Krampf in meinen Gliedern, und ich raffte mich auf. Rundum war es dunkel und still, und nur das Wasser brauste. Der Alte war von der Brücke gestürzt.
Einen Augenblick stand ich erstarrt. Dann nahm ich mich

zusammen und stieg an das Wasser hinunter. Ein kleines Stück unterhalb der Brücke war mir, als sähe ich einen Arm aus dem Wasser tauchen und wieder niedersinken. Ich lief heran und sah den Alten am Faschinenwerke hängen. Er war auf eine seltsame Weise zwischen einem Pfahle und dem Flechtwerk festgeklemmt. Den Arm erhob er irr und zukkend, und der Kopf sank rückwärts in das Wasser.

Mir klapperten die Zähne, und die Glieder wollten mir versagen. Aber ich griff doch hastig zu und zerrte an dem Kragen des Ertrinkenden. Ich hatte weder Kraft noch Ruhe, um den schweren Körper loszureißen. Allein den Kopf erhob ich unter Aufwand aller Kräfte aus dem Strudel und hielt ihn krampfhaft über Wasser, indem ich anhub, um Hilfe zu rufen. Aber die Stimme war mir verfallen, und ich brachte keinen lauten Ton hervor.

Schon war mir, ich müßte das schwere Haupt des Bewußtlosen wieder in die Wellen sinken lassen, da schlurfte es über mir an der Brücke, und eine Weiberstimme kam herunter.

„Wos is? Wos is?“

In diesem Augenblick gehorchte mir die Kehle wieder.

„Herunter!“ rief ich. „Schnell herunter!“

Es war die Schneiderin. Nun stand sie mit einem Ruf des Entsetzens neben mir. Ich aber schrie sie an, sie solle zugreifen, und wir gaben alle Kräfte her. Nach einer Weile atemlosen Ringens hatten wir den Schneider an das Land gezogen.

Die Alte brach in lautes Heulen aus. Ich schrie sie zornig an, der Mann sei noch am Leben, sie solle laufen und Männer holen. Sie tat es auch und lief mit kläglichem Geschrei von dannen. Nun begann ich dem Alten die Arme zu bewegen, um den Atem wieder anzufachen. Es dauerte auch nicht so lange, so reckte er den Kopf. In diesem Augenblicke kam der Martelbauer mit seinem Knecht und etlichen Männern. Man leuchtete dem Alten ins Gesicht. Es war aschfarben und stellenweise blau gefleckt. Der Atem ging keuchend und schwer. Die Augen standen offen, und die Sterne kreisten irr umher. Ich sagte allen, was vorgefallen.

Die Männer hoben den Ohnmächtigen auf und trugen ihn mit äußerster Vorsicht über die Brücke in sein Haus. Ich folgte ihnen. Als man ihn ins Bett legte, gab er etliche gurgelnde Töne von sich, wälzte sich zur Seite und erbrach sich. Da wandte ich mich hinweg und ging. Ein Knecht lief um den Doktor nach Mooskirchen.

Die Männer des Dorfes

Ich hatte mit dem Pfarrherrn den Vorfall besprochen. „Man kann den alten Sünder nicht ins Haus nehmen", sprach der Freund. „Du mußt fest bleiben und deinen Standpunkt wahren. Wenn man ihnen immer zu Willen ist, werden sie niemals Achtung bekommen. Es mag kommen, wie es will, so rechne auf mich."

Er redete mich von da an immer mit du an, ohne daß er eigentlich vertraulicher wurde, und unser Verhältnis blieb das alte.

Als ich nach Hause kam, stand die Dorfschneiderin vor meiner Tür. Sie hatte einen Wagen mitgebracht.

„Wie geht es dem Schneider?" fragte ich sie.

„A Rindviech is er, a vollg'schwemmts!" knurrte sie. „Aber sell hätts au net braucht, daß Sie eahn übers Brückla g'stessen han. Er hätt leicht versaufen kenna."

„Ich habe ihn nicht hineingestoßen", verwahrte ich mich. „Er war trunken und ist ausgeglitten."

„Sogt ma'", erwiderte sie und sah mich mit einem stechenden Blicke an.

„Wir reden nicht darüber", sprach ich. „Aber nehmen Sie sich in acht!"

„In acht nehman Sie si!" murrte sie drohend.

„Was wollen Sie bei mir?" fragte ich kurz.

„Daß Sie meine Stüahl, mein Tisch und mein Spiagel hergeb'n soll'n. Mit am sölchenen, wia Sie san, ham mir nix mehr g'moa."

„Sie können die Sachen haben. Kommen Sie!"

Das Weib schleppte die Dinge hinunter und lud sie auf den Wagen. Meine Kammer gähnte seltsam kahl.

*

Der Dorfschneider war schon in den nächsten Tagen auf und ging umher. Überall hielt man ihn an und fragte ihn um das Geschehene aus, und er ließ sich nicht lange bitten.
Als ich zum Wirt zum Essen kam, erzählte mir die Wirtin, daß man im ganzen Dorf davon rede, ich habe vor dem Dorfschneider das Dasein Gottes abgeleugnet und, als wir darüber in Streit geraten, den Schneider in den Bach gestürzt. Es gingen auch andere Darstellungen unter den Leuten herum, und man könne sich nicht klug daraus werden. Ich fragte sie, was sie von allem glaube. Da sah sie mich von oben bis unten an und sprach: „A Mensch wia Sie, Herr Lörrer, vertrappt koa Käferla, wo übern Weg rennt. Sie soll'n ihr ausg'schamts Red'n bleiben lassen."
Denselben Tag ward ich durch Zacharias, den Gemeindediener, vor den Gemeinderat geladen. Sie saßen alle in des Bürgermeisters Stube beisammen, von dichtem Tabaksqualm umhüllt, der eine da, der andere dort. Der dicke Kramer, der lange Martelbauer, der Hofbauer und der Bachschneider, der alte Hundsbauer, ein verhutzeltes, durchtriebenes Männlein, ein Fretter und Erzkuppler, der Pfeifer, genannt der Leal, was ebensoviel heißt wie Kater, der alte Leander, der ein Wilddieb war, und der ungeschlachte Gallbauer. Mitten unter ihnen saß der Dorfschneider.
Nachdem ich sie alle gegrüßt hatte, wie sie so aus dem schweren Dunst aus allen Ecken mit finsteren und verhohlenen Blicken auf mich hersahen, fragte ich sie, warum sie mich gerufen hätten.
„Heißbauer, red!" rief der Gallbauer dem Bürgermeister zu. Der aber wehrte sich und wollte sich nicht äußern. Da stand der Pfeifer auf und sagte mit widerlich näselnder Stimme: „Es ist von Gemeinde wegen beschlossen worden, daß der

Dorfschneider Joseph Maderle zwei Kammern im Schulhaus rechter Hand vom Eingang als Wohnung angewiesen bekommt."

„Meine Herren", sprach ich, „warum habt ihr mich nicht zu der Besprechung eingeladen, die diesem Beschluß vorausgeht? Ich kann das wohl verlangen."

„Verlangen kannst du gar nix!" rief der Gallbauer brutal dazwischen.

„Wenn Sie so meinen", wandte ich mich an ihn, „so kann ich ja sogleich hinweggehen."

„Ho!" riefen mehrere Stimmen, und dazwischen klang es: „Dobleib'n!"

„So könntet ihr mir eigentlich auch einen Stuhl geben", versetzte ich, „ich bin der einzige, der hier in dieser Versammlung steht."

„Schod't nix!" murrte eine Stimme aus dem Hintergrunde. Niemand rührte sich. Da ging ich nach dem Ofen, wo ein dreibeiniger Hocker stand, ergriff ihn, stellte ihn in die Mitte des Zimmers und setzte mich darauf. Es war einen Augenblick stille. Dann hub ich an und sprach:

„Mein Wille ist es nicht, mit euch in Streit und Widerspruch zu kommen; denn ich bin allezeit zu Frieden und Freundschaft bereit. Aber mein Wille ist es auch nicht, daß man mit mir umgehe, als hätte ich keine Stimme in diesem Rate und müßte mir jegliche Willkür ohne Widerspruch gefallen lassen. Nein, ihr Herren, so dürft ihr eurem Lehrer nicht begegnen. Und so sage ich euch in aller Ruhe und ohne Zorn und Gehässigkeit: Ich erhebe Einspruch gegen euren Beschluß. Das Haus, das ich bewohne, ist kein Miethaus. Die Wohnung steht dem Lehrer zu, und niemand kann sie ihm gerechterweise streitig machen."

„Wann aber der Lehrer nix braucht als sei oanzige Kammer?" erhob seine Stimme der Bachschneider.

„Und wann er ander Leit ihr Troad drin ausschütt'n loßt?" fiel der alte Hundsbauer in dünnem Fisteltone ein.

„Ich kann verfügen über meine Räume", versetzte ich.

„Mir ham dös Schualhaus baut!" rief der Martelbauer dro-

hend. „Mir ham die Stoaner herg'fohrn und uns dappig zohlt – sog oaner, daß dös Haus net unser is?"
„Für eure Kinder und ihren Lehrer habt ihr's gebaut."
„Für uns hommers baut, für uns, net für de herg'laufenen G'söll'n!" schrie der Pfeifer durchdringend dazwischen. Der Gallbauer erhob sich breit am Tische.
„Wos streit ihr lang mit deam do?" sprach er, indem er mit dem Daumen verächtlich auf mich wies. „Der Dorfschneider ziaht ei', und olles is ferti."
„Ich bin bereit, die Sache gütlich abzumachen", erwiderte ich. „Wenn man mich aber zwingt, so sitze ich auf und fahre zum Amt."
„Di Soch is ferti, sog i", wiederholte der Gallbauer. „Geh zua und fohr, daß d'Ra'lan spritz'n. Mir fahren au."
Damit wandte er mir den Rücken, etliche lachten, andere brummten, ich aber kehrte mich um und ging hinaus. Unter der Haustür stieß ich auf den Pfarrherrn, der auf die Nachricht von einer Gemeinderatssitzung, die meine Sache betreffe, vom Pfarrhof heruntergeeilt war.
„Fertig?" rief er mich an. Mir schwammen die Augen vor Ingrimm.
„Sie halten mich wie einen Stallbuben!" knirschte ich hervor.
„Und du läufst davon?" rief er. „Mit mir herein! Ich will ihnen die Köpfe zurechtsetzen." Er faßte mich am Arm und zwang mich herein. Nun stand ich neben ihm zum zweiten Male vor dem Rat. Die Bauern saßen mit geduckten Köpfen da.
„Was habt ihr beschlossen?" rief der Pfarrherr.
Keiner gab eine Antwort.
„Wollt ihr den Dorfschneider ins Schulhaus tun?"
Ringsum erscholl ein murrendes „Ja."
„So, und ihr glaubt, das könnt ihr?" schnaubte der Pfarrherr.
„War net ohne –!" muckte der Gallbauer empor.
„So!" sprach der Pfarrherr und schwig eine Weile. „Nun will ich euch was sagen", fuhr er dann fort, „ganz abgesehen

davon, daß man's nicht dulden kann, wenn irgendwer ins Schulhaus kommt, der nichts darin zu suchen hat – so ist es eine grobe und dumme Sache, die ihr da gegen euren Lehrer angefangen habt. Wollt ihr ihm denn das Bleiben verleiden? Wollt ihr ihn denn forttreiben aus eurer Gemeinde?"
Ein kurzes, bitteres Gelächter war die Antwort.
„Ihr wiß nicht, wer da in eurem Schulhaus sitzt", sprach der Pfarrherr mit zornigem Eifer, „wißt nicht, was sich der junge Mann im stillen vorgenommen hat, und wie er sich müht, um euch und euren Kindern ein rechter Helfer zu werden. Er ist jung, er kommt aus der Stadt, wo die Dinge und Menschen anders sind, er kann in einem Jahre noch kein Abenberger sein. Aber er wird einmal einer werden und eure Anliegen in ernste und treue Hände nehmen und eure Kinder lieben und für sie schaffen. Und von seinen Geistesgaben und seinem ungewöhnlichen Sinn wißt ihr gleichfalls nichts – aber wenn ihr die Gabe hättet, in diesen Kopf hineinzusehen und zu verstehen, was darinnen ist, ihr würdet ihn halten, so viel ihr könntet. Die Gemeinde aber, die ihn für sich gewinnen wird, hat einen guten Fang getan.
Darum, Leute, seid in euren Herzen nicht widerspenstig und in eurem Kopfe nicht vernagelt, seht ein, was ihr da tut, und laßt davon. Dadurch, daß er euer und eurer Kinder Lehrer ist, ist ihm eine Würde vor euch verliehen, so jung er ist; denn das Lehramt kommt von Gott. Und ihr müsset ihm Ehre geben und dürfet nicht an seiner Würde tasten."
Die Männer saßen stumm und stierten vor sich hin. Der Hundsbauer begann zu blinzeln:
„Is scho guat, is scho guat, ober –"
„Herr Pforrar", sprach der Gallbauer, der sich mit beiden Ellbogen auf den Tisch gestemmt hatte, „es duat Eahna leicht net guat, wenn Sie si in sölchene Sochen dreimisch'n –"
„Mir wiss'n scho z'viel von deam do!" rief der Pfeifer. „Er glabt an koan Gott und an koan Heiligen Geist –"
„Und hot an Maderle ins Wasser g'stessen!" schrie der Hofbauer.

„Lügen!“ rief ich mit lauter Stimme dazwischen. Der Zorn stieg mir in die Augen.
„Still!“ sprach der Pfarrherr kurz und heftig und wandte sich dann mit erhobener Stimme an den Dorfschneider: „Joseph Maderle, ich fordere Euch auf, bei Eurem Gewissen und im Gedanken an Eure dereinstige Urständ zu erklären: Hat unser Schullehrer, der hier steht, vor Euch gesagt, daß er an keinen Gott glaube?“
Der Schneider saß mit vorgerecktem Halse da und starrte auf den Pfarrer her. Seine Kinnlade war vorgeschoben, und die Unterlippe quoll über die Oberlippe heraus. Er saß und starrte und regte kein Glied.
„Sagt nach der Wahrheit“, fuhr der Pfarrherr fort, „ist er es gewesen, der Euch vom Steg in den Bach gestoßen hat? Sprecht, redet, wie es war.“
Der Schneider gab keine Antwort.
„Wenn Ihr nicht redet, so soll es uns allen hier gelten, als sei das eben Gesagte Lüge und Verleumdung von der ersten bis zur letzten Silbe.“
Der Schneider schwieg.
„Wer hat euch das gesagt, Hofbauer, Pfeifer, was ihr soeben gegen unsern Lehrer vorzubringen gewagt habt?“
„Der Maderle hot's g'sogt“, murrte der Hofbauer.
„So sage ich“, rief der Pfarrherr mit donnernder Stimme, „daß Ihr ein Lügner, Verleumder und Ehrabschneider seid, Joseph Maderle. Aus dem Wasser hat Euch dieser da gezogen, in das Ihr selber hineingefallen, das Leben hat er Euch gerettet, und ohne ihn läget Ihr im Freithof droben. Und einem solchen Manne führt ihr hier die Sache?“ wandte er sich an die anderen Männer. „Und euer Lehrer soll die Zeche bezahlen, dafür, daß er für euch geschafft und seine Kräfte euch gewidmet hat? Ihr habt ein Unrecht begangen, Männer. Schnell, macht es gut, und nehmt den Beschluß zurück!“
Nach diesen Worten entstand eine Stille, welche dumpf und drohend über dem Raum lag. Niemand bewegte auch nur die Lippen. Ich sah den Pfarrherrn an. Seine Augen hatten

etwas Starres. Die Stille dehnte sich. Nach einer langen, quälenden Pause fragte der Pfarrherr mit seltsam versagender Stimme:
„Ihr bleibt dabei?"
Die Männer nickten.
Da kniff der Pfarrherr die Lippen zusammen, wandte sich gegen mich und raunte: „Komm, Matthäus."
Wir gingen hinaus. Es war, als käme uns ein Strom von heißer Luft über die Schwelle nachgezogen.
Draußen faßte ich den Pfarrherrn am Arm.
„Was ist mit Ihnen geschehen?" fragte ich.
„Etwas, das mir zu beißen und zu würgen gibt", sprach er und eilte stracks davon.

*

Die Abenberger trugen ihren Beschluß und ihr Gesuch persönlich auf das Amt. Ich hatte den Stand der Dinge dorthin berichtet.
Man hörte sie an und gab ihnen keinen Bescheid. Nach einer Woche kam an sie und mich dasselbe Schreiben.
‚Es ist dem Amt daran gelegen, die öffentlichen Gebäude ohne Ausnahme für die öffentlichen Zwecke zu erhalten', hieß es darinnen. ‚Dem Ansuchen der Gemeinde Abenberg kann aus diesem Grunde nicht stattgegeben werden.'

Mahnung an Therese

Eine Zeitlang sah ich den Pfarrherrn nicht mehr. Er hielt sich entfernt von allen Menschen und kam vom Pfarrhof nicht ins Dorf herunter. Er hatte einen schweren Schlag erlitten. Die Bauern, die er gewonnen glaubte, hatten ihn fühlen lassen, daß er keiner ihres Blutes sei. Sie hatten ihn ausgestoßen, wie sie Mechthild ausgestoßen, und ihre Feindseligkeit gegen mich, ihr starres Festhalten an einer ungerechten Sache, wie die des Schneiders war, entsprang sie nicht aus eben dieser Wurzel?

Aber ich wußte, daß der Pfarrherr sich zu neuem Kampfe rüstete, und ich war entschlossen, meinen Mann auf meinem Platz zu stellen.
So ging ich in stummer Entfremdung unter den Leuten des Dorfes umher. Aber auch die Freude an meinen Kindern war getrübt. Denn ich sah sie mit einem Male wieder scheu und gedrückt einherschleichen, mich auf der Straße meiden und mit verhohlenen Blicken anschauen, und ihre Herzen waren mir verriegelt. Ich fühlte deutlich, wie man ihnen zu Hause bös von mir geredet hatte, und die älteren Kinder zeigten mir trotzige Mienen. Die schwarzen Augen der Maria aber loderten in offener Feindseligkeit auf mich her, und ich sah sie vor und nach der Schule unter einem Kinderhaufen stehen, lebhaft redend und deutend, und ich las es aus ihren Zügen, daß sie gegen mich eiferte.
Ich trat dem allen nicht entgegen, sondern tat mit Ruhe meine Pflicht, unterließ auch im Unterricht ein unnötiges Zürnen und Treiben und bezeigte allen Kindern eine gleichmäßig ernste Liebe. Den Leuten des Dorfes begegnete ich freundlich und streifte viel durch die sommerlichen Felder und durch die Gründe des Waldes.
So ward ich gegen außen unempfindlicher und härter und innen immer ruhiger und fester. Da kam ich eines sehr schönen Abends in meine Kammer heim, noch voll des goldenen Lichtes, das den Himmel überwallte und hinter das dunkle Gezweige einen köstlichen Grund ausbreitete, als ich gewahrte, daß die Schublade meines Tisches offenstand. Jemand mußte darinnen gekramt haben, während ich fort war. Ich vergaß zuweilen darauf, meine Haustür zuzusperren, und so hatte zu meinem Hause jedermann Zutritt. Während ich näher treten wollte, hörte ich es unter meinen Briefen und Papieren rascheln, ich sah die flatternde Schwinge eines Vogels über dem Rand der Schublade schweben, und nun erhob sich auch der kleine Einbrecher schwirrend aus der Lade und zerrte ein Zweiglein daraus hervor, setzte sich auf den Tischrand nieder, zog und zerrte unablässig und riß am Ende Theresens Dornenkränzlein aus der Hülle. Einen der

langen Dornen in seinem Schnabel haltend, blickte er mit blitzenden, schwarzen Äuglein keck zu mir herüber; doch da ich mich ihm nähern wollte, ließ er erschreckt den Raub und schwirrte aus dem Fenster.

Da lag das herbe Kränzlein und hieß mich ernstlich an Therese denken. Ich hatte sie doch die jüngste Zeit schier ganz vergessen, ja, sie war aus meinem Bewußtsein hinabgesunken in eine tiefere Region. Doch war mir um so sicherer, daß ich sie wohl in mir bewahrte.

Nun aber trat ihr Bild lebendig vor mich hin, und mit ihm kam der Zug der entschwundenen Tage herauf. Ich sah, wie wir wanderten und irrten, wie wir uns mühten und sehnten, und es schien mir nicht um unsretwillen so geschehen. Wonach wir strebten, das lag weit hinaus. Und ich hörte meine Worte klingen, und die Gedanken kamen wieder, die ich um diese Zeit gedacht. Es schien mir alles wunderlich, ich war mir selber gar nicht recht begreiflich. War meine Seele krank gewesen? Wie lag die Welt nun klar und ernst vor meinen Augen! Da gewahrte ich, wie sehr ich mich die Zeit des Fernseins von Therese gewandelt hatte, und wie die Wandlung unvermerkt und heimlich sich vollzogen.

Ich trat zum Fenster hin und sah aufs Dorf hinab. Da wohnten sie, deren Blicke und Mienen mich anfeindeten, wenn ich an ihren Hütten vorüberging. Und warum taten sie es? Weil sie in ihrer Enge festgebunden blieben. Weil sie die andre Welt nicht kannten.

Ich zürnte ihnen nicht, und ich verachtete sie nicht. Doch aller müßigen Hoffnung war ich bar geworden. Ich wußte, daß sie niemals mich in ihre Mitte nehmen würden. Da war ich denn bereit, mich selbst und meine Welt zu wahren und mich ihrem Tun, sofern es gegen mich gerichtet war, zu widersetzen. Aber wie ein einzelner Posten, der die Waffe übern Schoß gelegt hat und über das Feld hinweg nach etwas Höherem ausblickt als dem Widersinn des Krieges, so sah ich mich hier oben an dem Fenster überm Dorf.

Ich setzte mich nieder und begann zu schreiben. Ich sagte Therese mit klaren Worten, daß wir uns trennen müßten, da

unser Weg, wie wir ihn seinerzeit beschlossen, uns beiden nicht zum Glücke werden könne.
„Aber“, fuhr ich fort, „du sollst nicht denken, ich verließe Dich. O nein! Unser jetziges Verhältnis dünkt mich eine schwere Fessel. Ich suche ein neues und freieres. Wenn Du die Briefe auffaltest, die Du bis heute von meiner Hand empfangen, so sage nicht, sie seien Lüge, und sage nicht, ich habe Dein Vertrauen schwer enttäuscht. Ich habe einen Weg beschritten, der nicht gangbar ist, und Dich auf diesem Wege mitgezogen. Und dies bekenne ich als meine Schuld und Torheit. Aber laß uns umkehren, ehe wir an gefährliche Stellen geraten! Und laß uns, jeder auf seinem eigenen Wege, weitergehen. Aber nicht mehr als Liebende, sondern als Freunde.
Kind, mißachte die Freundschaft nicht, sie ist nicht das abgetragene Kleid der Liebe. Denn lieben kann man aus Schwäche; um Freundschaft zu bewahren, muß man stark sein. Indem ich so schreibe und mich die Hoffnung erfüllt, daß Du in meine Entschlüsse willigen wirst, erscheint es mir, als sei uns beiden erst die rechte Freiheit und Würde zurückgegeben.“
Als ich hier innehielt, kam ein leiser, zager Schritt den Gang hergeschlichen. Es klopfte schüchtern. Auf meinen Ruf tat sich die Tür ein wenig auf, und das schmale Gesicht der kleinen Wirtsdirn sah herein.
„A Brief is lieg’n blieb’n bei uns dahoam“, wisperte sie mit ihrem fadendünnen Stimmchen. „Der Postbot hot’n verkeit. An Gruaß von der Muatter!“
Damit reichte sie mir einen Brief, ich sah auf das blinkende Papier und erkannte Theresens Hand. Da ich aufblickte, war das Dirnlein fort. Alles war so leis, so leicht und rasch vor sich gegangen, daß ich es nicht für wirklich gehalten hätte, wenn nicht der Brief in meiner Hand gelegen wäre.
Ich sah ihn eine Zeitlang an und schnitt ihn langsam auf. „Ich bin zum Ersten des kommenden Monats von meiner Herrschaft abgerufen. Am zweiten schiffe ich mich in Hamburg ein. Ich habe mich auf drei Jahre verpflichtet. Zum

Abschied möchte ich Dich nochmals sehen. O Matthäus, es wird ja doch der letzte Abschied sein."

Lang sah ich über die Zeilen hinaus. Die Schwere ihres Schicksals lag auf mir. Endlich nahm ich die Feder und schrieb meinen Brief zu Ende:

„Deine Zeilen sind da. Du und ich und die Fügung über uns, alle drei haben denselben Schluß gefaßt. Wir werden uns wiedersehen. Laß uns diesen Abschnitt unseres Lebens da beschließen, wo er begann. Komm noch einmal zu mir nach Abenberg. Es gilt den Abschied – es ist kein Betrug. Niemand soll davon wissen, niemand davon erfahren.

Du kämest mit dem Postauto nach W., wenn die Dunkelheit einfällt, und stiegest hinauf zum Pullenberg und zur Kapelle. Dort wollte ich Dich erwarten. Wir ließen die ersten Stunden der Nacht verstreichen und zögen dann im Schutze der Dunkelheit durch die Wälder auf mein Schulhaus. Dort blieben wir wach beim Schein meiner Lampe und sagten uns alles, was uns bewegte. Und ehe der Hahn das erste Wehen des Morgens verkündet, verließen wir stille das Dorf. Schreib mir, Therese, ob Du kommst und wann, oder ob ich Dich im Hause Deines Vaters sehen soll."

Der Brief lag zugesiegelt vor mir da. Mir war, als habe sich ein neuer Ring geschlossen.

Der Abtrünnige

Der Wald ward mehr und mehr mein Aufenthalt. Aber obwohl die Kleinen wieder zutraulich wurden, nahm ich eine Zeitlang keines mehr mit mir. Ich ging auch nicht in die westlichen Wälder, die so nahe hinterm Dorfe zogen, ich lief übers Tal und streifte jenseits in den Forsten umher. Es sollte dort hinten in einem der verborgenen Waldtäler eine Hütte stehen, die ehedem als Stall gedient und die zu einem Waldgehöft gehörte, das vor Jahren ein nächtlicher Brand verwüstet hatte. Der Stall war übriggeblieben, die Trümmerstätte überwachsen, die Einsamkeit des Waldes spann umher. Der Ort war unterm Volke Trudenbach genannt. In dieser Hütte, hieß es, lebte seit geraumer Zeit ein Mann, der dort ein wunderliches Wesen trieb. Er halte sich Hühner, Ziegen, Gänse, habe um seine elende Lagerstatt eine Mauer von allerhand alten, verwunderlichen Büchern aufgetürmt, überlasse Bart und Haare einem wilden Wachstum, streife barhaupt und barfuß im Walde umher, immer an einem Krüppelstecken gehend, zähme Raben und Eichhörnchen, die er auf den Armen oder Schultern mit sich herumtrüge. Er habe auch einen absonderlichen Glauben, und man höre ihn viele Stunden in seiner Stube beten.

Man könne ihm selten begegnen; denn er scheue die Wege der Menschen und trete immer dann, nachdem er stumm und seltsam auf den, der ihm begegnet, hergesehen, ins Dikkicht oder Unterholz zur Seite.

In meiner jetzigen Lage fühlte ich mich ihm ähnlich und zog auf ungewöhnlichen Wegen immer tiefer in die Wildnis, ohne ihn je zu Gesicht zu bekommen. Einmal aber, als ich seiner nicht dachte, ward mir mein Wunsch erfüllt.

Ich hatte mich am Rande einer langen Waldesgasse niedergelassen, den „Emil“ von Rousseau aufgeschlagen und mich in diese Lektüre vertieft. Von Zeit zu Zeit sah ich empor auf die mich umgebenden Gräser, deren überaus zarte Rispen wie ein Schleier um mich standen, oder auch die endlose grüne Baumgasse entlang, deren Rasengrund bald sanft und dunkel dämmerte, bald von Sonnenlichtern übersprengt war, wo der Glanz der Sonne still durchs Gezweige brach. Indem ich wieder einmal meine Augen aufhob, sah ich weit hinten in der Flucht des Waldes eine kleine Menschengestalt durch einen schmalen Streifen von Licht gehen und für einen Augenblick darinnen aufleuchten, dann näher und näher kommen, in der Entfernung klar und zierlich anzusehen. Immer wieder ward die Gestalt vom Lichte überglitten und in Glanz gehüllt, und immer wieder schritt sie dann unscheinbarer im Schatten weiter. Während sie sich aber merklich näherte, gewahrte ich, daß es ein unmäßig großer Mann war, der hier die Gasse heraufschritt, barhaupt und barfuß,

mit wildem, struppigem Haar und Bart, breiten, ungefügen Hüften und so klobigen Händen, als müßte er alles zerdrükken, was er damit anfaßte. Er trug eine dunkelfarbene Hose, die seine Schenkel umschlotterte, ein derbes, farbiges Hemd und hielt den Stecken in der Hand. Als er auf zehn Schritte vor mich gekommen war, blieb er stehen und sah auf mich her. Aus der grauen Wildnis seines Bartes blickte ein gelblichbraunes Angesicht von einer fast brutalen Roheit; aber die Stirn wölbte sich breit und frei, und unter den buschigen Brauen standen, das Seltsamste, Beklemmendste an diesem Wesen, zwei schwärzlichbraune, stumme, brennende Augen. Sie standen in ihrer ruhigen Glut auf mich gerichtet, daß ich sie in den meinen fast wie Schmerz empfand.
Das also war der Mann, den die Leute den Gänser nannten und von dem der Pfarrherr einmal als von einem Abtrünnigen gesprochen hatte! Mich faßte die Begier, ihn anzureden, und ich erhob mich aus dem Grase. Er hatte es regungslos mit angesehen. Doch als ich auf ihn zuging, schüttelte er das rauhe Haupt und trat mit wenig Schritten seitwärts ins Gehölz. Ich hörte seinen Fuß im Reisig knacken und setzte mich verwundert wieder nieder.
Aber ich hatte kaum mein Buch zurechtgelegt und angefangen darinnen weiterzulesen, als es hinter mir sich in den Zweigen bewegte, ein Schritt durchs hohe Gras zu rauschen schien und nun der Gänser hinter mir stand.
„Gebt mir das Buch!“ begann er mit tiefer Stimme zu sprechen. Ich sah verwundert zu ihm auf, und da ich zögerte, bückte er sich rasch und nahm mir's aus der Hand. Er las den Titel, schlug es auf und las die ersten Sätze. Darüber rückten seine Brauen höher, und sein Mund begann zu schnauben. Ohne ein Wort zu sagen, ging er seitwärts und ließ sich an einem Graben nieder. Er legte das Buch auf seine Knie, krümmte sich darüber, wie einer, der ein kurzes Gesicht hat, und bohrte seine Augen auf die Blätter. Die Lippen gingen murmelnd, während er las. Ich saß eine Weile und betrachtete ihn, erwartend, er würde enden und mir das Buch zurückreichen. Als dies aber nicht geschah, als er Blatt

um Blatt mit Knistern umschlug und sich immer tiefer in das Buch zu graben schien, da nahm ich eines meiner Hefte zur Hand und begann das Antlitz und die Gestalt des Lesenden aufzuzeichnen. Das Ungefüge dieses Körpers, die hingebogene Haltung, die Gier, womit er die Zeilen verschlang, während das Buch in seinen breiten Händen schier verschwand, die krause Wüste seines Scheitels und das Dickicht seines Bartes, dieses alles bildete eine so ungewöhnliche Erscheinung, daß mich der Eifer faßte, es auf meinem Blatte festzuhalten. Der Stift bewegte sich mit großer Eile, und heute war das Glück mit mir, so daß ein jeder Strich sich an die rechte Stelle fügte. Als ich schon ziemlich zu Ende war, sah der Lesende plötzlich auf, erhob sich schnell und trat an meine Seite.

„Gebt mir das Heft!“ sprach er im selben Tone wie vorher.

„Das Heft kann ich Euch nicht geben, es stehen meine Exzerpte darinnen.“

„So gebt mir das Blatt mit der Zeichnung!“ murrte er finster.

„Ihr könnt nicht verlangen, daß ich mein Heft zerreiße“, gab ich ihm zur Antwort.

„Ich will nicht, daß mein Kopf gezeichnet werde“, begann er drohender. „Es ist ein eitles Ding, das dem mißfällt, der auf den Wolken zu uns kommt. Vermodern soll mein Haupt, bis er es auferweckt. Gebt, sag' ich Euch!“

Ich wollte nicht.

Da faßte er mich so an meinem Unterarme an, daß es mir war, als würden mir die Knochen bis ins Mark hinein zermalmt, entwand mir schnell das Heft und riß das Blatt aus seiner Mitte los. Er reichte mir das Heft und hielt das Blatt in seiner Hand.

„Ihr habt ein weltliches Gesicht und seht nichts als die plumpe Außenseite“, sprach er. „Ihr seid ein Mensch des Staubes, liebt die kurzen Freuden. Ihr habt den Geist noch nicht verspürt.“

„Gebt mir mein Buch“, versetzte ich, ergrimmt durch diese gröbliche Behandlung. „Wenn das der Geist ist, daß Ihr anderer Leute Eigentum verderbet, so habe ich freilich keinen Geist.“ Sein Mund verzog sich zu einer höhnischen Grimasse, zu der der stumme Glanz des Auges in unheimlichem Widerspruche stand. Er riß das Blatt in Stücke und streute die weißen Fetzen in das Gras.

„Ihr habt sehr übel getan“, rief ich ihm zu. „Gebt mir mein Buch zurück, sonst soll es Euch gereuen!“

„Gereuen?“ sagte er mit einer Stimme voll Verachtung. „Was willst du, grüner Mensch, dem Boten des Geheimnisses zuleide tun?“

„Ich werde Euch die Schutzmannschaft in Eure Klause schicken.“

„Oh!“ lachte er. „Die Mäuse wollen den Adler bekriegen? Geh heim, du Wicht! Ich bin nicht von dieser Welt!“

„Mein Buch!“ forderte ich dringender.

„Morgen um diese Stunde liegt es auf diesem Stein“, sprach er und wandte mir den Rücken. Und ohne sich noch einmal umzusehen, schritt er weiter seines Weges in den tiefen Wald hinein. –

Am anderen Tage lag ein Zettel auf dem Steine, beschwert von einem kleineren Steine, darauf war mit einer großen, sich heftig auf und nieder bäumenden und ganz konfusen Handschrift folgendes geschrieben:

„Junger Schullehrer, das Buch ist mein. Du wirst es nie verstehen, und darum kann es Dir auch nie gehören. Hast Du ein Gewissen? Dann wage es nicht weiter, Kinder zu belehren, ohne daß Du den Geist hast und das Reich in Dir bereitest, das im Nahen ist.“

Ich nahm den Zettel und ging in den Pfarrhof. Als ich in die Stube eintrat, saß der Alte im Lehnstuhl, und der Forstverwalter saß ihm gegenüber. Ich ward mit Freuden aufgenommen.

Während ich näher rückte und dem Gespräch zuhörte, erschien mir der Alte magerer als sonst und von einer sonderbar falben Gesichtsfarbe. Seine Züge waren herber als je, die Augen aber hatten im unbewußten Lauschen einen bitterschmerzlichen Glanz. Die weißen Fahnen standen lichter um die Stirne.

„Wo kommst du her, Matthäus, und was hat dich mir ins Haus gebracht?“ wandte der Alte sich endlich an mich.
Ich erzählte ihm, was mir im Walde begegnet, und reichte ihm den Zettel dar.
„Seltsam!“ murmelte der Alte.
„Es ist mir ähnlich ergangen in diesen Tagen. Ich hatte ein bibelkritisches Buch mit mir genommen und war in den Wald gegangen, darin zu lesen. Unterwegs überfiel mich eine ungewöhnliche Müdigkeit, daß ich mich niedersetzte. Ich schlief auch auf der Stelle ein. Nach einer Zeit erwachte ich, da sich's neben mir bewegte. Da stand der Gänser vor mir und hatte mir das Buch von der Seite weggenommen. ‚Halt!‘ rief ich, ‚das Buch da her!‘ und deutete auf den Rasen.
Er sah mich stumm an, schüttelte das Haupt ein paarmal und ging davon. Sonst wäre ich ihm wohl nachgelaufen und hätte mir's zurückgenommen. Diesmal aber war mir's seltsam, ein wenig matt und übel, und ich ließ ihn laufen.“
„Er ist ein Büchernarr“, fiel der Forstverwalter ein. „Mich kann er leiden, und so habe ich in seine Hütte vordringen können. Es sind lauter religiöse und philosophische Schriften, was er darinnen um sich auftürmt: Vom Usprung der Welt. Von der Geburt des Geistes. Das einzige und wahre Evangelium. Christus, der Sohn. Von der Heillosigkeit der Kirche. Die Verfälschung des reinen Wortes. Der Brunnen Gottes. Der Antichrist. – Solche und viele andere Titel habe ich dort gelesen Auch scheint er mir in alten Sprachen erfahren; denn ich sah ihn in Büchern mit griechischem Texte lesen. Er mag über seinem religiösen Spintisieren um den Verstand gekommen sein; denn er liest zu Nacht die wunderlichsten Litaneien, Beschwörungen und Anrufungen. Auch hält er sich für einen Propheten.“
„Woraus schließen Sie das?“ wandte ich mich an den Forstverwalter.
„Er hat mir einmal gesagt, daß er sich vorbereite wie Johannes der Täufer“, versetzte jener. „Meine Stunde wird kommen“, so redete er, „ich muß sie erwarten. Aber wenn sie da

ist, werde ich hervortreten aus diesem Walde und das Reich aufrichten."
„Wir können das nicht so gehen lassen!" rief der Alte. „Wir müssen ihn aufsuchen und zur Ruhe und Besinnung bringen. Dabei können wir auch unsere Bücher wieder zurückholen. Was ist, Matthäus, wollen wir morgen gehen?" Ich sagte es dem Alten zu.
Nun saßen wir noch eine Weile beisammen und redeten manches. Zuweilen war es, als stiege ein verhohlener Seufzer in dem Alten auf; aber er drängte ihn nieder. Als wir uns beurlaubten, ging er mit uns. Da er aber nahe der Tür war, griff er nach der Ecke des Ofens und hielt sich fest.
Wir drangen erschrocken in ihn, zu sagen, was ihm fehle. „Nichts!" sagte er heftig, „nichts!" und winkte uns, unseren Weg fortzusetzen. Er folgte uns auch aufrecht nach, allein es entging mir nicht, daß er sich nahe an der Wand des Ganges hielt und mit der einen Hand, von der er glaubte, daß wir sie nicht sähen, zuweilen stützend nach der Mauer griff. Die Haustreppe aber ging er nicht mit uns hinunter, entgegen der Gewohnheit, die er sonst gepflogen.

Der Sendbote des neuen Reiches

Am andern Tage ließ mir der Pfarrherr sagen, daß wir unsern Forschungszug nach des Gänsers Hütte für diesmal unterlassen müßten, er fühle sich nicht wohl. Ich möge aber nichts besorgen, denn es werde alles bald vorübergehen. Es sei nicht nötig, daß ich ihn besuche, es gäbe etwas Besseres für mich zu tun, als den Griesgram eines alten Mannes zu teilen, der mit einem üblen Magen zu Hause sitzen müsse. Balbina sah mich mit fragenden Augen an, während sie diese Worte ausrichtete, und als sie schon im Gehen war, kehrte sie sich in der Tür nochmals um und sagte: „Gehen S' net doch zum Herren nauf?" Und als sich sie betroffen fragte, ob ich den Zorn des Alten nicht erregen werde, wenn ich trotz der Botschaft käme, sprach sie halblaut: „'s wär mög-

lich, daß er zornig wird, ja, ja, es wär schon möglich!" und während sie von dannen wackelte, murmelte sie vor sich hin: „Es g'fallt mir net, es g'fallt mir net."
Etliche Tage hörte ich nichts vom Pfarrhof und konnte auch Balbina nicht treffen. Auf mein Läuten ward nicht aufgetan. Ein Schulbub hatte einen Zettel gebracht, daß die Religionsstunden vorerst ausfielen und der Gottesdienst am Werktag nicht gehalten würde. Nun stieg auch in mir Besorgnis auf. Noch niemals war ich so allein gewesen wie in jenen Tagen. Von den Leuten des Dorfes trennte mich eine Kluft. Mein Gruß ward karg und mürrisch erwidert. Mechthild begegnete ich nicht. Es mochte ihr das Geschwätz, das wegen meines abendlichen Besuches im Dorfe umgegangen war, zu Ohren gekommen sein, und sie hielt sich zurück, um meiner Stellung im Dorfe nicht zu schaden. In Gandorf war kein Franz, Therese schwieg.
Lisabeth erzählte mir, man sei im Dorfe sehr übel auf mich zu sprechen. Ich hätte, hieß es, den Schneider nur darum nicht im Hause haben wollen, weil ich Mechthild in der Nacht zuweilen zu mir einließe. Wenn ich aber in sie drang, mir die Namen derer zu nennen, die solche Lügen verbreiteten, so wich sie mir aus und sprach: „Deana S' koane G'schicht'n a'fonga mit de Obn'berger, dös san dir giftige Brüader, wann's auf dös z'sammgoht." Einmal berichtete sie mir, der Pfarrherr habe morgens zur Kirche gehen wollen, aber auf der Stiege seines Hauses habe ihn der Schwindel erfaßt, daß er hingesunken wäre.
Am selben Abend geschah es, daß ich mich im tiefen Wald verirrte und stundenlang ohne Richtung weiterlief. Es wurde Abend und Nacht und ein Gewitter überzog den Himmel. Der Regen stürzte bald herab, der Wind durchbrauste das Getänn, die Blitze drangen blendend durchs Gezweige. Als die Gewalt des Wetters ausgetobt hatte und der Regen leichter herabrann, kam ich endlich, ganz durchnäßt, über das Moos dem Dorfe näher. Ein seltsames weißes Lichtchen stand vor mir und lief an einem Grabenstrich entlang, versank und ließ sich am Gehänge wieder blicken. Still stand es

da und regte sich nicht, wie eine steile, weiße Flamme anzusehen. Auf einmal geriet es in ein ungewisses Wanken und strudelte das Erlengebüsch hinab und schwand.
Mit wenig Schritten war ich am Dorf. Da klang ein rascher Fuß, aus dem Dunkel des rinnenden Regens löste sich im Augenblicke eine riesige Gestalt mit hoch aufflatterndem und weit geblähtem Mantel. Ohne Gruß schritt sie vorüber, schnell wie ein Geist, der Schritt verklang, und die Erscheinung schien ins Moos hinabzusinken. Mir war es wirr, daß ich nicht wußte, ob ich recht gesehen.

Am andern Morgen ging ich zur Kirche. Zacharias hatte mich gebeten, die Litanei und die Gebete für die Andacht vorzulesen, die man an Stelle einer Messe abhielt. Ihm war die Stimme verfallen.
Da ich nun in den Friedhof kam, sah ich eine Gruppe von Männern und Weibern dichgedrängt im Vorzeichen der Kirche stehen. Es war ein Durcheinanderreden und wohl auch Lachen und Murren und ein Ausruf des Entsetzens unter den Weibern. Die Stimme des Dorfschneiders kreischte über alle andern weg: „Hört nicht auf die, die euch verführen, auf die in den schwarzen Röcken, die abgefallen sind …“
Ich schaffte mir Raum.
„Was ist da?“ rief ich.
„Sell!“ wies mich eine junge Magd zurecht und deutete auf die Kirchentür. Ein riesiges Papier war dort mit Nägeln angeheftet und vollgeschrieben mit abenteuerlichen Schriftzeichen. Ich kannte diese Hand, die niemand anderem angehören konnte als dem Gänser. Nachdem ich die Zeilen überflogen, sprach ich mit lauter Stimme:
„Leute, das sind Worte eines tollen Menschen. Sie gehören nicht an diesen Ort.“
Und damit riß ich das Papier herab, schlug es zusammen, knüllte es untern Arm und ging in die Kirche.
„Dear muaß es wiss'n!“ klang mir des Schneiders Stimme nach. Ein Lachen und Gewirr von Stimmen scholl dazwischen. Ich trug die Schrift zur Sakristei und warf sie auf die

Bank. Dann trat ich hinter dem Altare wieder vor und kniete in dem Chorgestühle nieder. Die Leute nahmen ihre Plätze ein, die Andacht nahm den üblichen Verlauf.

Als sie zu Ende war, trat ich hervor und sprach:

„Liebe Leute von Abenberg! Unser Pfarrherr liegt krank darnieder, und wir tun gut, jede Aufregung von ihm fernzuhalten. Wir wollen darum sorgen, daß ihm nichts von dieser tollen Schrift zu Ohren kommt, bis er vom Bette aufgestanden ist und sich bei Kräften fühlt und guten Mutes ist. Alsdann will ich ihm alles unterbreiten."

Ich konnte aus den finstern Mienen, die mir entgegensahen, nicht erkennen, ob jene, die da knieten, sich an meine Worten halten würden. Stumm gingen alle weg. Ich nahm das Blatt in meine Kammer mit.

Dort schlug ich das Papier auf meinem Bette auseinander. Verwundert las ich, was die krause Hand geschrieben:

„Gläubige Männer und Frauen!

Falsche Propheten werden aufstehen, sagt der Herr.

Sie sind aufgestanden und sitzen in ihren schön gemauerten Pfarrhäusern.

Sie verraten euch, gläubige Männer und Frauen, an das Reich des Bösen.

Denn sie sind abgefallen vom wahren Evangelium.

Aber die Zeit ist erfüllt, und das neue Reich hebt sich an.

Und ein Sendbote geht aus und verkündet die Lehre Gottes, die so ist:

Im Anfang war Gott.

Und er schuf sich die Taube zur Gemahlin.

Und mit ihr erzeugte er den Sohn und zeugte die Tochter.

Da war im Sohn die Gewalt, vom Vater auszugehen.

Und in der Tochter war die Begier, viel Dinge zu besitzen.

Und der Vater erzürnte sich über sie und sprach: Wenn du mich besitzest, was brauchst du noch viel Dinge zu besitzen? Und er strafte sie, teilte ihr Wesen und schuf aus ihm die Erde und das Firmament darüber. Und der Erde gab er ein Haupt, sich selber zu erkennen, das ist der Mensch. Im Menschen ist der Geist der Tochter.

Aber da seufzte sie nach ihrem Bruder, den sie liebte, und den Bruder verlangte es nach ihr. Und da wollte der Sohn ausgehen auf Erden, seine Schwester zu erlösen.
Aber der Vater hielt ihn zurück und sprach: Wenn deine Zeit ist. Dreimal sollst du ausgehen:
Einmal als Kind, und das Leben bezwingen.
Einmal als Geist der Auferstehung, und die Geister bezwingen.
Zum dritten Male als König, und alle Völker der Erde bezwingen.
Gläubige Männer und Frauen, die Stunde ist nahe, wo der Sohn auf den Wolken kommen wird als König. Zittert und betet! Hört nicht auf die, die euch verführen, auf die in den schwarzen Röcken, die abgefallen sind vom Evangelium.
Vernehmet: Der Sendbote wird kommen und vor euerer Kirchentür stehen, den nächsten Sonntag, wenn ihr zur Kirche geht. Da wird er seinen Mund auftun und zu euch reden.
Im Namen des Heiles und der Wahrheit

Michael, der Sendbote."

Am Abend ward ich in den Pfarrhof gerufen. Man wollte mir zeigen, was meine Worte Geltung hätten. Ich solle die Schrift mitbringen, lautete die Botschaft. Ich ließ die Schrift zurück und ging. Balbina führte mich in des Pfarrherrn Schlafgemach.
„Wo ist das Papier?" rief mir der Pfarrer aus dem Bett entgegen.
„Ich habe es nicht mitgebracht, es ist ein Unsinn", erwiderte ich.
Der Alte schien in ungewöhnlicher Erregung.
„Du sollst mir das Papier herbringen!" schrie er.
Ich machte den Versuch, ihn zu beschwichtigen. Da er es merkte, warf er sich im Bette auf.
„Nichts da! Ich kenne das! Wir reden da nicht weiter drum herum! – Vorwärts, Matthäus Graf!"
Mit einem Satze sprang er aus dem Bette, lief nach dem Schrank und kleidete sich an. Ich wußte nicht, was ich be-

ginnen sollte. Es ging in einem Nu. Der Kragen warf sich um den Hals, die Binde flog, ich fand nicht Zeit, dem Alten in den langen Rock zu helfen. Nun trat er auf mich zu.
„Der Pfarrer von Abenberg ist gar nicht krank. Vorwärts, Matthäus, wir gehen nun auf deine Kammer. Dort liegt die Schrift. Wir wollen sie zusammen lesen."
Er faßte mich am Arm und zog mich fort. Im Gange griff er nach dem Stock, und ohne sich von meinem Arm zu lösen, stieg er mit mir zum Hof hinunter.
„Das geht ja prächtig", lachte er, ließ los und stöckelte mit Eile vor mir her. Auf meiner Kammer sank er auf den Stuhl und starrte eine kleine Weile auf den Boden.
„Jetzt das Papier!" rief er mit einem Rucke, riß es heran und überging mit scharfem Blick die Zeilen.
„So", murmelte er am Ende vor sich hin. „So, so, Herr Gänser. Am Sonntag also will man uns die Wahrheit offenbaren? Dazwischen ist noch einer, Michael! Der wird dir was zu würgen geben."
Dann wandte er sich gegen mich: „Der Mann ist nicht so ungefährlich. Das fehlte mir vollends, daß man mir das Volk verwirrt. Auf und hinaus! Wir wollen ihm das Handwerk legen."
„Wohin?" sprach ich, von seiner Heftigkeit betroffen.
„Nach Trudenbach, Matthäus! In die Höhle des Propheten."
„Jetzt augenblicklich?"
„Ja, Matthäus."
Ich drang in ihn, auf seinen Zustand achtzunehmen.
„Auf meinen Zustand?" rief er, „Was ist das, Zustand? Ich kenne keinen Zustand! Ich kenne bloß ein Amt und eine Pflicht. Ich bin kein Pfarrer mit dem Maule!"
Er stülpte sich den Hut in das Genick, ergriff den Stock und ging.
„Kommst du mit mir?" sprach er, indem er auf die Klinke drückte.
Ich dachte mir in diesem Augenblicke: ‚Halt ihn zurück, das gibt ein Unglück!'

Da lief ich auf ihn zu und faßte seinen Arm mit Heftigkeit. „Oh, bleiben Sie bei mir! Wir wollen morgen gehen!"
Er riß sich los. Ein dumpfer Ton entrang sich seiner Brust. Und ohne sich an mich zu kehren, lief er aus dem Zimmer. Ich eilte ihm nach, bereit, bei ihm zu bleiben, was auch kommen werde.

Trudenbach

Immer, sooft ich an jenen schicksalsschweren Weg zur Trudenbacher Einöde denke, wird sich mein Herz bewegen und die Schwere wird sich wieder auf mich senken, die mich erfüllte, während ich neben dem Alten einherging. Die Tränen standen immerfort im Hintergrunde meiner Augen. Er aber lief und lief. So zieht den Menschen ein dämonisch wilder Trieb in sein Verhängnis.
Wir eilten durch das Dorf, wir schritten aus den Bäumen und Häusern hinaus und durch die Wiesen weiter. Ich blickte das Tal entlang, das voller Glanz und Ruhe lag und über dem der helle Himmel strahlte. Schon strich die kühle Luft vom Abend her, und hinter aller Schönheit flimmerte das Scheiden.
Stumm liefen wir den Pfad dahin, das Tal hindurch und nach dem Wald empor. Nun traten wir ins Hochholz ein und gingen mäßiger darinnen fort als wie in einem hohen, lichterfüllten Saal. Die Buchenstämme glänzten silbergrau, von manchem sanften Sonnenfleck umschmeichelt, das Laub war ganz von abendlichem Glanz durchwoben. Im tiefen Walde aber lag die grüne Nacht, nur hin und wieder sprangen Lichter übers Moos, und in den Kronen strahlte goldenes Geschmeide.
Bald kam uns eine Straße quer entgegen. Wir liefen drüber weg in ein Gebüsch von Eichen. Von hier aus stieg ein sanfter Pfad durch verschiedenes Strauchwerk aufwärts in den Wald. Gebückten Hauptes gingen wir hindurch und klommen dann an einer offenen Halde zwischen alten Stöcken und rauhem Gestrüpp und manchem zarten Birkenanflug

weiter, gelangten bald in einen Brombeerschlag, wo uns die Zweige häkelnd in die Kleider griffen, und standen endlich oben zwischen jungem Lärchenaufwuchs still. Durch seine frischen Zweige schimmerte der Abendhimmel blaß und golden, indes die Wipfel sich im letzten Lichte sonnten. Ein Vogel saß im leichten Grün, mit solchem Jubel durch die Waldestille schmetternd, daß es mir war, der Überschwang des Herzens müßte ihm die kleine Kehle sprengen.
Da trat ich nochmals an den Freund heran und griff nach seiner Hand, sie leise rückwärts ziehend. Ich weiß nicht, was mir plötzlich Brust und Stirn und Auge überwallte. Der Wald verschwamm vor mir, der Ton des Vogels klang wie fern und trunken, ich sah den Alten seine Hand erheben und ernsthaft nach dem Blau der Föhren zeigen. Ich fühlte wohl, wir mußten weitergehen.
Die Schatten wuchsen allgemach. Das Licht der Sonne ruhte blaß und edel auf dem Grün der Kronen, ein Lüftchen erhob sich und bewegte die Wipfel, die Vogelstimmen schwiegen mehr und mehr, und die Sonne glomm hinter halbwüchsigen Stämmchen nahe an der Erde und schoß rötliche Strahlen zwischen den Lücken hervor. Dann sank sie, und ein Schauer rann über den Wald hin. Wir traten auf eine grüne Waldesgasse hinaus, die uns zwischen alten Fichten eine lange Zeit dahinführte. Endlich verengte sich die Gasse und zeigte im hohen derbblumigen Grase zwei Fahrgeleise, die Tannen wichen einem mäßig hohen Föhrenjungholz, zwischen dem die Straße in einen dunklen Hohlweg hinunterkroch. Wir stiegen hinab und gingen im Dunkeln dahin, da öffnete sich der Hohlweg, die Erde dehnte sich eben hinaus, die Flügel des Waldes traten auf beiden Seiten zurück, und vor uns lag das einsamste Waldtal. Wir sahen auf weite Wiesenflächen, die der Tannenhochwald mit ernsten, ragenden Wipfeln säumte – aber uns zunächst an wild verwachsener Stelle lag die Hütte des Gänsers.
Sie steckte ganz im üppigsten Unkraut, unter Büscheln hoch aufgeschossener Brennesseln, unter mächtigen Schäften von Schierling, die wie Bäume aufragten, unter Schlingwerk,

Schöllkraut, Winden, wildem Holundergebüsch, das herbe Düfte entströmte, und unter einem Walde unterschiedlichster Kräuter, die hier in herrlicher Fülle gediehen. Sie hatten auch den lotterigen Zaun des Gärtchens überwältigt und waren in sein Inneres gedrungen, den wenigen, regellosen Anbau des Waldbewohners zu ersticken. Nach der Hütte hin war durch all den schwellenden Aufwuchs ein Weg getreten, und die herrlichsten Kräuter waren unter dem Tritte des einsamen Mannes zusammengeknickt.
Das Haus sah elend genug aus, in seinem Gebälke klafften Risse, die Mauern, abgebröckelt und rußgeschwärzt, schienen zu wanken, das Dach war geborsten und mit Strohbündeln gebessert, der Kamin war zusammengestürzt, und aus der klaffenden Lücke im Dache drängte sich ein Holunderbaum hervor. Daneben, über der Schuttstätte des Bauernhofes, wucherte und blühte eine Wildnis, und rings umgab die Hütte ein Anflug junger Tannen. Vor dem Walde trieben sich etliche Hühner und Ziegen herum, und auf dem Dache saßen Tauben.
Der Ort hatte etwas Sanftes, Wildes und Düsteres, hier schien Natur das Menschenwerk in ihrer Fülle langsam zu begraben.
Einen Augenblick standen wir verwundert, dann rief der Pfarrherr halblaut: „Dort kommt er!“
Ein Stück weit hinter dem Hause aus den jungen Tannen hervor trat der Gänser, einen toten Fuchs am Balge schleppend, den er mit einer Falle gefangen hatte. Als er uns sah, murmelte er etwas wie einen Fluch und warf das Tier in das Kraut. Dann trat er heran.
„Was wollt ihr?“ fragte er finster.
Der Pfarrherr richtete sich steif auf.
„Michael Gänser“, sprach er, „Sendbote des neuen Reiches, wer hat Euch erlaubt, an meiner Kirchentür Anschläge voll eines widersinnigen, böswilligen Inhalts anzuheften? Wer hat Euch erlaubt, in meine Pfarrgerechtigkeiten einzugreifen? Woher nehmt Ihr das Recht, die Köpfe des mir anvertrauten Volkes zu verwirren?“

Der Gänser sah ihn lange schweigend an; aber in seinem Innern schien es zu gären und emporzuwirbeln, denn seine Gestalt wuchs langsam immer höher, sein Gesicht ward gelblich wie der Schwefel, die Augen wurden größer, funkelnder und schwärzer, und seine Fäuste fingen an zu zucken.

„Du Pfaff, du Lügner, du Betrüger!" brach er plötzlich mit dem Tone noch gedämpfter Leidenschaft hervor, die um so schrecklicher aus seinen Augen sprühte.

„Gebt Antwort!" rief der Pfarrherr fest und starr.

„Antwort? Dir Antwort, du Verfluchter!" Und um die Lippen des wilden Mannes blitzen Hohn und Wut. „Wart' nur, ich will dir Antwort geben!"

Er raffte seinen Prügel von der Erde.

„Gänser", versetzte da der Alte, dessen Angesicht in dunkler Röte flammte, und die Erregung drang ihm furchtbar durch den Ton der Stimme, „Gänser, wenn Ihr es wagtet, Hand an mich zu legen –"

„Wenn ich?" rief jener keuchend und trat dicht heran.

„Du sollst nicht sagen, daß ich deine Pranken fürchte!" raunte der Alte ihm in das zerwühlte Angesicht. „Ich werde Sorge für dich tragen, Sorge, daß du den Schafen, die ich hüte – daß du –"

In diesem Augenblick geschah, was das Verhängnis wollte. Man hat mich tausendmal gefragt: Wie ging es zu? Ich weiß es nicht – es war ein Strahl und nach dem Strahle Nacht und Schrecken.

Ein Aufschrei, wild, dem eines Tieres ähnlich, durchdrang die Stille, schlug an den Wald und gellte an den Wänden hin und wieder. Zugleich sah ich die Keule in des Gänsers Faust zum Himmel fliegen. Im nächsten Augenblicke hing ich wütend an demselben Arm und ward von ihm wie eine Katze ins Gestrüpp geschleudert.

Als ich emporsprang, war es rundum still. Der Gänser hatte seinen Prügel fahren lassen und stand bewegungslos im hohen Gras. Der Pfarrherr lag am Boden hingestreckt. Ich fühlte das Entsetzen kalt und schwindelnd aus der Brust

zum Haupte steigen. Wie irr und träumend wandte ich mich an den Gänser.
„Ihr habt ihn umgebracht" – kam es in ungereimtem Tone über meine Lippen.
Der Hüne wandte langsam sein verstörtes Haupt.
„Sei still, du", drohte er mit dumpfer Stimme und trat an den Gefallenen heran.
Ich ließ mich taumelnd zu dem Freund nieder, erhob sein Haupt in meinen Schoß und rief ein paarmal angstvoll seinen Namen. Er öffnete die Augen, ließ die Sterne ziellos in die Runde gehen und tat den Mund zu einem Lallen auf. Sein Angesicht war gelb, die Ader aus der Stirn hervorgedrungen, die Lippen lagen dünn und eingefallen. Die Rechte fuhr mit einem Rucke an der Brust hinauf zum Halse, die Linke aber hing erschlafft hernieder. Nach dieser kurzen Regung schloß er seine Augen und blieb stumm. Ich griff an meine Schläfen und versuchte mich zu fassen. Aber der Wald begann zu schwanken, die Wipfel fielen lautlos ineinander, ein Übelsein stieg mir den Hals herauf, und Mund und Gaumen waren fühllos, schal und bitter.
Der Gänser beugte sich herab und ergriff zuerst die rechte, dann die linke Hand des Hingestreckten. Während die Rechte wie die eines Schlafenden niedersank, fiel seine Linke wie die eines Toten schwer herab.
„Ein Hirnschlag", murmelte der Gänser. „Es wäre so oder so gekommen."
„Habt Ihr ihn nicht geschlagen?" sprach ich leise fragend.
„Ich nicht –!" erwiderte er murrend.
„Ist er gelähmt?"
Der Gänse nickte finster.
„Was sollen wir beginnen?" rief ich dringend.
„Warten!" versetzte er, indem er mir den Rücken wandte. Nun sah ich ihn wie durch das Wallen eines dunklen Schleiers nach dem Hause gehen.
Ich wußte keinen Rat und blieb an meiner Stelle. Das weiße Haupt lag still in meinem Schoß, und während ich wie träumend oder wie von einem Wahn benommen darauf nieder-

blickte, hob sich das Schwanken vor den Augen weg, und langsam wurde alles deutlicher und klarer.
Es war so wunderlich, so unaussprechlich seltsam!
Da standen rings um mich die hohen Schäfte des Schierlings und des Kerbelkrautes und ragten mit den dunklen Schirmen in den Himmel. Die Kühle sank auf uns herab, und es begann zu tauen. Still stand der Wald herum und dämmerte. Aus einem Wiesengraben wob ein Schleierhauch. Auf einmal fühlte ich mich leicht und ruhig, ausgelöscht und schwebend, obwohl ein Zittern durch die feinsten Nerven wallte. Das Leben ist nicht wirklich, dachte ich.
Ich schüttelte das Haupt, das Traumbild zu verscheuchen, allein ich blieb in diesem Wahn befangen. Im hohen Grase ging ein Zirpen hin, eindringlich leise, ohne Unterlaß.
Da brachte der Gänser Stangen hinterm Hause hervorgeschleppt, warf sie zu Boden nieder, ging abermals und kam mit kurzen Latten und einer Nagelkiste wieder, und jetzt erscholl durch die Stille lauter Hammerschlag. In wenigen Minuten war eine rohe Bahre zusammengefügt. Der Gänser breitete eine Pferdedecke darüber, warf einen Arm voll frischen Grases darauf und zog sie dann zu mir heran.
„Aufheben!“ befahl er, indem er den Gelähmten an den Füßen faßte. Ich nahm meine Kraft zusammen und hob den schweren Körper auf, und wir legten den Verunglückten auf die Bahre, Gras und Blumen umgaben sein weißes Haupt.
Nun faßten wir die Bahre an und trugen sie durch den abendlich düsteren Wald von dannen. Ich gab die äußersten Kräfte her, und dennoch mußte ich schon nach einer kurzen Strecke die Bahre niedersetzen, neuen Atem schöpfen und die schmerzenden Arme schütteln. So ging es Stück für Stück den Weg zurück, den wir heute hergewandert waren. Das Licht war abgestorben, aus tausend Waldestoren rann die Dunkelheit, die Wipfel wankten wie schwarze Schatten im dämmernden Himmel, und schon begannen die ersten blassen Sterne zu erblinken.
Es war schon dunkle Nacht, als wir das Tal überquerten,

den Lichtern von Abenberg entgegen, und endlich an Mechthilds Hütte aufseufzend innehielten.
„Nun seid ihr bei Leuten“, murmelte der Gänser. „Nun braucht ihr mich nicht mehr.“
Mit einem seltsam glimmenden Blick den Leblosen streifend, wandte er sich um und ging davon. Lahm und krumm und zerschlagen wankte ich vor Mechthilds Haustür und pochte an. Sie kam heraus und hielt das Lämplein in der Hand.
„Was ist, Matthäus?“ fragte sie, „Wie siehst du aus?“
„Der Pfarrer ist verunglückt“, sprach ich. „Kommt, helft mir ihn nach Hause tragen.“
Sie folgte mir mit der Lampe auf den Weg hinaus und beleuchtete die Bahre. Kein Ton des Schreckens oder der Klage kam über die Lippen. Mit kurzen, bestimmten Fragen verschaffte sie sich das notwendigste Wissen. Dann blies sie das Lämplein aus und verbarg es unter den Blättern des üppigen Geißfußes, der am Gartenzaun entlang wucherte.
„Faß an!“ rief sie mir zu, und wir trugen die Bahre zusammen durch das nächtliche Dorf und unter einem Himmel voll wimmelnder Sterne zum Pfarrhof hinauf.

Nächtlicher Abschied

Fünf Tage lag der Pfarrherr da, seiner Sprache beraubt, im Fieber glühend und zuweilen aus banger Brust aufstöhnend. Ich hatte die alte Balbina in allen Geschäften unterstützt, nach dem Arzt telephoniert, die geistliche Behörde und den Pfarrer von Mooskirchen benachrichtigt und der Schwester des Pfarrherrn, die als stattliche Bäuerin in einem Dorf im Schwäbischen saß, eine Eilpost zugesandt. Der Arzt war eingetroffen und hatte das Seine getan, die Schwester hatte den Bauernhof gelassen und war herbeigeeilt, und der Pfarrer von Mooskirchen nahm sich der verlassenen Gemeinde an, bis eine Aushilfe kommen würde.
Am fünften Tage schlug der Kranke die Augen lebhaft auf

und begann zu sprechen, fragte einiges und verlangte zu essen. Während er bisher nur mühsam hinabgeschlungen hatte, was man ihm eingab, aß er nun einiges mit sichtlicher Lust und ließ erkennen, daß er wieder im vollen Besitz seiner Geisteskräfte sei.

Die Leute im Dorfe hatten mit Bestürzung von dem Unfall vernommen, und die Weiber liefen fast stündlich in den Pfarrhof, nachzufragen und reichliche Gaben für den Kranken zu bringen.

Es zeigte sich sogleich, welch trefflicher Mann darniederlag, denn alles war in Aufregung, Traurigkeit, Hast und Unordnung geraten, und eine Verstörung ging durchs ganze Dorf. Ganz von selber ordneten die Leute eine Bittandacht für den mit dem Tode ringenden Seelenhirten an, baten mich, die Allerheiligenlitanei und eine Anzahl von Gebeten vorzulesen, und ich willfahrte gerne ihrer Bitte. Am Abend fanden sich Männer, Weiber und Kinder vollzählig ein, sogar von Gandorf kamen sie herauf und von den Berghöfen herunter, es waren Greise dabei, die selber nahe am Grabe hintaumelten und sich kaum noch auf den morschen Gliedern fortbewegen konnten.

Jene Tage erfüllte eine seltsame, gedrückte Stimmung, das Dorf glich dem Vorgemach eines Krankenzimmers, das Unglück des Pfarrherrn, sein Befinden und die Befürchtungen, die der Arzt ausgesprochen, waren der ausschließliche Stoff der Unterhaltung, und mancher scheue und beklommene Blick glitt nach dem weißen Giebel des Pfarrhofs hinauf.

Wo ich ging und stand, ward ich angeredet und nach dem Hergang der Sache befragt; aber ich war des Erzählens bald müde und berichtete mit kärglichen Worten nur das Notwendigste.

Mich selber hatte der Unfall des Pfarrherrn aufs heftigste erschüttert. Der kerngesunde, aufrechte, feste Mann war so mit einem Schlage dahingerafft und hilfloser als ein Kind geworden. Die ganze linke Seite war ihm gelähmt, und wenn er zu essen begehrte, hob man ihm den greisen Kopf empor wie einem Säugling und gab ihm mit dem Löffel die Suppe ein. Immer wieder mußte ich denken,: das ist der Mensch, der sich für unverwüstlich hält! Wie herrlich und stark fühlt er sich in den Tagen der gesunden Fülle, aber wie rasch ist dieses schöne Werk zerstört! Da fiel mir jener Augenblick im Leben Luthers ein, da er, dem kranken Melanchthon zu Hilfe eilend, den teuren Freund, gebrochenen, gläsernen Auges und in den letzten Zügen ringend, angetroffen und bei seinem Anblick tief erschüttert ausgerufen hatte: ‚O mein Gott, wie hat der Teufel dieses Organon geschändet!'

Da fühlte ich mich selbst vom Tod umlauert, mir war, das feine Geäder meines Hauptes könne bei jeder heftigen Wallung des Blutes zerspringen, das Herz, das unermüdlich klopfte und selbst im Schlaf nicht innehielt, könne erseufzen und, nach dreiundzwanigjährigem Werk erlahmend, stokken, die Sicherheit, in der ich bis heute gelebt und alle Anstrengung und Not der letzten Zeit bestanden hatte, ging mir verloren, und ich mißtraute meinen jugendlichen Kräften.

Da kam ein Brief von Therese. Das Datum trug den Namen eines fränkischen Städtchens. Therese schrieb:

„Mein Freund, verzeih, daß ich geschwiegen habe. Ich mußte es tun, bis ich im Herzen einig geworden. O mein Matthäus, ich lebe ein schweres Leben! Nie wird die heitere und gleichmäßige Ruhe in mich kommen, die Dein Wesen erfüllt. Ich weiß es nun, daß ich immer und immer wieder werde daniedergeworfen sein, von Qual und Not überwunden, und mir wie eine Verlorene erscheinen muß. Oft bin ich wie das Element, das mit sich selber ringt.

Aber dann, wenn ich erschöpft bin und die Augen schließe, kommt eine solche Ruhe und Helligkeit, daß ich glaube, es könnte niemand so ruhig, stolz und seiner selbst bewußt sein wie ich. Dann scheint es mir möglich, das Leben zu bemeistern. Aber es hält nicht an, und die Nacht muß mich von neuem übermannen.

Matthäus, ich sehe klar, Du darfst Dich an mich nicht binden. Denn Dein Leben und Schaffen bedarf der Sammlung.

Du hast in Dir die Helle eines heitern Abends, in dem sich die Fernen so lieblich tönen. Ich kenne sie wohl, aber ich kenne auch die Stürme und Seufzer und die nächtlichen Gewitter und das blinde Irresein, und nach allem Gewühle entzückt mich Deine sanfte Helligkeit und gibt mir Frieden ein. So bist Du geschaffen, den Menschen Freude zu bringen und Licht um Dich zu breiten. Wenn ich in Deinen Bereich trete, werde ich stumm wie ein Kind, das in der Sonne ist, und begehre zu ruhen und will meine Nöte und mein heftiges Wesen nicht offenbaren. Du wirst es mir auch nicht entlocken.

Sieh, mein geliebter Freund, ich danke dem Himmel für diese klare Stunde, die mich auch einmal Dir ähnlich und schauend macht.

Nun weiß ich auch, daß wir scheiden müssen. Denn Dein Weib kann ich nicht sein, und anders habe ich kein Recht, Dich zu umfangen und an Dir zu ruhen. Du wirst mich nie an Dich reißen und niemals mir ein Leid antun und niemals mir die Adern öffnen, daß mir leichter wird. Ich weiß nicht, ich bin über die Zeit des Schweigens und vielen namenlosen Leidens meiner selbst bewußter geworden.

Darum scheiden wir, Matthäus. Aber es muß uns ein Fest sein. Nein, ich will nicht vorübergehen! Deine Nähe und Liebe war mir ein schöner Becher. Daraus trinken wir noch einmal.

Ich komme nachts zu Dir, nirgends anders als in Deiner Kammer will ich von Dir scheiden. Niemand wird es wissen und braucht es zu wissen, da es keiner begreift. Schreib mir den Tag und die Stunde, wo ich an der kleinen Kirche auf dem Pullenberge stehen soll, daß Du mich durch die Wälder und auf Deine Kammer führst.

Ich bin hier in Franken bei Verwandten und wandere viel in der Gegend umher, mit mir selber Zwiesprache haltend, und niemand fragt, wenn ich etliche Tage fernbleibe, wo ich gewesen und warum ich ausgeblieben sei.

Leb wohl, und noch einmal auf Wiedersehen!“

In mein bewegtes Inneres fiel diese ernste, entscheidende

Nachricht wie ein schwerer, goldener Strahl, der aus düsterer Abendwolke hervorbricht und, durch die Scheibe sprühend, ein rotes Mal im Fensterrund erglühen läßt.
Wir standen in den ersten Tagen des August, schon reiften rundum die Felder, und der Mohn brannte an ihren Rändern hin, am 7. August schloß meine Schule, und ich reiste in der Morgenfrühe nach meiner Heimat hinweg, die Studien für mein Examen zu beenden.
Am Abend saß ich am offenen Fenster, Theresens Zeilen schweren Mutes überlesend. Die Dämmerung sank, die Nacht kam herauf, die Sterne erblinkten, überm Horizont schlich leises Wetterleuchten. Droben in des Pfarrers Krankenstube brannte das Licht.
Was war Leben, was war Tod?
Ich zündete die Lampe an und schrieb:
„Liebe, teuerste Therese, komme noch einmal zu mir! So herzlich meine Liebe nach Dir brennt, das Schicksal ist mächtiger als alle Liebe. Am 6. August bei sinkender Nacht erwarte ich Dich am Hohlweg bei der Pullenbergischen Kapelle."

*

Der Tag, den ich bestimmt, erschien. Ich packte mein Notwendiges in zwei große Pakete, bestellte Steffels Fuhrwerk für den andern Morgen, daß er mich mit meiner Habe in den Markt fahre, lief nach Gandorf und bat den jungen Lehrer, für mich den Organistendienst zu übernehmen, da ich von ihm wußte, daß er über die Ferien in Gandorf bleiben werde.
Der ernste, unbeholfene und verschlossene junge Mann, dessen gefurchte Stirn und düster blickendes Auge auf eine herbe, freudlose Jugend hindeuteten, erklärte sich mit wenig Worten zu dem Dienst bereit.
Es war ein heißer, sonnenvoller Tag, die Erde schmachtete, die Kornfelder glühten und lagen still im Glanze des Reifens, und in dem schweren, stummen Blau des Himmels

türmten sich mächtige weiße Wolkenberge. Als ich nach Hause kam, hockten etliche meiner Kleinsten auf den Stufen vor der Haustür, still hingeduckt wie junge Vögel, und lächelten mich mit glänzenden Augen an.
„Was wollt ihr, Kinder?“ fragte ich sie, indem ich herantrat.
„Zu dir mecht mer!“ wisperte eines und hob die Augen zu mir auf. Ich mußte an Therese denken, die auch zu mir wollte und schon lange unterwegs war und nun vielleicht mit heißem Angesicht an einem Wagenfenster lehnte und in das reifende Land hinaussah.
„Kommt mit herein!“ sprach ich bewegt, ergriff die nächsten bei ihren Händlein und führte sie in die Küche, ihnen den Rest der süßen Bäckereien zu schenken, die ich immer für die Kinder im Hause hatte.
Während sie auf der Bank saßen und fröhlich aßen, bat das kleine Ba’la: „Verzöhl wos, Schuallehrer!“
„Kinder, ich muß in den Pfarrhof gehen“, entgegnete ich, „Nach dem Herrn Pfarrer zu sehen.“
„Geh no“, meinte Wabi, „mir warten scho so lang.“
„Wollt ihr nicht fort zum Spielen gehen oder heim?“ fragte ich.
„Na!“ lachte das Ba’la geradehin, und alle schüttelten die Köpfe.
Da ich sie nicht von der Stelle bringen konnte, ließ ich sie sitzen und ging nach dem Pfarrhof. Bei meinem Eintritt in das Krankenzimmer hob der Pfarrherr den Kopf aus den Kissen, nickte mir lächelnd entgegen und streckte mir die rechte Hand hin.
„Die linke tut nicht mehr mit“, flüsterte er und zog mich nahe an sein Bett her. Der heisere Ton seiner Stimme ergriff mich seltsam, da ich sie sonst nur in kräftigem Baß hatte klingen hören.
„Wie geht es Ihnen?“ fragte ich halblaut. Er nickte nur und winkte mit der Hand. Dann ließ ich mich auf einen Stuhl nieder, den Balbina herbeirückte. Eine Weile saß ich schweigend und betrachtete das stark geprägte, männliche Profil des Kranken. Sein Antlitz war gerötet, durch die leicht ge-

öffneten Lippen zog er schlürfend die Luft ein. Die Augen waren klar zur Decke aufgeschlagen, und obgleich sie teilnahmslos und ruhig blickten, schien mir ihr Ausdruck leidend und schmerzlich. „Ach ja", seufzte der Pfarrherr. Dann blickte er nach dem Fenster hin, in dem der Glanz der Abendsonne lag.

„Wieder ein Tag dahin", flüsterte er, „und die Nacht kommt."

Diese Worte erregten mein Herz, das in Erwartung Theresens bebte.

„Herr Pfarrer", sprach ich, „ich reise morgen." Er wandte mir sein Antlitz zu und betrachtete mich eine Weile unverweilt. Dann sprach er mühsam: „Leb wohl, Matthäus, mit mir ist es vorbei. Wir werden uns wohl nimmer sehen."

Er schloß den Mund nach diesen Worten und tastete nach meiner Hand. Sie fassend, fuhr er fort: „Ich bin auf meinem Posten gefallen wie ein Soldat. Gut Nacht, reise glücklich!" Er drückte mir die Hand und wandte sich von mir. Ich stand einen Augenblick unschlüssig und ging dann. Balbina geleitete mich stumm hinaus.

Es war mir ein rechter Trost, daß ich die Kinder zu Hause vorfand. Ich nahm sie mit hinauf und saß bei ihnen, das kleinste an meinem Herzen haltend, bis es dämmerte. Dann liefen sie fröhlich lachend davon, ich aber nahm mein Rad und schob es durch den düstern Abend hinauf zum Walde und bis an die Hochstraße. Die weißen Wolkenberge hatten sich dunkel gefärbt, über den ganzen Himmel hin standen Gewittersäulen, und eine bange Schwüle lag lautlos über dem Tal und über den Wäldern. Die Grillen zirpten, und die Frösche schrien.

Schnell fuhr ich unter den Waldesbogen dahin, umgeben von der webenden Dunkelheit. Als ich nach längerer Fahrt das Ende des Waldes erreichte und an die Hochplatte des Pullenbergs kam, gewärtig, Theresens Schatten in dem Eingang des Hohlwegs zu erblicken, als ich beklommenen Atems über den Plan hinspähte, da ertönte plötzlich halblaut neben mir Theresens Stimme, die meinen Namen rief. Augenblicklich trat ich in die Bremse und sprang in den Sand der Straße nieder, während mein Herz wie von einem Schlage berührt aufbebte. Aus einem Gebüsch, das dunkel neben der Straße aufschwoll, trat Therese. Ich lehnte das Rad in den Rasen der Böschung, ging auf sie zu und zog sie fest in meine Arme. Sie hielt das Haupt in den Nacken gebeugt und sah mich unablässig mit rätselhaften Augen an. Keines von uns redete ein Wort, ich atmete schwer, Therese leicht, wir bebten beide, und dieses Beben wogte ineinander. Therese lächelte mich an, erwartend, daß ich mich aus ihren Armen löse. Als ich es endlich tat, ergriff sie meine Hand und küßte sie. Daraufhin stand sie still und schaute eine Weile wie entrückt in das Dunkel des Waldes hinein.

„Therese", sprach ich endlich halblaut, eher flüsternd, „wir wollen ganz sicher gehen. Im Walde schneiden etliche Weiber Seegras, und Holzarbeiter schälen Stämme ab. Wir dürfen nicht zusammen gesehen werden. Darum mußt du allein durch die Wälder wandern, während ich vorausfahre. Ich gehe ins Schulhaus zurück. Die Leute haben bemerkt, daß ich allein hinweggefahren bin, nun sollen sie mich auch wieder allein zurückkehren sehen. Dann zünde ich in meiner Kammer die Lampe an, und es wird sein wie alle Tage.

Du bist inzwischen durch die Wälder gegangen und jenem Pfad gefolgt, den du auf dieser Karte, die ich für dich entworfen habe, ablesen kannst. Du kommst durch einen engen Laubweg endlich an den Waldrand, von wo aus man das Dorf am untern Hange liegen sieht. Eine Straße führt hinab, aber folge ihr nicht. Warte hier, bis ich komme, dich auf verborgenen Wegen ins Dorf hinabzuführen. Es wird zehn Uhr sein, bis du dort anlangst. Eine halbe Stunde bleibe hier, dann werde ich zu dir kommen, gegen elf Uhr schläft das ganze Dorf."

Sie nahm die Zeichnung aus meiner Hand, ich küßte sie schnell und fuhr hinweg. Auf dem Heimweg hörte ich entferntes Murren des Donners, und ein mildes, lieblich spielendes Wetterleuchten zündete durch die Lücken des Waldes

herein. Es schlug dreiviertel neun Uhr, als ich zu Hause anlangte.
Da saß ich nun beim Schein meiner Lampe und schrieb, die träge rinnenden Minuten zu verjagen, an einem halbvollendeten Brief für Franz, in dem ich ihm den Unfall und die Krankheit des Pfarrherrn schilderte. Was ich schrieb, war eine Welt in sich, vergangen zwar, allein im Schreiben wieder gegenwärtig. Wenn ich dazwischen aufblickte, so fand ich mich in einer andern Welt, in meiner Kammer, die mich so rätselhaft ansah, daß ich nicht fassen konnte, wie in wenig Stunden Therese bei mir in diesen Wänden atmen sollte. Traumhaft und ohne Wirklichkeit erschien mir das kurze Begegnen mit dem teuren Kinde, und daß es eben jetzt durch jene Wälder heranzog, die finster in der Ferne dunkelten, um unsern Abschied hier zu feiern, dies schien mir wie ein Märchen, wie ein Spiel der Phantasie.
Wie, sollte ich scheiden von ihr, um sie nicht mehr wiederzusehen, oder sollte ich bei ihr bleiben, sie für alle Tage meines Lebens hier im Schulhaus und an meiner Seite zu behalten? Beides schien mir fremd, undenkbar, wesenlos. Entschlüsse, Taten waren mir wie rohe Stümperei; die Stunde wob und lächelte um mich, das Schicksal quoll geheimnisvoll aus ihrem Grunde.
Ich endete den Brief und trat ans Fenster. Da und dort erglommen die Wolken von zauberhaftem Licht, das sanft und lautlos hinter den dunklen Hüllen dahinglitt, dann und wann murrte der Donner und zog in kaum vernehmlichem Grollen über den Himmel. Droben im Pfarrhof brannte das Krankenlicht.
Da schlug es zehn Uhr. Ich hörte das Surren und Rasseln der Mechanik, das Knacken des Gebälkes und das dumpfe Nachbrummen der Glocke. Da wandte ich mich ab vom offenen Fenster, griff nach dem Schlüsselbund und stieg behutsam die Treppe hinunter.
Der Nachbarshund hörte mich nicht, so leise verließ ich das Haus, eilte am Pfarrgarten entlang auf schattigem, dunklem Pfad hinaus auf die Felder, dem Walde zu.

Aber ich näherte mich seinem Rande auf einem mit Büschen verhüllten Fußpfad, der seitwärts und höher als das Geleise der Straße dahinlief, und es war mir während des Schreitens, als sähe ich im wechselnden Spiel der Blitze Theresens Gestalt am finsteren Eingang des Waldes stehen und jetzt, als habe sie mich nahen sehen, ins Dunkel der Bäume zurücktreten. Ich verdoppelte meine Schritte und eilte heran. Über einen Hang herablaufend, erreichte ich die Stelle, wo die Fahrgeleise im Rasen versanken und unter tief herabhängendem Buchengezweig die niedere, dunkle Öffnung des Waldes sich auftat. Aber Therese schritt nicht aus dem Düster gegen mich vor. Leise rief ich, ihrer Klugheit mich erinnernd, meinen eigenen Namen. Nichts antwortete. Da bückte ich mich und schlüpfte unter dem Dach der Buchen hinweg in das Innere des Waldes. Suchend irrten meine Blicke im Düstern umher. Therese war nicht da. Abermals rief ich nach ihr. Es blieb still. Blasse Buchenstämme schimmerten mir aus der Nacht entgegen, rings war kein Laut zu vernehmen als das Pochen meines eigenen Herzens. Wunderlich beklommen, einsam stand ich da.
‚Du hast dich getäuscht', dachte ich, ‚sie hat die Stelle noch nicht erreicht.'
Und dennoch wunderte ich mich, daß sie so lange säume. Wartend lehnte ich mich an einen Baum und sah im Spiel der fernen Blitze bald den Wald erglimmen, bald wiederum verlöschen. Das war ein wundersames Schauspiel. Eine Viertelstunde, eine halbe Stunde stand ich wartend und lauschend, halbtrunken von plötzlich niedersinkender Müdigkeit, zuweilen träumend und seltsame Gedanken durch die Nacht hinspinnend. Als sich aber nichts regte und es elf Uhr schlug im Dorfe drunten, sich auch in die langsam ziehenden Glokkenschläge vernehmlicher Donner mischte, fuhr ich empor und begann mit steigender Ängstlichkeit den Weg ins Innere des Waldes zu verfolgen. Ich lief durch den Buchenwald, trabte dann ein Stück zwischen Tannenjungholz hin, überquerte eine Wiesenfläche, schlug mich durchs Gebüsch und halben Schlag und gelangte wiederum ins Hochholz. Als ich

es durchlaufen hatte, nun schon dreister Theresens Namen rufend, erreichte ich die Hochstraße. Aber niemand begegnete mir. Eine Zeitlang lief ich auf der Hochstraße dahin, da dachte ich, Therese könnte den Weg verfehlt und den andern Waldausgang erreicht haben, der eine Viertelstunde von jenem entfernt lag und von wo aus die Straße nach den Sümpfen hinunterführte. Ich durchstreifte den Wald der Quere nach, arbeitete mich durch Unterholz und gelangte endlich an die andere Stelle, aber auch hier war Therese nicht.
Tödliche Angst durchfuhr meine Glieder. Wenn ihr nachts im Walde ein Leid geschehen wäre! Aber augenblicklich ermannte ich mich in dem Gedanken: sie wird auf eigene Faust ins Dorf und ins Schulhaus hinabgeschlichen sein. Dieser Gedanke belebte meine Kräfte, und ohne Besinnen eilte ich nach Hause zurück. Als ich aber in meine Kammer zurückkam, da brannte die Lampe einsam auf dem Tische.
Einen Augenblick umschwindelte es mich wie Wahnwitz. War denn alles das wirklich? War Therese wirklich hier, oder träumte ich, hatte mein Hirn sich verrückt? Meine Uhr zeigte Mitternacht. Draußen erhob sich ein Sturm, die Zweige schwankten, häufiger leuchteten die Blitze, und lauter rollte der Donner. Ein Gewitter kam, und Therese war draußen! Es half nichts, als sie suchen. Aber wie kann man jemand im Finstern suchen? Ich mußte ein Licht mitnehmen. In meiner Küche hing eine kleine Öllampe mit einem metallenen Spiegel. Die mußte ich nehmen, ein anderes Licht besaß ich nicht.
Aus einer Mappe zog ich ein weißes Blatt hervor und schrieb mit hastiger Feder diese Worte darauf: ‚Mitternacht! Ich bin fort, Dich zu suchen, und kehre um drei Uhr zurück. Suche mich nicht! Bleibe im Schulhaus!‘
Dann eilte ich hinaus, nahm die Lampe vom Nagel, schob eine Zündholzschachtel in die Rocktasche und machte mich wieder in die Nacht hinaus. Ein steifer Wind fuhr mir entgegen. Die Linde zischte. Ein Blitzstrahl blendete mir in die Augen, und als ich auf elf gezählt hatte, folgte der Donner nach. Mit flatternden Haaren, keuchend und mit schweißbe-

deckter Stirn, langte ich am Waldrand an und entzündete mit vieler Not die Lampe. Und indem ich sie vor mich emporhielt, drang ich ein in das Dunkel des Waldes. Das Licht meiner Lampe erhellte phantastisch breite Massen dunkelgrünen Laubes, das über den Weg hereinhing, dazwischen lagen die schwärzesten Schatten, auf dem Wege schimmerten Gräser, gleißten Steine in magischem Glanze, und Blitzesflammen gossen ihr bläuliches Feuer über diese Pracht herein. Schon erhoben sich wankend die Kronen, und indem ich angstvoll suchend weiterlief, erhellten sich immer neue Gruppen von Bäumen, erstrahlten immer neue Stämme, erschimmerte immer neues Gezweige. Gespenstisch fuhr das flackernde Licht durch die Gründe des Waldes und riß die abenteuerlichsten Laubgebilde aus dem Dunkel, während mit dem wachsenden Winde der Wald in wilden Aufruhr geriet und das erleuchtete Laub sich zischend ineinanderwühlte. Mehrmals erlosch mir die Lampe, aber es gelang mir immer wieder, im Dunkeln tastend, sie zu entzünden. Da schlug der Donner mächtiger an mein Ohr, schon fielen prasselnde Tropfen durch die Kronen hernieder, und als ich die Wiesenfläche überschritten und mitten in den Hochwald vorgedrungen war, da blies mir ein Windstoß abermals die Lampe aus, die Streichholzschachtel entfiel mir, von einem hellen Lichtstrahl geblendet, taumelte ich rückwärts und gab mein Spiel verloren. Einen Augenblick stand ich still und ließ den Donner über mit erprasseln.

„Therese!“ keuchte ich in wahrer Todesangst. „Wo bist du, Therese?“

Jetzt rann der Regen herab, Donner schlug an Donner, Angst und Qual und Schrecken warfen sich übermäßig auf mein Herz, ich wandte mich um und jagte wie von Sinnen den finstern Pfad zurück. Als ich aus dem Walde keuchte, war der Regen mit Peitschenhieben hinter mir drein, ich sah die Blitze hellgezackt den schwarzen Äther zerreißen und hörte das Toben des Donners, der über mir zusammenstürzte.

Die Lampe krampfhaft in der kalten, nassen Faust, das Haar

zerwühlt, erschöpft und atemlos kam ich am Schulhaus an und taumelte hinein. Der Sturmwind schlug die Türe hinter mir ins Schloß. Während ich nach der Stiege tastete, hörte ich oben einen schweren, dumpfen Schritt, Licht floh über die Wand herab, und Therese erschien auf den obersten Stufen, die Lampe in der Hand.
Das Glück, das mich bei ihrem Anblick erfüllte, war unbeschreiblich. Ganz von Schimmer umgeben stand sie oben und lächelte seltsam herab, mit dunklen, rätselhaften Augen auf mich niederblickend. Ich winkte ihr zu, die Lampe in die Kammer zu tragen, und taumelte ihr nach. Sie hatte das Licht auf den Tisch gestellt und wandte ihr schön bestrahltes Angesicht nach mir, da streckte ich meine Arme aus und sank mit einem Seufzer der Erlösung an ihre Brust.
Als ich nun dessen mich versichert hatte, daß sie mir wirklich wiedergegeben war, ließ ich sie und fragte, noch immer atemlos, wie es geschehen, daß wir uns verfehlen konnten.
„Ich stand an der bezeichneten Stelle", sprach sie, „und wartete. Aber du kamst so lange nicht, und als es zehn Uhr schlug und eine Weile darüber war, da warst du immer noch nicht da. Da dachte ich, ich hätte wohl die rechte Stelle nicht gefunden, und lief am ganzen Waldrand hin, eine halbe Stunde gegen Gandorf abwärts, dann wieder zurück, immerfort so. Darüber wurde es elf Uhr, zwölf Uhr, und du kamst nicht. Da versuchte ich es allein und machte mich ins Dorf hinunter, zu sehen, wo du geblieben. Aber es war so finster, und das Blitzen verwirrte mich so, daß ich mich wohl eine halbe Stunde immer an einem langen, endlos langen Gartenzaun forttastete. Endlich erreichte ich eine Straße, stieß an die Linde und fand den Weg nach deinem Schulhaus. Ich war soeben angekommen, als ich dich unten hörte. Drei Stunden unserer kostbaren Zeit sind so vergangen. Gerade schlägt es ein Uhr."
„Es tut nichts, da ich dich nur wiederhabe!" rief ich. „Leg' den Mantel von dir!"
Sie tat es und öffnete auch ihr Haar, daß es ihr auf die

Schultern niederfiel. Mit Erstaunen sah ich, daß sie sich frei bewegte und daß ihr Angesicht ohne Beklommenheit war.
„Ich setze mich auf dein Bett", sprach sie. „Lösch du das Licht und komme dann zu mir."
Ich gehorchte ihren Worten. Im Dunkeln ließ ich mich neben sie auf dem Bettrand nieder und schlang meinen Arm um ihre Schulter. Sie neigte ihre Stirn an meine. So sahen wir stille gegen das Fenster hin. Der Regen strömte eine Weile heftig, und die Blitze strahlten dazwischen. Dann legte sich der Donner, das Rauschen des Regens klang leiser wie eine sanfte, eintönige Musik, die Blitze flohen seltener und milder über den Himmel.
„Therese!" flüsterte ich.
„Ich bin so müde", lächelte das Mädchen mit schwer herniederhängenden Wimpern. Allmählich sanken wir auf die Kissen nieder und entschliefen Schulter an Schulter. Nach etwa einer Stunde erwachte ich. Therese war mir aus dem Arm geglitten und schlummerte ruhig, ihr Haupt lag in den Kissen, während ihre Hand am Rand des Bettes niederhing.
Draußen hatte der Regen aufgehört, auch der Donner hatte ausgegrollt, und nur hie und da belebte ein flüchtiges Leuchten die entfernten Wolkenlagen.
Ich beugte mich über Theresens Lippen und küßte sie. Sie seufzte leicht und tat die Augen auf. „Matthäus!" rief sie, sich entsinnend, „habe ich geschlafen?"
„Es ist zwei Uhr vorüber", sprach ich. „Laß uns die letzte Stunde noch wachend verbringen, um drei Uhr müssen wir gehen." Dann nahm ich ihre Hand.
„Du Gute!" sprach ich. „Wie treu und liebend hast du mich begleitet! Welch einen bitteren Weg hast du klaglos mit mir getan! Was hast du Not um mich gelitten, Sehnsucht, Mattigkeit, Schmerz und Angst. Und für alles das lasse ich dich nun. Ist es für dich nicht der bitterste und schwerste Streich, den du erlitten?"
Lächelnd und wie in tiefem Sinnen schüttelte sie das Haupt.
„Warum ist das Schicksal so?" begann ich wiederum. „Diese Stunde ist schön und unbegreiflich."

„Laß“, bat sie.
„Aber was wird aus dir werden, Therese?“
„Matthäus“, sprach sie, „ich bin zu vielem Leiden und wenig Glück geboren. Ich bin zu vielem Kampf und wenig Frieden geboren. Aber mein Glück wird so übermäßig sein wie meine Qual, und mein Friede wird immer wieder aus der Qual hervorgehen. Oh, ich danke Gott, daß er dich mir gesandt hat und daß ich eine Weile neben dir habe gehen dürfen! Ich habe dir so grenzenlos vertraut, daß ich dein Weib geworden wäre, wenn du es für recht befunden hättest. Aber ich fühle es wohl, und du hast es erkannt, daß es nicht gut wäre. Matthäus, ich weiß nicht, was das ist, ein Weib sein. Aber denke ich dran, daß es mir geschehen könnte, daß ich's würde, so möchte ich laut aufschreien. Ich glaube, daß mich nur ein namenloses Leid frei machen wird. Vielleicht ist dieses Leid der Tod. Ich weiß es nicht.“
Ich blickte ihr erschüttert in die Augen. Sie waren weit und ungeheuer tief.
„Heute bin ich aufgetan und fröhlich“, sprach sie, „und in mir selber ruhig. Aber ich weiß, daß ich alles wieder verlieren werde. Denn nichts, was man erringt in dieser Welt, ist von Bestand. Und der ganze Glaube und das ganze Wissen überlebt sich, und es kommt Neues und Unerforschliches und macht uns erzittern und überwältigt uns. Dann stehe ich da, und es ist auch nicht ein einziger Stern an meinem Himmel. Aber in solchen Zeiten will ich auf dich hinsehen, der du heiter und beständig bist. Was mir das Ende eines langen Ringens scheint, ja, was ich nie erringen werde, das ist dir von der gnädigen Natur in die Wiege gelegt worden. Die Welt mag um dich wogen und dich ergreifen, so bleibst du doch immer, der du bist. Und so gehörst du mir auch an, wie ein Stern, der ruhig steht und den man weithin sieht. Ich ziehe nicht mit dir. Ich habe wohl ein Schicksal; aber ich sehe und finde keinen Weg.“
Ihr Antlitz, zwischen klarem Licht und großer Düsterkeit erschimmernd, ihr Auge, voller Glanz und Schwermut, ihr Haar, das kindlich niederfiel, all das ergriff mich bis ins

Herz hinein, und ich umfaßte sie mit meinen Armen und zog sie fest an meine Lippen. Aber in ihren Gedanken befangen, löste sie sich sanft aus meinem Kusse.
„Oh“, sprach sie, „wir wissen nichts und können unsern Plan nicht überschauen. Matthäus, hab' Dank und laß uns voneinander scheiden!“
Sie erhob sich. Ich folgte ihrem Beispiel.
„Einmal in jedem Jahr wollen wir uns wiedersehen!“ sprach ich.
„Ja“, sagte sie, um uns das Scheiden zu erleichtern. „Aber ich sehe dich nicht mehr.“
Dies Wort fiel mir wie Feuer in die Brust.
„Therese!“ rief ich.
Da warf sie sich wild und stumm an meine Brust, erhob das Haupt und küßte meinen Hals.
„Leb wohl jetzt!“ sprach sie.
Mich verlassend, sah sie sich im ganzen Raume um.
„Die Laute sollst du behalten“, sprach sie dann. „Ich spiele sie nicht mehr. Gib mir etwas von dir!“
Ich fragte sie, was sie begehre, und sie wies auf die ‚Melancholie‘ von Dürer. Ich nahm sie von der Wand und packte sie in eine Rolle. Dann gingen wir hinab. Sie schritt voran, ich leuchtete ihr mit der Lampe hinterdrein. Unten löschten wir das Licht und schlichen hinaus. Schweigend schritten wir auf aufgeweichten Wegen nach dem Walde. Als wir die Hochstraße erreicht hatten, kam der bleiche Tag.
„Wir müssen auseinander gehen“, sprach ich zu Therese.
Sie umfaßte mich und küßte mich zum letztenmal. Dann drückten wir uns noch einmal die Hände und schieden auseinander. Ich biß auf meine Zähne und ging fort. Rings stiegen Nebelfetzen auf. Die nassen Bäume dufteten.
Als ich nüchtern und bitter ins Dorf hinabkam, begegnete mir der Forstgehilfe. Er sah verstört und elend aus.
„Was ist mit Ihnen?“ fragte ich ihn.
„Der Gänser liegt im Walde drüben“, sprach er. „Der Blitz hat ihn erschlagen in der Nacht.“
Es schüttelte mich. Ich nickte dem erregten Manne düster

zu, Mühlegger aber eilte nach dem Wirtshaus weiter. Da sah ich, wie des Steffelbauern Knecht den Braunen aus dem Stalle zog. So ging ich denn hinauf ins Schulhaus und schleppte die Pakete herunter. Dann schloß ich ab und lief zu Lisabeth, um ihr die Schlüssel auszuhändigen. Als ich zurückkam, hatte der Knecht die Pakete in den Wagen geworfen. „Aufsitz'n, Herr Lörrer!" rief er. Ich schwang mich zu ihm auf den Bock, der Gaul zog an, und wir rollten schweigend in den grauen Tag hinaus.

Abermals Herbst

Mit einem verödeten Gehirne kam ich ins Examen. Aber die Fragen, die auf einem schmalen, weißen Zettel vor mir lagen, enthielten einen geheimen Anreiz für meine Gedanken, und weit entfernt, die Antwort schul- und fachgemäß zu geben, kam ich in ein eigenes Sinnieren und Spintisieren, und alles, was mich die Zeit her bewegt, beschäftigt, aufgerührt und auch verwandelt hatte, klang in den Zeilen mit, die ich auf meine Bogen niederschrieb.

Auch als ich zur Probe meiner Lehrbefähigung vor eine Klasse fremder Kinder treten mußte, als an die fünfzig Augenpaare sich nach meinem Antlitz richteten, da regte sich in mir ein sonderliches, warmes, ernstes Leben, daß ich mich bald mit allen, die auf meine Worte lauschten, in einem Strome fortgetragen fühlte.

Als dies vorüber war, ward ich vor einen der Regierenden gerufen. Es war ein stiller, grauer Mann. Noch seh' ich ihn von seinem Schreibtisch sich erheben.

„Herr Graf", sprach er, „Sie haben mir gefallen. Ich habe vor einigen Tagen die Arbeit durchgelesen, die Sie als erste angefertigt haben, und auch sie hat mir gefallen. Denn Ihr Wissen ist in Ihnen emporgewachsen, und ich spüre einen reifen Zug darinnen. Ich habe mir die Liste unserer Schulstellen geben lassen und gesehen, daß Sie weit von aller Welt und weit von Menschen, unter denen Sie mit Ihren Gaben

wirken können, schaffen und wohnen. Und ich habe weiter nach Ihnen gefragt und erfahren, daß Sie einmal an diese Stelle sich gewendet haben mit dem Ansuchen, in eine hoch gelegene, gebirgige Gegend versetzt zu werden. Wir sind Ihrem Wunsche geneigt, und die Gelegenheit will sich auch fügen. Da ist ein Ort, der Ihrem Wunsche wohl entsprechen würde."
Er nannte mir den Namen und fuhr fort: „Sie müssen unter Menschen leben, die Ihre Gedanken und Ziele teilen, Sie müssen einen weiten Umkreis haben. So wie die größeren, kühneren Formen der Natur Ihr Auge mit bedeutenderen Bildern füllen, der Ausblick über grenzenloses Land dem Schlage Ihres Herzens einen andern Rhythmus geben wird, so werden Sie im Austausch mit den besten Geistern unserer Jugend sich eine neue Form des Lebens schaffen. Zögern Sie nicht, und legen Sie uns Ihre Bitte schriftlich vor."
Er reichte mir die Hand, die weich und warm war, und führte mich Betroffenen der Tür zu. Ich eilte weg in einem Sturme gegensätzlicher Empfindung. Nun war ich nicht mehr, der ich war, nun lockte eine neue, große Welt von ferne in mein altes Reich herein.
Zur selben Stunde saß ich über meinen Tisch gebeugt und schrieb an dem Gesuch. Mein Name fügte sich dazu, und alles war mir wie im Traum. Ein Taumel hatte mich erfaßt und mir die Sinne ganz benommen. So lief ich auf die Straße nach dem nächsten Briefpostkasten. Ich stand davor, ich hob den Brief empor, da überfuhr mich's wie ein Blitz, und das Bewußtsein kehrte wieder.
„Was willst du tun?" rief es in mir. Die Hand sank mir herab. Mit voller Klarheit trat das Dorf vor meine Seele. Da lag es in der Einsamkeit der Wälder! Und – war es dort nicht Herbst geworden, während ich in diesen Großstadtmauern wohnte? O ja, die Wälder standen herrlich in der Runde. Hellauf loderten die Birken, voll und düster brannten die roten Buchen, und die Tannen und Föhren standen in ihrer rauhen Beständigkeit dazwischen. Die Felder waren abgeräumt, die Kühe zogen über die Weide hin und die

Hirtenfeuer qualmten. In mildem Grau befangen stand der Himmel überm Tale und rieselte beschauliche Helle über die Wälder und Hänge – und nun tat sich das reine Blau des Herbstes auf, in Farben floß das Tal, und der zärtliche Schein vergüldete den letzten Halm am Wege.
Mitten darinnen lag mein Schulhaus unterm Kronendach der alten Bäume. Sie trugen reichlich Frucht, ich schleppte meine Leiter aus dem Stall, stieg auf und ab und sammelte in meine Schürze, sammelte in Körbe, die ich in meinen leeren Kammern auszuschütten anhub. Und statt der toten Luft erfüllte sie der Duft des frischen Obstes.
Ich sah hinaus: der Kirschbaum wiegte sich flammend vor dem Fenster, wie er im letzten Herbste sich gewiegt, und streute Blätter auf den Gartenweg hinab. Und auch die Linde ließ ihr zartes Laub herniederregnen.
Immerfort zogen Vogelschwärme über das Tal hin, daß das Pfeifen ihrer Schwingen herabklang, in den frisch umgebrochenen Ackerschollen woben kleine Spinnen ihre Netze, und lange Fäden stiegen empor und durchflatterten die Luft, im letzten Lichte blinkend.
Die Wälder waren, so weit man sie durchstreifte, von festlicher Ruhe erfüllt. Da regte kein Lüftchen die Zweige und das brennende Laub. In stummem Lächeln erstarb die Pracht des Sommers. Die Sonne spielte mit den starren Blättern und den dürren Halmen des Grases, und eine Stille waltete über den Forsten, daß von weither die Stimmen der Menschen oder das Bellen der Hunde geflogen kam. –
„San S' dengast wiederkemma?" hörte ich Lisabeths Stimme sagen, sah, wie sie ihre Hand abwischte und mir reichte, und sah im selben Augenblick meinen alten Freund das Haupt aus seinen Kissen heben. –
Und eine Hütte stand am Ende des Dorfes, aus der der Schein von Mechthilds Lampe kam.

Ich stand und stand und wußte nicht mehr, wo ich war. Menschen zogen wie Schatten an mir vorüber, Autos und Straßenbahnen glitten nebelhaft dahin, ein ferner, fremder

Lärm umwogte mich. Da drängte sich ein letztes Bild vor meiner Seele:
Das Wäglein rollte den Hohlweg hinab zu den Sümpfen. Der Schneider kam den Feldweg her, blieb stehen, äugte herüber, trat an den Straßenrand und rief mir zu, der ich auf dem Bock bei Steffels Fuhrknecht saß: „Fahr, Schuallörrer, fahr, und schaug di nimmer um nach Ob'nberg!"
Ein Stein flog her, dem Gaule vor die Brust, der Braune stieg, das Wäglein schwankte, und der Knecht riß fluchend an den Riemen. –
Da zuckte meine Hand empor, die Klappen an dem Einwurf klirrten dumpf, der steife Umschlag knisterte. Mit schwerem Aufschlag fiel der Brief hinab. Mein Schicksal war damit entschieden.

*

Ich war nach Hause zurückgekehrt. Eine heimliche Gewalt zog mich zu Marias Haus und Garten. Sie saß mit ihrer Mutter unter den Bäumen. Vor ihnen war das Tischlein weiß gedeckt, und über zierliches Kaffeegeschirr bewegte sich der Glanz der Sonne. Man lud mich an den Tisch, man schob mir eine Tasse hin und goß das würzig duftende Getränk darein, man fragte mich, wie ich bestanden und ob mir nun nicht frei und leicht zumute sei.
Die Rede wollte mir nicht recht vonstatten gehen. Endlich, als man sich wunderte, daß ich so seltsam, fast bedrückt erscheine, und mich Maria ernstlich fragend ansah, begann ich langsam, aus mir selbst zu sprechen:
„Ich habe einen Ruf nach einem Orte im Gebirge. Er lockte mich. Von dem erhobenen Markt aus hinüber nach den Silberhörnern und den Zinken, Scharten und Schroffen einer hohen Felsenmauer auszuschauen und an den alten Wänden die sanfte oder stürmische Gewalt der Jahreszeiten wirken zu sehen, das Eis des Winters und das Schäumen und Tosen des Frühlings, das heiße, flimmernde Licht des Sommers, worin sie wie aus Luft gebildet schwanken, der klare, wundersame Glanz des Herbstes – all das erschien mir herrlicher als meine alte Welt. Da habe ich um jene Stelle mich

beworben. Ich werde sie erhalten, werde Abenberg verlassen."

„Und sollten Sie darüber nicht erfreut sein?" lächelte Maria.

„Wie seltsam ist das Herz!" fuhr ich in meiner Weise fort. „Erst da, wo wir verlieren, gehen uns die Augen auf. Nun steht mir mein düsteres, einsames Dorf zu jeder Stunde vor der Seele. Nun weht mir aus dem grauen Ernste seiner Kirche das Wesen von Jahrhunderten entgegen, nun liegt die Schwermut meiner Wälder doppelt sanft und mahnend vor mir da. Ich stehe an einsamen Stellen, wo schöne Bäume ihre Flammenbüschel auf den Rasen schütteln, ich gehe vertraute Wege, mir kommen tausend Dinge, die ich getan, und Worte, die ich geredet – ich sehe Menschen, die mir mehr bedeuten sollten als der schönste Platz im Angesicht der höchsten Berge. –

Der Augenblick ist schön, weil er so kurz ist und vergeht. Und Abenberg ist wie ein Augenblick. Indem ich seine Eigenart und seinen Wert begreife, neigt es sich hin und ist nicht mehr. Es reut mich nicht, was ich getan, ich weiß, es mußte so geschehen, ein Höherer hat meine Hand geführt – es ist, indem es so vor mir versinkt; allein mir ist das Herz unsäglich schwer."

Maria sagte nichts. Die Mutter blickte mich mit ihren unbeirrbar klaren Augen an.

„So ist es", sprach sie, „und so wird der Mensch von Gott gespielt fast wie ein Instrument. Erst über diesem Spielen kommt er recht zum Tönen."

„Sie sollten diese Welt noch sehen", sprach ich wieder. „Ich habe nirgends in der Welt so wunderbar gelebt."

Im Auge der Mutter blitzte eine abenteuerliche Lust.

„Wenn Ihr uns damit eingeladen habt" – sie sah mich zweifelnd an und redete mit einem Lächeln weiter, das wie ein Spiel der Jugend über ihre Züge glitt. „Wir schließen diese Türe zu und kommen. Nicht so, Maria?"

Maria sah verwundert auf und nickte.

„So gebt mir Eure Hand darauf!"

Ich rief es, und die Frauen reichten mir die Hände.

*

Ich reiste wieder in die Einsamkeit, stieg wieder mit zerrütteltelten Gliedern aus dem Postauto, wanderte wieder über den Pullenberg, durch die schweigenden Forste, trat aus dem Holz und sah das Dorf.

Und als ich vor das Schulhaus kam und überm Rasen reife Äpfel ausgestreut lagen, und als ich nach dem langen Fernsein den Schlüssel in die Haustür setzte, als ich emporstieg und die Kammer auftat, da war es schier, als kehre die Vergangenheit zurück, der Tag, an dem ich dieses Haus zum erstenmal betreten.

Nachdem ich meine Sachen abgelegt, das Fenster aufgetan und einen Augenblick ins Dorf hinabgesehen, lief ich hinauf zum Pfarrhof. Die Dreschmaschine zog beim Ort herein, die Gäule dampften, und die Kinder schrien, es war genau so wie vor einem Jahr. Das Leben schreitet fort, die Freuden kommen mit den Mühen, und niemand achtet weiter auf den Fremdling, der einsam in dem stillen Schulhaus wohnt.

Den Pfarrherrn traf ich im Garten an. Er saß, mit einer Decke eingehüllt, in seinem Lehnstuhl vor dem Bienenhause. Von einem großen Birnbaum fiel das welke Laub herab und blieb in seinem weichen Schlafrock hängen. Rings um ihn her war es im Rasen ausgestreut. Sein Angesicht war herb und schmal und von der Sonne abgebräunt und dunkel. Die weißen Büschel seines Haares standen ihm wie Flammen um die Stirn. Er sah mich, seine Augen blitzten auf. „Matthäus!“ rief er, schlug die Decke auf, griff nach dem Stock, der ihm zur Seite lehnte, und richtete sich steif daran empor. Doch als er stand, tat er den Stock beiseite und streckte seine Rechte nach mir aus. Ich sprang herzu und faßte sie mit meinen beiden Händen.

„Mein Sohn“, sprach er, „das ist ein Freudentag! Nun sollst du mir in kein Examen mehr fahren, solang du lebst auf dieser schönen Erde. Nimm diesen Stuhl und rücke ihn zu mir her! Erzähle mir, wie dir’s ergangen ist!“

Ich dachte des Gesuches, das ich weggegeben, und das Blut schoß mir zum Herzen. Mit wenigen stockenden Worten sagte ich ihm das nötigste von meinem Examen, doch als ich ihm von der Versetzung reden wollte, da wurde mir die Kehle eng, und ein Gefühl, das ich nicht nennen kann, hielt mich zurück, daß ich es ihm verschwieg. Ich fragte um so eifriger nach allem, was ihn selbst betraf.

„Die linke Seite“, sprach der Alte, „hat sich für immer beurlaubt, aber nicht ganz. Ich kann den linken Arm mit einiger Mühe erheben; aber die Finger sind mir alle steif, zumal der kleine, der sich eine vertrackte Stellung auserwählt hat, um darinnen zu bleiben. Desgleichen ist es mit dem Biegen meines linken Knies aus; allein ich kann das ganze Bein so ziemlich mit mir schleppen, und es genügt ein guter Stock, um mich ein Stückchen Weges fortzubringen. Noch ist es nicht so ganz, wie ich es will. Ich werde schon nach wenig Schritten müde. Aber es tut von Tag zu Tag einen kleinen Ruck, und mit der Rechten wollte ich mit einem Türken fechten, wenn ich erst tüchtig meinen Stand genommen habe. Du blickst mich so bedauernd an und senkst so schonungsvoll die Stimme. Laß das nur sein! Das hat es gar nicht not.“

„Siehst du“, fuhr er nach einer Pause fort, „dort ist mein Volk, das schwirrt bei den Toren meiner Stadt aus und ein, und ich sitze dabei, schau dem Gewimmel zu und ermuntere die Braven. Bald ist mir, ich wäre selber so ein Schwarm und führe brummend in die Winde. – Ich will dir etwas sagen, lieber Freund: Wir sind von Natur aus alle obenhin und leichtfertig und leben so einen Fludribus dahin, an dem vorbei, was wir sein könnten und eigentlich sein sollten, und wen nichts solches trifft, wie's mich betroffen hat, der weiß vom Leben nichts, der sieht nicht weiter hinein. Zermalmet muß das Samenkorn werden, heißt es in der Schrift. Ich habe es nie begriffen, jetzt aber ist mir's offenbar. Wer die Fremde nicht gesehen hat, kennt seine Heimat nicht. Wer nichts vom Tode weiß, kennt das Leben nicht. Wen's nicht zerbrochen hat, der ist nicht ganz. Diese Rechte hat zehnmal mehr Kraft als ehedem, weil diese Linke kraftlos ist. Und während das rechte Bein wie sonst in seinem schnellen Trott fortfüßeln will, zwingt es das linke zur Beschaulichkeit – und manche Dinge (und mich dünkt, die besten) lernt so ein

Simpel nie, es sei denn, daß er muß. Doch komm mit mir, wir gehen in das Haus hinein."
Er stemmte sich empor, ergriff den Stock und ging mir langsam über den Hof voran, aufrecht, mit eisernem Gesicht, das linke Bein mit Vorsicht nach sich ziehend. Balbina kam ihm über die Treppe entgegen und wollte ihn unterm Arme fassen.
„Was?" rief er. „Oder gar! Schleppt lieber euren eignen armen Leichnam! Wenn wir die Wette liefen, ich wollte sehen, wer bestünde! Nichts da, Matthäus! Nichts! Die Hand von mir!"
Ich wollte ihn am Arme fassen, allein er stieß mich kurz und schroff zurück. Und langsam, mit der zähen Unerbittlichkeit, die seinem stolzen Wesen eigen, gewann er eine Stufe um die andere. Doch als er in die Stube kam, sank er erschöpft in seinen Stuhl.
„Es ist heute nichts mehr mit dem Alten!" sprach er mit erloschener Stimme. „Geh nun nach Haus, Matthäus. Komm morgen wieder, wenn du willst!"
Ich drückte ihm die Hand und ging. Sein Angesicht erschien mir knochiger und schmäler. –
Als ich hinunterkam, da hockten unter meiner Türe etliche von den getreuen Kleinsten, die auch in jenen Tagen, wo sich alle von mir wandten, mir ihre Neigung frisch erhalten hatten. Toni war unter ihnen. Als er mich sah, wurde seine Stirn feuerrot. Er schob verlegen seinen Finger durch die Zähne.
„Bist dengast kemma, Schuallörrer?" lächelte die kleine Wabi. „Der Toni hot oll Obend bett, daß d' wiederkimmpst!"
Der Toni barg das Angesicht in seiner Schürze.
„Und du?" rief ich und zog sie zu mir her.
„I hon eahm g'sogt, er kimmp aso au wieder. Holst deine Büacher iatz und gehst mit uns ins Holz?"
„Ich brauche keine Bücher mehr", sprach ich, „ich habe ausgelernt. Nun kann ich alles, alles, was man können muß."
„Ho!" rief der Toni, der sein Gesicht enthüllte.

„Gehst ohne Büacher au?“ begann das Dirnlein dicht an meiner Brust zu zirpen.
„Ja“, sagte ich und nahm die Kleinsten bei der Hand. Ich dachte mir im stillen, daß es bald zu Ende gehen werde.

Ritter, Tod und Teufel

Zum Pfarrhof war nun mein täglicher Gang. Die Sonne mochte locken oder der Nebel in feinen Schleiern weben, oder es mochte der graue Tag in stiller Klarheit überm Tale ruhen oder das Licht mit heimlichem Rieseln aus den hohen Wolken fallen, immer war ich bei dem Alten, bald in der Stube, bald im Garten, und sah mit Staunen, wie er fest und unbewegt in seinem Stuhl saß.
Auf seiner Stirne glänzte Heiterkeit, in seinem Auge blitzte Kraft.
„Heut war ich auf dem Sichelberge oben und von da im Pullenholz“, rief er mir wohl entgegen, „und habe alte Freunde aufgesucht. Da steht am Hang der Kessellehne eine Birke – kennst du sie nicht? Oh, diese Birke ist ein Wunderding! Hier ist sie, sieh!“ – Er zerrte eine Mappe aus der Lade und schlug sie vor mir auf. Das erste Blatt, das sie enthielt, schob er mir hin. Ich sah darauf die Birke hingezeichnet. In einer krausen, wunderlichen Strichmanier war gleichwohl die Gestalt des Baumes überraschend klar und sicher ausgesprochen. Sie neigte sich den Hang hinab, ein Schleier feiner Zweige wallte von gekrümmten Ästen nieder. Jedwede Form war kräftig und charaktervoll gestaltet.
„Im Pullenholz am Brombeerschlage linker Hand steht einzeln eine alte Fichte, die sich mit einer Buche in denselben Boden teilt. Die Fichte steigt wie eine Säule grad hinauf, die Buche windet sich herum mit ihrem glatten Leibe. Ganz herrlich aber ist das Wurzelwerk, das beide mächtig aus dem Grunde bäumen und ineinanderwinden wie die Arme von Geschwistern – da sieh, da sieh –“

Er riß das zweite Blatt heraus und hielt es mir mit zitternder Hand vor die Augen.
„Herr Pfarrer!“ rief ich, „haben Sie das selbst gezeichnet?“
„Meinst du“, rief er mit lachendem Gesicht, „ich hätte derlei Künste nie getrieben? Doch als ich in mein Amt kam, schien mir's Spielerei. Ich ließ es endlich sein und lief zu Kranken und Bedrängten. Aber obgleich ich es der Hand versagte, das Auge ließ sich nicht bezähmen und weidete mit Ernst und Lust umher und hing an jedem wunderlichen Ästchen, das aus der Wildnis des Gebüsches häkelte. Und unversehens ging mir auch die Hand mit dem gestreckten Zeigefinger durch und zeichnete ein Bäumchen, ein gerolltes Blatt, den Stachelkopf von einer Distel in die blanke Luft. Dann war es mir, mein Finger sei ein scharfer Stift und ziehe klare Striche in die Helle, und dann erschien das Bild des Gegenstandes in den weißen Wolken schwankend, so wie ich ihn mir aufgezeichnet dachte. Meine Lieblingsbäume habe ich tausendmal studiert und ihre Bildung mit dem Auge und mit dem Finger nachgetastet, ich kenne sie wie diese Wand, wie diesen Schrank dort in der Ecke.“
„Und sind Sie wirklich draußen gewesen?“ fragte ich mit Verwunderung.
„Traust du mir's zu?“ rief er erfreut. „Nein, nein, das leisten meine Glieder nicht. Aber die Erinnerung hab' ich in mir erweckt und gleichsam jedes alte Bild in meinem Hirne aufgestöbert und habe so lange nicht geruht, mein Gedächtnis zu traktieren, bis alles deutlich wiederkam und ich mit meinen innern Augen schärfer sah als mit den äußern. Was anders hätte ich auf dem endlosen Krankenlager treiben sollen? Erst war mir wunderlich zumute, wie das Gedächtnis so versagte und wie es mir wie eine Blache vor den Sinnen niederhing. Die Blache aber wurde immer dünner, am Ende gar ein Flor, durch den man einen Schein von vielen Dingen hat, dann ging sie auf, und alles war wie früher. Aber nun, da ich's soweit hatte, da brachte ich das Sinnieren und Zurückerinnern erst zur rechten Übung. Wo etwas grau und dunkel war, da mußte ich hinein. Wo etwas fern lag, das

mußte zu mir. Ich habe ganze Königreiche zurückgewonnen.
Nun bin ich bei einem neuen und vollkommenen Zustand angelangt. Wenn ich früher den Dingen nachlief und sie nie erreichte, so folgen sie nunmehr meinem Rufe und kommen zu mir. Und ich sitze mitten im vollen wie ein Gott in seiner Schöpfung. Alles ist willig, und alles gehorcht.
Schau diese Stube an! Kennst du sie? Nie und nimmer. Ich lebte dreißig Jahre darinnen, Matthäus, dreißig Jahre — — — und wußte nichts von ihr. Nun aber ist es wunderbar, wie alle Dinge vor mir aufgehen, Dinge, die mir früher Dinge waren. Aber es sind keine Dinge, es sind Wesen. Da betrachte ich das Spiel, das die Sonne mit meinen Vorhänglein hat, und wie ein Zittern und Weben dem Eintritt des ersten Strahles vorausgeht, und wie das Ding im Lichte auflebt, wie es Schein und Leben wird! Der Streifen zieht den Flor herab, rückt übern Simsen her, erreicht den Rand, und jetzt — siehst du den dünnen Goldsaum, der am Boden züngelt? Ein Abgrund liegt dazwischen voller Finsternis. Durch diesen Abgrund ist der Strahl gesprungen. So stürzen sich Gemsen von der Felsenhöhe über einen Spalt hinweg zu einer neuen, grün bebuschten Klippe. Und wie sie ruhig auf der neuen Weide grasen, so wächst der Schein und schreitet seine Wege fort.
Und hast du je das Halblicht und die Dämmerung belauscht, die Mächtigkeit, mit der die simplen Dinge aus dem Düster dringen und einen kühlen Glanz und eine starke, sanfte Helligkeit gewinnen? Was ist gewaltiger als so ein Widerschein, der eine breite Silberrippe aus der Finsternis hervorreißt? — das ist Gewalt, Matthäus, nicht der steife Zwang und nicht die tolle Wütigkeit der Menschen. Gewalt kommt still und unvermerkt und wächst so leise wie das Eis im Mondschein. Auf einmal steht sie da im vollen Licht, und niemand ist, der sie bezwingen könnte. Und davon weiß man nichts und stoffelt hin in seinem unbeirrten Leben! Ja, freilich muß der Herr da droben seine Hand aufheben und diesem Leichtsinn eines in die Rippen setzen, daß er begreifen lernt, daß ihm

die Augen aufgehn, daß er beginnen kann, zu leben und zu wissen.
Da ist mir einer, der hat's auch gewußt. Du kennst den ‚Mann im Goldhelm'! – Ich weiß nicht, ob es der Kopf ist, oder der Goldhelm, oder ob es keines ist von beiden, ob es das Licht ist und der ungeheure Glanz, der Zimbel- und Posaunenschall, der aus dem goldenen Metalle springt, getragen von den tiefen Bässen einer satten Dunkelheit. Daß dieses Ungeheure ohne allen Lärm kommt, daß es hervorbricht wie das Leben aus dem Grabe, das kann mich so erschüttern, daß ich heulen möchte.
Und endlich bin ich ja ein Mann, der seine Beine regen kann. Der Garten ist mein zweites Reich. Balbina bringt mich oft dahin, das heißt, ich gehe selbst hinaus. Da lese ich – was meinst du wohl, Matthäus?"

„Wild herstürmten der Ost, der Süd und der widrige Westwind,
Auch der äthergeborene Nord mit mächtigen Wogen.
Und da sank Odysseus das Herz, ihm brachen die Knie,
Und er sprach bekümmert zu seiner erhabenen Seele:
Weh, mir Armen, o weh, was wird mir am Ende geschehen?!
Ja, ich fürchte, alles ist wahr, was die Göttin verkündet,
Die mir auf dem Meer noch viele Leiden voraussah,
Eh ich die Heimat erreiche; das wird nun alles vollendet.
Oh, mit was für Wolken umzieht die Weiten des Himmels Zeus!
Er peitscht das Meer, schon rennen näher die Wirbel
Aller Winde zugleich. Nun naht mir jähes Verderben."

Indem er so sprach, brach Zorn und Lust aus seinen Blicken, er ballte die Faust und starrte mich glimmenden Blickes an.
Wenn dann der Abend durch die Flore schien und mich ein unüberwindlicher Drang in die Weite hinaustrieb, dann stand ich auf und reichte ihm die Hand. Er drückte sie, ich

ging gestärkt aus seinem Hause, und vor mir lag der Wald und winkte mir herauf.

*

Doch als ich eines Tages wiederkam, da führte mich Balbina in die leere Stube.
„Der Herr liegt!“ schnaufte sie und blickte düster in das Leere. „Er hat gesagt, ich dürfe keinen Menschen zu ihm bringen.“ Indem sie redete, erscholl des Kranken Stimme: „Balbe!“
„Was ist, Herr Pfarrer?“ rief die Alte, aus der Stube eilend.
„Das ist Matthäus, ich muß auf!“ hörte ich gedämpfter durch den Gang herüberklingen. Ich lief hinaus, Balbinen nach, und hielt sie vor der Tür des Alten fest.
„Er darf nicht aufstehen!“ raunte ich ihr zu. „Auf keinen Fall.“
„Gehet Sie! Gehet Sie!“ murmelte sie ängstlich. „Da hilft kein Reden und kein Bitten. Der Herrgott hat kein’ solchen Willen.“
Sie drängte mich zurück. Da ging ich wieder rückwärts nach der Stube und setzte mich auf meinen Stuhl. Es dauerte eine Zeit, so hörte ich die Tür gehen, und dann erklang der schwere Aufschlag des Stockes durch den Gang.
„Ich selber“, hörte ich den Pfarrherrn heftig sagen. Dann ging die Türe auf. Er trat herein.
„Grüß Gott, Matthäus!“ rief er, schob den Stock in seine halbgelähmte Linke und streckte mir die rechte Hand entgegen.
Indem entrang sich ihm ein dumpfer Laut, er tappte in die Luft und sank in sich zusammen.
Ich war vom Stuhle aufgesprungen – doch er fiel, eh ich es hindern konnte. Ich rief Balbinens Namen mit erschreckter Stimme. Sie wackelte herein und sagte: „Jesus! Jesus!“ Ich aber bedeutete sie, daß sie mir helfe, den Gefallenen aufzurichten. Ich tat, was ich vermochte, und Balbina hob und stemmte, daß ihr Atem pfeifend wurde, und es gelang, den

Alten nach dem Lehnstuhl hinzubringen. Hier saß er aufrecht, mit geschlossenen Augen da. Die Hände lagen ihm im Schoß. Die Lippen zuckten. Und eine lange, schreckensvolle Pause rührte sich der Alte nicht. Auf einmal rannen Tränen auf den falben Wangen nieder, zwei dünne Bäche, die aus dem Gesträuch des Waldes brechen. Der Alte warf das Haupt empor und zuckte die geballte Faust.
„Nein!" rief er drohend, und die Stirne färbte sich ihm dunkel. Die Hand sank wieder nieder, und die Brust bewegte sich in kurzem Schüttern. Dann löste sich die Faust, die Stirne neigte sich. Und langsam tat der Kranke seine Augen auf.
„Bist du noch da, Matthäus?" fragte er halblaut. „Balbina, geht hinaus!" Die Alte ging.
„Gib mir die Hand, Matthäus", sprach der Kranke. „Sei nicht so scheu, es ist vorüber. Verachte mich auch nicht."
Ich wollte etwas sagen, doch es kam bloß zum Würgen.
„Ist nicht der Hochmut die Eigenschaft des Satans?" fuhr der Alte fort. „Oh, oh, mein Hochmut! –"
Er schwieg, er zog mich leise näher.
„Man muß sich vor dem Schicksal neigen", sprach er flüsternd. „Es ist der Wille Gottes, gut in einem höhern Sinne. Gut! Gut! – ja, gut!
Matthäus", sprach er dann, das Auge auf mich richtend, „laß uns zusammen Brüder sein und gib mir du nun auch das Du. Die Meinigen sind alle hinter mir – es ist schon recht, solange es noch dauert."

Das fallende Blatt

An einem Morgen – es war ein Mittwoch und mein freier Tag – erwachte ich in der Frühe und im Nebel und war gelockt, das Lager zu verlassen und hinauszugehen. Indem ich zu den Wäldern emporstieg, sah ich die Schleier schwanken und geheimnisvolle Farbentöne durch die Trübe schimmern. Kurz vor dem Waldrand kam ich an ein Ahornbäumchen, dessen mattes Feuer mir durch den Dämmer entgegenschien. Ich trat heran und sah mit lusterfüllten Augen auf die abgedämpfte Pracht des herbstlichen Laubes, es stand wie eine regungslose, in sich schlafende Flamme. Da klang mit einemmal ein leises Rascheln, und das schönste, röteste Blatt fiel sachte durch den Duft hernieder auf den grauen Rasen. Dann wieder war es stumm, und nicht ein Spinnenfaden am Gezweige rührte sich. Ich aber spürte die unsichtbare Hand des leisen, feierlichen Töters.

Ich bückte mich und nahm das Blatt zu mir. Immer trug ich es in den Händen, es leuchtete vor mir wie eine Fackel durch das Grau des Morgens. Doch als ich nach einigen Stunden nach Hause kam und die steigende Sonne den Nebel bloß noch mehr erregte, daß er in dichten Ballen über dem Tale brodelte, da standen zwei schattenhafte Gestalten auf den Stufen meines Hauses, als warteten sie auf mich. Ich trat heran – es waren Maria und ihre Mutter.

Staunend betrachtete ich ihre nebelfrischen Angesichter, begrüßte sie und führte sie herauf. Lisabeth war dagewesen und hatte meine Kammer gerichtet. Ich schenkte Maria das Blatt, sie gab mir dagegen eine weiße Rose, die sie von ihrem Garten mitgenommen hatte.

Nun mühte ich mich, die Frauen zu bewirten. Marias Augen aber gingen glänzend über alle Dinge hin. Ich war so überrascht, daß ich nicht Worte fand, mich mit den Gästen ordentlich zu unterhalten.

Die Mutter war müde geworden und bat, ein wenig ruhen, und wenn es sein sollte, auch einnicken zu dürfen, und ich nahm den Augenblick wahr, Maria im Schulhause umherzuführen. Wir gingen zusammen in den Schulsaal hinüber. Aber er war anders, als er je gewesen. Wie in einen silbergrauen Rauch gehüllt, von leisem, hauchendem Licht durchflossen lag er vor uns da, als wäre er noch nicht erwacht. Da standen die Bänke, die Tafeln, da schimmerte mit mattem Schein das Frühlingsbild.

Es war Morgen in dem träumenden Raum, und alle Geheimnisse, die der empordringende Tag zerstört hatte, lagen noch im letzten Verrinnen darin. Da gewahrte ich mit einem Male, und es war wie ein Erschrecken, daß ich diesen Raum nun über ein Jahr lang wie eine Hülle um mich her getragen und daß mein Wesen auf ihn übergegangen war. Was mir wie Lächeln, Lauschen und Schweigen grau und silberklar entgegenrieselte – das war ich selbst und alles, was mir mit den Kindern hier geschehen. Und es war Morgen, erster, tauender Morgen.

Maria stand in leichtem Atmen da, ihr Angesicht ward immer inniger und zarter. Der Glanz ihrer Augen wandte sich zu mir: „Matthäus!" sagte sie.

Ich reichte ihr die beiden Hände. Es ging wie Silberquellen zwischen ihr und mir. Da fühlte ich die Kühle und Beseligung des frühen Tages. Und wußte, daß auch dieses Frauenwesen aus dem Morgen kam.

So ruhten noch niemals Hände in den meinen als die ihren, so glitten niemals Frauenfinger aus den meinigen hinweg. Wir redeten nichts mehr und wandelten zusammen umher, hinab in das Untergeschoß, hinaus in den Garten, durchs Dorf und über die Hänge. Da standen wir mit einem Male wieder vor dem Bäumchen. Und wie wir in die Glut der Krone sahen, da ward es über unsern Häuptern blau und tief, die Nebel wankten auseinander, und Tal und Dorf und Wälder glommen in der Pracht des Herbstes.

*

Ich hatte den Frauen alles gezeigt, was mein war in diesem Tale. Darüber war der Abend gekommen, und es wurde für sie Zeit zum Aufbruch, da sie nicht im Dorfe übernachten konnten. So nahmen wir den Weg durch die einsamen, feiernden Wälder dem Pullenberge und dem Markte W. zu. Die Mutter wandelte voraus, wir traten noch in die Kapelle. Der Raum war heiter wie zu einem Feste. Von seinen Wänden, seiner Decke lächelte der edelste Barock. Auf dem Altare aber stand wie in sich verschwiegen, voll von rätselhaftem Lächeln eine alte, abgebräunte Muttergottes. Das Gold

der Sonne flimmerte am Tabernakel, sein Widerschein erfüllte das Gesicht der ehrwürdigen Figur, von jenseits kam ihr Blick und ging hindurch durch allen Schein der Sinne. Wir standen, staunten, neigten unsere Angesichter zueinander, dann grüßten wir das Bild und gingen. Der Glanz der Sonne geleitete uns hinab, die Frauen stiegen in das Auto, und Augenblicke später waren sie entschwunden.
Ich aber wandte mich den Wäldern zu.
Der Abend überwölbte sie mit seiner Weite und schwoll empor wie Licht und kühler Atem. Am Pullenberge glitten Purpurstreifen nieder. Ich stieg mit langsamen Schritten hinan, verstummt in grenzenlosem Schweigen. Als ich den Brunnen erreichte, hielt ich an, sah übers Moos und übers Land und lauschte dann dem Fallen des Strahles. Ob es nun Morgen wurde, Abend, ob nun die Nacht mit ihren Sternen kam, immer sprang er mit gleicher Kraft aus dem metallenen Rohre hervor.
Ich wanderte weiter.
Warum war mir so unbegreiflich, so tief, so stumm, so kühl und feierlich zumute, daß selbst das Lächeln auf meinen Lippen hinweggestorben war? So ganz, als ob in diesen Stunden sich mein Schicksal erfüllte, als ob mein Fluß mit seinem Wellenschlag und Rauschen, indem er stillestand und eher rückwärts zog, sich mündend an den Strom des neuen Lebens drängte?
Die Nacht war hell vom Schein des Mondes, als ich von den Wäldern nach Abenberg hinunterstieg. Ich kam am Wirtshaus vorüber und sah die Wirtin im Mondlicht vor dem Hause hantieren. Sie blickte, meinen Schritt vernehmend, auf und rief mich: „Herr Lörrer, kommen S' a weni zuaheri!"
„Es lit wos drin auf der Kredenz, wos Amtliches", raunte sie mir zu, als ich nahe herangetreten war. „Heit Mittag is es vo Mooskirra kemma."
Ich ging hinein in die leere, dämmerdunkle Wirtsstube und nahm von der Kredenz den gelben Brief, der mit entgegenblinkte.

„Wos is es?“ fragte die Wirtin, als ich, den Brief noch ungeöffnet in der Hand, wieder auf den Hof hinaustrat.
„Ich bin von meinem Posten abberufen“, gab ich ihr zur Antwort.
Sie starrte mich an, ich wandte mich um und ging nach dem Schulhaus hinauf, das still, als schlafe es, zwischen den mondbeschienenen Bäumen dalag.
Die Nachricht war im Nu im Dorf herum. Die Kinder kamen scheu und seltsam zur Schule geschlichen. „Gelt, Schuallörrer“, schmeichelte das Ba'la, „dös is net wohr, daß du furtgohst.“
Der Pfarrer hatte es erfahren und ließ mich rufen. Als ich zu ihm hinaufging, sah mich die Bürgermeisterin und winkte mich an den Gartenzaun heran.
„Is wohr, kemman S' furt?“ fragte sie herb und knapp.
„Ja, ich muß“, entgegnete ich.
„Müass'n! Selber hom S' woll'n, genga S' no!“ rief sie bitter und wandte mir den Rücken. Beklommen trat ich bei dem Pfarrherrn ein. Er streckte mir nicht die Hand entgegen. Auch zum Sitzen lud er mich nicht ein. So stand ich eine Weile Aug' in Auge mit ihm. Da sah ich, wie sich seine Lippe zuckend aufhob, und wie das dunkle Rot in seine Stirn schoß.
„Ist's wahr, hast du den Abruf?“ fragte er mit noch verhaltener, zitternder Stimme.
„Ja“, nickte ich.
„Wann mußt du fort?“
„Auf den ersten November.“
Da faßte er die Lehne des Stuhles heftig an.
„Du Feigling!“ rief er. „Deinen Posten zu verlassen, wenn Gefahr und Ungelegenheit sich zeigt! Die Liebe der Kinder zu stehlen und zu gehen! Die schwerste, herrlichste Arbeit hinzuwerfen! Zu tun, als wäre man von der Vorsehung selbst gesandt, und dann nicht auszuhalten. Oh, es wird dich gereuen! Bequemlichkeit, Ehrgeiz, Eitelkeit, Feigheit! Geh nur zu, geh heute noch, ich will nach dir nicht weiter fragen.“

Er rief es mit donnernder Stimme, indem er die Hand von der Lehne losriß und leidenschaftlich zur Faust ballte.
Erschrocken, starr und staunend stand ich da, vor einem solchen Ausbruch völlig ratlos, öffnete die Lippen und wollte sprechen, da wies er mir mit ausgestreckter Hand den Weg zur Türe, und ich ging.
Ich lief ins Schulhaus, lief in meine Kammer, schloß mich ein und warf mich aufs Bett. Und unablässig wiederholte ich die Zornesworte des Alten, während alles, was geschehen war, seit ich das Dorf zum erstenmal betreten, im Sturm an mir vorüberflog. Da richtete ich mich in meinem Bette auf und saß und saß und hielt Gericht. Der Tag verging, die Nacht verging, ich saß noch immer an derselben Stelle. Die Hähne krähten, und der neue Tag brach an. Der Nebel stand wie eine weiße Mauer draußen. Ich war zu Ende, alles abgemacht.
Da tönte die Klingel. Unten war Balbina. Sie brachte mir einen Brief, darinnen stand in harter Schrift geschrieben: „Matthäus, gleichviel, was geschehen, komm herauf! Ich habe ein paar Schritte neben meinen Weg getan und dieses alte Herz an dich gehängt. Aber geh nur, es muß sein. Es ist die letzte Arznei für mich. Nur einmal noch komm zu mir herauf und gib mir die Hand, daß wir wie Brüder scheiden."
Augenblicklich eilte ich in den Pfarrhof hinauf. Der Alte saß in seinem Sessel, so wie er gestern und die ganze Nacht hindurch gesessen. Er streckte mir die Hand hin. Dabei brach ihm das Schluchzen aus, und die Tränen rannen ihm über die felsigen Wangen. Ich biß auf die Zähne und blieb stumm. Endlich sprach er: „Matthäus, ich bin kein Freund von wiederholten Abschieden. Dieser soll als der letzte gelten. Komm also, wenn du Abenberg verläßt, nicht mehr zu mir in den Pfarrhof herauf. Leb wohl, tausendmal leb wohl, und tu deine Pflicht, und merk dir eines: Auf dein Glück kommt es nicht an; aber darauf, daß du deine Pflicht tust. Leb wohl!"
Er schüttelte mir die Hand und wandte sich dann ab.
Ich ging.

Das letzte Tagebuch

Den 1. Oktober.
Ein Monat noch, während der Herbst seine Blätter niederfallen läßt. Dann kommt der Tag meines Auszugs. Und wie die Zweige ihre Blätter loslassen, daß sie zu Boden gleiten, so will ich alles, was ich hier erfaßt hielt, langsam loslassen, daß es mir entfällt und ich ledig von hinnen gehe. Vom Pfarrherrn bin ich los, und Mechthild ist nach Schwaben gereist. Ob sie wohl bis zu meinem Abschied wiederkommt? Und dann sind noch die Kinder.

Den 10. Oktober.
Durch die Mondnacht ging ich nach Hause. Abenberg im silbernen Licht. Beim Senzla im Häuschen hörte ich beten. Ich trat ein. Die Stubentür war durch einen dazwischengestellten Kinderschuh ein wenig aufgespreizt. Ich stellte mich unter die Beter. Der Vater kniete am Boden, die Ellenbogen auf den Stuhl gestützt, auf solche Weise sich den Betschemel ersetzend. Am Bett lehnte Toni, den Kopf geneigt, die kleinen Hände gefaltet. Hinter ihm stand die Mutter, und es war noch eine fremde Person dabei. Sie murmelte eintönig, mit seltsamem Tonfall, den englischen Gruß.
Ich saß eine Zeitlang in der engen Stube und redete mit den Leuten. Dann ging ich.
Nun bin ich daheim. Das Schulhaus liegt hinter den Bäumen im Silberschatten. Hunde bellen durch die Nacht. Der Mondschein liegt im Fenster. Die Kammer ist einsamer als je.
Am 16. abends.
Die Stube ist leer. Die Bilder sind fort.

19. Oktober.
Ich plane eine Abschiedsfeier mit den Kindern. Lieder, Gedichte und Spiele sollen miteinander wechseln. Schon habe ich etliche Gedichte geschrieben und zwei Spiele verfaßt.

Die Rollen sind ausgeteilt, und die Kinder lernen schon daran. Ich will anders gehen, als ich gekommen bin.

Den 22.
Als ich mit dem Rad von W. zurückkam, wo ich in der Post meine Sachen aufgegeben hatte, brach eine trübe Dämmerung herein. Auf den Stufen zu meiner alten Haustür lagen braune, verdorrte Birnbaumblätter verstreut, den Gipfel des Spaliers hatte der Wind von neuem losgerissen, daß er tief herabhängt. Oben ist ein Laden eingedrückt. Das Gärtlein steht wüst und verwachsen, die Bohnenstangen sind umgestürzt.
Das gibt dem Hause das nämliche Ansehen düsterer Verwahrlosung und Verlassenheit, in dem ich es vor einem Jahre antraf, als hause hier niemand als der Wind und die Dämmerung und die Erinnerung an einen toten Lehrer.
Ich sehe klar, daß alles enden muß. Denn nur das Verlorene besitzen wir, und was in Fernen wirken soll, muß in die Ferne gehen.

*

Den 24.
Auf ein Uhr mittag waren die Kinder zur vorletzten Probe bestellt. Peter war nicht da, so daß wir nicht beginnen konnten. Ich schickte Monika hinüber, um zu fragen, wo er sei. Die Mutter ließ mir sagen, er komme nicht. Kein Wort weiter.
Das verdroß mich tief. Ich stand eine Weile überlegend am Fenster. Dann sagte ich zu den anderen Kindern: „Ihr könnt jetzt gehen und braucht nicht mehr zu kommen."
Sie gingen.
Ich nahm den Schwamm, tauchte ihn ins Wasser und löschte das Frühlingsbild aus, löschte alle Bilder aus, die ich gemalt. So sind sie sich gleichgeblieben. Bis zum letzten Augenblick verweigern sie mir den kleinsten Gefallen. Und hat nicht Lisabeth heute geklagt, man liefere ihr kein Boschholz heran, damit sie den Schulofen anheizen könne? Bis heute habe

sie von ihren eigenen Boschen genommen. Die aber seien zu Ende, und morgen werde der Schulsaal kalt sein. Auf mein Ersuchen, zu mir ins Schulhaus zu kommen, ließ sich der Bürgermeister entschuldigen. So sollen morgen die Kinder, wenn sie frierend von der Kirche kommen, im eisigen Schulsaal sitzen?

Glaub's, junger Schullehrer, daß du ein Jahr lang mit deinen besten Kräften umsonst gearbeitet hast! Was willst du von ihnen? –

Es wird keine Abschiedsfeier sein. –

Ich zog den Mantel an, setzte den Hut auf und ging im schneidend kalten Wind nach Gandorf. Die Kälte schauerte mich durchs Mark. An den Sümpfen begegneten mir etliche von den Kleinen, das Ba'la darunter, ganz vom Winde zerzaust und halb erforen.

Der junge Lehrer gab mir von seinem Überfluß ein Dutzend schwerer Boschen, ließ sie durch einen Jungen auf einen Handkarren laden und hieß ihn, mir den Karren nach Abenberg ziehen. In der Dämmerung kamen wir durchs Dorf hinabgezogen. Aus Fenster und Türen sah man uns finster zu. Hinter mir hörte ich eine drohende Stimme: „Aus Gandorf holt er de Bosch'n, dia Schand muaß er uns a'tua. Iatz is es aber Zeit, daß er si druckt von unserner Gegend!"

Den 26.

Ich saß im scheidenden Lichte am Fenster und schrieb. Da ging draußen ein Schritt, und es klopfte leise. Die Tür ging auf, und ein Weib stand darinnen. Es war die junge Schlickerin. Sie ist schwanger, und ich hatte sie oft mit ihrer Last den Moosweg schreiten sehen. Nun stand sie da in ihrer ehrwürdigen Gestalt, die Schürze aufgerafft, in der sie eine Anzahl schimmerweißer Eier trug. Sie hielt sie sorgsam, sah darauf hinab. Ihr Angesicht war gelb und von der rätselhaften Innigkeit des Lebens stumm erfüllt. Nun hob sie ihre Augen auf und sprach:

„Herr Lörrer, bold Sie morgen in der Fruah furtwer'n vo' Ob'nberg – neahman S' de Eier mit. Mir hom sonst nix, wos mir Eahna geb'n konnt'n, und hom do unserne Kinder g'mögt wia koaner. Bold i Eahna g'sehn hob, wie S' in Wold san mit deam Hauf'n, oder bold D' deam kleanen Ba'la a Handvoll Erdbeer'n hoambracht hom vom Holz, so han i mir denkt, i will mei Kind gern austrag'n und aufziag'n und will's am Herrn Lörrer schick'n in sei Schual nauf – es is do au ganz org – – – "

Ihre Stimme, die ohnehin leise war, zerbrach. Sie trat zu mir her, daß ich die Eier aus der Schürze nehme. Die letzten nahm sie selbst heraus, und ihre Hände zitterten.

Ich dankte ihr und reichte ihr die Hand. Sie zögerte, sie anzunehmen, und faßte sie doch. Als sie ging, besah sie ihre Hand, verbarg sie unter der Schürze und schritt hinaus. Ich ging mit ihr hinab bis an die Haustür.

Lisabeth hat mir erzählt, Sophie Wegmann sei angekommen. Die Schule wird in ihre Hände übergehen.

Am Abend.

Mechthild ist dagewesen. Als ich hinausging, zu sehen, wer noch so spät zu mir käme, stand sie plötzlich vor mir.

„Ich bin zurück, Matthäus", sprach sie. „Ist es wahr, daß du für immer gehst?"

„Ja, Mechtild", entgegnete ich, „ich habe sehnlich auf dich gewartet."

„O Bub", rief sie, „so über Nacht ist es gekommen? Da heißt es scheiden. Wann gehst du?"

„Morgen, Mechthild, um halb neun Uhr am Vormittag."

„Das hat uns übereilt, Kind", versetzte sie. „Aber es tut nichts. Ich komme auf eine Viertelstunde zu dir herein. Der Anlaß rechtfertigt mein Gebaren wohl. Überdies sind die Abenberger alle gegen dich aufgebracht, einmal deswegen, weil du gehst, und wegen der Geschichte mit den Boschen. Da soll nun das dritte Ärgernis dazukommen."

Ich führte sie herein, und sie setzte sich auf einen Stuhl.

„Hier sieht's leer aus", sprach sie, sich umsehend. „Hast du deine Laute nicht mehr?"

„Sie ist schon fort", antwortete ich ihr.

„Das ist schade!" rief sie. „Du hättest mir noch singen müssen. Ich sehe, du bist eben am Packen."
„Ja, Mechthild."
„Soll ich dir helfen?"
„Hilf mir."
Wir packten den Rest meiner Habseligkeiten. Ihre Hände schafften ruhig und sorgfältig. Am Ende richtete sie sich auf und schaute mich an. Ihre Augen waren voll Zärtlichkeit.
„Du lieber Bub!" sagte sie, hob die Hände auf, mich zu umfangen, ließ sie aber wieder sinken, als ob sie eine plötzliche Schüchternheit überfalle, endlich, nach einigem Zaudern, nahm sie meine Hand und betrachtete sie eine Weile.
„Ich küsse dich nicht", sprach sie dann. „Es ist doch ein großer Abschied, den wir feiern. Da ist es einem am Ende leid um jedes kleine Zeichen. Auch gilt es, uns zu trennen, vielleicht auf ewig, wozu da noch einmal Lippe an Lippe drängen, da es doch vergebens ist? Aber behalte mich lieb, mein Kind, bis in die letzte Stunde. Ich halte es auch so. Erst wenn ich mich selber fahren lasse, so lasse ich dich, dann geschieht es gerne. Darum will ich dich auch morgen noch geleiten. Geh hinter Gandorf die Straße zum Wald hinauf, da will ich dich erwarten und mit dir bis an die Pullenbergkapelle gehen. Willst du?" Während ich nickte, erscholl die Glocke.
„Es ist Franz, der Hüterbub", sagte ich, „den ich herbestellt habe, daß er mir den Blasbalg trete. Denn ich will die Orgel zum letzten Male spielen."
„Gut Nacht!" sprach sie auf dies hin und wollte gehen.
„Warte!" entgegnete ich und rief Franz herauf. Nachdem ich einiges auf dem Tisch zurechtgerichtet hatte, zündete ich das Öllämplein an, legte ein Halstuch um, nahm den rostigen Kirchenschlüssel vom Nagel, griff nach meinen Noten und wies Franz an, uns hinunterzuleuchten. Im Stall löschte ich das Licht, nachdem ich zuvor den Schlüssel ins Schloß gesteckt hatte.
Mechthild war vorausgegangen und vor mir hinausgetreten und schied nun von mir.

Draußen war dunkle Nebelnacht, daß sich die Kirche kaum vom Himmel abhob. Langsam gingen wir im Finstern nach dem Gottesacker. Mit einem Griff öffnete ich die Gittertür. Wir traten in den Kirchhof. Rings dämmerten in tiefer Verhüllung die Gräber gegen einen matten Himmel. Dunkel ragte die Kirche empor.
Ich schritt den Weg entlang und trat ins Vorzeichen. Eine Weile tastete ich, bis ich den Schlüssel ins Schloß brachte. Mühsam drehte ich um und drückte die Kirchentür auf. Drinnen war es gänzlich finster. Wir tappten die Stiege zur Empore hinauf. Droben zündete ich die beiden Kerzen an, klappte die Orgel auf, stellte die Leuchter zur Rechten und Linken und legte die Notenblätter auf. Franz trat an den Blasbalg zurück.
Leise begann ich zu spielen und zu singen. Meine Stimme schien verwandelt. Sie klang wie aus der Ferne, aus der finstern Höhlung des Gewölbes, so, als wäre es nicht mein eigener Laut, als horchte ich einer Geisterstimme.
Ich sang mit aller Andacht in der nächtlichen Kirchenstille, von Schatten umdrängt, inmitten zweier Kerzen, deren Flammen unaufhörlich auf und nieder zitterten. Ein Agnus Dei sang ich und ein ganzes Requiem.
Zuweilen setzte ich aus, dann war Stille, und die Nacht schien in der Wölbung oben zu knistern. Franz schaute scheuen Blickes nach mir und trat dann wiederum den Blasbalg nieder.
Als ich zu Ende war, las ich still die Blätter zusammen, schloß die Orgel und saß eine Weile unbeweglich auf der Orgelbank. Dann gab ich Franz den Schlüssel und eine kleine Entlohnung und befahl ihm mit gedämpfter Stimme, die Kirchentür aufzuschließen und den Schlüssel steckenzulassen.
Er stolperte hinunter, tappte nach dem Schloß, der Schlüssel knirschte, das Schloß krachte laut, es hallte in der dunklen Kirche. Dann waren seine Schritte im Vorzeichen außen und verloren sich durch den Gottesacker.
Ich war allein. Eine Kerze brannte noch auf zinkenem

Leuchter. Die andere hatte ich nach Beendigung des Orgelspieles ausgelöscht und den Leuchter erhoben und hatte das Aufquellen des weißen Rauches betrachtet und das Hinsterben des Funkens, der am Ende des Dochtes glomm.
Nun kniete ich an der Rampe nieder. Es war ganz still und todeinsam in der verlassenen Kirche. Unten über den Kirchenstühlen lag die Kirchweihfahne, unordentlich hingeworfen. Ihr weißes Kreuz leuchtete aus der Finsternis herauf. Kein Ewiges Licht brannte vorn, der Altar stand im Finstern, nur Helm und Schild des heiligen Michael glänzten matt hervor. Kein Laut von irgendwoher, nur im Turm droben hörte ich das große Uhrwerk schwerfällig hin- und herticken. Ich schaute in den nächtlichen Raum. Allmählich gewöhnten sich meine Augen an die Dunkelheit, ich sah Spuren der Bilder hervortreten, der Schimmel zur Linken des Triumphbogens leuchtete blaß und geheimnisvoll. Nach einer Weile stand ich auf und löste die Kerze aus dem Leuchter. Ich stieg die Trppe hinunter und ging mit dem brennenden Stümpflein zum Altare vor. Der riesige Schatten einer Kirchenfahne stieg gespenstisch an der Wand hinauf bis an die Decke, der Schatten der Ampel schwebte ins Gewölbe der Apsis empor, überall wankten und flohen Schattenbilder umher.
Ich trat vor den Altar, erhob die Kerze und leuchtete dem Erzengel Michael ins Gesicht, und indem ich dies tat, regten sich hinter ihm die Schatten und gaben ihm ein Ansehen, als lebe er und beginne sich zu bewegen. Dies war lieblich anzusehen, als erwache er vom Schlafe und recke sich sanft empor.
Ich wendete mich. Noch einmal sah ich die Kirche entlang und ging dann. Ich netzte mir die Stirn mit Weihwasser, beugte das Knie zu Boden und verschloß zum letztenmal die Kirche. Mit dem flackernden Kerzenstümpflein wandelte ich über den Kirchhof. Beim Martelbauer war Lärm. Durch die Zweige herunter blinkte des Pfarrers Lampe. Im Schulhaus war Nacht.

*

Mitternacht.
Jemand geht durchs Dorf. Die Hunde schlagen an. Ich sah aus dem Fenster. Ein warmer Wind stieß mir ins Antlitz. Es säuselte im Kirschbaum. Im Pfarrhof ist es finster.
Ein Uhr vorüber.
Ende auf Abenberg. Zwei welke Blätter von Marias Rose liegen da. Du Freundliche!

Auszug

Der letze Morgen kam. Lange vor Tagesgrauen war ich wach, saß am Tisch und schrieb beim Schein der Lampe Briefe an alle diejenigen, die dieses Leben mit mir geteilt, an den Pfarrherrn, an Franz, zuletzt schrieb ich an Therese und an ihren Vater. An Maria schrieb ich nicht, zu ihr ging ich nun.
Meinem Nachfolger hinterließ ich ein Blatt, auf welchem ich jedes einzelne Kind seiner besonderen Sorgfalt empfahl.
Im Morgengrauen ging ich aus dem Hause und lief hinab zur Burglerin und bat sie, ihre Sachen nicht abzuholen, sondern auch meinem Nachfolger wiederum zu leihen. Nach einigem Zaudern willigte sie drein, als ich ihr sagte, daß dies meine letzte Bitte sei.
Der guten Burglerin kam das Wasser in die Augen. Sie sprach:
„Aso wias kemma san, so müassn S' wieder furt, no minder. Und anstatt daß ma Eahna Vergeltsgott sogt, fluach'n s' wos z'samm, so fiar si sell. Dös is a schiachs End, Herr Lörrer, wo Sie nur ein patenter Mensch g'wen san. B'hüat Eahna Gott, komma S' holt do wieder zuaheri!"
Bei den letzten Worten begann sie zu greinen wie ein kleines Kind.
Ich kehrte ins Schulhaus zurück, kramte mein Schreibzeug zusammen und verschnürte meinen Rucksack. Dann ging ich in der leeren Kammer auf und nieder, bis die Kinder kamen. Mit den letzten von ihnen trat auch Sophie ein.

„Fräulein Sophie", sprach ich, „nun übergebe ich Ihnen die Schule und die Kinder. Aus Ihrer Hand habe ich sie seinerzeit erhalten. Wollen Sie nicht Schritte tun, daß Sie für immer hierbleiben können?"
„Ich habe sie schon getan", erwiderte sie, „und habe das Versprechen der Behörde bekommen."
„Dann bin ich froh", entgegnete ich. „Sie werden sich der Kinder annehmen. Nun können die Leute ihre Sachen wiederhaben, und auch das Blatt, das drüben auf dem Tisch liegt und ein Fürsprecher für meine Kinder sein sollte bei dem, der nach mir kommt, ist unnütz, und ich will es in den Ofen stecken."
„Lassen Sie mir's!" bat sie.
Da ließ ich es ihr.
„Fräulein Sophie", begann ich dann, stockte aber und konnte nicht weitersprechen.
„Leben Sie wohl", sprach sie, „oh, ich hätte länger mit Ihnen schaffen mögen. Vergessen Sie mich nicht ganz. Leben Sie recht glücklich!"
Ich gab ihr die Hand. Dann sah ich über die Reihen der Kinder hin. Die Bänke der Kleinen waren leer.
„Wo sind die Kleinen?" fragte ich.
„Sie warten am Sichelberg draußen auf Sie", entgegnete Sophie, „und werden Sie bis Gandorf begleiten." Nun trat ich nochmals ans Pult heran und wandte mich zu den Kindern.
„Lebt wohl", sprach ich, „lebt recht wohl!"
Da brach mir die Stimme, und ich ging hinaus. Drüben schwang ich den Rucksack auf den Rücken. Das Rad stand unten bereit. Ich schob es hinaus, sah nochmals den Garten entlang, empor zu der Fensterreihe, zu meinem Kammerfenster, sah nach der Linde, dem Pfarrhof und zurück zur Kirche, dann stieg ich auf und fuhr rasch durch das Dorf hinab. Die Sonne hatte den Nebel zerteilt und warf ein kühles Licht über die Hütten.
Lisabeth winkte mir von ihrem Gärtlein aus zu.
Am Sichelberg oben standen die Kleinen in einem Häuflein beisammen. Jedes Kind hielt einen mächtigen Dahlienstrauß

in beiden Händen. Ich fragte sie, wo sie die schönen Blumen bekommen hätten.
Da rief das kleine Ba'la: „Im Freithof san s' g'wochs'n!"
So zog ich mit der kleinen Schar hinab. Der Frühwind wehte ihnen die Haare über die sonnigen Gesichter. Sie lachten alle, als zögen sie mit mir auf einen Spaziergang hinaus. Am Nußberg hielt ich an. „Geht jetzt zurück, Kinder", sprach ich. „Es ist Zeit." Sie nickten und gaben mir die Sträuße, daß ich eine breite Blumengarbe im Arm hielt. Lachend sahen sie mich an, die Hände unter den Schürzen. Da band ich die Blumen kunstvoll an die Gabel meines Rades und fuhr hinweg. Als ich einmal zurücksah, war der kleine Trupp in ruhigem Rückmarsch gegen Abenberg begriffen.
Ich kam durch Gandorf und wandte mich dem Walde zu. Nach einer kurzen Strecke mußte ich absteigen und das Rad schieben. Mechthild stand am Waldrand.
„Wo hast du die vielen Blumen her?" fragte sie.
„Die Kleinen haben sie den Toten von den Gräbern weggeraubt", antwortete ich ihr. „Nimm sie mit dir, wenn wir scheiden, und gib sie ihnen zurück."
Stillschweigend gingen wir mitsammen durch den spätherbstlichen Wald. Das Licht der Sonne spielte heiter über unseren Weg. Als er sich aber dem Ende zu neigte, blieb Mechthild stehen.
„Matthäus", sprach sie, „kehrst du wieder einmal zurück?"
„Ja, Mechthild", entgegnete ich.
„Wenn du ein Pfarrer wärest", fuhr sie fort, „so ginge ich zu dir. So aber ist es nichts. Und überdies, wer weiß –"
Sie vollendete nicht, sondern sah in die Ferne.
„Matthäus", sprach sie dann, „du kehrst nicht wieder."
„Wenn der Tod mich hindert, nicht", entgegnete ich. Sie seufzte laut auf und rief: „Das Scheiden bleibt eine Not. Eben darum wollen wir dem Pfeil die Spitze abbrechen. Denn wenn wir noch tausend Jahre beisammen wären, so käme doch einmal ein Tag, an dem wir scheiden müßten. Laß dich anschauen, Kind! Ja, du hast dich gewandelt über dies Jahr. Dein Herz ist fester geworden. Und ist es noch

nicht fest genug, so soll es heute und jetzt noch vollends zur rechten Kraft erhärten. Leb wohl, Matthäus, tausendmal. Wenn die Liebe sterblich ist, so soll sie sterben. Und wenn sie aber ewig ist, dann frißt sie wie ein Feuer durch die Fesseln aller Dinge. – Gib mir die Hand. Keinen Kuß. Dein Leben geht jetzt an. Leb wohl!"

Sie drückte mir die Hand mit linder Kraft und wandte sich um. Ich schwang mich aufs Rad und richtete die Blicke gegen Schwaben.

Weitere Bücher von Arthur Maximilian Miller

Der Herr mit den drei Ringen

Abt Rupert Neß, der wagemutige Bauherr des Klosters Ottobeuren, führte die drei Ringe im Wappen. Als Sohn eines Schmiedes aus Wangen im Allgäu stieg Rupert Neß vom einfachen Novizen zum Abt des Klosters und fürstlichen Herrscher auf. Ihm und seiner Epoche, der Blütezeit des deutschen Barocks, gilt dieser Roman, ein menschlich wie kulturgeschichtlich gleich interessantes Werk. Das Schicksal des Abtes ist voller Dramatik und durch tausend Fäden mit dem Leben seiner Zeit verwoben. 512 Seiten, 10 Abbildungen

DM 28.50

Ottobeurer Chorgestühl

Das Ottobeurer Chorgestühl ist so berühmt wie die Basilika. Es ist das Werk des Schreiners Martin Hörmann aus Villingen, der die dunkle Wärme des Holzes lebendig werden ließ, und des Bildhauers Josef Christian aus Riedlingen, dessen herrliche Reliefs golden schimmern.

Die dichterische Darstellung A. M. Millers ist eine Deutung des Ganzen und aller Einzelheiten. Das Benediktinische Lob des dreifaltigen Gottes wird in den unvergleichlichen Reliefdarstellungen vom Wirken des heiligen Benedikt und seiner alttestamentlichen Vorbilder angestimmt.

Voll entfaltet sich dieses Kunstgebilde erst, wenn in seinen Stuhlreihen der Chorgesang der Mönche anhebt und ihm von oben die Fülle der von Karl Riepp geschaffenen Orgel antwortet. Dies ist es, was das Ottobeurer Chorgestühl so einzigartig und bedeutsam macht: es ist Chor und Orgel zugleich. Format 23 × 28,5 cm. 60 Seiten mit 8 Farbtafeln und 26 ganzseitigen Schwarz-Weiß-Abbildungen von Fotostudio Müller

DM 26.80

Schwäbische Weihnacht

Mit diesem Buch wurde den Schwaben ihre eigene Weihnachtsgeschichte geschenkt. Maria und Josef wandern durchs heimische Land und finden ihre Herberge im Stall der schwäbischen Hirten. Text und Zeichnungen schließen sich zu einem Fest der Freude und Andacht zusammen.

Heinz Schubert hat mit seinen einfühlsamen Illustrationen der Dichtung den stimmungsvollen Rahmen gegeben.

72 Seiten, 17 Zeichnungen

DM 16.80

Das Christkind im Glasschrein

Der falsche und der echte Engel. Das milchweiße Lämmchen, das Christkind im Glasschrein. Der entthronte Nikolaus. Die wilden Klausen. Wunschbriefe. Christnacht im Stall. Schattenspiele. Wallfahrt zu den Krippen. Hosanna in excelsis. Letzte Wanderung. Ewige Kindheit.
176 Seiten, 14 Illustrationen und farbige Umschlaggestaltung von Heinz Schubert **DM 19.–**

Der Gral

Ein Gottsucher, der über das weltliche Rittertum der berühmten Tafelrunde des sagenumwobenen Königs Artus hinauswächst: Das ist Parzival, Held eines der bedeutendsten Epen deutscher Dichtung. Wolfram von Eschenbachs Werk in Form und Sprache dem Bewußtsein unserer Zeit nahezubringen, ist das Anliegen der großartigen Dichtung Arthur Maximilian Millers. Packend und eindringlich erschließt sich dem Auge des Lesers in einer Folge dramatischer, bildhafter Szenen die ritterliche Welt des Mittelalters, der Weg Parzivals. Das Werk steigert sich bis zu einer geistigen Versöhnung von Ost und West und zum Erreichen des Grals als dem Symbol göttlicher Gnade und Erlösung. 368 Seiten **DM 25.80**

Mei Pilgerfahrt durchs Schwabeländle

Der wackere schwäbische Pfarrer Honorat Würstle hinterläßt uns die Beschreibung seines Lebens. Seine Pilgerfahrt durchs Schwabeländle zieht an uns vorüber, von Landschaft zu Landschaft, von Pfarrhof zu Pfarrhof, von Pfarrhauserin zu Pfarrhauserin. Mittelschwaben, das Unterland und das Allgäu mit den dazugehörigen Seelenhirten, den heimischen Menschen und ihren Sitten gehen wie ein Reigen durch dieses köstliche Buch.
188 Seiten, 53 heitere Illustrationen von Helga Nocker. Umschlaggestaltung von Anne-Marie Franke **DM 19.–**

Geigenspiel am Abend

Wie mit leichtem Aquarellpinsel hingetuscht erscheinen diese Gedichte; aber hinter ihrer Erscheinung verbirgt sich eine tiefe traumhafte Empfindung für das All der Welt und der menschlichen Seele. Geigenspiel am Abend – zarte Töne aus dem Grund des hohen Alters. 80 Seiten. Umschlaggestaltung und Porträt des Autors von Heinz Schubert **DM 12.80**

Das schwäbische Jahr

Hier werden in schwäbischer Mundart nicht nur die Monate charakterisiert, sondern mehr noch die Menschen, die unter einem bestimmten Tierkreiszeichen ins Leben getreten sind. Jedem Sternbild folgt eine erheiternde und belebende Geschichte mit schwäbischen „Musterexemplaren".
144 Seiten. Umschlaggestaltung und Tierkreiszeichen von Heinz Schubert, 22 Illustrationen von Helga Nocker **DM 17.50**

Das Vesperbild

Um ein Schicksal, wie es heute tausendfach Menschen trifft, bewegen sich diese tatsächlich geschriebenen Briefe. Sie wurden veröffentlicht, um Menschen, die in ähnlicher Not stehen, Trost und Hilfe zu schenken. 112 Seiten
DM 12.80

Besuch auf der Meersburg

Novelle. Der Autor, von einer lebenslangen Liebe zu Annette von Droste-Hülshoff erfüllt, wird im Innern von ihr gerufen. Er bricht nach Meersburg auf und findet Annette in einer gewesenen wie bleibenden Welt, die ineinanderfließen. Der Autor wird von ihrem Geheimnis berührt.
Umschlag und Porträtzeichnung von Heinz Schubert, 72 Seiten **DM 12.80**

Abschied von Sirmio

Dieses Buch enthält die beiden Novellen „Abschied von Sirmio" und „Das verschlossene Kästchen".
Schauplatz dieser Novellen ist der Gardasee mit seinem südlichen Liebreiz. Der Leser wird in die Zeit des römischen Dichters Catull geführt, der in Sirmio, dem heutigen Sirmione, lebte. Die Handlung der zweiten Novelle spielt Ende der Dreißiger Jahre und schildert in einer romantischen Handlung die schicksalhafte Begegnung zweier Menschen, die als Maler die zauberhafte Landschaft des Gardasees einzufangen versuchen.
176 Seiten mit 3 doppelseitigen Zeichnungen und farbiger Umschlaggestaltung von Heinz Schubert **DM 19.50**

Schwäbische Bauernbibel

Sechs humorvolle und doch tiefsinnige Predigten in schwäbischer Mundart: Die Schöpfung der Welt, Die Erschaffung der ersten Menschen, Der Sündenfall, Kain und Abel, Noah baut die Arche, Der Turmbau zu Babel.
88 Seiten, Umschlag von Heinz Schubert, 6 Illustrationen von Helga Nocker
DM 12.80